Читайте романы примадонны иронического детектива Дарьи Донцовой

Дарья Донцова

Эта горькая Сладкая Месть

Москва

ЭКСМО

2 0 0 3

ИРОНИЧЕСКИЙ ДЕТЕКТИВ

УДК 884
ББК 84(2 Рос-Рус)6-4
Д 67

Разработка серийного оформления
художника *В. Щербакова*

Серия основана в 1999 году

Донцова Д. А.
Д 67   Эта горькая сладкая месть: Роман. — М.: Изд-во Эксмо,
2003. — 432 с. (Серия «Иронический детектив»).

ISBN 5-04-004169-1

Жизненная установка детектива-любителя Даши Васильевой —
если не я, то кто же?.. Став случайной свидетельницей убийства Кати
Виноградовой, которой поставили капельницу со смертельной дозой
сердечного препарата, Даша бросается на поиски преступника. Узнав,
что у убитой есть сын, посаженный за преступление, которого он не
совершал, Даша решает помочь ему освободиться. Но тут дело принимает неожиданный оборот — чья-то безжалостная рука одного за другим
убирает свидетелей, так или иначе связанных с убитой и ее сыном.
Очередь доходит и до Даши — она слишком много раскопала. Однако
не так просто справиться с этой хрупкой, но такой изворотливой
женщиной...

УДК 884
ББК 84(2Рос-Рус)6-4

Глава 1

Болезнь всегда приходит не вовремя. Только что строила разнообразные планы на лето, перелистывала с детьми рекламные буклеты, как вдруг... бац — и все разом переменилось. Две недели тому назад обнаружила на плече непонятную шишку. Минут пять разглядывала «украшение», потом махнула рукой: выросла, и черт с ней. Но непонятная штука стала быстро увеличиваться в размерах, болеть и отчаянно чесаться. Делать нечего, пришлось нехотя брести к врачу.

Милейшая Татьяна Наумовна осмотрела плечо, быстро переглянулась с медсестрой и фальшиво-бодрым голосом произнесла:

— Деточка, это совершенно ерундовая болячка, у каждого второго появляется. Липома — вполне доброкачественное образование. Но все же следует сходить в специальный диспансер, показаться онкологу и сдать пункцию. Еще раз повторяю, абсолютно уверена в невинности опухоли, но, чтобы не роились подозрения...

И, отводя глаза в сторону, терапевт принялась выписывать кучу бумажек. Через десять минут я в легком обалдении уже стояла в коридоре у двери ее кабинета, держа в руках кипу направлений.

Пять анализов крови! Так, понятно: реакция Вассермана, СПИД, общий клинический, на сахар...

А это что: на австралийского кролика? Боже, врач предполагает, что в моем организме завелись зайцевые? Или в лаборатории попросят капать кровью на морду длинноухому? Последний листок оказался самым неприятным. Сверху стояло: «В онкологический диспансер». И адрес — улица Кати Мельниковой. Да это же совсем рядом, прямо за углом. Может, поехать и сразу все выяснить? А то буду мучиться неизвестностью, не спать ночь...

Я завела «Вольво» и порулила в диспансер. Он располагался на первом этаже большого кирпичного дома. Гардероб не работал. Но май в нынешнем году холодный, на мне была куртка, пришлось снять ее и нести в руках. Как-то не очень удобно входить в медицинское учреждение в верхней одежде. Но здесь, судя по всему, такие мелочи никого не смущали. Возле кабинетов сидели люди в плащах, а некоторые даже в пальто.

В регистратуре полная старуха болтала по телефону:

— Сначала добавь воды, потом три яйца...

— Простите, — робко сказала я, — как...

— Не видите, разговариваю, — окрысилась регистраторша и продолжала диктовать рецепт.

Пришлось ждать, за спиной образовалась очередь из тихих людей. Наконец баба шмякнула трубку на рычаг и глянула на всех волком:

— Ну!

Я просунула в окошко направление.

— И чего ходят без конца, нет чтобы дома сидеть! — залаяла милая старушка и отбросила бумажку назад.

Взяв листок, я повертела его и спросила:

— Куда идти?

— Там написано! — рявкнула бабушка.

Приглядевшись повнимательней, я увидела в уголке крохотную циферку 2. Робкие люди за мной не проронили ни слова, они покорно ждали своей очереди. Сжимая листочек, я принялась искать второй кабинет. Пришлось пройти длинный кишкообразный коридор. Дверь нужной комнаты оказалась последней, ее украшала табличка «Онколог Шаранко».

Просидев в очереди около двух часов, я попала наконец в руки докторицы. Маленькая, личико в красных пятнах, одни очки на носу, и еще две пары лежат на столе.

— Ну! — мило обратилась она к больной.

Наверно, в диспансере это приветствие такое, вместо «здравствуйте». Я отдала бумажку. Докторша подняла маленькие глазки:

— Ну?

— Что? — растерялась я.

— Ну? — повторила эскулапша. — Так и будем сидеть? На лбу-то у вас ничего нет, раздевайтесь!

Я вылезла из кофты. Не помыв рук, онкологиня потрогала шишку и вынесла вердикт:

— Рак кожи, меланома, идите сдавать пункцию в процедурный кабинет.

Ноги подкосились, и в ушах зазвенело. Меланома! Самый страшный на сегодня вид рака, практически не лечится, медленная, тяжелая смерть!

— Что сидите-то, — проворчала врачиха, —

топайте в пятый кабинет, да скажите в коридоре больным, что полчаса приема не будет. Хочу чаю выпить, а то ходят толпами, надоело.

Я вывалилась в коридор и трясущимися пальцами принялась тыкать в кнопки телефона. По счастью, сын оказался дома. Услышав ужасающие новости, он строго приказал:

— Жди, никуда не двигайся.

Я рухнула в продавленное, ободранное кресло и закрыла глаза. Сейчас приедет Аркашка, сейчас он что-нибудь придумает, сейчас все будет хорошо. Кто-то произнес:

— Вам плохо?

Я разлепила веки. Из соседнего кресла мне улыбалась милая молодая женщина в аккуратном парике.

— Вам плохо? — повторила она. — Не отчаивайтесь, сейчас рак лечат. Вот, посмотрите на меня. Сделали три операции, и здорова абсолютно. Сегодня последний раз капельницу поставят, и все. А что облысела, так это ерунда.

— Как облысела? — ужаснулась я. — Это что, обязательно — лысеть?

Милая дама вздохнула:

— Меня зовут Катя, а вас?

— Даша.

— Дашенька, поглядите вокруг.

Я осмотрелась. Действительно, почти все женщины в паричках, кое-кто в платочках, несколько стриженных под бобрик девушек.

— Последствия химиотерапии, — пояснила Катя, — зато все живы. А волосы не зубы, вырастут. У вас что?

— Меланома, — дрожащим голосом пробормотала я, — вот только что доктор посмотрела и сказала.

— Шаранко?

Я кивнула.

Катюша заулыбалась:

— Не пугайтесь, так диагноз не ставят. Сделают пункцию, да и она на сорок процентов врет, не отчаивайтесь. Шаранко совсем слепая и дура. Недавно в регистратуре карточки перепутали, так наша доктор принялась было больную от рака печени лечить. Назначила уколы, хорошо, пациентка опытная, не первый год сюда ходит. Вовремя заметила и напоминает: «Доктор, у меня рак молочной железы».

— Зачем же она меня так сразу огорошила?

— Господи, — всплеснула руками Катюша, — я же вам сказала, она — дура. И вообще, здесь с нами так разговаривают! Мне в прошлом году химиотерапевт прямо заявила: «Вам две недели жить осталось». И что? Совершенно здорова. Так что не верьте им, лучше садитесь спокойно и ждите пункцию. Здесь по двое запускают. Вот вместе и пойдем — я на капельницу, вы на укол.

От сердца чуть-чуть отлегло, и я вздохнула. Вдруг в коридоре возникло оживление. По грязному линолеуму чуть ли не вприпрыжку бежала неприветливая старуха из регистратуры.

— Сюда, сюда, голубчик, — пела она сладким голосом, — вам в этот кабинетик, тут сама Аделаида Петровна принимает. — За регистраторшей, улыбаясь, вышагивал мой сын Аркадий.

Кешку не потеряешь ни в одной толпе — рост

сто девяносто пять. Но что он сделал с бабкой, отчего она светится вся, подпрыгивает и чуть ли не поет от счастья?

Не обращая на меня внимания, сын шагнул в кабинет. Минут через пять дверь снова отворилась, и в коридор выплыла доктор. Высокая, холеная, лет пятидесяти пяти. В ушах и на пальцах приятно мерцали бриллианты. Онкологиня обвела накрашенным глазом присмиревших больных, сфокусировалась на мне и тоже сладко запела:

— Дарья Ивановна, прошу.

Через секунду я стояла в большом кабинете. Аделаида Петровна — так отрекомендовалась дама — тщательно вымыла руки и приступила к осмотру. Потом сообщила:

— Ну, дорогие мои, скорей всего волноваться нечего. Процентов девяносто за то, что на плечике у нас липома, то есть такой миленький жировичок, абсолютная ерунда. Но раз вы здесь, следует сделать пункцию.

— Но доктор Шаранко... — начала я.

— Не надо, не надо, — замахала руками Аделаида Петровна. — Забудем мадам Шаранко, как страшный сон. Если что, ходить станете только ко мне. А теперь в пятый кабинет.

Мы вышли в коридор и сели у дверей.

— Какая милая женщина, — радостно сказала я.

Кешка хмыкнул.

— Почему меня сразу к ней не направили, а послали к этой ужасной Шаранко?

Кешка захихикал.

— Ну, мать, ты даешь. Разве можно так разум терять? Поделился с ними частью коллекции.

— Какой коллекции? — оторопела я.

— Портретов американских президентов, знаешь, на таких зеленых бумажках!

— Но ведь онкологических больных лечат бесплатно!

Кешка вздохнул.

— Сходила к Шаранко бесплатно. Понравилось?

— Нет.

— Ну, так молчи, денег, что ли, нет?

Деньги у нас как раз есть, причем немалые. Получили мы их весьма необычным образом. Корни истории уходят в конец семидесятых годов, когда я однажды под Новый год задержалась на работе. Преподавала тогда французский язык в техническом вузе, бегала по частным урокам и вечно пыталась связать концы с концами. Но они упорно развязывались. Наша лаборантка Наташа, плача, рассказала мне, что развелась с мужем, ушла из дома и спит теперь на кафедре. Я пожалела дурочку и позвала к себе. Несколько лет мы радостно прожили вместе, воспитывая двух моих детей: четырнадцатилетнего Аркадия и годовалую Маню. Но потом вдруг приключилась невероятная история. Наташка неожиданно вышла замуж за француза и укатила во Францию. Теперь ее следовало величать госпожа баронесса Макмайер. Нечего и говорить, что я вместе с детьми и молодой невесткой получила предложение приехать в гости.

Не успели мы очутиться в столице моды, как события посыпались, словно из рога изобилия. Жана Макмайера, супруга Наташки, убили. В руки вдовы попало немалое состояние: трехэтажный дом в предместье Парижа, коллекция картин, хорошо налаженный бизнес. Поколебавшись, члены семьи решили сначала стать эмигрантами, но тут вышел новый закон, разрешающий двойное гражданство. Теперь живем на два дома, вернее, на две страны: полгода в Москве, полгода в Париже. Вместе с нами катаются туда-сюда дети и домашние животные. И тех, и других у нас много. Аркадий — счастливый отец двух очаровательных близнецов: Ани и Вани. Тринадцатилетняя Маша хочет стать ветеринаром и рисует жуткие, но почему-то пользующиеся спросом картины.

Живем мы в собственном двухэтажном доме возле Кольцевой дороги. Вместе с нами обитают пять собак: питбуль Банди, ротвейлер Снап, английский мопс Хуч, йоркширский терьер Жюли и пудель Черри. Начиналась коллекция псов с пита и ротвейлера. Их купили для охраны. Но, увы, ничего не вышло. И Банди, и Снап самозабвенные обжоры. Пасти страшных охранников вечно заняты какой-нибудь вкуснятиной. Поэтому любой, предлагающий лакомство, автоматически становится другом, а едят они все, особо не кривляясь: сыр, творог, яйца, печенье, суп, оладьи, чипсы, соленые огурцы и орехи. Человека, первый раз пришедшего в дом, псы встречают, отчаянно крутя хвостами и заглядывая в руки. Им и в голову не придет залаять или оскалить зубы.

Йоркширскую терьершу Жюли привезла с собой в дом няня Серафима Ивановна, нанятая для близнецов. Пуделиху Черри в пятимесячном возрасте оставил на недельку близкий приятель, уезжавший в командировку. С тех пор прошло пять

лет, а он так и не вспомнил про собачку. Хуч...
Появление Хуча — особая история, о ней в другой раз.

— Мать, — засопел в ухо Аркадий, — ты что?

— Ничего, просто задумалась.

Кешка посмотрел на меня с жалостью. Потом
вздохнул и пошел в процедурный кабинет. Через
минуту выглянула медсестра. Очевидно, она не
привыкла улыбаться, потому что губы растянула
до ушей, но в глазах сохранила холод Арктики.

— Васильева! — крикнула девушка.

Я поглядела на притихшую Катюшу.

— Пойдемте.

— Меня не звали, — вздохнула женщина.

— Ладно, пошли, сами же говорили, что входят по двое.

Мы вдвинулись в довольно большое помещение с огромными окнами. Посередине комнаты
стояла ширма, делящая кабинет на две части.
В первой находилась кушетка, на которую было
велено ложиться Катюше. Во вторую проводили
меня и усадили на стул. Медсестра погремела какими-то железками в лотке и недовольно пробормотала:

— Опять унесли.

Потом вздохнула и объявила:

— Вы тут подождите обе, я скоро.

Шаркая тапками, она вышла в коридор. Мы с
Катюшей молчали: она на кушетке, я на стуле.
Болтать не хотелось, да и ситуация не располагала. В дырочку между складными частями ширмы
было хорошо видно Катю, ее бледное лицо и аккуратный кудрявый паричок.

Вдруг дверь распахнулась, в кабинет вошла другая медсестра. Высокого роста, лицо закрыто хирургической маской, довольно крупное тело затянуто в чуть тесноватый халат, на ногах не тапочки, а ботинки. В руках женщина держала большую бутылку. Не говоря ни слова, вошедшая вставила принесенный сосуд в штатив, ухватила Катю за руку и воткнула иголку.

Больная ойкнула и спросила:

— Вы новенькая? А где Галя? Мне всегда она химию колет.

Медсестра молча наладила капельницу и почти убежала из кабинета. Что-то было в ней странное.

— Какие они здесь все нелюбезные! — крикнула я.

— Да уж, — согласилась Катенька, — лишнего слова не скажут, лают как собаки, а все потому, что мы бесплатные. Вот девица, например, что сейчас приходила, явно новенькая, а тоже злая.

— Почему думаете, что новенькая?

— Хожу сюда почти год, всех знаю, а эту первый раз вижу.

Она замолчала. Я огляделась по сторонам. Шкафчик с какими-то лекарствами, названий которых никогда не видела: циклофосфан, зофран, методрексат.

— Пункцию больно делать? — обратилась я снова к Катюше.

Та молчала. Я глянула в дырочку и обомлела: лицо женщины приобрело странный синеватый оттенок, на лбу блестели крупные капли пота. Рот судорожно подергивался.

Я выскочила из кабинета и бросилась к приветливой Аделаиде Петровне.

— Сейчас приду, — пообещала та.

Я понеслась назад. Катюше стало совсем плохо. Наклонившись над ней, я услышала хриплый, прерывистый шепот:

— Сумка, возьми, отдай, Виолетта, страшная, страшная, отдай...

Женщина захрипела, изо рта потекла пена. Вошедшая Аделаида Петровна моментально выдернула капельницу и принялась делать искусственное дыхание. Откуда ни возьмись, принеслась куча народа. В несчастную Катюшу втыкали шприцы, громыхали какие-то аппараты. Потом ворвались двое мужчин с чем-то похожим на утюги, стали прикладывать к голой груди бедняжки и кричать: «Разряд!» Тело подпрыгивало на кушетке, но на мониторе по-прежнему ползла прямая линия. Тут медики заметили меня и незамедлительно выгнали в коридор.

Я села возле кабинета, крепко сжимая две сумочки — свою и Катюшину. Примерно через полчаса появились санитары с носилками, на которых лежало тело, с головой закрытое простыней. Аделаида Петровна высунулась в дверь и поманила меня пальцем. Как агнец на заклание, вошла я снова в уже знакомую процедурную. На кушетке валялись грязные, скомканные простыни, стоял ужасный запах. Медсестра Галя рыдала у окна, судорожно повторяя:

— Не ставила капельницу, ей-богу, не ставила. Пошла в аптеку...

— Прекрати, — оборвала стенания врач, — что,

по-твоему, больная сама себе инъекцию ввела? И как можно перепутать бутылки? Что ты ей впустила, ну!

Бедная Галя затряслась как осиновый лист и зарыдала пуще. Я решила вмешаться.

— Это не Галя делала укол!

Аделаида Петровна уставилась на меня во все глаза.

— А кто? Святой дух?

— Нет, конечно. Вошла женщина в белом халате и маске, наладила капельницу и ушла, я все в дырку видела!

Галя подскочила ко мне и схватила за руку:

— Пожалуйста, миленькая, дорогая, душенька, дайте свой адрес и телефон, вы единственный свидетель!

Я отдала ей визитную карточку. Аделаида Петровна промокнула кружевным платком вспотевший лоб, сама сделала мне пункцию, оказавшуюся самым обыкновенным уколом, и усталым голосом протянула:

— Вот ведь как бывает! Столько операций выдержала, шесть курсов химии! И на последнем уколе — аллергический шок! Ничего поделать не смогли.

— Отчего это? — осторожно поинтересовалась я, глядя, как доктор аккуратно упаковывает пробирку с какой-то жидкостью.

— Вскрытие покажет, — сообщила онколог, — скорей всего перепутали бутылки и ввели что-то совершенно неподходящее. Дело подсудное. Никак не пойму, что за медсестру вы видели? Высокая, крепкая, в хирургической маске?

— Да.

— Нет у нас таких. Девочки мелкие, маски не носят. И потом, в диспансере четкое разделение труда. Галя работает только в процедурном. Она делает уколы и капельницы. В другую смену приходит Лена. Больше никто не имеет права сюда даже заходить.

Покачивая головой, Аделаида Петровна проводила меня почти до выхода. У подъезда в машине сидел Кешка. Мы поехали домой цугом — сын впереди в «Мерседесе», мать позади него в «Вольво». Конечно, он на бешеной скорости умчался вперед. Я же, как всегда, тащилась в правом ряду. Ну боюсь гонять по улицам, да и вижу не слишком хорошо.

Сегодня голова была занята не дорогой. Перед глазами вставала веселая, радующаяся жизни Катюша, потом возникла кушетка, медсестра... Стоп! От неожиданности нога сама собой нажала на тормоз. «Вольво» покорно замерла. Сзади раздались гудки и нетерпеливый крик. Но мне было все равно. Я поняла, что показалось странным в облике девушки — ботинки! На ногах у вошедшей были самые обычные полуботинки черного цвета на шнурках, размера эдак сорок пятого. Ну покажите хоть одну даму с такой ножкой! Значит, капельницу наладил мужчина!

Глава 2

Утром спустилась в столовую абсолютно разбитая. Мерзкая шишка, после того как ее щупали и втыкали в нее иголки, принялась немилосердно болеть. Результаты анализов прибудут только через десять дней, а вдруг и впрямь меланома? Что тогда? Аркашка, правда, уже взрослый, но Маруся совсем ребенок, только-только тринадцать исполнилось. Полная грустных раздумий, я принялась пить кофе, и тут на глаза попалась сумочка Катюши. Что она бормотала перед смертью? Надо отдать какой-то Виолетте? Что отдать?

Руки сами собой потянулись к потрепанной сумке из искусственной кожи и открыли замок. Небогатое содержимое вывалилось на стол. Расческа, дешевая губная помада, сильно припахивающая вазелином, связка ключей, носовой платок, пара мятных леденцов, кошелек и паспорт.

На первой страничке бордовой книжечки стояло: Виноградова Екатерина Максимовна, год рождения — 1959-й. Надо же, мы почти ровесницы, а как отлично выглядела убитая, ни за что не дала бы женщине больше тридцати пяти. Штампа о бракосочетании не было, зато в графе «Дети» обнаружился Виноградов Роман Иванович, 1978 года рождения. Так, все более или менее ясно. Мать-одиночка. Интересно, сообщили ли Роману о смерти Кати? Вдруг мальчишка всю ночь разыскивал пропавшую мать? Потом, у бедняжки, вполне вероятно, есть отец и мать, представляю, как они волнуются.

Заглянула в кошелек — проездной на метро, десять долларов, двести рублей и куча пробитых талончиков. Копеечная сумма, а вдруг — последняя? Катюша совершенно не походила на богатую даму: простенький свитерок, старенькая юбочка!

Нет, надо ехать к ней домой, отдать сумку и заодно разузнать, кто такая Виолетта.

Жила несчастная женщина на Зеленой улице. Каскад белых блочных башен постройки семидесятых годов выглядел удручающе. Поплутав минут пятнадцать среди домов с одинаковыми балконами, я наконец нашла нужный подъезд. Никакого домофона нет и в помине, стены на лестнице исписаны надписями «Мишка — казел» и «Спартак — чемпион». В лифте кто-то сжег кнопки, но сама машина, кряхтя и вздрагивая, доставила меня на девятый этаж.

Квартира двести семьдесят пять оказалась в самом конце коридора. Я позвонила один раз, потом другой, третий — тишина. Дома явно никого не было. Из-под двери немилосердно дуло, скорей всего в помещении открыты форточки. Ну и что делать? Куда все подевались?

Постояв минуту в задумчивости, я вытащила ключи. Войду внутрь, оставлю на видном месте сумку и напишу записку. Замок был самой простой конструкции, такой и пальцем открыть можно. Я втиснулась в узенький темный коридорчик и громко крикнула:

— Есть кто дома?

В ответ — ни звука. Только слышно, как в кухне капает из крана вода. Нашарив рукой выключатель, я надавила на панель: раздался тихий щелчок, и свет экономной 40-ваттной лампочки осветил маленькую вешалку. Крючки пустые, внизу только одна пара сильно поношенных красных тапочек. Сняв для порядка сапоги и куртку, я пошла бродить по квартире и с первых же минут поняла, что жила Катюша одна.

Комнат было всего две. Одна побольше, очевидно гостиная. Диван, два кресла, болгарская «стенка», простенький отечественный телевизор. На полках — тьма дамских романов: «Любовь слепа», «Люби меня вечно», «Страстная маркиза».

Да, очевидно, бедняга не имела любовника.

Потертый палас и самые простые занавески довершали сей убогий пейзаж.

Вторая комната поменьше. Тут тоже стоял диван, большой гардероб, висело несколько полок с учебниками по автоделу.

В кухне, микроскопической, но до невероятности аккуратной, тосковал на плите слегка обитый чайник. В шкафчиках — минимум посуды. Да, ужасная, неприкрытая бедность. На столе лежал конверт. Я поглядела на обратный адрес: город Пожаров, седьмой отряд, Виноградову Роману Ивановичу, УУ2167.

Понятно. У бедной Катюши сын отбывал срок на зоне. Пальцы сами вытащили письмо, глаза побежали по тексту. «Дорогая мамочка. Передачу получил. Большое спасибо, но не надо так тратиться. В другой раз вместо шоколадных конфет пришли карамелек, лучше сигарет побольше. А еще передай кусок мыла, пару носков и несколько футболок. Жду не дождусь, когда ты приедешь на свидание. Очень волнуюсь о твоем здоровье. Мамулечка, не расстраивайся, справедливость восторжествует, Виолетта сдохнет, а меня освободят. Жду писем. Рома». Я медленно сложила письмо и сунула в карман. Жаль парнишку. Всего двадцать лет — и уже в тюрьму попал. Интересно, сообщили пареньку о смерти матери? И что с ним теперь будет? Судя по всему, у Романа никого, кроме мамы, нет. На письме стояла дата — 3 апреля, а сегодня 16 мая. Не похоже, что мальчишка настоящий уголовник, о матери беспокоится. Что же это за Виолетта такая?

Домой я приехала к двум часам. Аркадий как раз опустил ложку в суп.

— Мать, где шлялась? — спросил он строгим голосом.

— Тебе надо было становиться не адвокатом, а прокурором, — парировала я.

Кешка захихикал.

— Ну уж нет, прокурору, бедняге, где заработать, разве что взятки брать. А нам, адвокатам, хватает на хлеб с котлеткой.

Я вздохнула. Кешка совсем недавно получил диплом и за спиной имел пока одно, правда успешное, дело. Подзащитный — мелкий, неудачливый жулик — еле-еле наскреб триста долларов на гонорар «Перри Мейсону». Смехотворная сумма, но Аркадий раздулся от гордости, как индюк. Впрочем, лиха беда начало, не все ведь сразу стали Генри Резниками.

— Кешик, а где можно узнать адрес колонии?

— В ГУИНе, — пробормотал юрист с набитым ртом, — Главном управлении исполнения наказаний, на Бронной, возле «Макдоналдса», а зачем тебе?

По счастью, в этот момент в столовую влетела Маня, моя дочь и сестра Аркадия. Хотя называть Аркадия и Маню родственниками — неверно. Кешка на самом деле приходился сыном моему первому мужу, но при разводе почему-то остался со мной. Марусю принесло мне четвертое замужество. Мы с ее отцом Андрюшей Куловым прожили всего ничего — меньше двух лет. Потом он с новой женой собрался эмигрировать в Америку. У моей заместительницы оказалась восьмимесячная дочь. «Ну не тащить же младенца с собой, незнамо куда, — рассуждал Андрюшка. — Дашка, будь человеком, пригляди за девчонкой месячишко-другой. Как устроимся, заберем».

С тех пор прошло тринадцать лет. За эти годы из маленького провинциального городка Юм штата Айова пришло только одно письмо. Андрей сообщал, что Машина мать умерла, он женился вновь и ребенок ему ни к чему. В конверте лежало свидетельство о смерти. Целый год я оббивала пороги разных учреждений, добиваясь разрешения на удочерение. Когда Марусе исполнилось двенадцать лет, мы с Кешкой рассказали ей правду. Маня фыркнула, дернула плечиком и заявила:

— Совершенно все равно, из какого живота я выползла на свет, мамуля.

С тех пор вопрос больше не поднимался никогда. Не слишком близкие знакомые порой удивляются, до чего не похожи друг на друга мои дети. Кешка — высокий, худой, с журавлиными ногами. Его каштановые волосы вьются картинными кудрями, глаза необычного орехового оттенка. В детстве он доводил нас с Наташкой почти до обморока, отказываясь от любой еды. На какие только ухищрения мы не пускались: делали мышей из яиц и хлеба, плясали перед ним за съеденную кашу, надевали старую бабушкину шубу и бегали по кухне на четвереньках, изображая тигра. Все без толку. Один раз решили оставить его в покое. Не ест, и ладно — в конце концов проголодается. Через три дня подвели итог — за все время мальчик уложил в желудок два яблока и калорийную булочку. Просто кошмар!

Маня — полная противоположность. Толстенькая блондиночка с огромными голубыми глазами. Ест она, как молодой волчонок, — все подряд, и побольше, пожалуйста. Никакие доводы в пользу стройной, красивой фигуры на нее не действуют. На письменном столе громоздятся пустые пакеты из-под чипсов и банановые шкурки. Больше всего девочка любит лакомиться чем-нибудь вкусненьким перед сном, в кровати. Наша сверхаккуратная домработница Ирка только вздыхает, глядя на вымазанные шоколадом наволочки и пододеяльники. Кешка разговаривает тихим голосом, а Маня всегда кричит. Сын любит лечь около десяти и встать в восемь, Маруська до двенадцати читает книжки и, если не разбудить, продрыхнет до часу дня. Полярно разные во всем, они нежно любят друг друга.

— Мамусечка, — заорала Манюня, — как ты себя чувствуешь?

— Прекрасно, детка!

— Знаешь что, — возвестила дочь, азартно работая ложкой, — нам в Ветеринарной академии сказали, что онкология не болит и не чешется, так что у тебя точно липома, отрежут — и все.

Я содрогнулась. Совершенно не хочу, чтобы от меня что-нибудь отрезали, даже липому! В столовую легким шагом вошла Ольга, жена Аркашки. Зайчик, так зовут женщину домашние, сурово взглянула на мужа и гневно спросила:

— Кто разрешил Ваньке съесть целую шоколадку?

Аркашка смущенно заерзал на стуле, потом попробовал подлизаться к супруге:

— Заинька, смотри-ка, ты так здорово похудела!

Моя невестка похожа на вязальную спицу, но отчего-то считает себя ожиревшей свинкой и вечно сидит на диете. Мелкий подхалимаж мужа не произвел на нее никакого действия.

— Кто дал Ваньке шоколадку?

— Я, — кинулась на помощь Маня, — я!

Зайка с недоверием взглянула на девочку и покачала головой.

— Какой шоколадкой угостила племянника?

— «Аленкой».

— Никогда не ври! — возмутилась Ольга. — Какой-то идиот, и я знаю, кто он, дал мальчишке гигантский «Фрутс энд натс», и теперь глупый ребенок похож на больного псориазом и все время чешется!

Ее карие глаза метали молнии. Несчастный супруг вжал голову в плечи и постарался стать ниже ростом.

— Ну я пошла, — протрубила Маня, — уроков назадавали!

И она со скоростью молнии ретировалась из столовой, за ней понеслись собаки. Зайка продолжала буравить Кешку негодующим взглядом. Я предпочла оставить поле надвигающейся битвы, решив, не откладывая, съездить в организацию с милым названием ГУИН.

В маленькой приемной не оказалось ни одного человека — ни посетителей, ни секретарши. Шесть пустых стульев, и все тут. Дверь с табличкой «Начальник» была распахнута настежь. Внутри маленькой комнаты виднелись стол и два стула. На одном сидела женщина лет пятидесяти, с приятным, интеллигентным лицом. На другом — звероподобный парень, весь в наколках.

— Подумай сам, Горюнов, — тихо говорила женщина, — кто же разрешит тебе проживать в Москве. Ты ведь у нас особо опасный, так?

— Так, — благодушно согласился парень.

— Давай я тебе материальную помощь выпишу, справку дам и в Тверь отправлю. Устроишься на работу, может, хоть чуть-чуть на воле поживешь, зубы вылечишь. А то стыд смотреть, тридцати нет, а во рту одни пеньки. Ты уж сначала коронки поставь, а только потом за старое принимайся, а то опять в тюрьму беззубым попадешь. Воровать ведь не бросишь?

Парень задумчиво почесал в затылке.

— Имидж у меня такой — вор. А в Тверь ехать! Если бы все мусора такие были, как вы, Валентина Никаноровна, я точно бы завязал. Только вы такая одна на все МВД, взяток не берете, по зубам не колотите и как с человеком разговариваете. В Твери небось сразу бабки за прописку потребуют!

— Не говори глупостей, Горюнов, — сказала Валентина Никаноровна, — позвоню в Тверь, прослежу. Давай, иди деньги получать.

Парень шмыгнул носом и вышел в приемную.

— Следующий! — крикнула женщина.

Я вошла в кабинетик и внимательно посмотрела на начальницу. Милое, располагающее лицо, в глазах — доброта. Такой типаж скорей встретишь в школе. Этакая пожилая учительница, любимица детворы. Но в приемной ГУИНа?!

— Слушаю все внимательно, — сказала Валентина Никаноровна.

И внезапно я рассказала ей все: про диспансер, болезнь, врача Шаранко, смерть Катюши и письмо Романа. Валентина Никаноровна вздохнула:

— Ох, жаль парня. Тяжело на зоне, если дома никого. И дело даже не в том, что посылок не пришлют. Иная мать ничего, кроме лука, и не привезет, но морально поддержит. — Она порылась в большом справочнике и дала мне адрес, потом позвонила в колонию и сказала: — Андрей Михайлович, это Валентина Никаноровна из ГУИНа. Там у вас Роман Иванович Виноградов, 1978 года, в седьмом отряде. Так вот, к нему тетка собралась, а в личном деле ее нет. Она к вам подъедет... Как приедете, идите сразу к начальнику, напомните о моем звонке, а то не пустят на свидание.

Не успела она договорить, как на пороге появился коренастый паренек с букетом.

— Вот, — сообщил он радостно, — все, подчистую, и первым делом к вам.

Сзади мальчишки маячила всхлипывающая мать:

— Ну, Валентина Никаноровна, теперь ведь можете букет взять — все, освободился.

— Ладно, ладно, — засмеялась женщина, — давайте ваш веник. А ты, Ромов, смотри больше никогда с уголовниками не связывайся, дорого за глупость заплатил.

— Ой, дорого, — зарыдала в голос мать, — если бы не вы...

Я потихоньку выбралась из кабинета. Оказывается, на любой должности можно остаться человеком, жаль только, что такие люди, как Валентина Никаноровна, столь же редки в системе МВД, как алмаз «Орлов» в природе.

Глава 3

Город Пожаров совсем недалеко от Москвы. По сухой дороге «Вольво» бежала меньше часа. Загадочная УУ2167 отыскалась на окраине, возле конечной остановки трамвая. На дороге возник щит «Стой! Режимная зона. Проезд запрещен».

Я послушно запарковала машину и пошла вдоль сплошного бетонного забора с колючей проволокой. Чуть вдали виднелось приземистое, невысокое здание из красного кирпича. Погода стояла хорошая, и у открытого окна курили молодые парни. «Зеки», — догадалась я и крикнула:

— Мальчики, скажите Роме Виноградову, что к нему тетя из Москвы приехала.

Не успел язык докончить фразу, как на территории колонии взвыла сирена. По узкой дорожке ко мне уже бежали два парня с автоматами. Их круглые, почти детские лица наполняла страшная серьезность. Впереди неслась довольно тощая немецкая овчарка.

— Руки за голову, стоять! — прокричал один.

Второй угрожающе поклацал затвором. Я растерялась:

— Вы мне?

— Тебе, тебе, — обозлился милиционер, — зачем перекрикивалась с контингентом?

— А что, нельзя?

— Давай двигай на КПП, — окончательно разозлился парень.

Мы пошли по дорожке. Солнышко припекало. Ободранная овчарка все время тыкалась носом в пакет, который я несла в руках. Машинально погладила ее по голове.

— Не смей трогать служебную собаку! — закричал конвоир.

Овчарка глянула на меня голодными глазами и опять поддела носом пакет. Я посмотрела на милиционеров. Лет им по восемнадцать, не больше, тощие шеи торчат из форменных воротничков, личики мелкие и какие-то несчастные.

— Вот что, мальчики, ваша служебно-розыскная собачка просто очень голодная. У меня в пакете лежат булочки с курагой и яблоками. Кто из вас какую хочет?

— Мне с яблоками, — быстро сказал сердитый.

— Вечно тебе повкусней достается, — заныл второй.

Собака уселась на пыльную дорогу и начала бешено мести хвостом. Я открыла пакет и вытащила сдобу. Парни проглотили угощенье разом, почти не жуя. Потом запили «Спрайтом» и осторожно закурили незнакомый «Голуаз».

— Где уж тут ее прокормить, — тоскливо сказал один из конвоиров, глядя, как голодная собака облизывается, проглотив булку, — на нее вообще сорок копеек в день положено. Другая бы кошек переловила, а эта дура с ними играет. Спасибо, контингент иногда от передач отсыпает, а то бы подохла, бедолага.

Парни вскинули автоматы и повели арестантку на КПП. Круглолицый, румяный дежурный долго ругал меня, но, услышав, что приехала к начальнику, да еще с рекомендацией из ГУИНа, вздохнул и позвонил по телефону. Через пару минут залязгали железные двери, появился солдатик, и мы пошли в административный корпус.

Андрей Михайлович, начальник колонии, высокий мужик лет пятидесяти, встретил меня довольно неприветливо. Он снял фуражку, вытер вспотевшую лысину и буркнул:

— Ну, зачем приехали?

— Хочу повидать Романа Виноградова.

— Свидания только по субботам и воскресеньям.

— Видите ли, я из Москвы...

— Да хоть из Нью-Йорка, правила для всех одинаковы.

Надо же какой неприступный, ну не предлагать же ему денег! Хотя можно попробовать по-другому. Я мило улыбнулась и сладко запела:

— Уважаемый Андрей Михайлович. Может, смогу чем-нибудь помочь колонии, оказать, так сказать, гуманитарную помощь. Хотите, книг в библиотеку привезу.

— Да к чему они нам, — вздохнул начальник, — вот лучше...

— Что?

— Краски масляной для стен и пола.

— Сколько?

— Ну, — замялся полковник, — в зависимости от материальных возможностей, банки две-три, и розеток электрических, шпаклевки, побелки — в общем, стройматериалов.

Я поглядела на его потное лицо.

— Сейчас съезжу в город, куплю. Разрешите тогда свидание?

— А как же, — обрадовался собеседник, — и передачку сможете отослать.

Да, про передачу-то я совсем не подумала!

Магазинчик стройматериалов отыскала буквально в двух шагах от режимной зоны. Скорей всего хозяин хорошо осведомлен о проблемах лагеря, вот и устроился на бойком месте. Я смела все, что было на прилавках, — краску, мешки с побелкой и шпаклевкой, сорок розеток и еще столько же лампочек. У «Вольво» огромный багажник, но нечего было и думать о том, чтобы запихнуть туда все покупки. Пришлось возвратиться к начальнику.

Услышав о проблеме, Андрей Михайлович с трудом скрыл ликование:

— Сейчас, сейчас! — И схватился за телефон.

Через пару минут в кабинете стояло пять парней в камуфляже.

— Поступаете в распоряжение Дарьи Иванов-
ны, — строго приказал полковник.

Мальчишки покорно побрели за мной. Часть
банок и мешков мы запихнули в багажник, отвез-
ли по месту назначения и вернулись за следующей порцией. Устав, я облокотилась на капот и
со вкусом закурила.

— Мамаша, — робко сказал один из парней, — сигаретки не найдется?

Я протянула им «Голуаз». Солдатики поглядели на незнакомую пачку, почесали в затылке и
аккуратно вытащили курево.

— Ребята, а что в передаче на зону посылают?
Помощники оживились.

— Ой, чего только не передают. Тут один мошенник сидит, так такое получает: и бекон, и кофе, и сгущенку. Даже рыбу горячего копчения,
он угощал, такая вкусная!

Примерно часа через полтора еще более вспотевший, но страшно довольный начальник ввел
меня в длинную комнату. Посередине она была
разделена стеклянной перегородкой. По обеим
сторонам перегородки стояли столы с телефонами и колченогие стулья.

Я села за один из столов и стала ждать. Внутри
помещения что-то залязгало, и по ту сторону стекла появился невысокий юноша, совершенный
мальчишка. Щуплый, с длинными руками. Волосы пострижены коротко, почти брит наголо, в
глазах тревога. Одет Роман был в какую-то жуткую черную куртку.

— Кто вы? — без всякого приветствия крикнул юноша, схватив телефон.

В аппарате что-то шуршало и почему-то слышалась радиопередача.

Как можно более осторожно я рассказала ему, что случилось с Катюшей. Рома закрыл лицо ладонями и заплакал. Моментально прибежал конвойный, схватил трубку и рявкнул:

— Кончай над парнем издеваться. Он уже исполняет наказание, а от твоей ругани лучше не станет. Чего передачу не шлешь? Последняя ему в конце марта была. Мамаша!!!

Я объяснила защитнику суть дела. Милиционер присмирел, потом заклацал дверью и поманил меня пальцем. Я вошла внутрь небольшого помещения без окон. Два стула, и все. Через секунду ввели Романа.

— Раз уж такое дело, — тихо пробормотал отрядный, — поговорите спокойно, без стекла, времени вам час. Мы же тут не звери, понимаем все-таки.

Вблизи Рома показался еще моложе, просто испуганный мальчишка с размазанными по щекам грязными потеками.

— Как же так, — растерянно бормотал он, — ведь она совсем вылечилась, веселая приезжала, совсем здоровая, только тошнотой мучилась.

Я еще раз повторила рассказ про капельницу. Паренек вздохнул.

— Все Альберт с Виолеттой — сволочи. Меня посадили, а мама от горя заболела.

— Кто это? И вообще, что ты натворил?

Юноша утерся грязным носовым платком и рассказал совершенно невероятную историю.

После окончания школы он пытался поступить в автодорожный институт, но неудачно. По счастью, армия ему не грозила. В детстве попал под машину, и хирурги ампутировали несколько пальцев на левой ноге. Ходить не мешает, но для службы не пригоден. Рома пристроился работать агентом в риэлторскую контору. Денег получал немного, но им с мамой, в общем, хватало. Катюша работала швеей, и жили они тихо. Отца мальчишка никогда не видел. Очевидно, жизнь и дальше бы катилась по устойчивому маршруту, но тут появилась Светлана Павловская. Она попросила Рому оказать ей услугу, продать четырехкомнатную квартиру. Вроде дело простое, но на жилплощади прописан человек, который не хочет съезжать.

— Подожди, — спросила я его, — а почему она обратилась к тебе с таким щекотливым, противозаконным делом?

Выяснилось, что Рома учился в одном классе с сыном Светланы Павловской — Игорем. Мальчики дружили, часто бывали друг у друга в гостях. Желая услужить матери приятеля, к тому же обещавшей хорошо наградить помощника, Рома переговорил с начальником. Тот, хитрый, прожженный делец, ухватился за предложение, и в два счета апартаменты продались. Деньги отдали Павловской. Светлана рассыпалась в благодарностях и сообщила, что через неделю даст Роману тысячу долларов. Но через семь дней мальчишка получил совсем другую награду. В восемь утра в их маленькую чистенькую квартирку вломились сотрудники РУОПа. Ничего не понимающего паренька уволокли в Бутырку. Рыдающая Катюша понеслась в милицию. Ее встретил гадко ухмыляющийся следователь по имени Искандер Даудович. Поблескивая маслянистыми глазками и ощупывая сальным взглядом аккуратную Катюшину фигурку, он сообщил ей совершенно невероятную информацию. Светлана Павловская пришла в милицию с заявлением. Женщина сообщала, что Роман Виноградов обманул ее при продаже квартиры. Продать продал, а денег не отдал, все сто тысяч долларов присвоил, оставив ее, Павловскую, на улице, без средств.

Первые несколько дней следователь здорово колотил Рому, чтобы выбить из него признание. Но несчастный парнишка только твердил, что доллары передавал хозяину. Положение усугублялось еще и тем, что отец Светланы Павловской — Альберт Владимирович — был высокопоставленный человек. Доктор наук, профессор, академик. По написанным им книгам училось не одно поколение экономистов. Связей и денег в семье Павловских было предостаточно, не то что у бедной Катюши.

Следствие провернули за две недели. Еще год Рома провел в Бутырке, поджидал суда. Самый справедливый и гуманный в мире вломил парню семь лет с конфискацией имущества. Но когда судебный исполнитель явился к Виноградовым, оказалось, что конфисковывать нечего. Ни золота, ни дорогой бытовой техники, ни машины.

Сто тысяч долларов как испарились. Светлана, рыдая на всех углах, рассказывала, что не получила ни копейки. Но через несколько недель после того, как Рома попал в тюрьму, она купила новую квартиру. И опять, плача, сообщила всем, что деньги, последние деньги, отдал ей папа, неспособный смотреть, как дочь с семьей мучается почти на улице.

С тех пор прошло два года. Бедная Катюша от переживаний получила онкологическое заболевание, абсолютно невиноватый Рома мотал срок, а Павловские купили дачу.

— Они все такие противные, — шмыгал носом рассказчик. — Альберт Владимирович надутый, как павлин. Светлана с виду ласковая-ласковая, просто противно. Муж ее — Валерий — жуткий бабник. А еще есть брат Светланы — Дима, тот просто кошмарный тип. Сама Виолетта Сергеевна ничего. Почему они так поступили, что я им сделал? За что?

— Кто такая Виолетта Сергеевна?

— Жена Альберта Владимировича.

Он высморкался и попросил:

— Дарья Ивановна, оставьте пачку сигарет, а то здесь курево — основная валюта.

Вернулся конвойный и увел Рому. Я вышла в большую комнату, где сидели несколько человек с сумками. В окошке миловидная девушка в военной форме принимала передачи.

— До которого часа работаете?

— В пять закрою, — ласково сообщила блондинка.

— Подскажите, где лучше продукты купить?

— В нашем магазине, — оживилась приемщица. — Дверь рядом с КПП. Очень удобно. Правда, немного дороже. Но если приобретете все в городе, придется разворачивать.

— Как?

— Просто. Конфеты, шоколад, чай, кофе — все россыпью, в простых прозрачных мешочках. А из нашей лавки доставят контингенту в ненарушенной упаковке.

Я согласилась, что так удобней, и двинулась в магазин. Купила большую клетчатую китайскую сумку и стала крушить прилавок. Десять блоков сигарет, два кило бекона, сыр, тушенка, масло...

— Можно только 20 килограмм, — сообщила продавщица, щелкая калькулятором.

Гора продуктов росла, но тут в магазинчик вошли двое в камуфляжной форме.

— Зинулечка, — радостно крикнул один, — взвесь нам этих вкусненьких конфеток к чаю.

И он ткнул пальцем в дешевую «Киевскую» помадку.

— Отстань, — рявкнула продавщица, — видишь, человека обслуживаю! Денежный покупатель, не вам чета.

Мужики присмирели и пристроились возле окна.

Я быстро сказала:

— Пожалуйста, отпустите им конфеты, я никуда не тороплюсь.

Зина вздохнула, выложила на прилавок клеенчатую тетрадь и недовольно осведомилась:

— Сколько вам?

— Нет, нет, — обрадованно сообщили мужики, — заплатим наличными. Взвесь сто пятьдесят грамм.

Близоруко прищуриваясь, продавщица запустила руку с облупившимися ногтями в банку и принялась сыпать на весы неопрятного вида комочки. Она долго крошила одну конфетку, добиваясь точного веса. Парни не скрывали радости.

— Зарплату дали, — сообщил один.

— Февральскую, — уточнил другой.

Они прихватили бумажный кулечек и побежали чаевничать. Я ухватила тяжеленную сумку и поволокла сдавать передачу.

На обратной дороге в голове теснились самые разнообразные мысли. Зачем такому человеку, как академик Павловский, преподавателю с мировым именем, растаптывать в пыль мальчишку? А в невиновность Ромы я поверила сразу. Видела их бедненькую квартирку и застиранную кофточку Катюши. Деньгами у Виноградовых и не пахнет. Так зачем засаживать парня? Ох, чует мое сердце, попал бедный Роман как кур в ощип. Надо помочь мальчишке, никого ведь у бедолаги нет, круглая сирота.

Дома я сначала долго мылась в душе, пытаясь смыть запах колонии. Потом села изучать телефонную книжку. Как подобраться к Павловским? Может, Алена Решетникова поможет? Все-таки закончила экономический факультет и работает в каком-то НИИ.

Алена великолепно знала Альберта Владимировича.

— Заведует лабораторией в нашем институте. Тот еще кадр: спесивый, надменный, злопамятный. Если невзлюбит, пиши пропало. Не остановится, пока вообще из науки не выпрет. Двоих деток родил. Дочурка Светлана — этакая змея в сиропе. Будет тебе в глаза ласково-ласково заглядывать, за руку брать и в вечной любви клясться. Мы на одном факультете с ней учились. Так вот на третьем курсе Светочку крепко избили в туалете. Выяснилось, что она наушничает куратору, тайком отмечает тех, кто пропускает лекции. И зачем ей это было надо? Ну ладно какая-нибудь провинциалка! Той выслужиться хочется, чтобы место в аспирантуре получить да из столицы не уехать. Но Светка! С таким папой! Из любви к искусству действовала. Братик ее, Димочка, на два года моложе. Вот уж где полный караул! Бедненький Альберт Владимирович замучился, все пытался из сынули кандидата наук сделать. Потом, наверное, плюнул и сам написал ему диссертацию. Представляешь, какой цирк на защите вышел! Димочка еле-еле на вопросы отвечает, папуля красный сидит. Ну да бог с ним, жалко больного.

— Кого?

— Диму, он болен.

— Чем?

— Патологическое обжорство.

Я захихикала.

— Нечего смеяться, — сообщила Алена, — на самом деле болезнь такая есть, медицинский диагноз. Дима постоянно ест, весит почти 200 килограмм, а остановиться не может. Говорят, на нервной почве возникает. Еле-еле женили бедолагу. Там вообще семейка — жуть. Один Светкин муженек Валерка дорогого стоит. Самозабвенный бабник, ни одной юбки не пропускает, хотя, если вспомнить про Светку, может, он и не виноват. Одна Виолетта Сергеевна приятная, милая и интеллигентная.

— Можешь меня с ними познакомить?

Алена призадумалась.

— Надо сказать, что ты приехала из Казани и хочешь показать диссертацию.

— Господи, да я же в экономике как свинья в коньяке разбираюсь, и почему Казань?

— Альберт Владимирович родом оттуда и всех казанских привечает. Уж какие только дураки не приезжали, все позащищались. А потом тебя там никто спрашивать не будет. Но только учти, все кандидатки в аспирантки у них сначала домработницами работают.

— Как это?

— Просто. Диссертацию нужно выслужить. Вот и бегают Павловским по магазинам, полы моют, сапоги чистят да еще друг друга локтями отталкивают, чтобы лучше услужить. Подумаешь, годок грязь повыносят, зато потом кандидатская, считай, в кармане.

— А деньги?

— Альберт Владимирович открыто денег не берет, в основном услугами.

— Они что, не платят домработницам?

Алена расхохоталась.

— Дурочка. За что деньги-то давать? Девчонки сами помочь научному руководителю набиваются.

Глава 4

К Павловским меня пригласили в пятницу.

Уютный кирпичный дом на улице Косякова, домофон, лифтерша, ковровая дорожка на лестнице. Я робко позвонила в дверь и скромно потупилась на пороге, сжимая в руках три потрепанные гвоздики и дешевенькую коробочку конфет.

Образ просительницы из Казани дался нелегко. Пришлось специально покупать на вещевом рынке дешевый трикотажный костюмчик, на ноги нацепила жуткие баретки, в которых наша домработница Ирка ходит выбрасывать мусор. В ушах сережки из ближайшего ларька. Отполированный «Вольво» удачно спрятала в соседнем дворе. Можно было еще подушиться «Красной Москвой», но на такой ужас я не согласна даже ради торжества справедливости.

Обитая красной кожей дверь открылась не сразу. Кто-то рассматривал меня в глазок. Потом загремели замки, и на пороге появилась мило улыбающаяся пожилая женщина. Сначала я приняла ее за домработницу, но потом увидела бриллиантовые серьги в ушах и пару дорогих колец на ухоженных руках. Передо мной стояла сама Виолетта Сергеевна.

— Проходите, душенька, раздевайтесь. Наверное, устали, — ласково пропела женщина, указывая на нарядные велюровые тапочки.

Я скинула ужасные туфли, протянула профессорше дары.

— Какой букет! — умилилась та и крикнула: — Алик, посмотри, какие чудесные цветы принесла... Вас как зовут, милочка?

— Даша, — пролепетала я.

— Пойдемте, пойдемте, Дашенька, — обволакивала нежностью старушка, — не надо конфузиться. Альберт Владимирович не кусается.

Из просторной прихожей мы двинулись в холл. В глазах зарябило — повсюду бронза, хрусталь и зеркала. С потолка свисала пудовая люстра, вся в ужасающих подвесках. По стенам там и сям лепились жуткие картины в богатых позолоченных рамах. Мебель обита парчой. В углу торшер в виде негритенка с поднятой рукой. Весь пол устилает огромный серый ковер с кровавыми разводами. Я невольно попятилась, редко встретишь такое варварское великолепие.

Виолетта Сергеевна подумала, что при виде эдакой красоты бедная провинциалка сконфузилась окончательно, и подтолкнула меня в спину. Из двери в противоположном конце холла величаво выплыло светило экономики. Я закусила губу, чтобы не расхохотаться. Больше всего Альберт Владимирович походил на индюшонка. Маленького роста, на коротеньких ножках и с толстым животиком. Он горделиво посмотрел на меня, словно проверяя, произвел ли нужное впечатление, и неожиданно скрипучим, совершенно не преподавательским голосом спросил:

— Вы от Решетниковой? Работу принесли? Алена говорила, что диссертация готова.

Накануне прозорливая Аленка вручила мне довольно объемистую папку со своей диссертацией, защищенной примерно десять лет тому назад.

— Он не догадается? — боязливо спросила я.

Алена замахала руками:

— Никогда, столько времени прошло, и потом, научным руководителем у меня был совершенно другой человек. Так, проглядит по диагонали, велит кое-что исправить. Павловскому главное, чтоб в библиографии все его труды помянули.

— Вдруг разговор заведет на научные темы!

Алена всплеснула руками:

— Прикинешься робкой до невозможности. Провинциалка из Тмутаракани да в гостях у академика, вот язык и отсох. Не волнуйся, насколько знаю Альберта, он сам станет перед тобой соловьем разливаться, обожает поучать и давать советы. От тебя требуется только одно: качай головой и вздыхай от восхищения. Впрочем, можешь вытащить блокнот и конспектировать нетленные высказывания.

Я протянула ученому работу. Альберт Владимирович повел «аспирантку» в кабинет. Да уж, там было на что посмотреть. От потолка до пола высились полки, забитые роскошными томами в кожаных переплетах с золотым тиснением, наверное, специально переплетать отдавали. Письменный стол — антикварный, красного дерева, на ножках в форме медвежьих лап. Со столешницей размером с небольшой аэродром. Тяжелые бархатные шторы, роскошная кожаная мебель, на полу настоящий туркменский ковер — похоже, ручная работа. Стены украшало несколько совсем неплохих подлинников — Кустодиев, Репин, Левитан. В комнате сильно пахло деньгами. Здесь не скрывали богатства, не стеснялись его. Скорей выставляли напоказ, демонстрируя удачливость. Представляю, как подобный антураж действует на провинциальных теток.

Царственным жестом Альберт Владимирович указал на просторное велюровое кресло. Я попыталась скромно устроиться на краю, но предательски мягкое сиденье прогнулось, и зад утонул в подушке. Коленки задрались чуть ли не выше головы. Академик величаво устроился в вертящемся рабочем кресле, теперь он смотрел на меня сверху вниз. Бог мой, при таких чинах иметь комплекс неполноценности!..

Пухлой наманикюренной рукой светило вяло пролистало содержание папки, заглянуло в библиографию. Потом изрекло:

— Работы предстоит много, в таком виде, конечно, диссертация непригодна. Ни один московский совет не пропустит столь рыхлую работу.

«Уже пропустил, — подумала я, — десять лет тому назад, и ты дал на неё положительный отзыв».

— Но тема интересная, даже актуальная, — продолжал профессор.

Из его рта полились гладкие фразы. Каждое слово в отдельности понятно, но общий смысл ускользает. Вспомнив Аленины наставления, я вытащила блокнот и принялась с подобострастным видом чирикать ручкой. Экономист говорил и говорил, изредка останавливался, поглядывал на большое зеркало, стоящее на письменном столе, и продолжал мудрые речи. К исходу второго часа я хотела пить, курить и писать.

Помощь пришла от Виолетты Сергеевны. Дверь приоткрылась, и профессорша ласково пропела:

— Алик, ты совсем утомил бедную детку. Наверное, ей хочется кофейку.

Доктор наук захлопнул рот, как чемодан, и глянул на супругу. Виолетта поманила меня:

— Пойдемте, пойдемте на кухню.

Потом старушка повернулась к муженьку:

— Милый, пора собираться на заседание ВАК.

— Да, да, — закивал Альберт Владимирович, — что-то я слишком увлекся.

— Совсем себя не жалеешь, — вздохнула жена, — хочешь из каждой диссертации конфетку сделать. Кстати, на экспертном совете сегодня должны утверждать Карташову. Помнишь, какие гадости она говорила про тебя на собрании?

Профессор крякнул:

— Людям свойственна неблагодарность. Но я выше мелкой мести, а голосовать стану против просто потому, что работа отвратительная.

Виолетта удовлетворенно улыбнулась и поволокла меня на кухню. Даже у нашей Ирки нет такого количества электробытовых приборов! На столах и столиках почти двадцатиметровой кухни теснились: тостер, ростер, кофеварка, СВЧ-печка, мясорубка, вафельница, открывалки для банок, ломтерезка, комбайн, миксер... У окна высился гигантский четырехкамерный холодильник «Бош». Тут же помещалась и стиральная машина той же фирмы.

На огромном обеденном столе стояла тарелочка с двумя кусочками сыра. Рядом в изящной корзиночке лежало несколько тоненьких ломтиков хлеба.

— Садитесь, садитесь, милая, — ворковала Виолетта, — кофе или чай?

— Чай, пожалуйста.

Старушка взяла заварочный чайник и плеснула в чашку желтоватой заварки, потом щедро долила доверху кипятком. Поданный напиток Аркадий именует «моча молодого поросенка».

— Пейте, душенька, — радостно предложила

профессорша, — чаек свежий, только вчера заваривали.

Я отхлебнула попахивающую веником жидкость и постаралась изобразить восторг. Виолетта Сергеевна села напротив и, оглядывая меня чуть блеклыми голубыми глазками, принялась расспрашивать. Скорей всего в молодости дама подрабатывала в КГБ, потому что интересовалась всем: возрастом, семейным положением, материальным достатком. Я решила рассказать «правду». Живу в Казани, преподаю в автодорожном техникуме. Мужа нет, детей тоже, зарабатываю очень хорошо, целых 400 рублей в месяц. Квартирка собственная, правда, маленькая. Всю жизнь посвящаю науке, преклоняюсь перед трудами Павловского и счастлива, что познакомилась с ним лично.

Виолетта Сергеевна удовлетворенно улыбнулась и пододвинула поближе тарелочку со слегка засохшим сыром.

— Кушайте, кушайте, в Москве просто невозможно пользоваться общепитом, страшно дорого. Кстати, где вы остановились?

— Алена Решетникова познакомила с дамой, которая сдает комнату. К сожалению, там нет телефона.

Профессорша покачала аккуратно уложенной головой:

— Плохо, вдруг срочно понадобитесь Альберту Владимировичу. Вот что. Вы ведь не торопитесь? Сейчас придет Настя, и я отдам вам ее пейджер.

Где-то через полчаса в кухню вошла молодая

темноволосая женщина. Она поставила на пол две огромные сумки и устало произнесла:

— Вот. В прачечную не успеваю, поезд через два часа.

— Притомилась, душенька, — пропела Виолетта Сергеевна, — скоро отдохнешь. Езжай спокойненько домой. Альберт Владимирович разговаривал с ректором, дадут тебе ставку доцента.

Женщина кинулась на шею старушке. Та отступила на несколько шагов и пробормотала:

— Ладно, ладно, лучше не забывай профессора с праздниками поздравлять, а то он так расстраивается, когда аспирантки уезжают, и с концами. У Альберта Владимировича ранимая душа. Помни о нас, а мы тебя не забудем.

— Виолетта Сергеевна, родненькая, — принялась всхлипывать пришедшая, — после того, что вы для меня сделали...

— Ой, прекрати, — замахала руками профессорша, — лучше объясни Дашеньке, что такое пейджер, как он работает.

И она вышла из кухни.

Настя глянула на меня широко поставленными зелеными глазами и поинтересовалась:

— Диссертацию ваяешь?

Я кивнула.

— Чего молчишь, язык от впечатлений потеряла? Ты откуда?

— Из Казани.

— Да, — вздохнула предшественница, — не завидую тебе. Главное, помни: во всем угождай Виолетте и не вздумай хоть копейку из хозяйственных денег утаить. Тут не Алик главный, а она.

Что скажет, то академик и делает. Не показывай ему никаких своих работ, будет спрашивать, говори — не привезла.

— Почему?

— Потому. Смотри преданно Алику в глаза и через фразу повторяй — «счастлива работать под руководством такого гения».

— Не слишком ли?

— В самый раз. У него самооценка высотой с Останкинскую телебашню. Бойся Светки — гадина жуткая. Димка ничего, только глупый очень, ну да он вязаться к тебе не станет. Валерке, зятю, сразу по зубам, как под юбку полезет, и пообещай Виолетте пожаловаться. Композитор ее боится как огня и сразу отвалит.

— Композитор?

— Ага, музыку сочиняет, только никто исполнять не хочет. Ты не вздумай понадеяться, что он с тобой трахнется и Светку бросит. А то тут была пара дурочек. Решили москвичками стать. Валерка неразборчив, как павиан, лишь бы дырка была, куда засунуть. Не тушуйся, годок помучаешься, зато диссертация в кармане, да еще работу подыщут. Слышала, мне доцента дают!

Настя сняла с пояса коричневую коробочку и принялась объяснять мне устройство пейджера.

Домой я ехала в легком обалдении. Сама много лет проработала в институте. Правда, у нас там не было птиц такого высокого полета, как Павловский. На весь коллектив три кандидата и один доктор наук. Но совершенно нормальные люди, без наполеоновских замашек. Вот, значит, как делаются диссертации! А я-то по наивности полагала, что дело только в хорошо написанной работе. Ну и ну.

Загнав «Вольво» в гараж, я тихо прокралась в холл — не хватало, чтобы кто-нибудь из детей встретил мать в таком виде. Но не успела я шмыгнуть на лестницу, как из гостиной вышел Аркадий:

— Мать, ты где шляешься?

Потом сынок оглядел меня с ног до головы и выпалил:

— Что это на тебе такое напялено? Где откопала эту красоту невиданную?

— Не нравится? — фальшиво расстроилась я. — Купила сегодня в бутике, говорят, последняя мода.

— Ты что задумала? — поинтересовался Кеша.

— Ничего!

— Мать, знаю тебя как облупленную. Или рассказываешь правду, или звоню Александру Михайловичу и говорю, что ты затеваешь таинственные переодевания.

Тяжелый вздох вырвался из моей груди, плохо иметь сына-шантажиста. И совершенно не хочется впутывать сюда Александра Михайловича. Он мой старый и верный друг. Познакомились мы много лет тому назад, когда я подрабатывала в Академии МВД: вбивала в милицейские головы начатки французской грамматики. Группа подобралась редкостная — через двадцать минут после начала занятий бравые лейтенанты начинали отчаянно зевать. Я решила разнообразить занятия и предложила:

— Вижу, вам скучно читать текст про Красную

Шапочку, давайте займемся переводом того, что интересно.

Курсанты оживились.

— Давайте! — закричали они. — Нас страшно волнует тема «Описание трупа».

Я вздрогнула, но взяла предложенный листок и принялась подробно объяснять слова. Пока дело шло о глазах, ушах, почках, было ничего. Но тут вдруг я наткнулась на словосочетание «странгуляционная борозда» и вынуждена была признать поражение.

— Мальчики, у меня слова «борозда» ассоциируется только с пашней, а прилагательное даже по-русски не понимаю.

Сидящий на первой парте мужчина оживился:

— Сейчас объясню, все очень просто, вам понравится.

Он раскрыл портфель и высыпал на мой стол кучу фотографий жуткого трупа висельника с выпученными глазами и прикушенным языком. Никогда в своей жизни не видела ничего страшней. На беду перед семинаром съела два пирожка с мясом, и не успел капитан охнуть, как они в переработанном, так сказать, виде шлепнулись на отвратительные снимки.

Курсанты кинулись ко мне и, собирая перемазанные фото, принялись ругать неловкого коллегу. На следующий день он пришел на занятия с букетом роз. С тех пор мы нежно дружим. У Александра Михайловича есть собачка — английский мопс Хуч. Это подарок французского коллеги — комиссара Жоржа Перье. Но приятель пропадает целыми днями на работе, бедный песик от тоски начал болеть, и мы взяли его к себе. Для русского уха имя Хуч звучит ужасно, поэтому Ольга назвала собачку Федором Ивановичем. Мопс согласно отзывается на обе клички, и мы обожаем его. Небольшое напряжение возникло, когда нанятая для близнецов няня привезла с собой в наш дом йоркширского терьера Жюли. Слегка апатичный Федор Иванович, большой любитель поесть и поспать, страшно оживился при виде миниатюрной терьерицы. Несколько дней он посвятил платоническим ухаживаниям, потом перешел к решительным действиям. В результате мы получили восемь штук мопсерьеров. Кое-как пристроили очаровательных в своем уродстве щенят и теперь пытаемся не допустить «повторного брака».

В наших идиллических отношениях с Александром Михайловичем существует одна, зато большая ложка дегтя. Он — сотрудник МВД, к тому же полковник. Несколько раз ему приходилось вытаскивать нас из неприятностей. В последний — когда похитители потребовали гигантский выкуп за украденную Марусю. Тогда полковник взял с меня честное слово никогда больше не заниматься частным сыском. Я поклялась самыми страшными клятвами. Но жить мне стало как-то скучно. Преподаю сейчас только четыре часа в неделю. Маня совсем выросла, а у близнецов есть няня. К тому же совершенно не собираюсь делать ничего противозаконного. Просто хочу посодействовать несчастному парнишке, оказавшемуся в большой беде. Кто поможет Роману, если не я? Ну не похож парень на преступника! И зачем Павловским, таким богатым и именитым, обвинять юношу в воровстве? Но если полковник узнает, тут же запретит разбираться в этом деле. А мне вчера приснилась умершая Катюша. Она посмотрела на меня в упор большими глазами и пробормотала: «Доверяю тебе Рому». В результате я проснулась в холодном поту.

— Мать, — продолжал настаивать Аркадий, — жду ответа!

Пришлось рассказать почти все. Кешка почесал кудрявую голову.

— Да уж, не повезло мальчишке. Хочешь, я посмотрю дело?

— Как ты его получишь?

— Очень просто. Оформишь меня в конторе как адвоката Романа, и я потребую дело для ознакомления.

— Но ведь родственников у Виноградова нет. Как же нанимать адвоката?

— Защитника может оплатить любой — в консультации не спрашивают, кем ты приходишься подзащитному. Миллион в кассу, и я твой. Надо же помочь бедняге, только давай все-таки сначала посмотрим материалы. Вдруг он тебе наврал?

Глава 5

Дело Кешка получил в пятницу. Не слишком толстая папочка, на изучение которой ему хватило трех часов. Перелистав обязательные бумаги, характеристики, справки, Аркашка наткнулся на допрос Светланы Павловской. Женщина расписала бедного Рому такими черными красками, что впору было вывести парнишку во двор и расстрелять на месте. Тут же лежали показания трех женщин — Жанны Соковой, Клары Мордвиновой и Виктории Пановой. Они лили на Рому грязь и рассказывали о бедственном материальном положении Павловской. Настораживал тот факт, что свидетельницы работали в лаборатории у Альберта Владимировича. Самым странным было то, что хозяина риэлторской конторы, Вячеслава Демьянова, который, по словам Романа, отдал сто тысяч Светлане, не допрашивали. Как будто такой человек вообще не упоминался в деле.

— Непостижимо, — ворчал Аркашка, — почему не нашли хозяина и не задали ему пару вопросов. Похоже, что следователь просто поторопился отдать дело в суд.

И еще одна неувязка. На судебном процессе проходил свидетелем Игорь, сын Светланы. Судья задал вопрос:

— Когда вы видели подсудимого в последний раз?

— В начале октября, — простодушно сообщил Игорь, — он пришел вместе со Славой.

— Каким Славой?

— Демьяновым, — сообщил Игорь, потом быстро поправился: — Простите, оговорился, со Славой Демченко, нашим бывшим одноклассником из 17-й школы.

Судья не обратила внимание на этот эпизод. Но Кешке он показался странным. Сын не поленился позвонить в 17-ю школу и узнал, что в классе, где учились Павловский и Виноградов, никогда не было школьника Славы Демченко.

В еще большее удивление повергло его решение следователя. Катюша официально просила изменить сыну меру пресечения с ареста на подписку о невыезде. У нее были на то все основания. Роман задерживался в первый раз, особо опасным не считался, мать даже готова была внести залог. Искандер Даудович отказал и мотивировал свое решение просто: Виноградов находился в бегах, не являлся по повесткам и, следовательно, может исчезнуть, не дождавшись суда. Это было совсем странно. Заявление в РУОП Светлана Павловская отнесла 26 октября, а 28-го Рома уже сидел в Бутырке. Никакие повестки за столь короткий срок просто не могли дойти, скорей всего их и не посылали. И потом, какая удивительная торопливость для официальных органов! Арестовали мальчишку утром, почти в кровати. Всегда считала, что, когда скрываются, не сидят дома, а уезжают куда-нибудь подальше. Здесь же «находящийся в бегах и не являющийся по повесткам» преспокойненько спал в собственной постели. Удивительно, что судья ничего не заметила. Может, наша Фемида не только слепая, но и глухая в придачу? А может, что-то заставило всех: следователя, судью и прокуроршу — ослепнуть и оглохнуть? И какая злобность: дать впервые оказавшемуся на скамье подсудимых парню семь лет! Аркадию вообще казалось, что это дело следовало рассматривать не в уголовном, а в административном порядке. В чем тут факт мошенничества? Больше похоже на не отданный долг. И самым чудесным образом от глаз «неподкупных и справедливых» ускользнул пикантный факт: Светлана Павловская просила продать квартиру, где был прописан еще один человек. То есть она втягивала парня в противозаконное дело и обещала хорошую награду. По меньшей мере, такое поведение истицы требовало частного определения суда в ее адрес. И опять — полная тишина.

Дело было сшито белыми нитками. Особо гадко выглядело заявление Павловских, написанное уже после процесса. Они возмущались легкостью наказания и требовали увеличить срок до 15 лет. Наверное, больше всего их устроила бы высшая мера.

Кешка пришел в полное негодование:

— Кто-то очень постарался, чтобы процесс прошел моментально, а наказание было максимальным. Похоже, парнишку просто подставили. Надо найти хозяина риэлторской конторы, Вячеслава Демьянова.

«И этих теток, свидетельниц», — подумала я.

— Все равно, мне кажется, что лучше рассказать полковнику, — пробормотал Аркашка, — пусть потребует дело на доследование.

— Миленький, — ласково сказала я, — Александр Михайлович так занят, зачем усложнять ему жизнь? Поверчусь у Павловских, вдруг узнаю что-то интересное? Потом все расскажем полковнику, обязательно.

— Ладно, — неожиданно согласился сын, — только ты там поаккуратней, похоже, дом Павловских — небезопасное место. Но ведь надо помочь бедному парню, не сидеть же ему семь лет за несовершенное преступление.

Первый звонок на пейджер поступил в субботу, около восьми утра. Терпеть не могу рано вставать, поэтому еле-еле продрала глаза и взглянула на экранчик. «Срочно позвоните. Павловская». Что там у них стряслось?

Трубку сняли сразу.

— Алло! — пропела Виолетта Сергеевна.

— Простите за столь ранний звонок, но только что пришло сообщение на пейджер...

— Дашенька, — обрадовалась профессорша, — как мило, что откликнулись. Видите ли, произошла небольшая неприятность. Светочка, наша дочь, заболела, а я не могу выйти из дому, давление поднялось. В такой ситуации раньше помогала Настя, но она вчера уехала домой. Не могли бы вы разок сходить нам за продуктами?

— Конечно, — согласилась я, — сейчас оденусь и приеду.

— Вы уж поторопитесь, душенька, на рынок лучше с утра ходить, пока все свеженькое.

Пришлось вылезать из уютной кроватки и превращаться в «казанскую» жалмерку.

Виолетта Сергеевна всучила гигантский список. Я принялась изучать листок: творог рыночный — 1 кг, мясо парное — 2 кг, шампиньоны — 2 кг, курага, орехи, изюм, форель слабосоленая, 200 г черной икры...

— Милая, — прощебетала старушка, — очень прошу, обязательно принесите домой чеки. Альберту Владимировичу они нужны для работы.

Я уставилась на нее во все глаза. Зачем академику чеки? Видя мое недоумение, Виолетта Сергеевна открыла ящичек и вытащила довольно толстую общую тетрадь, страницы которой делились на графы — число и месяц, что куплено, стоимость. Почти напротив каждой строчки виднелся кармашек с чеками.

— Альберт Владимирович пристально следит за ценообразованием, — пояснила Виолетта, — это его конек. Часто упоминает в статьях. У нас таких тетрадок — горы. Скажите, помните, сколько стоил литровый пакет молока в 1979 году?

Я покачала головой.

— Сейчас скажу, — заулыбалась старушка. Она порылась в тетрадках, вытащила одну, пролистала странички и объявила: — 32 копейки!

— Да, — протянула я, — но зачем же чеки? Можно просто записать стоимость!

— Деточка, — ужаснулась профессорша, — это же научные данные. Мало ли кто что напишет, а так имеется документальное подтверждение.

Взяв гигантские сумки, я побрела на рынок. К счастью, он был рядом, прямо за поворотом. Галдящая толпа, куча людей с сумками на колесах, поющие нищие и веселые торговцы. Нет, хорошо все-таки, что у нас за продуктами ходит Ирка! Затратив на покупки почти два часа и собрав, где можно, чеки, я приползла к Павловским. Тяжеленные сумищи колотили по ногам, руки грозились выскочить из плечевых суставов. Наконец почти неподъемная ноша оказалась возле холодильника «Бош». У плиты стояла невысокая рыженькая женщина.

— Знакомьтесь, — пропела Виолетта, — это Жанночка Сокова, наш добрый ангел. Просто не знаю, что бы мы без нее делали.

Жанна махнула поварешкой.

— Скажете тоже, подумаешь, ерунда, суп для Альберта Владимировича сварить! Разве трудность? Одно удовольствие.

И она принялась чистить картошку.

— Не устали? — заботливо спросила старушка, закладывая кульки в холодильник.

— Нет-нет, — поспешила я уверить ее.

— Тогда не в службу, а в дружбу: занесите Светочке обед, а то бедная так плохо себя чувствует.

Выяснилось, что дочь живет в соседнем доме, требовалось всего лишь перейти улицу. Нагруженная другими сумками, я позвонила в домофон.

— Да, — каркнул динамик, и дверь распахнулась. Подъезд рангом пониже, чем у Альберта Владимировича, ковра нет, но лифтерша сидит.

— К кому? — строго осведомилась она.

— К Светлане Павловской.

— А Настя где?

— Уехала домой.

— Теперь, значит, ты таскать будешь, — констатировала дама. — Как звать-то?

— Даша.

— Ну, господь с тобой, езжай на седьмой этаж.

В лифте было невыносимо душно, и кофточка прилипла к спине. Хорошо, наверное, выгляжу — потная, грязная, волосы растрепались. На пороге квартиры поджидала женщина. Больше всего она напоминала грушу: довольно узкие плечи, совсем маленькая голова и огромный зад.

— Несите на кухню, — распорядилась хозяйка командным голосом. Я проволокла ношу по до-

вольно большой прихожей и оказалась в холле.
Здесь, так же как у академика, повсюду виднелись бронза, хрусталь и зеркала. Около ярко-бор-
дового дивана тихо журчал комнатный фонтан-
чик. Кухня выдержана в стиле «пейзан». Дере-
вянные шкафчики, расписные доски и поделки
из соломы. Я грохнула торбы на пол и без приглашения рухнула на резной стул. Ноги просто
отказывались служить, руки дрожали, на верхней
губе проступил пот.

Светлана нелюбезно глянула на меня.

— Как вас зовут?

— Даша.

— Очень мило, а я Светлана Альбертовна. Виолетта Сергеевна сказала, диссертацию пишете?

Я закивала головой. Дочь академика оглядела
принесенное, потом позвонила по телефону:

— Мама, — сказала она недовольным голосом, — ты же знаешь, что Игорь не ест черную
икру, только красную. Неужели трудно запо-
мнить?

Потом повернулась ко мне и сказала:

— Виолетта Сергеевна просит вас зайти.

На подкашивающихся ногах я поплелась
назад. Виолетта, мило улыбаясь, попросила:

— Душечка, вам все равно по дороге, сделайте
милость, сдайте белье в прачечную. Настя вчера
не успела.

И она показала на гигантский тюк. Пришлось
брать узел и тянуть его через несколько кварта-
лов, хорошо, хоть не было очереди. Квитанцию
мне милостиво разрешили не приносить.

— Я такая неаккуратная, — вздохнула профессорша, — обязательно потеряю. Пусть лучше у вас лежит, когда время подойдет, получите белье.

Короче, освободилась я в районе обеда. Сначала быстренько переоделась на заднем сиденье «Вольво», а потом решила поехать к хозяину риэлторской конторы «Комфорт». В деле Ромы был адрес фирмы. Поплутав немного по кривым переулкам, я выехала прямо к нужному дому. Но маленькое двухэтажное здание украшала вывеска «Бюро путешествий «Альбатрос».

В просторном помещении скучали три девицы совершенно одинакового вида: длинные волосы, белозубые улыбки и супер мини-юбки.

— Девочки, — заискивающе произнесла я, — а где контора «Комфорт»? — «Близнецы» пожали плечами. Они понятия не имели ни о какой фирме, торгующей недвижимостью. Да, кажется, полный облом.

— Погодите-ка, — внезапно оживилась одна девчонка, — помните, мент приходил из отделения? С ним тогда Вера Николаевна разговаривала. Вот она точно в курсе.

Горя желанием услужить, она выскочила из-за стола и привела в приемную небольшую полноватую старуху в синем халате. Та поглядела на меня и вздохнула:

— Зачем тебе «Комфорт»? Там одно жулье.

— Да взяли деньги за услуги, целых 500 тысяч неноминированными, обещали варианты подобрать и как в воду канули.

— Где же твои мозги были, когда такие деньжищи мошенникам отваливала? — посетовала уборщица. — Теперь не получишь ни копейки, они, как только хозяина ихнего убили, сразу свернулись и съехали. Думаешь, ты одна такая? Сюда человек двадцать в прошлом году пришло. Этих, — она махнула рукой на девчонок, — еще не было, другие сидели. Так им здорово из-за «Комфорта» досталось, один мужик даже в драку полез.

— Погодите, — прервала я старуху, — как хозяина убили?

— Очень просто, — сказала Вера Сергеевна, — отравили. Славка кофе на работе заварил, глотнул — и все, каюк.

— Вы знали Славу Демьянова?

— Конечно, соседствуем по лестничной клетке всю жизнь, он меня на работу и взял. «Альбатросу»-то я в наследство досталась.

— Почему решили, что Славу отравили?

— Милиция сообщила. Говорили, в кофе яд обнаружили: всех сотрудников допрашивали, пугали. Да только никого не нашли, кто хозяину отраву подсыпал. Жаль жену, совсем девчонка, с ребеночком осталась.

— Где она живет?

— Лизка? Рядом со мной, на Коноплева, в третьем доме.

Поблагодарив словоохотливую Веру Николаевну, я поехала к вдове Демьянова.

Лиза вправду походила на девочку. Тоненькая, коротко стриженная, с круглыми грустными глазами. Если бы не четырехлетний малыш, самозабвенно катающий по коридору самосвал, дала бы ей от силы семнадцать лет.

— Что вам нужно? — испуганно сказала женщина, впуская меня в коридор. — Если по поводу

«Комфорта», то я ничего не знала о делах мужа и не отвечаю за них.

Я прикинулась удивленной:

— «Комфорт»? Я из отдела опеки, проверяем бытовые условия детей-сирот. Вам не нужно место в интернате?

— Нет, — покачала головой Лиза, — абсолютно не нужно.

— Все-таки надо поглядеть на детскую комнату и заполнить анкету.

— Какую? — изумилась женщина.

— Ваш ребенок стоит на учете, как потерявший отца. Если отказываетесь от интерната, заполним специальную бумагу, вынем ваш адрес из картотеки и отдадим место нуждающимся.

Вдова кивнула головой, и мы пошли в комнату. Похоже, что Слава успел хорошо обеспечить семью. Детская буквально ломилась от дорогостоящих игрушек: конструкторы «Лего», радиоуправляемые машины, гора мягких игрушек. Новехонькая мебель светлого дерева и кроватка, застеленная миленьким пледом с героями диснеевских мультиков. Ольга совсем недавно купила такие для близнецов, и я знала, сколько они стоят.

Лиза села в большое кресло, я устроилась за письменным столом, вытащила из сумки блокнот и с серьезным видом спросила:

— Фамилия, имя, отчество и год рождения.

— Елизавета Константиновна Демьянова, 1972 года рождения.

Надо же, Аркашкина ровесница. Я записала все старательно на листке и, придав голосу сочувственный тон, поинтересовалась:

— Супруг-то отчего скончался? Небось на автомобиле гонял?

— Что вы, — вздохнула молодая вдова, — Славик аккуратно ездил, все правила соблюдал. Его отравили конкуренты.

— Как? — изобразила я полное удивление. — Как отравили?

— Да, — подтвердила Лиза. — Муж организовал риэлторскую контору, работал честно, не то что другие. Это, конечно, многим не нравилось. Как же, все торговцы недвижимостью в говне, а он в белом фраке. И потом, на рынке жилья сразу разнесся слух, что Демьянов абсолютно не криминальный человек, ну клиенты и повалили. На мужа несколько раз наезжали «братки», но он отбился, и нас вроде оставили в покое. Год тому назад, перед майскими праздниками, он задержался на работе. Ждала его до часа ночи, стала волноваться, тут как раз из милиции и позвонили.

Оказывается, где-то часов в восемь к Славе пришли сразу три посетителя: двое мужчин и одна женщина. Всех угощали кофе. Последней уходила женщина, она закрыла дверь и сказала секретарше:

— Господин Демьянов просил вас его не беспокоить.

Девушка покорно прождала до десяти вечера. Ее не удивило, что в столь поздний час Слава не покидает контору. Когда намечалась выгодная сделка, хозяин мог и до полуночи задержаться, но в 22.00 он все же отпускал Людочку домой.

В четверть одиннадцатого Люда робко постучалась в кабинет, потом, не дождавшись приглашения, заглянула внутрь. Хозяина не было. Удивленная секретарша вошла в кабинет и обнаружила Славу лежащим на полу позади письменного стола. Мужчина уже начал коченеть. Девушка вызвала «Скорую помощь», но медики только развели руками и сообщили в милицию.

Прибывшие сотрудники уголовного розыска оказались оперативными и знающими профессионалами. Они взяли на анализ оставшуюся в чашках кофейную гущу и к обеду следующего дня, после вскрытия тела, точно знали, что Демьянов принял огромную дозу дигоксина. Вообще-то, довольно хорошего сердечного средства, если только употреблять его микродозами, а не стаканами.

Больше всего досталось бедной Людочке, ведь это она варила и подавала злополучный кофе. Но секретарша упорно твердила, что приготовила три порции. Две выпили мужчины, а третью — мило улыбающаяся женщина.

— Конкуренты киллершу наняли, — вздыхала Лиза, — очень кому-то удачный бизнес мужа поперек горла встал. Как раз за два дня до смерти Славик пришел и радостно так говорит: «Ну, котик, дельце сегодня провернул, просто блеск, в четверг деньги получу». В четверг его и убили.

Я поинтересовалась невзначай, где живет секретарша Людочка, и откланялась.

Домой прикатила часам к пяти. Не успела войти, как Зайка сообщила, что звонил какой-то мужчина, назвался капитаном Евдокимовым и просил приехать завтра в девять утра в отделение милиции на Шальневской улице. Интересно, мне что, теперь совсем спать не дадут?

Глава 6

Капитан Евдокимов оказался потрепанным мужчинкой неопределенного возраста. В глазах бравого сыскного волка сквозила тоска, ему до смерти, очевидно, надоела работа, не приносящая ни денег, ни славы. Поддернув рукава довольно потрепанного свитера, он вздохнул и начал оформлять допрос свидетельницы. Но я не могла сообщить ему ничего интересного. Просто видела, что укол сделала другая медсестра, не Галя.

— Отчего решили, что вошедшая не Величко? Сообразив, что это фамилия Гали, я ответила:

— Процедурная медсестра маленького роста, щупленькая, а вошла полная, высокая женщина.

Евдокимов вздохнул:

— Величко покрываете!

Я обозлилась:

— Даже не собираюсь, поскольку здесь она ни при чем.

И тут затрещал пейджер. На экранчике высветилось: «Срочно позвоните. Павловская». Я вытащила мобильный.

— Деточка, — возрадовалась Виолетта, — как вы аккуратны, сразу перезваниваете. А у нас, знаете ли, просто аврал. Давление у меня совсем зашкалило, в квартире грязь, пух уже полетел. Помогите, пожалуйста. Настенька-то, наша палочка-выручалочка, ведь уехала.

Я пообещала приехать через час, захлопнула крышечку сотового и уставилась на Евдокимова. Капитан махнул рукой.

— Езжайте по своим делам. Позову, если понадобитесь.

— Скажите, от чего умерла Катюша?

Милиционер закурил необычайно вонючую сигарету и сообщил:

— Вот вы покрываете Галину Величко, а она ввела в вену Виноградовой дигоксин. Может, и без злого умысла, просто перепутала препараты, но женщина-то скончалась, и манипуляции медсестры попадают под действие Уголовного кодекса.

— Кто будет хоронить Катюшу?

Евдокимов пожал плечами.

— Скорей всего за счет государства, в общей могиле зароют. Родственников никого, сын на зоне отбывает.

Я содрогнулась: «Бедная женщина!..»

— А можно мне забрать тело?

— Только родственникам, — твердо сказал капитан.

— Послушайте, — попробовала я разжалобить стража порядка, — что будет плохого, если несчастная получит могилу? Сын освободится, даже поплакать негде.

— Сыночек у нее уголовник, — отрезал Евдокимов, — такие не очень-то по матерям убиваются. Небось рад до смерти, что ему квартира досталась. Только зря ликует, может без жилплощади остаться. Ему еще пять лет баланду хлебать, коммунальные услуги кто платить будет? Вот если бы хоть какие родственники были, а так РЭУ за неуплату арест наложит.

Я поглядела на довольно ухмыляющегося капитана и достала из кошелька хорошенькую стодолларовую купюру. Евдокимов уставился на портрет Франклина и грозно спросил:

— Взятку предлагаете?

— Да, — сказала я нагло, — а если договоритесь, чтобы мне отдали тело Виноградовой, получите еще столько же.

Капитан ловко спрятал бумажку в ящик письменного стола и перешел со мной на «ты»:

— Дай номер мобильника и езжай по делам. Как только обстряпаю, сразу звякну. Да подкинь еще пятьдесят баксов, надо ребятам из другого отдела заплатить, чтобы глаза закрыли на отсутствие родственников.

— Сделаете дело, получите сто пятьдесят долларов, — заверила я его и отбыла к Павловским.

Виолетта Сергеевна вкушала на кухне кофе со сгущенкой. Страшная диета при повышенном давлении. К тому же в вазочке перед ней стояли шоколадные конфеты. Профессорша явно была сластеной.

Мне вручили тряпку, швабру, пылесос и велели убирать квартиру. Начинать полагалось со спальни. Я втащила гигантский моющий агрегат в комнату и онемела. Одна стена представляла собой гигантский шкаф. Две других от пола до потолка занимали полки с фарфоровыми статуэтками. Перемыть их — жизни не хватит. Я пошла к Виолетте за советом.

— Какая вы добросовестная, душенька, — умилилась больная, подливая себе кофеек. — Настенька никогда не вспоминала о фигурках, пока носом не ткнешь. Сегодня чистить коллекцию не надо. Делаем это только раз в месяц. Просто помойте полы и смахните пыль, где найдете.

Я принялась за уборку. Гигантские апартаменты казались бесконечными: пять комнат, два туалета, просторная ванная и кладовка. Кабинет убирали последним.

Я аккуратно приоткрыла дверь и обнаружила у письменного стола самого Альберта Владимировича.

Академик недовольно вздохнул, выключил компьютер и произнес:

— Что-то хотели спросить? Извините, сейчас некогда, срочная работа.

Я ухмыльнулась про себя, потому что краем глаза успела увидеть, что он играет с машиной в карты, но вслух, конечно, пробормотала совсем другое:

— Виолетта Сергеевна просила квартиру убрать!

— Хорошо, хорошо, — процедил профессор, — пока пыль протрите, а как до полов дойдет, я выйду.

И он уткнулся в какую-то рукопись. Минут через десять я робко приблизилась к царственному телу и увидела, что Альберт пытается прочитать статью из французского журнала «Экономревю». Судя по количеству словарей, дело шло с трудом. Мои глаза побежали по строчкам, а язык машинально произнес по-русски: «предлагаемое исследование претендует...»

Профессор с удивлением глянул в мою сторону, потом спросил:

— Знаете французский?

— Немного.

— Прекрасно, ну-ка прочтите, — и он сунул мне журнал.

Я принялась покорно переводить. Минуту академик молча слушал, потом оборвал:

— Вот и чудесненько. Возьмете домой и к завтрашнему вечеру принесете готовый перевод.

В статье было двадцать четыре страницы, для меня — это ерунда. Но почему профессор считает, что я владею языком в совершенстве? И как можно давать такие гигантские задания на один день? Он полагает, что я всю ночь буду корпеть над переводом?

Со статьей под мышкой вернулась в кухню. Виолетты не было, а вчерашняя рыжеволосая женщина готовила мясо. Судя по запаху, в горшочке тушилась баранина.

— Устала? — неожиданно ласково поинтересовалась Жанна.

— Жуть, — сообщила я и шлепнулась на стул, — такая квартира огромная, просто бесконечная.

Жанна улыбнулась.

— Да уж. Сейчас разложу обед по банкам, и надо его Светке оттащить.

— Чем же она заболела? Вроде вчера видела ее, здоровой показалась.

Женщина тихонько захихикала.

— Светочка такая болезненная, чуть что — подушку под голову и на бок. А Виолетта ее обожает просто до невероятности. Вот та и пользуется. По-моему, Светка обычная лентяйка, ничего не умеет: ни готовить, ни убирать. А уж работает, слов нет...

Жанна махнула рукой и открыла горшочек.

Восхитительный запах вкусного мяса разлетелся по кухне, и мой желудок незамедлительно заурчал. Я глянула на часы — ровно пять, а завтракала сегодня рано, около восьми. Но у Павловских, похоже, не собираются кормить меня обедом. Сокова тем временем положила баранину в большую керамическую банку и вышла из кухни. Я облокотилась на стол и зевнула, никогда так не уставала!

И тут в кухню вошел совершенно невероятный мужчина. Высотой он был с нашего мопса Хуча, объем талии совпадал с ростом. Чудовищный колышущийся живот подрагивал при каждом шаге коротеньких жирных ножек. Маленькие ручки нервно крутили бороду. Волосы на голове стояли дыбом и выглядели сальными и неопрятными. Картофелеобразный нос прятался между лоснящимися красными щеками. Узенькие карие глазки торчали на лице, как изюминки в творожной массе. Не говоря ни слова, мужик подошел к банке, схватил ложку и принялся есть, нет, пожирать мясо. Куски были горячими, поэтому он изо всех сил дул на еду. Капли жирной подливки разлетались в разные стороны, большая их часть осела на довольно грязном свитере обжоры. В два счета банка опустела. Мужик вытер тыльной стороной ладони блестевшие губы, перевел на меня осоловелый взгляд, потом открыл холодильник и принялся рыться на полках.

— Дима, — закричала вернувшаяся Жанна, — ты зачем съел все мясо?

Парень громко рыгнул и ответил неожиданно тонким голоском кастрата:

— Кушать хотел.

— Нельзя столько есть, — внятно произнесла Жанна, — опять в Институт питания положат. Хочешь в больницу?

Парень испуганно затряс головой и откусил кусок банана.

Сокова вздохнула и переменила тему:

— Дима, это Даша, новая аспирантка Альберта Владимировича.

Обжора придвинулся ко мне, протянул ручку и пробормотал:

— Очень рад.

Я брезгливо взяла липкую, потную ладошку и прощебетала:

— Приятно познакомиться.

— Дима, — раздался за спиной звонкий молодой голос, — сейчас же положи банан.

Я машинально оглянулась. На пороге кухни стояла прехорошенькая блондиночка. Маленькое треугольное личико обрамляли легкие кудрявые волосы. Фарфорово-нежная кожа делала ее похожей на ангела. Впечатление портили глаза. У молоденькой девочки был взгляд изрядно пожившей, прожженной бабы: тяжелый, неподвижный и злобный.

Дима моментально отложил запретный фрукт и зачирикал:

— Не сердись, котеночек, просто перекусил.

— «Просто перекусил»! — передразнил котеночек. — Иди в спальню, мама зовет.

Парень покорно понес слоновье тело в коридор. Девица соизволила заметить нас и процедила сквозь зубы:

— Жанна, Виолетта Сергеевна просила передать, что гости придут к восьми.

Потом резко повернулась на каблуках и ушла. Жанна вздохнула:

— Видала! Вот уж фурия!

— Кто это?

— Марго, Димина жена. Только не думай, пожалуйста, что благородных кровей. Она на самом деле из Зажопинска в Московской области. Учится на четвертом курсе в институте, где Дима преподает.

— Дима преподает?

— Ага. Экономику, он у нас кандидат наук. Так вот Ритке, ее на самом деле Маргарита Ковалева зовут, очень хотелось в Москве остаться, а Альберт Владимирович мечтал женить Диму. Вот девчонке и подфартило — теперь она Марго Павловская, место в аспирантуре, кандидатская и хорошая работа обеспечены. Представляешь, каково с таким бегемотом в постели, у него небось одно место из-под живота не высовывается, вот она и злится. Всех одергивает, нос задирает, как же — из грязи в князи.

Она внезапно замолчала — в кухню вошла Виолетта Сергеевна.

— Деточка, — умилилась старушка, — вы еще здесь. Надо отдохнуть, отнесите Светочке обед и сразу домой, на диванчик, с книжечкой, уж я-то знаю, как трудно эту квартиру убирать. Просто страдаю от такого количества комнат. И зачем нам столько? Давно прошу Альберта Владимировича разменять, очень тяжело содержать в порядке.

— Почему же не уедете в другую, поменьше? — притворилась я идиоткой.

Виолетта вздохнула:

— Как-нибудь, душенька, расскажу вам, в какую неприятную историю попала Светочка, когда решила продать свою квартиру! Спасибо, друзья помогли. Жанночка, например, на суде выступала, столько нервов себе испортила. Они с Кларочкой тогда просто здоровья не пожалели, милые девочки.

Профессорша стала накладывать в банку новую порцию мяса, она отвернулась к плите и загремела крышками. «Милая девочка» глянула на спину старушки с такой ненавистью, что казалось, нарядная блузка Виолетты сейчас загорится.

Я тащила две огромные сумки к смертельно больной Свете и размышляла. Профессорша упомянула, что на суде им помогли Жанна и Клара, но, насколько помню, с их стороны выступали три женщины. Почему она ничего не сказала о Виктории Пановой, кстати, тоже сотруднице института Павловского?

Сегодня у Светы дверь открыл мужчина. Он галантно снял с меня потрепанную куртку, подхватил свинцовые торбы и легко внес их на кухню.

— Кофе хотите? — спросил он.

— С удовольствием, — обрадовалась я.

— А бутербродик с колбаской?

Я была согласна на все. Ловкими артистическими движениями хозяин открыл холодильник, вытащил салями и в два счета соорудил чудесные сандвичи. Обычно мужчины режут хлеб толстыми ломтями, а сверху наваливают не менее толстые куски колбасы. Но передо мной на тарелочке лежали не бутерброды, а произведения искусства — тоненькие кругляшки батона, папиросно наструганная салями, сверху — аккуратные дольки соленого огурца, помидора и веточка петрушки. Кофе превзошел все ожидания — крепкий, вкусный, настоящий мокко.

— Ну, — заулыбался мужчина, — будем знакомы: Валерий Фокин, муж Светланы Альбертовны. Значит, теперь вы у Павловских в рабах служите? Просто удивительно, где они только находят таких красивых аспиранток?

— Рада помочь Виолетте Сергеевне, — парировала я.

Валерий взглянул на меня повнимательней и расхохотался.

— Конечно, конечно. Вы не только красавица, но еще и добрый, интеллигентный человек. Но не волнуйтесь, тесть всегда держит данное слово, если не злить его, конечно. Годик побегаете с сумками, зато потом какие перспективы: кандидатская, хорошая работа, почет и уважение. Сами откуда?

— Из Казани.

— Прекрасно, там у Алика все схвачено. Устроит потом в университет, главное, не забывайте академика со всеми праздниками поздравлять, злопамятен, как слон.

Я молча пила кофе, жалея, что в целях конспирации оставила любимые «Голуаз» в машине. Валера истолковал мое молчание по-своему и хмыкнул:

— Вам нечего меня стесняться. Сам продался

Павловским с потрохами за сладкую косточку, вот теперь и мучаюсь. Светлана жена аховая, а уйти боюсь. Альберт Владимирович только пальцем шевельнет, и от меня мокрое место останется. Так что мы с вами товарищи по несчастью, только вам лучше: оттарабаните год, и домой, а у меня бессрочная каторга. Никому, абсолютно никому не нужен, у Светки уже давно другой мужик есть, но Альберт Владимирович противник разводов. Так и живем.

Он картинно вздохнул и откинул со лба есенинскую прядь волос. Я глядела на него во все глаза. Замуж выходила четыре раза, и в моей жизни побывали почти все основные категории мужчин: бабник, алкоголик, хам, лентяй. Настоящий семьянин, крепкое плечо не попался ни разу. Ну не повезло. Речи о тяжелой семейной жизни, об одиночестве и непонятости пел своим подружкам мой первый супруг Костик. Каких только пороков он во мне не находил: больная, старая, злая, ворчливая... И главное, все правда. В первом браке мучили мигрени, да и была я старше Костика на целых полгода. Непонятным оставалось одно: зачем надо было жить со мной целых три года?

Валера подсел поближе. Но тут хлопнула дверь. Ловелас отскочил в противоположный угол. Через пару минут в кухню тяжелым шагом вошла супруга. Ох, не надо ей носить обтягивающие джинсы. Лучше всего платье «татьянка», фасон для беременных, потому что в дорогих «Levi's» Светочка выглядела устрашающе. В профиль казалось, что по ней проехал паровой каток: гигантские бедра и огромная плоская попа. Большая грудь, обтянутая эластичной сиреневой водолазкой, навевала воспоминания о воздушных шарах, по бокам выпирали крупные валики жира.

Светочка окинула строгим взором кофейные чашки, недоеденные бутерброды и тоненьким голосом прошипела:

— Дорогой, ты помнишь о встрече с Рукавишниковым?

Валера хлопнул себя ладонью по лбу и вышел из кухни.

Света поглядела на меня взглядом гюрзы, и я невольно поежилась.

— Отдохнули? Спасибо за помощь.

Она довела меня до входной двери, буравя глазками-щелочками. Наверное, хотела предложить вывернуть карманы, но в последнюю минуту передумала.

Оказавшись в «Вольво», я сразу ухватилась за сигареты, и тут затрезвонил телефон.

— Ну чего целый день трубку не снимаешь? — недовольно процедил капитан Евдокимов. — Заждался уже, давай дуй ко мне да прихвати все с собой.

Переодевшись, я отправилась в отделение милиции.

— Договорился, — довольно сообщил капитан, — отдадут тебе Виноградову. Будешь бумаги заполнять, напишешь, что являешься двоюродной сестрой.

Он радостно схватил зеленые бумажки и сунул их в карман.

— Когда можно взять тело?

— Сообщим, пока точно не знаю.

— Так от чего, говорите, умерла Катя?

Капитан закурил и сообщил:

— Иди домой, не твоего ума дело.

Я опять демонстративно вынула кошелек, и следующая купюра перекочевала в капитанский карман. В благодарность получила листочек с названием — дигоксин. Именно так назывался препарат, попавший из капельницы в кровь Катюши.

Домой приползла ни жива ни мертва и рухнула на диван в гостиной. По телевизору шла какая-то дурацкая передача, и я тупо слушала, как солидные дамы бальзаковского возраста рассказывали о семейных проблемах. Всегда казалось, что неприятности лучше переживать молча, а не кричать о них на всю страну.

Глава 7

Утром с опаской поглядела на пейджер. Надо же, уже десять, а противная пищалка молчит, ну и слава богу. Растрепанная, в халате, я сползла в столовую, налила себе пол-литровую чашечку кофе и принялась звонить Сереже Михалеву. Сережка работает хирургом в больнице, и застать его в кабинете практически невозможно, но мне повезло.

— Серенький, — заныла я в трубку, — что такое дигоксин?

— Кто прописал? — грозно спросил приятель.

— Кардиолог.

— Почки проверяла?

— Зачем?

— Вот что, — поинтересовался Сережка, — ты сама у него была?

— Это не мне, ну скажи, можно отравиться до смерти дигоксином?

— Дигоксин — препарат из группы сердечных гликозидов. Требует особой аккуратности при применении. Вводить его следует очень медленно. Если зашарашить за секунду, пациент может умереть. К тому же вдруг у тебя больные почки или выпила, предположим, рюмашку-другую, тоже возможен летальный исход.

— А от какого количества этого лекарства можно умереть?

— Суточная норма не должна превышать 1,5 мг.

— Он в таблетках или ампулах?

— Всякий есть, а что?

— Горький?

— Ну, немного, но можно же проглотить, не жуя. Да зачем тебе все это?

— Потом объясню, — отмахнулась я. — Дигоксин трудно достать?

— Нет, бери рецепт и покупай.

— А без рецепта?

— По идее не должны давать, а там, как попросишь. Во всяком случае, он не входит в список А.

Поблагодарив приятеля, я решила поехать на квартиру к Катюше за расчетной книжкой по квартплате. По дороге решила провести эксперимент и зарулила в аптеку.

Молоденькая провизорша, услышав просьбу, категорично сказала:

— Только по рецепту.

— Девушка, — заканючила я, — потеряла его, свекровь теперь убьет, если не привезу, ну пожалуйста, очень прошу.

Аптекарша вздохнула, открыла маленький ящичек и бросила на прилавок коробочку.

— Платите в кассу.

В машине я разглядела добычу. Вот как просто! Раз, и отрава в руках, наверное, ампулы тоже легко получить.

Дверь Катюшиной квартиры открывала как свою. Книжка нашлась в первом ящике письменного стола. Так, оплачено по май. В ближайшей сберкассе внесла плату за три месяца вперед, оплатила телефон и призадумалась. Все равно до РЭУ дойдет, что в квартире никто не живет. Соседи будут судачить, куда Катя девалась. Наведут справки в милиции, узнают, что она умерла, и подселят в квартиру кого-нибудь. Незаконно, конечно, но бедному Ромке придется попотеть, чтобы вернуть «распашонку».

Я приехала домой и позвонила Сонечке Марковой. У нее не так давно женился сын, и Сонька отчаянно не ладила с невесткой.

— Сонюшка, как дела?

Подруга вздохнула:

— Ужасно. Теперь готовим порознь. У них свой обед, у меня свой. Просто коммуналка. И вот ведь беда: ни разменять, ни продать нашу халупу нельзя.

— Знаешь, есть небольшая квартирка. Хозяева уехали на несколько лет. Сдавать не хотят, но боятся, что в их отсутствие пожар может случиться. В общем, попросили найти приличную пару, которая поживет абсолютно бесплатно до их возвращения. Если кто из РЭУ станет интересоваться, надо представляться родственниками. Ну да я подробно объясню, если твои заинтересуются. Правда, предупреждаю сразу, комнат всего две и кухня размером с табакерку.

— Какое счастье! — закричала Соня. — Дашенька, спасительница, сегодня же пришлю к тебе моих оккупантов на инструктаж. Главное, никому больше не предлагай, мы совершенно точно подходим.

Посчитав проблему решенной, я хотела спокойненько почитать, но тут запикал пейджер. Требовалось срочно связаться с Павловскими.

На этот раз трубку взял сам Альберт Владимирович.

— Вы перевели статью?

О черт, совершенно забыла.

— Да, конечно, только отпечатать не знаю где, а почерк у меня очень неразборчивый.

Профессор помолчал немного, потом заявил:

— Приезжайте ко мне в лабораторию, продиктуете девочкам прямо на компьютер.

Он подробно объяснил дорогу, сообщив, что лучше ехать до метро «Спортивная». Я так и поступила. Запарковала «Вольво» недалеко от станции и пешком преодолела пару переулков. Погода стояла прекрасная — двадцать градусов тепла, легкий, приятный ветерок, ласкающий лицо. Прохожие одеты совсем по-летнему. Мужчины в светлых пиджаках, женщины в ярких платьях и костюмах. Молодые пары шли в обнимку, смеялись. Казалось, все счастливы и довольны. Только бедный Ромка мотал срок да непохороненная Катюша мерзла в милицейском морге. Почувствовав, что «пепел Клааса стучит в моем сердце», я ускорила шаг.

Альберт Владимирович вызвал в кабинет прехорошенькую женщину, просто куколку.

— Идите с Зоей и продиктуйте перевод.

Куколка радостно заулыбалась.

— Сейчас все быстренько сделаем, Альберт Владимирович, не волнуйтесь. А вы вот не пообедали, меня Виолетта Сергеевна ругать будет, что плохо за вами слежу.

— Ладно, ладно, — замахал руками академик, — ступай, заботница.

— Там двадцать четыре страницы, — предупредила я Зою, когда она выдвинула клавиатуру.

— Это нам ерунда, — усмехнулась та и принялась барабанить по клавишам. Никогда не видела, чтобы человек с такой скоростью печатал на компьютере. Тоненькие пальчики Зои мелькали, словно крылья бабочки. Не успевала я продиктовать фразу, как сказанное тут же возникало на экране. Через полтора часа мы решили сделать перерыв и довольные друг другом принялись пить кофе.

— Здорово французским владеете, — сделала мне комплимент Зоя, — первый раз вижу, чтобы человек без словаря, прямо с листа переводил.

— Никогда не встречала такой скорости при наборе, — не осталась я в долгу.

Зоя улыбнулась.

— Диссертацию пишете?

— Да, вот Альберту Владимировичу принесла работу, а вы в лаборатории трудитесь?

— Старшим научным, — уточнила женщина, наверное, для того, чтобы я не сочла ее простой машинисткой.

— Вчера у Альберта Владимировича дома встретила Жанну Сокову, вашу коллегу.

— Жанночка у них часто бывает, — завистливо вздохнула Зоя. — Виолетта Сергеевна ее любит. Ну да и Жанка, надо заметить, платит тем же, готова в благодарность полы языком мыть.

— За что она так благодарна?

Зоя налила себе еще одну чашку кофе и принялась сплетничать:

— Альберт Владимирович замечательный человек, страшно добрый, всем помогает. Жанка вместе с его дочерью училась, в одной группе, вот он ее и пригрел. Между нами говоря, ума у Соковой не слишком много, диссертация серенькая получилась. Но кто об этом помнит, а звание кандидата наук на всю жизнь при ней.

Потом неожиданно муж Соковой погиб в автокатастрофе. Бедняжка осталась одна с сыном. Академик тотчас взял вдову на работу к себе в лабораторию, выбил в министерстве специальную ставку. Поговаривали, что они с Виолеттой несколько лет кормили Жанну и мальчишку. Это невозможно проверить, но то, что Коля Соков почти каждое лето проводил у них на даче — знали все. Уже хватило бы, чтобы проникнуться к Павловским вечной благодарностью. Но тут Коленька провалил вступительные экзамены, и перед мальчишкой замаячил призрак армейской службы. Виолетта Сергеевна ловко устроила судьбу неудавшегося студента. Его призвали, но службу Николаша проходил в Центральном театре Советской Армии, в так называемой команде. Пятнадцать солдат таскали декорации, мыли здание и участвовали в спектаклях. Когда Коле поручили сказать на сцене: «Ваш сундук прибыл», в зале сидели все знакомые Жанны и Виолетта Сергеевна с букетом. Службой подобное времяпрепровождение можно назвать с натяжкой, тем более что ночевали солдатики дома, а в театр являлись, как на работу: к девяти. Да еще у Коли обнаружился самый настоящий талант, его ввели во многие спектакли. Отслужив положенные два года, юноша без проблем поступил в ГИТИС и сейчас активно снимается в разных фильмах. А все благодаря Виолетте Сергеевне.

Я вздохнула:

— Понятно теперь, почему Жанна готовит обед у Павловских.

Зоя насторожилась:

— Вам тут начнут наговаривать, что Виолетта сделала из Жанны домработницу! Не верьте, просто многие завидуют женщине, которая так тесно связана с семьей Павловских. Кое-кто и хотел бы поработать у них, да не зовут! Люди знаете какие злобные! Вот Вика Панова, например, уж сколько ей Альберт Владимирович доброго сделал! Страшно перечислить! Диссертацию, само собой, за москвича замуж выдал, на работу устроил... И что? Облила его грязью с головы до ног, негодяйка! Конечно, пришлось уволиться, только ничего хорошего из этого не вышло. Преподает теперь в какой-то школе дикий предмет ОБЖ, говорят, пьет сильно. А Жанночка и Клара девочки благодарные.

— А Клара кто?

— Мордвинова, тоже наша сотрудница. Тут своя история. У Жанны-то родители самые простые: отец шофер, мать — парикмахер. Вика, негодяйка, вообще не москвичка, сомневаюсь, чтобы ее предки даже читать умели. А Клара из профессорской семьи. И папа и мама у нее доктора наук, филологи, но вот беда, Клара родилась с дефектом лица — заячья губа. Конечно, сделали несколько операций, но, увы — на лице остались жуткие шрамы, и речь у женщины не слишком внятная.

Родители пристроили девочку на экономический факультет. Та отлично училась, а что еще оставалось делать студентке, на лицо которой без слез не взглянешь? Потом аспирантура у Павловского, теплое местечко у него в лаборатории, но никакой семейной жизни. Бедная Клара и не рассчитывала никогда выйти замуж, но тут опять вмешалась Виолетта Сергеевна. В то время у Альберта Владимировича случился мальчик-аспирант из Тамбова. Очень талантливый и перспективный, но без московской прописки. Вот Виолетта и сочла, что из Клары и Сени выйдет чудесная пара. Надо заметить, Семен был хорош собой и по нему сохла добрая половина аспиранток. Помани он пальцем, любая побежит в загс, роняя тапки. Но все обожательницы, как одна, провинциалки, то есть бесперспективные невесты. Сказано — сделано. Сначала пригласили Клару и Семена на дачу провести майские праздники, потом поручили им совместное исследование... А жарким июльским вечером Виолетта попросила аспирантов съездить за город, проверить замки. Якобы позвонили соседи и сказали, что дача открыта. Извиняясь, Виолетта вручила молодым людям ключи и сумочку с продуктами.

«Покушаете, когда приедете», — ласково сказала она. Внутри обнаружилась не только закуска, но и бутылочка хорошего коньяка. Короче говоря, в декабре играли шумную свадьбу, а у невесты из-под просторного платья выпирал тугой животик.

Следует отдать должное Виолетте Сергеевне, сваха она оказалась прекрасная. Клара и Сеня нажили в браке троих детей и живут до сих пор душа в душу. Конечно, Кларочка не ходит убирать у Павловских квартиру, но безотказно помогает Альберту Владимировичу в работе, безропотно собирая материал для статей.

— А Вика? — поинтересовалась я.

— Даже не хочется о ней говорить, — отрезала Зоя, и мы снова приклеились к компьютеру.

Перед уходом домой я спустилась на первый этаж и пошла искать отдел кадров. За железной дверью в самом конце коридора сидел мужчина, по виду полковник-отставник.

— Разрешите войти?

Бывшему военному понравилось обращение по уставу, и он милостиво кивнул головой. Я двинулась в крохотную комнатку и с удовлетворением отметила, что на столе стоит компьютер. Полковник оглядел меня блеклым взглядом.

— Что за проблема требует решения?

Я принялась самозабвенно врать:

— Два года тому назад дала сотруднице лаборатории Павловского Вике Пановой большую сумму денег. Целых 500 долларов.

Кадровик причмокнул.

— Да уж, прямо состояние по нашим временам!

— Вот-вот, а я человек небогатый, бюджетница. Вика обещала вернуть деньги, но все что-то не получалось. А тут звоню ей на работу, говорят, уволилась, домашний телефон не отвечает, а адреса у меня нет. Помогите, пожалуйста, не хочется такую прорву денег терять!

— Ох, молодежь зеленая, — наставительно заметил мужчина, — разве можно без расписки в долг давать?

— Вроде неудобно у знакомой брать...

— Неудобно спать на потолке, — ворчал полковник, весьма неумело ворочая мышку. — Хорошо, если данные не уничтожил!

Но, на мое счастье, Виктория Михайловна Панова в списке обнаружилась. Выдал компьютер и адрес — Кислый переулок. Совсем рядом, можно пешком дойти. И я пошла. Погода начинала портиться, с запада натянуло облаков, солнце скрылось, явственно похолодало. Когда я входила в темный, загаженный подъезд, по пыльному асфальту забарабанили первые крупные капли дождя.

Дом, где проживала Панова, возводили в начале века. Всего три этажа, а высота с современную пятиэтажку. Лифта нет и в помине, на каждой площадке всего по две квартиры. Шестая, конечно же, на самом верху. Преодолев бесконечные лестницы, я нажала на звонок. Где-то далеко глухо затренькало. Из разбитого окна сильно дуло холодным воздухом, я надавила на кнопку еще раз. За дверью загромыхали замки, и высунулась тетка. Опухшее лицо в бордовых пятнах, мешки под глазами и сильный запах перегара.

— Чего трезвонить? — раздраженно спросила она. — Кругом дрыхнут.

Я взглянула на часы — шесть вечера! Самое время крепко спать!

— Вы давали объявление по поводу продажи квартиры? — решила я завести разговор и неожиданно угодила в десятку.

— Входи, — распорядилась баба и впустила меня внутрь. — Обувь не сымай, сегодня не убиралась.

Судя по ровному слою пыли, покрывавшему все вокруг, здесь не мыли уже полгода. Длинный коридор, казалось, не имел конца. Откуда-то вылезла тощая, ободранная кошка и принялась истошно мяукать. Вика пнула киску и распахнула дверь первой комнаты. Мебели почти никакой, занавески похожи на грязные половые тряпки. Впрочем, с тряпками я погорячилась — у нашей Ирки тряпки намного чище. Следующие три комнаты походили на первую, как близнецы. В последней обнаружилась незастеленная кровать без постельного белья. Чуть приятней выглядела просторная кухня. Хозяйка усадила меня за покрытый липкой клеенкой стол и осведомилась:

— Выпить хочешь?

— Спасибо, за рулем.

— Ну и ладно, — сказала Вика, плеснула себе в стакан дешевой водки и молниеносно опрокинула емкость. — Квартира хорошая, только ремонт нужен. Место удобное: центр и тихо, метро рядом, школа, детский сад, магазины, не то что в новостройках, и хочу недорого. Только все оформление и переезд за ваш счет.

— Хорошо, хорошо, — пробормотала я, — меня устраивает, что близко от работы.

— Где пашешь? — оживилась пьянчужка.

— Раньше в институте преподавала, а теперь сменила место, перешла в лабораторию к академику Павловскому, тут недалеко.

Вика с треском опустила стакан на стол.

— Ну надо же!

— А что такое?

— Я у Алика восемь лет оттрубила, пока он меня не выпер. Сволочь жуткая, коллектив — гадюки. Лучше беги оттуда, пока жива.

— Вы уж скажете! Очень хорошее место, туда знаете сколько народа рвется, спасибо, за меня Виолетта Сергеевна словечко замолвила.

— Старая вшивая крыса, — емко заметила Вика, — тебя сам бог сюда привел, слушай внимательно.

Она налила еще водочки, выпила жидкость, как воду, и принялась рассказывать:

— Я из Иванова, знаешь такой город невест? Мама на фабрике ткачихой, а отец, говорят, из военнослужащих был, да только никогда его не видела. Городок наш — жуть. Девчонке одна дорога — на ткацкую фабрику. Хоть на космонавта выучись, все равно другой работы не найдешь. Вот я и подалась в Москву.

Поступила Вика в педагогический, училась хорошо и на четвертом курсе познакомилась с Димой, сыном Альберта и Виолетты. Юноша последовательно вылетел за неуспеваемость из трех вузов и в конце концов осел в педе. Вике страшно хотелось зацепиться в Москве, и она быстренько охмурила простоватого парня. Большого ума тут не требовалось, несмотря на его высокородность, девушки не очень жаловали обжору. Дима привел Вику домой пред светлые очи Виолетты Сергеевны. Умная мать сразу раскусила планы хитрой студентки и дала понять, что Дима ей не пара. В те давние времена Виолетта еще надеялась удачно женить чадушко. Правда, против романа не возражала, очевидно, считая, что лучше Вика, чем какая-нибудь лимитчица с кирпичного завода. Альберт Владимирович помог с аспирантурой, Виолетта присоветовала жениха — застенчивого Пашу Кузнецова, сына приятелей Павловских. Вика не раздумывая выскочила замуж, стала обладательницей вожделенной московской прописки и только тогда повнимательней присмотрелась к супругу.

Были у Паши какие-то странности в характере. Мужчина мог по неделям не разговаривать, потом впадал в возбужденное, даже истерическое состояние, становился говорлив и весел, приглашал друзей, пил несколько дней напролет, затем опять злобно молчал. После смерти родителей он стал агрессивным и начал поколачивать Вику. Не сразу бедняга сообразила, что мужа следует отвести к психиатру. Но в конце концов они оказались у врача, и Вика с ужасом узнала диагноз — вялотекущая шизофрения. Обнаружилась и старая история болезни. Оказалось, Паша болел с тринадцати лет, состоял на учете. Врач посоветовал обязательно женить парня, но в своем кругу невесты не нашли. Слухи о болезни Кузнецова достигли многих ушей, и замуж за психа никто не хотел. Тогда Виолетта присоветовала Вику. Ни свекор со свекровью, ни сваха ни словом не обмолвились о болезни жениха. Вика получила желанную площадь в столице, но в придачу к ней — супруга-психопата.

Жизнь ее превратилась в ад. Сезонные весенние и осенние обострения недуга укладывали Пашу в клинику, но зимой и летом он сидел дома. Чтобы муж не распускал руки, Вика принялась поить его водкой, куда от души подмешивала галоперидол. Сначала Пашу просто сводили судороги, но потом с ним случился инсульт. И здесь на помощь вновь пришла Виолетта. Очевидно, профессорша все же испытывала неудобство перед девчонкой, потому что стоило Вике пожаловаться Альберту Владимировичу на тяжелую ситуацию, как проблемы моментально решились. Для Паши нашлось место в специализированной клинике, где он тихо скончался от надлежащего ухода. Вика осталась единоличной обладательницей гигантской квартиры.

— Ну и что? — прервала я ее плавный рассказ. — Подумаешь, годок-другой с ненормальным помучилась, зато сколько всего получила. Небось и диссертацию защитила. Другие знаешь как за такое вкалывают? Некоторые между прочим, с алкоголиками всю жизнь живут!

Женщина возмущенно фыркнула:

— Не перебивай, это только присказка, сказка будет впереди. У Павловского знаешь как в лаборатории заведено? Он тебе кусочек — ты ему всю жизнь взамен. Там так — либо верно служишь, либо с землей сровняют. Видишь, что со мной сделали? Из лаборатории выгнали, стала на другое место работы устраиваться — везде отлуп. Алик предупредил, чтобы меня не брали. А он в экономике бог и царь, никто ругаться не станет. Еле-еле в школу пристроилась, так и оттуда попросили. Теперь квартиру продаю.

И она вновь плеснула в стаканчик водку. «Сама ты хороша, пьянчуга», — подумала я, глядя, как Вика меланхолично жует кусок засохшей горбушки, и спросила:

— Что же такое ты сделала Павловским?

Женщина вздохнула.

— Непокорность проявила. Сначала, как все, на посылках была: принести, постирать, приготовить. А потом Виолетта звонит и плачется: «Дорогушенька, такое несчастье случилось».

Оказывается, Светка стала истицей в судебном процессе. Продала квартиру, а деньги ей не отдали, «кинули». Мошенника поймали, и он пошел под суд. Теперь нужен человек, характеризующий подследственного с плохой стороны.

Вика согласилась стать лжесвидетельницей, и Виолетта дала выучить текст показаний. Женщине предлагалось притвориться соседкой Виноградовых. Якобы однажды вечером зашла к Катюше и увидела у них на столе пачки долларов, которые пересчитывал Роман. Еще следовало сообщить, что Рома пьет запоями, бьет мать, ежедневно посещает дорогие рестораны и водит на дом проституток.

— Постой, — удивилась я, — неужели судья не заметила, что ты прописана по другому адресу?

Вика захихикала.

— Эта змея Виолетта — хитрая стерва. Велели говорить, что фактически живу рядом с Виноградовыми — снимаю жилплощадь в соседней квартире.

— И подсудимый не опроверг твоих показаний?

— Господи, — всплеснула руками собеседница, — кто же ему поверит, будущему уголовнику? Конечно, сопротивляется, чтобы в тюрьму не сесть: на то и расчет был!

Вика покорно вызубрила роль и явилась на процесс. Вместе с ней выступали еще две «свидетельницы». И Жанна, и Клара оттарабанили свои выступления без запинки, Вика же заспотыкалась. Ее поразило, что мошенник оказался тощим робким мальчишкой. Он даже не удивился, услышав откровения «соседки», не говорила ничего и Катюша. Вике стало неприятно, показалось, что делает какую-то жуткую гадость. Женщина пошла на первый этаж покурить. В подвале, где стояла урна, никого не было. Вдруг что-то загромыхало, конвойный провел Рому. Следом бежала Катюша.

— Пожалуйста, — просила она солдата, — возьмите для него сверточек, тут только покушать, ведь целый день без еды держат.

— Не положено, — мягко сказал конвойный, — и не проси, мать, права не имею.

Заклацали замки, раздалось тихое всхлипывание. Все действие происходило в узеньком темном коридорчике. Вика не видела, только слышала Катюшу, а та не подозревала, что рядом кто-то был. Внезапно железная дверь вновь заскрипела и раздался голос конвойного:

— Мамаша, кончай убиваться. Ладно уж, давай, что у тебя там.

— Булочка, жареная куриная ножка и пакет кефира.

— А сигареты?

— Он не курит.

— Ох, маманя, — вздохнул конвойный, — тут все курят, беги до ларька, купи две пачки, да поскорей, а то после конца процесса сразу в «зак» посадят.

Катюша молнией метнулась наверх, буквально через пять минут она вернулась. Конвойный вновь открыл дверь и сказал:

— Вот что, мать, не положено все это, здорово могут мне по рогам настучать, но все равно скажу: нанимай адвоката да подавай апелляцию. Я знаешь сколько процессов видел? Да и бандюг перевозил пачками. Сдается мне, твоего подставили по-черному. Доказательств-то никаких, а дело шьют. Кому-то он дорожку перебежал. Небось уж все до процесса решено. И не похож парень на мошенника. У меня интуиция, вот гляжу на подследственного и знаю: виноват или нет. А ты борись!

— Денег где взять, — тихо вздохнула Катюша, — у Павловских карман тугой.

Конвойный еще понизил голос и почти прошептал:

— Тогда не рыдай, жди спокойно приговора, сколько ни дадут, хоть двадцатку, не расстраивайся. Езжай в ГУИН и проси, чтобы отослали в УУ2167.

— Почему? — тоже шепотом спросила Катюша.

— Там начальники сладкие, выкупишь сынка. Сначала на поселок отправят, потом условно-досрочное оформят, они не гордые. Знаешь, сколько стоит парня на поселок вывести?

— Что такое «поселок»?

— Ну, без конвоя по городу ходит, работает на предприятии, а по субботам и воскресеньям домой отпускают, только в милиции отмечаться надо. Это тебе не зона, почти свобода.

— И сколько такое стоит? — прошелестела Катя.

— Говорю же, проси в ГУИНе УУ2167, там за два электрочайника «Тефаль» отправляют, неизбалованные, бедные. У них никто из серьезных не сидит. Так, за два «Сникерса». Вот любой подачке и рады.

Катюша сипло забормотала:

— Спасибо тебе, сынок, пойду сегодня к бабке. Соседка у меня — цыганка — ворожить умеет. Попрошу тебе счастья да здоровья, а свидетельницам, тем, что Ромку моего сегодня утопили, пусть горе будет, хуже чем мне.

Вика больше не могла просто слушать сдавленный шепот и хриплые голоса. У нее нестерпимо заболела голова, затошнило, перед глазами запрыгали разноцветные круги. Кое-как женщина выбралась на улицу. Утром не сумела встать на работу — подцепила грипп. Болела долго, около месяца, и от навестившей ее Жанны узнала, что Роман получил семь лет.

Прошло два месяца. Вика вышла на работу, но из болячек не вылезала: то поднималось прежде всегда нормальное давление, то, откуда ни возьмись, выскакивали фурункулы, то на глазу вырастал ячмень. Парадоксальным образом точно так же плохо чувствовали себя и Жанна с Кларой. У одной обнаружилась бронхиальная астма, другая угодила в больницу с приступом холецистита. Светлана Павловская, кричавшая на всех углах о невероятной бедности, купила трехкомнатную квартиру.

Викину душу стали терзать сомнения. «Наверное, мать Виноградова навела порчу», — думала женщина. Поколебавшись, она отправилась к экстрасенсу. Тот сообщил, что у Вики абсолютно черная аура, и принялся ее «чистить». В результате сильно «обчистился» кошелек, а болячки остались, к ним теперь прибавился непрекращающийся кашель. Терапевт из районной поликлиники только разводил руками, платный специалист лепетал о неврозе. Отчаявшись выздороветь, Панова обратилась в церковь, где выложила на исповеди все, начиная от лжесвидетельства и заканчивая визитом к колдуну. Пожилой священник вздохнул и сказал:

— Надо покаяться в совершенном поступке. Ступай к матери осужденного и попроси прощения.

Несколько дней женщина колебалась, но, когда однажды утром обнаружила, что у нее надулся гигантский флюс, поехала к Катюше. Та открыла дверь и спросила:

— А, соседушка! Зачем пожаловала, сахарку одолжить?

Измученная Вика рухнула прямо в коридорчике на колени и стала биться головой об пол, вымаливая прощение.

Катя перепугалась и кинулась поднимать «свидетельницу». Вика порыдала у нее на кухне и неожиданно почувствовала сильное облегчение. Флюс к утру исчез, и ночь женщина первый раз проспала спокойно. Тогда она решила искупить грех до конца и отправилась к судье Панкратовой, которая вела процесс Виноградова. Отсидев длинную очередь, Вика оказалась лицом к лицу с женщиной без возраста. Судье можно было дать и сорок, и шестьдесят лет. Подняв спокойные, какие-то бездушные глаза, Панкратова выслушала сбивчивую речь Вики, потом сообщила:

— Вот что, пока не стану давать заявлению ход. Улик, подтверждающих виновность Виноградова, в деле предостаточно, ваше свидетельство не явилось решающим. Кстати, знаете, что за дачу ложных показаний положен срок? Подумайте как следует, нужен ли вам такой казус, и приходите еще раз.

Вика вышла из кабинета в полной растерянности. То, что лжесвидетельство наказуемо, просто не приходило ей в голову.

Но ее неприятности не закончились. Через два дня после визита к судье женщину вызвал кадровик и сообщил, что она попала под сокращение штатов. Увольнение было проведено с соблюдением всех формальностей, даже выдали конверт с зарплатой. Ничего не понимая, Вика кинулась к Альберту Владимировичу, но того, как на грех, было невозможно застать ни дома, ни на работе. Виолетта Сергеевна тоже не брала трубку, и незнакомый женский голос каждый раз сообщал Пановой, что профессорша больна и к аппарату не подходит. Сотрудники лаборатории шарахались от бывшей коллеги, как от прокаженной. Смилостивилась только Жанна Сокова.

— Не звони больше Павловским, — посоветовала она опальной подруге, — очень Алик обозлился на тебя за визит к судье. Думаешь, Панкратова ему не позвонила? Так что уходи потихоньку.

Пришлось Вике собирать манатки. Следующие полгода она носилась по Москве, тщетно пытаясь устроиться на работу. В разных учреждениях ее просили заполнить анкеты, но потом выяснялось, что мест нет. Однажды в одном занюханном институтике кадровичка шепотком сообщила Вике:

— Всем подходите: и москвичка, и кандидат наук, но только чем вы так обозлили господина Павловского? Он звонил ректору, и наш начальник велел вас на пушечный выстрел не подпускать.

Вика почувствовала, что ее обложили, словно волка — кругом красные флажки, и нет входа. Поняв, что работы не найти, Панова от отчаяния позвонила Павловским. Трубку сняла Виолетта.

— За что, — закричала бывшая аспирантка, — почему травите меня?

Виолетта Сергеевна ласково произнесла:

— Вика, детка, что происходит? Неприятно, конечно, попасть под сокращение, но велели уволить двух сотрудников. А по традиции это должны быть те, кто недавно устроился в лабораторию. Если ищешь до сих пор работу, попрошу Альберта Владимировича помочь.

Через неделю местечко нашлось: в одной из школ на окраине требовался преподаватель ОБЖ. Поскольку ничего другого не светило, Панова стала вбивать в детские головы ей самой непонятный предмет. Сорок два часа в неделю за триста рублей зарплаты. Гаже всего было то, что Павловские опять выглядели благодетелями: помогли предательнице.

Прежние знакомые, боясь гнева Альберта Владимировича, перестали звонить, из новых появился только преподаватель физкультуры, большой любитель выпить. Через полгода Вика уже регулярно прикладывалась к бутылке, стала пропускать занятия, и ее выгнали. Жизнь окончательно пошла под откос, теперь предстояло продать квартиру.

Я слушала женщину, не перебивая. Инстинктивно подозревала, что свидетельницы врали.

— Вот что, Вика, дам вам тысячу долларов,

если завтра, проспавшись, пойдете со мной к нотариусу и официально оформите признание.

— Хитрая какая, — усмехнулась пьянчуга, — за кусок баксов в тюрягу садиться.

— Нотариус не судья, процесс не возбудит, — успокоила я тетку, — подумайте, деньги хорошие, к тому же постараюсь представить дело так, что вас вынудили лжесвидетельствовать.

Вика притихла, потом, очевидно, пересчитала деньги на бутылки и сомневающимся голосом произнесла:

— Давайте телефон, позвоню, как надумаю.

Я покачала головой.

— Нет. Предложение действительно только один день — завтрашний. И условие такое: вы даете мне свой телефон, а я позвоню завтра около полудня.

Панова поколебалась секунду, потом оторвала от газеты полоску и быстренько накорябала несколько цифр. Я сунула обрывок в сумочку и пошла к выходу.

— Послушайте, — крикнула Вика, — скорей всего соглашусь, дайте задаток, хоть двадцатку!

— Нет, — твердо сказала я, — завтра, всю сумму разом и только после визита к нотариусу.

На улице бушевал ливень. Потоки воды текли по тротуару, редкие прохожие прятались под зонтиками. Мой плащ остался в «Вольво», а автомобиль был запаркован у метро. Пришлось ждать в вонючем подъезде. Примерно через пятнадцать минут потоп прекратился, с неба сыпались редкие капли. Я прикрыла голову пакетом и, старательно обходя лужи, доплыла до «Спортивной».

Несмотря на все усилия, дешевые матерчатые тапки промокли, а тонкая юбка облепила ноги. «Вольво» не было. Я тупо посмотрела на место, где оставила утром автомобиль. Может, перепутала проулок? Нет, вон будка «Мороженое» и знак, разрешающий парковку. Значит, угнали, вот здорово. Я подошла к мороженице и спросила:

— Не видели случайно, тут такая машина вишневого цвета стояла.

— «Вольво», что ли? — отреагировала раскрашенная девица и радостно хихикнула. — Забрали вашу тачку эвакуаторы, здесь стоянка только для банка. Видите вывеску? Ихний охранник и вызвал. Они всегда машины отсюда увозят. Ну теперь помучаетесь, пока назад получите, да еще и денег заплатите.

И она залилась счастливым смехом. Действительно, у соседа корова сдохла, а мне приятно. Ладно, поймаю такси и отправлюсь домой. Не успела я шагнуть на проезжую часть, как рядом резко затормозил новенький глянцевый «Мерседес». Передняя дверца распахнулась, и бархатный мужской голос радостно произнес:

— Дашенька! Какими судьбами? Садитесь, подвезу.

Я заглянула внутрь пахнущего дорогими сигаретами салона и увидела за рулем белозубого Валерия.

Светланин муж призывно помахал рукой, и я плюхнулась на дорогое сиденье из натуральной кожи.

— Погодка класс, — радостно возвестил Валерий, глядя, как с меня медленно стекает вода. — Как оказались в этом районе?

— Родственницу искала, да она переехала.

— А я к тестю ездил, — сообщил мужчина. — Академик рукопись какую-то дома забыл, вот меня и послали. Знаете что, давайте перекусим. Вы обедали?

— Нет, только не одета для ресторана.

— Ерунда, — махнул рукой Валерий, — тут есть одно местечко неподалеку.

И он принялся кружить по переулкам. Вскоре мы оказались около небольшого кафе. Валера галантно распахнул передо мной дверь. Внутри просматривалось всего несколько столиков. Плотно зашторенные окна, полумрак рассеивается маленькими настольными лампами. Действительно очень уютно. В таком освещении даже я превосходно выгляжу. Мой спутник огляделся по сторонам и крикнул:

— Ашот!

Зазвякала занавесочка из стеклянных бус, и в зал вошел, нет, вплыл пожилой армянин. Увидев «композитора», он расцвел от восторга:

— Какой дорогой гость! И, как всегда, с красавицей!

Валера шутливо ткнул хозяина в бок:

— Ладно тебе, старый лис, лучше скажи, что сегодня?

Ашот причмокнул губами.

— Для вас — осетринка по-монастырски, но если дама не любит рыбу...

— Люблю, люблю, — заверила я его.

К осетрине подали почему-то красное вино.

Я не высказала удивления — откуда тетка из Казани может разбираться в подобных тонкостях. Честно говоря, и еда, и выпивка были так себе; хорош оказался только кофе, сваренный по всем правилам в раскаленном песке.

— Согрелись? — ласково поинтересовался Валера. — Что же без зонтика в такую погоду?

Мы поболтали о том о сем, потом кавалер предложил:

— Давайте довезу до дому.

Я замялась, представляя себе, какую физиономию он скорчит, увидав наш двухэтажный особняк.

— Нет, нет, спасибо, лучше до метро.

— Бросьте, — продолжал настаивать Валера, — дождь хлещет как из ведра.

Делать нечего, пришлось согласиться и дать настырному извозчику адрес Катюши. Ключи у меня в сумке, на худой конец, захлопну перед его носом дверь. Но все получилось иначе. Валера повез меня каким-то странным путем, и совершенно таинственным образом мы оказались на проспекте Вернадского. Водитель притормозил возле блочной башни с ярко-голубыми панелями.

— Дашенька, поднимитесь ко мне на пять минут.

— Как? — изумилась я. — Насколько помню, ваша квартира рядом с домом Альберта Владимировича. Хотя я плохо ориентируюсь в Москве, мы что, с другой улицы подъехали?

Валера рассмеялся.

— Абсолютно правы. Наша со Светкой квартира в противоположном конце Москвы, а здесь мое холостяцкое гнездышко, конспиративная явка. Ну что, пойдем?

Я вышла из «Мерседеса» и, противно чавкая грязными тапками, направилась к подъезду. Ну не станет же он меня насиловать, в случае чего заору, как ненормальная.

Квартирка оказалась премилым местом — однокомнатная, уютная, какая-то по-женски ухоженная, даже кокетливая. Впрочем, следы женщины обнаружились и в ванной: розовый махровый халат, размера этак 46-го, несколько баночек крема для лица, кое-какая косметика.

— Вытритесь полотенцем, — крикнул зять Павловских, — и наденьте халат, а одежду повесьте на обогреватель!

Чудненько, обольщение по всем правилам.

— Неудобно как-то натягивать чужой халат! — выкрикнула я.

Валера заглянул в ванную.

— Он «пароходский».

— Чей?

— Анекдот такой есть. Мужик на пароходе решил прокатиться. Вошел в каюту, разложил вещи и злится — зубную щетку забыл. Идет в ванную, глядь, а она там торчит, родная! Он обрадовался, давай зубы чистить, тут входит другой парень и говорит: «Я здесь до вас жил, щетку забыл, а вы ею уже в рот залезли». Первый начинает извиняться: «Простите, простите, думал — пароходская».

Я в задумчивости поглядела на халат. Интересно, при каких обстоятельствах смогла бы воспользоваться подобным предложением? Надо признать, никогда еще в своей жизни не теряла настолько голову, чтобы использовать общий халат. А вот другие женщины, очевидно, испытывали подобные страсти. Даже обидно немного.

В кухне был сервирован стол. К растворимому кофе подавалась коробочка турецких псевдошоколадных конфет и бутылка паршивого коньяка. Но тетка из Казани, очевидно, должна изобразить восторг. Я постаралась изо всех сил, дождалась, пока хозяин отвернулся к мойке, и быстренько опорожнила емкость со спиртным в горшок с алоэ. Надеюсь, бедному растению не повредит порция жуткого пойла. Что делать, жизнь во Франции разбаловала, приучила к качественной выпивке.

Валера принялся жаловаться на одиночество и непонятость, потом намекнул, что может посодействовать и достать мне контрамарки в столичные театры. Изредка вздыхал и брал меня за руку, с каждым разом подсаживаясь все ближе и ближе. Я уже подумывала, как отступить из холостяцкого гнездышка с наименьшими потерями, как вдруг раздался звонок в дверь.

— Странно, — пробормотал ловелас и, плотно притворив дверь кухни, вышел в прихожую.

Сначала стояла тишина, потом раздались крики, шум, что-то с грохотом упало, и в кухню ворвалась растрепанная девушка. Топнув довольно толстой ножкой, вошедшая заорала:

— Уже коньяк в ход пошел! На мое белье небось шлюху положить решил.

На всякий случай я ухватилась за разделочную доску — все-таки оружие. Но девушка не стала кидаться на меня с кулаками, а, рухнув на табуретку, противно зарыдала.

— Как ты мог! Да посмотри на нее как следует, небось полтинник разменяла, ни рожи ни кожи!

Валера неловко топтался сзади.

— Пусенька, это не то, что ты вообразила. Дарья Ивановна — аспирантка Алика, приехала за книгами.

— Правда? — спросила девчонка, размазывая сопли по деревенскому личику.

Потаскун умоляюще глянул на меня.

— Абсолютная, — заверила я ревнивицу, — только за литературой заехала, и потом, не волнуйтесь, мне совершенно не нужен Валерий.

Девица шмыгнула носом и побежала в ванную. Я быстренько нацепила влажные тапки и выскочила под проливной дождь.

Глава 8

Утром в спальню влетела Маня.

— Никогда не была в Киеве, — заявила дочь с порога.

— Я тоже, а в чем дело?

Выяснилось, что Ольга собралась на несколько недель к родителям, близнецы отправляются с ней. Но Аркадий не может поехать, как раз сейчас нашелся новый клиент, и сын занят на процессе. Няня Серафима Ивановна наотрез отказывается сопровождать Зайку. Старушка до смерти боится самолетов. Одной с двумя малышами невестке просто не справиться, поэтому сопровождать ее предложено Мане.

— А лицей? — робко осведомилась я. — Занятия еще идут.

— Ерунда, — постановила Маня, — позвоню Оксане, она даст справку о болезни. Я же хорошо учусь, почему нельзя?

Что верно, то верно, в дневнике у нее нет даже четверок.

К тому же Олины родители вполне благополучные люди. У них роскошная дача на Днепре. Аркашка ездил в прошлом году к тестю с тещей, так потом два месяца не мог успокоиться, перечисляя блюда, которыми его потчевала Анфиса Леокадьевна: вареники, галушки, деруны, пампушки... Маня только завистливо вздыхала.

— Ладно, поезжай, все равно до конца учебного года всего ничего осталось.

— Мусечка, ты — чудо! — завопила дочь и понеслась собирать чемодан.

Оля вздохнула:

— Маруське отдам Ваньку. Он орет так же громко, как она, пусть в самолете друг друга перекрикивают. Мама вот все убивается, что нельзя хоть одного внука к ней прописать. Разные государства теперь, а кому...

Но я уже перестала ее слушать. Прописка! Интересно, кто был прописан в квартире у Светланы? На суде этот щекотливый вопрос просто обошли стороной. Нигде в деле не упоминался таинственный жилец. Кто он или, может, она? И куда дели человека, в бомжа превратили? Почему же не сопротивлялся? Нет, надо срочно узнать подробности. Но сначала позвоню Вике Пановой.

Алкоголичка сразу схватила трубку, очевидно, ждала звонка.

— Согласна, — затараторила она, — будь по-вашему. В конце концов, справедливость должна восторжествовать.

Вот и чудненько, и деньги получит, и будет считать себя борцом за истину. Я велела пьянчужке ждать. Панова послушалась и, очевидно, с утра не брала в рот ни капли. Она даже попыталась навести марафет, потому что покрыла руины, когда-то бывшие лицом, толстым слоем тональной пудры. «Мерседес» привел свидетельницу в восторг.

— Небось копейки не считаешь, — констатировала она, устраиваясь на сиденье.

У нотариуса мы тщательно записали ее показания, поставили на каждой странице подпись и печать. Когда тоненькая папка оказалась у меня под мышкой, я дала Вике доллары и доставила свидетельницу домой. Не успела выйти из подъезда, как запикал пейджер. «Альберт Владимирович ждет к трем».

Я взглянула на часы — 14.45. Думают, что в моем распоряжении самолет? «Мерседес» сына повиновался не слишком охотно. Ладно, Аркашка уехал на три дня в Питер, авось не узнает, что мать пользовалась автомобилем. Кеша — человек нежадный и охотно разрешает брать у него все, что угодно. Даже когда Маруся подселила к нему в компьютер виртуальную овцу, которая принялась носиться по файлам, спать, жрать и какать на документы, он спокойно сказал:

— Ты не права, Манюня.

Он вообще невероятно спокойный, вывести его из себя удается только мне. И один из поводов — «Мерседес».

— Не разрешаю пользоваться всего двумя вещами, — сообщил сын домашним, — «Мерседесом» и женой.

Именно в таком порядке — сначала упомянул машину, затем Зайку. Ольга потом несколько дней дулась. Приятно ли, когда тебя считают вещью, и уж совсем нехорошо стоять в списке после дурацкой таратайки. В обычное время ни за что бы не посягнула на сакральную тачку, но ведь «Вольво» утащили эвакуаторы, и нет свободного времени, чтобы забрать несчастный автомобиль.

Начавшийся вчера дождик не собирался затихать. Дорога блестела лужами, я поднажала на газ, понимая, что безнадежно не успеваю к назначенному часу. Не то чтобы боялась академического гнева, просто не могу опаздывать. Раз велено быть в 15.00, значит, обязана приехать не позже одной минуты четвертого.

Дурацкая привычка к точности служит замечательным поводом для издевательств со стороны домашних. Они хихикают, видя, как я прихожу на вокзал за час до отхода поезда, веселятся от души, когда мать усаживается перед экраном в ожидании новостей за полчаса до начала программы. Эта гадская привычка особенно мешала в молодости. Так и не научившись наступать на горло пунктуальности, я являлась на свидания минут за пятнадцать до назначенного срока. Представляете картину? Кавалера нет, а замерзшая дама подпрыгивает на снегу. Чтобы не выглядеть глупо, пряталась в ближайшем укрытии, наблюдала приход своего Ромео и, подождав для важности минут пять, гордо выплывала из-за ларька «Союзпечати». Опоздала бы и все, ну что может быть проще? Ан нет, какая-то сила каждый раз выталкивает из дома заблаговременно.

Вот и сейчас я неслась с предельной для меня скоростью — почти шестьдесят километров в час. Вдруг впереди словно по волшебству возник багажник «Жигулей». Холодея от ужаса, я прыгнула всем телом на тормоз. «Мерседес» встал как вкопанный. «Жигули» преспокойненько укатили вперед, не подозревая о грозившей им опасности. Зато сзади раздался стук и гневный женский крик. Полная дурных предчувствий, я вылезла из автомобиля и увидела, что в багажник Кешкиного любимца въехал старенький «Опель», примерно 80-го года выпуска. Рядом бесновалась прехорошенькая девчонка, чем-то похожая на Зайку: стройная, с длинными ногами и чудными белокурыми волосами.

— Это вы виноваты, — завопила она, размахивая руками. — Кто же так тормозит? Вот разбила свою новую машину.

— Почему новую? — глупо осведомилась я, разглядывая старичка-«Опеля».

— Не всем же на «шестисотых» раскатывать! — взвизгнула девица. — Купила себе тачку всего два месяца тому назад.

Я наклонилась, чтобы оценить ущерб. Парадоксальным образом трагедии не произошло. У «Опеля» всего лишь разбита фара, у «мерса» —

габаритный фонарь. Но Кешка все равно убьет меня!

— Не умеешь ездить — не садись, — верещала девушка.

Я поглядела на часы. Так, ровно три. Опоздала.

Девчонка продолжала исходить злостью:

— Небось права вместе с тачкой купила!

Я вздохнула, посмотрела на ее красное лицо и, вытащив из кошелька 200 долларов, тихо сказала:

— Заткнись и купи себе новую фару.

Но девчонка уже оценила «Мерседес», сотовый телефон и мой костюм от «Шанель».

— Ишь какая хитрая, сунула копейки, и все. Нет уж, пусть ущерб ГАИ считает.

А вот это она зря.

— Дистанцию следует держать правильно и не висеть на багажнике впереди идущей машины. А за двести долларов можно фару купить для «Мерседеса», не то что для «Опеля». Впрочем, дело твое. Зови ГАИ.

Девчонка вздохнула, выдрала у меня из рук банкноты и, чертыхаясь, покинула место происшествия. Я вытащила телефон. Опять подошла Виолетта.

— Деточка, Альберт Владимирович ждет.

— Простите, пожалуйста, но нахожусь очень далеко и никак к трем не успеваю.

— Ах эта милая провинциальная точность, — заохала Виолетта, — нет никакой нужды торопиться, профессор сегодня весь день дома.

Злобно сунув телефон в карман, я села в пострадавший «Мерседес». Видали, он дома! Так какого черта велели к трем приезжать?

На этот раз дверь открыла... девушка, та самая ревнивица из холостяцкого гнездышка Валерия. Увидев, кто стоит на пороге, она резко покраснела и смутилась, но не успела ничего сказать, так как в прихожую выплыл сам Альберт.

Не утруждая себя приветствиями, профессор сообщил:

— Проходите в кабинет.

Я побежала на зов, словно болонка. На столе лежала переведенная мной статья.

— Прочитайте, — велел академик, — поправьте опечатки и стиль.

Вздохнув, я принялась за работу. Сюрприз поджидал на последней странице. После фамилии автора стояло: оригинальный перевод с французского академика Павловского. Вот это да! Запросто присвоить себе чужую работу и не испытать при этом ни малейшего неудобства.

Взяв выправленный экземпляр и забыв сказать спасибо, Алик процедил:

— Виолетта Сергеевна велела на кухню идти.

За большим столом собралось много народа. Старушка, девица, открывшая дверь, Жанна Сокова и Дима. Последний жадно поедал огромный кусок торта.

— Садитесь, душенька, — прочирикала профессорша, расплываясь в благостной улыбке. — Альберт Владимирович очень доволен. Говорит, изумительно владеете французским.

Я скромно потупилась.

— Ах как мило, — восхитилась Виолетта, — только в провинции еще сохранили умение смущаться. Не тушуйтесь, лапочка. Лучше знакомьтесь с Верочкой.

И она указала на ревнивицу. Девчонка попробовала улыбнуться, но улыбка вышла кривоватой. Она явно побаивалась, что глупая тетка из Казани сейчас разинет варежку и ляпнет что-нибудь типа: «А мы уже вчера у Валерия дома встречались».

И тут зазвонил телефон. Виолетта напевно произнесла:

— Алло!

В ответ из мембраны полилось что-то невразумительное. Абонент, очевидно, излагал какую-то важную информацию, потому что орал, не давая профессорше вставить ни слова. Наконец старушка произнесла:

— Вика, ты опять пьяна, позвони, когда протрезвеешь.

Она повернула к нам слегка побледневшее лицо и сообщила:

— Панова. Снова в невменяемом состоянии, несет какую-то чушь.

Присутствующие сочувственно заохали, я изобразила полное непонимание. Виолетта пояснила:

— Бывшая аспирантка Альберта Владимировича, весьма глупая девушка. Сколько хорошего муж ей сделал, мы даже замуж ее выдали, да не в коня корм. Стала к бутылке прикладываться, с работы вылетела. Теперь окончательно спилась. Как только наглости хватает: звонит нам и обвиняет в своих неприятностях. Черная неблагодарность! Вы извините, очень звонок расстроил, голова заболела, пойду лягу.

И она вышла из кухни.

— Виолетта Сергеевна, — бросилась вслед Жанна, — сейчас массажик сделаю.

Мы остались втроем. Дима меланхолично приканчивал торт. «Как его только не стошнит», — подумала я, глядя на исчезающие в бездонном желудке кремовые розы. Когда он удалился, Вера сказала:

— У Димы это давно; говорят, что такое от нервов случается.

Мы помолчали немного, потом Вера глянула мне в глаза и почти прошептала:

— Спасибо.

— Не понимаю, — прикинулась я.

— Спасибо, что не сказали о встрече у Валерия.

— Я у него не была и вас не видела.

Девчонка хихикнула.

— Вы классная тетка, может, я тоже вас когда выручу. Только хочу предупредить — на Валеру не рассчитывайте. Я его уже застолбила.

Глава 9

Следующий день выдался хлопотным. Сначала отправилась выручать арестованную «Вольво», потом отогнала «Мерседес» в починку. Дух перевела только в три часа дня. Сварила кофе, закурила любимую сигарету «Голуаз» и решила подвести итог. Что следует сделать в первую очередь? Отыскать таинственного жильца, прописанного в бывшей квартире Светланы Павловской, попробовать поговорить с секретаршей убитого Славы Демьянова — вдруг девушка вспомнит какие-нибудь подробности.

Начать надо со старой квартиры Светочки. А ведь даже адреса не знаю, хотя дело поправимое, и я принялась звонить Вике Пановой.

Женщина не брала трубку ни сию минуту, ни через час, ни через два. Меня стали грызть сомнения. Дала алкоголичке сразу такую большую сумму денег, что, если пьянчужка обпилась до полусмерти? Нет, придется ехать.

Около пяти часов, попав во все возможные пробки, я оказалась наконец под дверью Пановой. Но в квартире стояла тишина, никто не собирался впускать меня внутрь. Прозвонив бесцельно минут десять, я со всей силы пнула от злости дверь, и створка медленно приоткрылась. Надо же, забыла закрыть. Замок у Вики оказался непростой, из тех, что не защелкиваются, а запираются. Значит, отправилась выпивать и все на свете прошляпила. Я вдвинулась в грязный коридор и потрусила на кухню. Оставлю идиотке записку.

Вика была там — лежала между плитой и холодильником. Лицо странно скрюченное, абсолютно синие губы, застывшие глаза рассматривают серый от копоти потолок. Куча мух копошится на голых ногах, застиранный ситцевый халатик распахнут, и видно, что под телом огромная зловонная лужа.

Желудок отреагировал моментально. Кофе, бефстроганов и печеная картошка, недавно с аппетитом съеденные дома, вырвались наружу и шлепнулись около несчастной. Вытирая липкий пот со лба и чувствуя, несмотря на жару, легкий озноб, я стала тыкать пальцами в кнопки мобильника. Где-то через полчаса взвыла сирена и в квартиру вошли деловые, спокойные Александр Михайлович, эксперт Женя и еще какие-то незнакомые мужчины.

— Так, — протянул полковник, зверем глядя на меня, — здравствуйте! Просто хобби какое-то — вляпываться в неприятности.

— Кого стошнило возле трупа? — осведомился Женька.

— Совершенно случайно, просто не удержалась, — проблеяла я.

— В другой раз отбегай в сторону, — злился приятель, — и так вонища стоит, так еще ты со своей обратной перистальтикой.

Сыскная машина, скрипя ржавыми деталями, заработала. Меня отпустили только к семи вечера, когда несчастную Вику увезла труповозка.

— Что за отношения связывали тебя с покойной? — вопрошал полковник.

Ага, сейчас скажи ему правду, так тотчас же запретит бывать у Павловских, и бедный Ромка останется на зоне.

— Учились когда-то вместе, перезванивались. Вика начала сильно пить, вот я и заволновалась, когда она не стала снимать трубку.

— Когда видела Панову в последний раз?

— Вчера утром, живой и здоровой.

Александр Михайлович крякнул.

— Что-то не припомню у тебя такой подруги.

— Да мы не очень часто общались.

— Вчера встречались, а сегодня зачем звонила?

— Хотела помочь с работой.

Полковник меланхолично раскурил сигарету. Ох, чует мое сердце, не поверил ни одному слову.

Когда я, усталая и задерганная, приплелась домой, на голову упал карающий меч. Из столовой вышел Аркадий. Я попыталась изобразить радость.

— Уже приехал? Думала только послезавтра прибудешь!

— Мать, где «Мерседес»? — прервал сладкие речи сынуля.

— Какой «Мерседес»? — попробовала я прикинуться идиоткой, но, наткнувшись на грозный взгляд, осеклась и протянула: — Ах «Мерседес»...

— Да, «Мерседес», — повторил Кеша каменным голосом, — и можешь не врать. Великолепно предполагаю, что произошло: Ольга взяла машину, разбила, а остатки вы сволокли в металлолом.

— Что ты! Автомобилем воспользовалась я, всего лишь кокнули фару, завтра будет как новый.

Кеша промолчал, потом со вздохом сказал:

— Вот уж не ожидал от тебя такой гадости, это так же обидно, как история с жуком!

Много лет тому назад маленький Аркадий, учившийся тогда то ли в пятом, то ли в седьмом классе, поймал во дворе потрясающее насекомое: жука размером со спичечный коробок. Его темно-синяя спинка плавно переходила в рогатую головку. Целая куча копошащихся ног украшалась устрашающими шипами. Счастливый энтомолог запихнул добычу в пачку из-под сигарет. «Покажу завтра на уроке, учительница с ума сойдет», — сообщил он нам с Наташкой и радостно заснул. На беду, к Наташке около одиннадцати вечера пришел кавалер, биолог по образованию.

Подруга решила продемонстрировать находку, открыла пачку, жук не растерялся и улетел в форточку.

Полночи мы ломали голову, как выбраться из ужасного положения. Ни она, ни я не хотели рассказывать бедному мальчику правду. Наконец выход нашелся. Наталья поймала ночную бабочку и сунула в коробку. Утром квартиру разбудил негодующий вопль. Кеша решил проверить свое сокровище.

— Что это? — возмущался он, тыча мне под нос несчастную бабочку.

— Видишь ли, — завела Наталья, — в природе так бывает. Из червяка получается бабочка.

— У меня жук был, — недоверчиво сказал мальчик и ушел в школу.

Возвращение переросло в катастрофу. Учительница зоологии объяснила Кешке, что *эта* бабочка никогда не получится из жука. Предусмотрительная Наташка убежала на работу, оставив меня расхлебывать кашу в одиночестве.

Надеясь, что «Мерседес» великолепно приведут в порядок, я хотела улечься отдохнуть, но тут опять поступил вызов от Павловских. Короче, в девять вечера вновь стояла в кабинете у профессора.

Академик протянул еще одну статью.

— Желательно сделать к завтрашнему вечеру, тут всего тридцать страниц. Утром приезжайте в лабораторию и надиктуйте Зое.

Он царственным кивком дал понять, что аудиенция окончена.

На кухне Жанна варила геркулесовую кашу.

— А где Виолетта Сергеевна?

Сокова покачала головой:

— У бедняжки опять давление.

Я устроилась за столом и попробовала завести разговор на волнующую тему:

— Какие в Москве квартиры хорошие. Что у Виолетты Сергеевны, что у Светы, у нас в Казани таких нет.

— У Светки еще лучше была, четыре огромные комнаты, — сообщила Жанна, — только она ее продала.

— Зачем? — фальшиво удивилась я.

— Игорь женился, сын. А невестка попалась с норовом, вот Светка и решила разъехаться. Себе купила три комнаты, молодым две.

— А раньше где жила?

— Да здесь же, в доме 7, квартира 217, а сейчас в пятый переехала, очень удобно.

Жанна принялась помешивать кашу, я переваривала информацию.

Наутро, около двенадцати, вошла в домоуправление. Седьмой дом оказался кооперативным. Обтрепанного вида мужик пытался что-то печатать одним пальцем на пишущей машинке.

— Можно увидеть домоуправа?

— Нет, — радостно сообщил мужичонка. — Федьке каюк пришел!

— Умер? — испугалась я.

— Ты чего? — удивился говоривший. — Живехонек, здоровехонек, просто позавчера на собрании ему жильцы по шапке надавали и прогнали. За дело — не воруй. Так что временно без начальства остались.

И он с треском выдернул из машинки лист.

— А вы кто?

— Слесаря мы.

Работник начал заглядывать под стол и в сердцах произнес:

— Еж твою налево!

— Что случилось?

— Да портфель в квартире забыл с инструментом, а ты чего хотела от Федьки?

— С коммунальными платежами напутала.

— Это к бухгалтеру, она через час приедет. — Мужичонка поковырял пальцем в ухе, сосредоточенно посопел и попросил: — Слышь, посиди тут минут десять, за портфелем сбегаю, пока чего не сперли.

— Зачем сидеть?

— Меня сейф караулить посадили. Федька, змей, дверцу не закрыл, а ключи унес, там печать, документы. Будь человеком, пригляди.

Я милостиво согласилась, слесарь радостно затопал вонючими сапожищами. Интересно, почему у них всегда на ногах такая, оставляющая несмываемые следы на паркете, обувь?

Сейф, вернее, просто большой железный шкаф оказался и вправду открыт. На полках аккуратными рядами стояли пухлые и потрепанные домовые книги. Ну просто как по заказу! Я вытащила ту, где были прописаны жильцы бывшей Светкиной квартиры, и принялась за изучение. Информация оказалась обильной. Первыми обитателями апартаментов была семья Федоровых: Любовь Анатольевна, Сергей Михайлович и мальчик Андрюша. Потом спустя несколько лет к ним прибавилась Светлана Павловская. Прописали ее на основании брачного свидетельства. Так, все понятно, Андрей вырос и женился на Светочке. Потом дата выписки родителей Федорова с пугающим обоснованием — убыли по причине смерти. Интересно, оба сразу, в один день, 17 февраля, спустя буквально трое суток после появления невестки. Потом, примерно через полгода, на площади оказался Валерий. Явился мужчина с улицы Погодной и попал в 217-ю квартиру в качестве... мужа Светланы Павловской. А куда же подевался Андрей Федоров? Да вот он, остался прописанным вплоть до момента продажи квартиры.

Интересно, они что, жили все вместе? И куда выписали бывшего супруга? В домовой книге стояло — в связи с изменением местожительства. Все это выглядело очень странно. Хотя мог жениться, уехать в другое место, а прописку не менял, все-таки родительская квартира, жаль отдавать бывшей супруге, тем более прожили вместе всего ничего. Я поглядела другие страницы и обнаружила, что в 216-й до сих пор проживает Анастасия Николаевна Ложкина, въехавшая в дом вместе с Федоровыми, в 1968 году. Надеюсь, дама не впала в маразм и поделится секретами.

В 216-ю позвонила примерно через час. Сначала сходила в ближайший супермаркет и купила милый старушечьему сердцу продуктовый набор: геркулес, сахар, чай, кофе, масло, растворимые супы, конфеты...

— Кто там? — спросил неожиданно звонкий, совершенно не старческий голос.

— Из собеса, гуманитарная помощь.

— Вот это да, — обрадовалась женщина, гремя цепочкой, — по какому поводу?

— К Первому мая, — брякнула я.

— Так сегодня-то какое! — возразила старуха, впуская.

— Коробки тяжелые, сотрудники все женщины, вот и носим по одной...

— Только не подумайте, дорогая, что упрекаю, — испугалась пожилая женщина и пригласила на кухню. Там она принялась ворошить «презент», по-детски радуясь неожиданному подношению.

Я тяжело вздохнула:

— В вашем доме еще одна квартира осталась, 217-я, там Андрей Федоров живет.

— Миленькая, — всплеснула руками старушка, — какого года у вас списки? Андрюшенька двадцать лет здесь не бывает. И вообще, Светлана продала квартиру, там другие люди сейчас обитают.

— Как же так? — фальшиво изумилась я. — Вот написано: 217-я — Андрей Федоров, уж не знаю, почему такому молодому, пятидесяти нет, помощь положена.

— Здесь, деточка, такое несчастье приключилось, просто трагедия, — возвестила собеседница. Она поставила чайник на плиту. Столько радостных событий принес ей сегодняшний день — и нежданные продукты, и внимательная слушательница. А что еще пожилому человеку надо? — Дом наш ведомственный, — величаво завела рассказ Анастасия Николаевна, — кооператив строили сотрудники Министерства иностранных дел.

Я-то простой служащей была, по чистому недоразумению разрешили пай внести, а вот Андрюшины родители — элита. Отец — посол, только не помню в какой стране, мать при нем переводчица. Любовь Анатольевна четыре языка в совершенстве знала, умница, красавица, но гонор имела жуткий! В подъезде почти ни с кем не здоровалась — как же, послиха! Из-за гордости своей дурацкой и погибла, дурочка.

— Как это?

— Андрюшенька в Москве учился, на пятом курсе, а отец с матерью за границей работали. Дело молодое, нашел невесту — Светочку.

Старуха остановилась, причмокивая губами, потом продолжила рассказ:

— Андрей не стал дожидаться возвращения родителей, а подал документы в загс и только тогда отбил телеграмму: «Женюсь». Перепуганная мать немедленно позвонила в Москву и стала выяснять биографические данные претендентки. Альберт Владимирович был в 1978 году всего лишь скромным доцентом на кафедре, Виолетта Сергеевна работала медсестрой, и жили они с двумя уже взрослыми детьми в обычной трехкомнатной квартирке. Так что Светочка оказалась небогатой, незнатной и не имела собственной жилплощади. Андрей предполагал, что молодые поселятся у Федоровых в больших и пустых четырехкомнатных апартаментах. Любовь Анатольевна пришла в ужас, но помешать мезальянсу не смогла. Из-за границы в те времена было совсем не просто сорваться в Москву, даже на свадьбу сына. Она оборвала телефон, требуя, чтобы Андрюша прогнал прочь «наглую бесприданницу», но достигла противоположного эффекта. Услышав материнский вопль: «Не смей прописывать эту хамку в мою квартиру», Андрей пошел в загс и уговорил заведующую зарегистрировать их со Светой раньше положенного срока. Потом, не медля и часа, прописал молодую жену к себе и сообщил матери, что дело сделано. Скорей всего принес паспортистке в подарок флакон французских духов, чтобы та закрыла глаза на отсутствие ответственной квартиросъемщицы и беспрепятственно прописала Светку.

Ох и орала она, — вспоминала старушка, — думала, трубка лопнет.

— А вы откуда так хорошо все знаете? — не удержалась я.

Анастасия Николаевна усмехнулась.

— Жизнь заставила. Мне в 75-м году пятьдесят пять лет стукнуло, из МИДа на пенсию отправили. Тогда в министерстве тоже не очень-то пожилых любили. Отработала, товарный вид потеряла, просим на заслуженный отдых. А пенсию я себе 80 рублей выработала. Это сейчас Зюганов кричит, что раньше все отлично жили, только на 80 рублей тогда прокормиться можно было с трудом. Вот и пошла к Федоровым домработницей. Сил еще много, знали меня хорошо и к себе спокойно пустили. Так что все на глазах разворачивалось.

Когда Любовь Анатольевна узнала о состоявшейся женитьбе, то каким-то чудом ухитрилась прилететь вместе с мужем в Москву. Надеялась затеять судебный процесс и признать брак недействительным. 17 февраля Андрей выехал на «Волге» в Шереметьево, чтобы встретить родителей. Дорогу покрывала сплошная ледяная корка, плотный туман опустился на шоссе. Обозленная Любовь Анатольевна накинулась на сына прямо в машине. Тот занервничал, не справился с управлением, и тяжелая «Волга» на приличной скорости влетела в какую-то плиту. Как раз в этот день ремонтировали мост, и Андрей в пылу скандала просто не заметил знак, приказывающий ехать другой дорогой. Старшие Федоровы скончались на месте, сын получил тяжелую травму позвоночника и превратился в абсолютно беспомощного инвалида. Кое-как двигались руки, но сидеть парень не мог даже в инвалидной коляске. Со дня свадьбы прошло меньше недели.

Андрей так и не вернулся домой. Сразу после больницы Света свезла его в специальный дом для инвалидов.

— Удивительная девушка оказалась, — изумлялась старуха, — устроила мужа в приют и просто вычеркнула из жизни. Ни разу не приехала его навестить, потом оформила развод и сразу выскочила замуж за Валерия. Родился Игорек, и об Андрюше просто забыли, словно он умер.

— Может, инвалид скончался, а вы не знаете, — заметила я.

Анастасия Николаевна вышла на секунду из комнаты и вернулась, неся довольно толстую пачку писем и открыток.

— Вот, — сказала она, — Андрюша мне пишет, последнее сообщение на 9 Мая пришло, так что жив и здоров, просто Светлана настоящая акула, без совести и чести. И ведь не стеснялась столько лет в доме жить, где ее почти все осудили. Хотя сейчас уже из старых жильцов почти никого не осталось.

Я поворошила открытки. Все, как одна, нацарапаны крупным неразборчивым почерком, адрес написан кем-то другим, скорей всего женщиной: Зеленодольск, микрорайон Хомутово, интернат № 3.

Я вышла от приветливой Анастасии Николаевны и с наслаждением подставила лицо под мелкий дождик. Больше всего на свете хотелось залезть в душ и смыть прилипшую грязь. Значит, проданная квартира, единственное убежище бедняжки, вовсе не принадлежала Свете. Купили ее Федоровы, а женщина стала обладательницей жилплощади совершенно случайно. И потом, насколько знаю, четыре комнаты в престижном доме должны стоить больше 100 тысяч долларов, но хорошо помню, что Роману вменялась именно эта сумма. Нет, определенно следует отыскать секретаршу Славы Демьянова, и обязательно поеду в Зеленодольск, узнаю, почему Андрей Федоров согласился выписаться из квартиры.

Тут затрещал пейджер. Я глянула на окошко и похолодела: «Жду готовый перевод к восьми часам. Павловский». Совершенно забыла о дурацкой статье!

Уже знакомая Зоя скучала за компьютером.

— Альберт Владимирович сказал, что вы к десяти утра приедете, — обиженно протянула она, — а сейчас почти пять!

— Простите, — принялась я извиняться, — но Павловский дал статью вчера поздно вечером.

Зоя молча выдвинула клавиатуру, и мы с ней принялись за работу.

Прервались только один раз. В дверь всунулся всклокоченный парень и сообщил:

— Слышь, Зойка, давай двадцать пять рублей.

— Зачем?

— Вике Пановой на похороны собираем, — сообщил юноша.

Зоя извинилась и вышла, потом, вернувшись, раздраженно сказала:

— Виолетта Сергеевна просто святая. Вика всех сотрудников лаборатории обзвонила, рассказала, что Павловские ее со свету сжили, отблагодарила за заботу. И смотрите, теперь Виолетта похоронами занимается, о могиле хлопочет, по-моему, даже поминки собирается устраивать. После всех гадостей! Удивительная женщина!

Зоя оказалась права. Дома у Павловских я застала бойкую грудастую даму в строгом костюме и с фальшиво скорбным выражением на лице.

— Дашенька, — обрадовалась профессорша, — входите, милая. Альберт Владимирович с минуты на минуту будет. Вот приходится заниматься грустным делом. Помните, говорила об одной бывшей нашей аспирантке, ну той, что спилась?

Я кивнула.

— Скончалась вчера вечером, выпила слишком много, а родственников никого.

И она принялась слушать грудастую тетку. Та нахваливала товар.

— Гробики самые разные имеются на настоящий момент: красного дерева с шелковыми подушками, кедровые, палисандровые...

— Нет-нет, — быстренько вставила Виолетта, — слишком вычурно.

— Тогда изделие 12, простой деревянный гроб с обивкой из ситца.

— Бедно как-то, — опять осталась недовольна Виолетта.

— Сейчас покажу образцы, вы и выберете, — оживилась гробовщица и пошла в холл.

Я испугалась, что сейчас она начнет втаскивать в кухню всевозможные гробы, но оказалось, что у служащей есть альбом с фотографиями. Виолетта полистала страницы, и последний приют для Вики нашелся. Потом договорились насчет машины и грузчиков.

— Отпевать будете? — поинтересовалась дама.

— Нет, нет, — отрезала Виолетта, — сразу кремируем.

Сотрудница «Ритуала» защелкала калькулятором, и профессорша отдала ей внушительную сумму. Надо же, оказывается, она сострадательный человек и не жадная. Тут появился Альберт Владимирович, и меня призвали в кабинет. На этот раз я сама велела напечатать Зое в конце: «авторизированный перевод академика Павловского». Алик добрался до последней строчки, глянул на «казанскую сироту» поверх очков и сообщил:

— Ну что ж! Недурственно, даже, скажу, просто хорошо. Если будем так работать, к декабрю станете кандидатом.

Окрыленная похвалой, я вошла в кухню. У мой-

ки толклась Вера, перед ней лежала гора каких-то
кульков.

— Слыхали? — спросила женщина. — Вика
Панова до смерти обпилась, нам велено на поминки готовить. А я ее даже не знала, просто зло
берет, кому такая благотворительность нужна?

— Виолетта Сергеевна очень добрая, — попробовала я усовестить девицу, — наверное, ей не
хочется, чтобы Вику похоронили в общей могиле,
знаете, сколько она сейчас денег отдала!

Девчонка фыркнула.

— У Пановой нашли почти тысячу долларов.
И как только пьяница скопила такую сумму?!
Родственников никого, вот Виолетта деньги забрала и теперь ими распоряжается. Она хитру-
щая, умеет добрые дела за чужой счет делать, ан-
гелом прикидываться. И потом, какие ей хлопо-
ты? Мы с Жанной и Кларой все приготовим,
Зойка и Ленка уберут, а Виолетта только урожай
соберет. А то, что мне надо было...

Она внезапно заткнулась, потому что в кухню
вошли Жанна и полная женщина. Почти через
все лицо незнакомки шел жуткий шрам, верхняя
губа практически совсем отсутствовала, нижняя
торчала вперед уродливым куском. Следом появилась Виолетта. Мы стали под ее чутким руководством готовить холодец и чистить овощи на
салаты. Пытаясь удержать в руках скользкую се-
ледку, я оценила полученную информацию. Выходит, несчастную Вику хоронят за мой счет! Интересно, что все-таки явилось причиной смерти?
Неужели алкогольное отравление?

Глава 10

Зеленодольск совсем рядом с Москвой, езды по сухой дороге от силы полчаса, и я добралась до интерната к часу дня. Проклятый пейджер не издавал ни звука, оно и понятно: Павловские на похоронах.

Интернат, убогое двухэтажное здание, вытянулся змейкой по берегу реки. Покосившиеся ступеньки, облупившиеся стены и запах мочи вперемежку с ароматом щей. Несколько обитателей скорбного места брели по коридорам, опираясь на костыли и палки. В открытую дверь одной из палат виднелись штук шесть железных коек с застиранными байковыми одеялами. Жить в таком месте недвижимым почти двадцать лет!.. Я почувствовала, как похолодела шея. Нет уж, лучше сразу подохнуть.

Толстая санитарка деловито опускала вонючую тряпку в грязное ведро.

— Где найти больного Федорова? — поинтересовалась я.

— Андрея Сергеевича? — неожиданно ласково спросила баба. — Он в другом корпусе живет, платном, через лесочек налево.

Я пошла в указанном направлении и через пару минут оказалась в совершенно ином помещении. Коридор застелен относительно новой ковровой дорожкой, в холле — несколько диванов и кресел, на подоконниках цветы, и в воздухе только легкий запах лекарств. Здесь обнаружился и медицинский пост. Молоденькая сестричка скучала над любовным романом.

— Андрей Сергеевич в 22-й комнате, — сообщила она.

Я поднялась на второй этаж и, секунду потоптавшись у двери, приоткрыла одну створку. Однако! Ожидала увидеть древнюю койку, тумбочку и вонючее судно... Но внутри — абсолютно иной антураж. У стены стояло нечто отдаленно напоминающее кровать. Больше всего ложе, застеленное красивым пледом, походило на рубку космического корабля. Справа, на специальной доске, размещался компьютер, слева, в пределах протянутой руки, теснились какие-то непонятные агрегаты, дальше располагались телевизор, видеомагнитофон, музыкальный центр. Все стены более чем двадцатиметровой комнаты заполняли книжные полки. На обеденном столе высилась стопка рукописей, здесь же тихо гудел лазерный принтер, выплевывая страницы. В открытое окно задувал теплый ветерок, и пахло в палате дорогим мужским парфюмом от «Лагерфельда».

— Вы за заказом? — раздался голос. — Подождите чуть-чуть, сейчас допечатает.

Я поглядела на кровать. В больших подушках лежал худой мужчина с лицом Христа. Тонкие бледные руки покоились на клавиатуре компьютера.

— Нет, — сообщила я. — Хочу поговорить с вами о Светлане Павловской.

— Зачем? — изумился Федоров и нажал кнопку на одном из таинственных аппаратов. Верхняя часть кровати пришла в движение, медленно поднялась, и Андрей оказался сидящим. — Зачем? — повторил он, вытаскивая сигареты «Парламент». —

Не видел вышеназванную даму двадцать лет, и, честно говоря, она меня не волнует. Среди моих интересов — языкознание.

Я поглядела на книги. А. Федоров «Стилистика японского языка», А. Федоров «Введение в грамматику».

— Бог мой, — вырвалось у меня, — вы тот самый Андрей Сергеевич Федоров, лучший российский японист, как же так...

Андрей заулыбался.

— Кто не знает, всегда удивляется, как это беспомощный калека смог написать около тридцати монографий и стать известным ученым. Но сейчас век компьютера, и я связан с коллегами из многих стран. Сначала объясните, что вам нужно от меня.

Я устроилась поудобнее в кресле и выложила инвалиду все.

Андрей выслушал, не перебивая, потом сказал:

— Боюсь, ничем не смогу помочь. Не видел Светлану двадцать лет, не узнаю ее, если встречу. Никаких бумаг не подписывал, о ее разводе со мной и продаже квартиры слышу впервые. Хотя к чему мне родительские хоромы? Могу жить только здесь, пусть Света пользуется, ведь она из-за квартиры выходила замуж. А я ей, честно говоря, даже благодарен.

— За что? — вырвалось у меня.

Андрей улыбнулся.

— Был самым обычным мальчишкой, учился кое-как в МГИМО, любил погулять и выпить. А тут со Светкой познакомился — хорошенькая такая пампушечка, хохотушка жуткая. Она в меня как кошка влюбилась, хвостом бегала, а родители мои тогда в Африке работали.

Дальше история развивалась по знакомому сценарию. Сначала несколько ночей, проведенных вместе, потом задержка, слезы невинной девушки и визит разъяренной матери. Виолетта Сергеевна потребовала немедленной свадьбы. У Светланы оказался отрицательный резус, и аборт был невозможен. Андрюша сначала попробовал увильнуть, но будущая теща пообещала сходить в институт и пожаловаться в партийную и комсомольскую организацию. Парень присмирел и решил сочетаться браком, справедливо полагая, что живем не в Италии, развод не запрещен. Все еще колеблясь, он позвонил матери, но та, не выслушав его до конца, заорала сразу про свою драгоценную квартиру. Андрей разозлился, мать волновала только жилплощадь, и, по мнению сына, родительнице следовало преподать урок.

В два счета он зарегистрировался со Светкой. Потом катастрофа, больница, интернат... Первые годы бедный инвалид просто гнил на засранных простынях. Он отправил жене кучу открыток с просьбами о помощи, но ответа не дождался. Тогда стал писать соседке и от нее узнал, что Светочка быстренько выскочила замуж, двух месяцев не прошло после катастрофы, как в ее кровати оказался другой. Андрей совсем пал духом и решил отравиться. Спасла его палатная сестра Ниночка. Девушка предложила парню получить второе образование, и Андрей решил изучать японский язык. Руководство МГИМО пошло навстречу юноше. Ниночка принялась регулярно возить в Москву контрольные работы и рефераты. Неожиданно для себя, Андрей увлекся. Японский казался безграничным морем, свободного времени у инвалида было навалом, а спиваться, как другие обитатели интерната, он не хотел.

Шло время, Андрюша полюбил Японию и... Ниночку. Молоденькая медсестра, преданно ухаживающая за инвалидом все эти годы, ничего не требовала, но мужчина решил оформить отношения официально. Он написал Светлане письмо с просьбой выслать копию свидетельства о разводе. У него в паспорте до сих пор стоял штамп о бракосочетании с Павловской, и загс отказывал в регистрации с другой женщиной. Бывшая супруга не отреагировала. Тогда Андрей отправил весточку Анастасии Николаевне и попросил ту узнать у Павловской, получала ли женщина его письмо. Ложкина сходила в 217-ю квартиру, но там ей быстро объяснили, что думают о соседях, сующих нос не в свои дела. Тогда в Москву отправилась Ниночка.

Дверь ей открыла сама Светлана. Медсестра, тихая, робкая женщина, редко выезжающая из Зеленодольска и скромно живущая на медные копейки, поразилась виду бывшей Андрюшиной жены. Полное тело Светы обтягивал дорогой халат, который Ниночка по простоте душевной приняла за вечернее платье, в ушах и на пальцах горели разноцветные каменья. Квартира, через которую посетительницу быстро провели на кухню, тоже сверкала великолепием. Окончательно остолбенела медсестра на кухне. Шел голодный

90-й год, а у Павловской к завтраку предлагали бутерброды с черной икрой и осетриной, душистый кофе. Шоколадные конфеты горой громоздились в вазочке, и курила Света «Мальборо». Оробев окончательно, Ниночка принялась лепетать о документах. Павловская прижала толстые пальцы к вискам и простонала:

— Ах, Андрюша! Вечная боль моего сердца! Сколько ночей провела я без сна, думая, как он там бедный мучается!

Другая бы женщина на месте Нины сразу объяснила Павловской, что терзаться не следовало. Можно приехать в Зеленодольск, встретиться с мужем, поухаживать за ним... Но робкая Нина только хлопала глазами, внимая профессорской дочке.

— Сколько я мечтала увидеть мужа, — продолжала разливаться соловьем Света, — как хотела просто подержать за руку, но не с кем оставить сына, ну не тащить же ребенка в Зеленодольск! Он такой ранимый, хрупкий... А я просто извелась, думая об Андрюшиной судьбе.

Проговорив в таком тоне минут пятнадцать, Света, всплеснув руками, сообщила, что опаздывает на работу, и пообещала выслать документы по почте.

Нинуля, несолоно хлебавши, вернулась в интернат. Андрюша долго хохотал, когда простодушная Ниночка живописала картину встречи. Нечего и говорить о том, что никакое свидетельство в интернат не пришло.

В 91-м году в жизни инвалида произошли неожиданные изменения. Весь цивилизованный мир кинулся помогать голодающей России. И из Токио пришло письмо от профессора Озе. Таяма-сан вежливо благодарил господина Федорова за перевод своей книги на русский язык и спрашивал, не нужна ли российскому ученому помощь. Андрюша ответил, завязалась оживленная переписка, и в мае японец приехал проведать коллегу.

Сказать, что его поразил интернат, значит не сказать ничего. Таяма-сан был сражен наповал. Через месяц из Токио прибыло несколько человек, которые полностью переоборудовали палату Федорова, на счет зеленодольского приюта стали поступать валютные средства. Это слали гуманитарную помощь коллеги из Токийского университета, которым пораженный профессор Озе в красках живописал увиденное. Андрюшу завалили заказами на переводы, щедро оплачивая их в твердой валюте. Несколько раз Таяма-сан привозил крупных невропатологов, инвалиду сделали шесть операций, и теперь он мог спокойно сидеть. Для калеки, почти пятнадцать лет пролежавшего только на спине, жизнь заиграла радужными красками. Более того, господин Озе пригласил их с Ниночкой в Японию. Инвалидное кресло, присланное из Токио, маленькое, управляемое пультом, оказалось почти волшебным. Одна кнопка — и «карета» подъезжает к кровати, другая — и вы можете без посторонней помощи переместиться на него, третья — совсем невероятно — кресло шагает по лестнице. Наконец-то Андрей обрел свободу передвижения. В Зеленодольске вскоре многие узнали необычного веселого паралитика, ловко рулившего по улицам и скупающего новинки в книжных магазинах. Практически все летние месяцы Андрей и Нина стали проводить на озере Кюсю, на даче Таяма-сан. Хитрые японцы оформляли Нине вызов как «сопровождающему инвалида лицу». А в прошлом году они побывали в Париже.

— И вы больше никогда не обращались к Павловской?

— Зачем? — удивился Андрей. — В помощи не нуждаюсь, да и не стал бы никогда ее просить о ней.

— Так и не женились на Нине?

— Штамп в паспорте ничего не изменит в наших взаимоотношениях, — вздохнул Федоров, — окружающие и так считают Нинулю моей супругой. Все наши денежные средства вложены на ее имя, так что после моей смерти проблем с наследством не возникнет. Токийский банк просто выдаст вклад госпоже Севастьяновой, на этот счет я абсолютно спокоен.

— Но ведь Света продала квартиру, — продолжала настаивать я, — выписала вас, неужели не жаль денег?

Федоров улыбнулся.

— Моих собственных денег хватит на две жизни. Надеюсь, понимаете, что детей у нас с Ниной не может быть? И для кого копить капитал? А у Светы вроде родился ребенок, кажется, мальчик. Только не знаю, от меня ли. Так что пусть пользуется деньгами, ей они нужней. А сейчас, извините, должен работать.

Я поехала назад в Москву. Уже на въезде в столицу заголосил пейджер. «Срочно позвоните. Виолетта Сергеевна».

Трубку снял Валерий.

— Дашенька, Виолетта Сергеевна очень просит срочно приехать.

Я призадумалась. Понадеялась, что Павловские на похоронах и не взяла с собой наряд «казанской сироты». Хотя на мне самые обычные синие «ливайсы», простенькая маечка, только кожаные мокасины от «Гуччи». Авось не поймут, сколько стоят такие непрезентабельные на вид тапки.

В большой комнате у Павловских сверкал огромный накрытый стол. Основная масса гостей уже наелась, и среди мисок с салатом и блюд с мясным и рыбным ассорти валялись пробки от бутылок, смятые салфетки, надкушенные куски хлеба.

Виолетта Сергеевна в темно-фиолетовом платье царственно протянула пухлую руку.

— Милая, почему не пришли на похороны?

— Как-то неудобно, — завела я.

— Ах, оставьте китайские церемонии, — вздохнула профессорша, — вы теперь член нашей семьи и должны быть со всеми. Садитесь, перекусите.

Я постаралась устроиться на самом краю и оглядела присутствующих. Так, много знакомых: Жанна, Света, Валерий, Зоя, Дима... Еще лохматый парень, собиравший деньги на похороны, несколько неизвестных мужчин и женщин, Альберта Владимировича нет.

— Хотите салат? — пробормотал кто-то невнятно.

Я обернулась. Женщина с изуродованным лицом протягивала миску.

— Спасибо.

— Берите, — прошепелявила Клара, — попробуйте рыбу, очень вкусная.

Поминки находились уже в той стадии, когда гости прочно забыли, зачем собрались. То и дело вспыхивал смех, крупный румяный мужчина рассказывал анекдоты.

— Это профессор Градов, — пояснила Клара, — близкий друг Альберта Владимировича.

— А где сам академик?

— На заседании ВАК, сейчас приедет. Вас ведь Даша зовут?

Я закивала с набитым ртом.

— Поможете чай подать? Жанна горячее готовила, устала, а Вера напилась, как всегда. Ее в комнате для гостей уложили.

— Конечно, — сказала я и пошла на кухню.

Там, возле стола, куда составили часть еды, обнаружился Дима. Большой ложкой, похожей на поварешку, парень орудовал в кастрюле с салатом. Меня он просто игнорировал. Вошедшая следом Светлана возмущенно произнесла:

— Дима!

Брат вздрогнул, но орудие труда не выпустил.

— Сейчас же прекрати! — взвизгнула сестра.

Дима, никак не отреагировав, сопя, полез за холодцом и уронил скользкий кусок на пол.

— Сейчас позову маму, и тебя снова положат в больницу! — заорала, теряя человеческий облик, Светочка. — Обжора чертов!

На вопль пришли Клара и Валерий.

— Дорогая, не волнуйся, — завел супруг.

— Только погляди на него, — бесновалась жена, — опять жрет, просто перед людьми стыдно. Положи ложку!

— Не ори на моего мужа, — грозно произнесла Марго, входя в кухню.

— Фу-ты ну-ты, — обозлилась Света, — вместо того чтобы Градову глазки строить, лучше пригляди за своим сокровищем. Думаешь, не знаю, что у тебя на уме? Владимир Анатольевич теперь вдовец. Умен, богат и, в отличие от твоего муженька и моего братца, настоящий мужчина. Хочешь рокировку произвести?

Марго покраснела неровными пятнами, твердой рукой вырвала у Димы ложку и прошипела:

— Откуда насчет настоящего мужчины знаешь? Проверяла?

Светлана взвизгнула:

— Да как ты смеешь? Тебя на улице подобрали от безнадежности! Никто не соглашался за этим уродом присматривать!

— Пардон, — неожиданно вежливо пропела Марго, — я действительно погорячилась, обвиняя в супружеской неверности. Насколько знаю, ЭТА сторона жизни тебя не волнует, поэтому твой муженек и бегает, высунув язык, по бабам, что частенько приводит к печальным последствиям.

— Ты на что намекаешь! — гневно воскликнула Света.

— Милая, успокойся, пойдем чай пить, — попробовал остановить жену Валера, но ту понесло по кочкам.

— Что имеешь в виду, потаскуха? — возмущалась супруга.

— Ничего особенного, — сообщила Марго, — тоже мне, секрет полишинеля. Валера всем своим бабам рассказывает, что ты в кровати как Ан-

тарктида и он чувствует себя исследователем
льдов. Поэтому наш гляциолог постоянно попа-
дает в глупые ситуации. Вспомни Леночку Ков-
рину, Алену Решетникову, Таню Пискунову...
Мало тебе? Могла бы еще кое-что рассказать, но
не буду, здесь посторонние. Кстати, сейчас у твоего благоверного горит роман с Веркой. А она
дура и на всех углах рассказывает, что скоро станет его женой.

С этими словами, гордо вскинув голову, Марго повернулась на каблуках, подхватила Диму и
ринулась из кухни. На пороге девушка обернулась и выпустила из прелестного ротика парфян-
скую стрелу:

— Лучше обжора, чем неуправляемый блядун.

Света налилась свекольной краснотой. Ее обтянутая тугим свитером подушкообразная грудь
грозно заколыхалась. Она шагнула к супругу, рас-
крывая и закрывая рот, как гигантская рыба.

— Светунчик, — забормотал бабник, отступая
в глубь кухни, — ты же знаешь Маргошу, специально наврала, чтобы...

Жена немедленно отвесила супружнику полновесную оплеуху и, всхлипывая, выбежала вон.

— Милая, — взвыл Валерий, — тебе нельзя
волноваться.

Он резво понесся за обозленной половиной.
Мы с Кларой остались вдвоем.

— Да уж, — пробормотала женщина, — выпили слишком, вот и поругались. А Марго — настоящая гадюка. С другой стороны, конечно, с таким мужем, как Дима, последнего рассудка ли-
шишься.

— Давно с ним такое? — спросила я.

— По-моему, всю жизнь, — ответила Клара, — во всяком случае, я его другим не помню. Просто ужас. И ведь ничего сделать не могут. Алик регулярно укладывает сына в Институт питания. Дима там лечится голодом, за две недели теряет килограмм 15—20 и опять по новой. Плохо то, что у парня стало портиться сердце. Все кардиологи в один голос твердят: следует похудеть, иначе дело дойдет до операции. Куда там! Знаете, мне иногда кажется, что Марго специально разрешает ему есть без остановки.

— Зачем?

Клара помолчала, потом произнесла:

— Давайте порежем торты и подадим чай.

Тут в кухню впорхнула выспавшаяся Вера.

— Надо же, как меня сморило! — радостно произнесла она. — Что, уже кофе дают? Где Валера?

Клара спокойно глянула на девицу.

— Тебе бы лучше сейчас отправиться домой и пару дней не показываться у Павловских.

— Это почему? — удивилась Верочка.

Не успела Клара ответить, как в кухню ураганом влетела Света, за ней бежал Валерий.

— Ага, — завопила обманутая супруга, — проспалась, гадина!

Ничего не понимающая девушка хлопала глазами. Светка подбежала к ней и ухватила жирной рукой в перстнях за воротник.

— Надеешься занять мое место? Много таких до тебя перебывало, только где они?

Вера испуганно ойкнула.

— Еще раз у нас в доме увижу, убью, — тихо сообщила Светлана и с силой дернула воротничок.

Крохотные пуговки дождем посыпались с блузочки. Стало видно, что на Вере надет вызывающий темно-красный бюстгальтер. Светка вытащила из кармана кошелек, выудила оттуда десять долларов и засунула оторопевшей девчонке в лифчик.

— Получи за услуги, а теперь пошла вон!

И госпожа Павловская, гадко ухмыляясь, направилась к выходу.

— Валера! — всхлипнула девица.

Но неверный любовник поспешил убраться, зато появилась Виолетта. Одного взгляда хватило профессорше, чтобы оценить ситуацию.

— Верочка, — пропела старушка, — запахни блузку и иди домой, уже поздно, а вы, девочки, поторопитесь с чаем, там все заждались.

Мы принялись греметь чашками.

— Валера, правда, такой бабник? — спросила я, когда профессорша ушла.

Клара помялась, ей не хотелось выносить сор из избы, но скрывать правду в подобных обстоятельствах глупо, и женщина пробормотала:

— Есть немного. Просто у Валеры темперамент выше, чем у всех остальных. Не надо обращать на это внимание, тем более что он любит Светку. Ну погуливает на стороне, но всегда возвращается к ней.

— А в какие неприятные ситуации он попал с Решетниковой, Ковриной и Пискуновой?

— Просила же, — в сердцах произнесла Клара, — не покупать торт «Полет». Крошится ужасно, совершенно невозможно подать к столу.

— Жаль Свету, — пыталась я все же хоть что-нибудь выведать, — мне рассказывали, что и с первым мужем она неудачно жила.

Клара положила большой нож и взглянула на меня большими ясными глазами.

— Первое Светино замужество с трудом можно назвать браком.

— Почему? — продолжала я лезть сапогом в душу.

Клара продолжала сосредоточенно укладывать ломтики торта на блюдо, потом тихо произнесла:

— Об этой истории у Павловских не любят вспоминать. Светка выскочила замуж, а меньше чем через неделю ее молодой муж, свекор и свекровь попали в аварию. Все погибли, Света осталась вдовой. Так что брака как такового и не было.

Я изумилась до крайности.

— Все умерли? И муж?

— Да, — подтвердила Клара, — страшное несчастье.

Вот, значит, какую сказку придумали Павловские, чтобы никто из знакомых не осуждал дочь. Одно дело — бросить беспомощного инвалида, другое — остаться юной вдовой.

Глава 11

Утром из Киева позвонила Манюня.

— Мамулечка, — затарахтела девочка, — погода прекрасная, Днепр теплый, купаюсь целый день.

А после купания развивается невероятный аппетит, поэтому Маня самозабвенно принялась перечислять блюда украинской кухни, которые без устали делала Зайкина мама.

В столовой мрачно сидел Аркашка. Он отложил газету и сообщил:

— Конечно, неплохо отдохнуть от семейной жизни, но как-то скучно без Зайки и безобразников. Проснулся ночью, лежу в кровати, как в пустыне, никого рядом. Сегодня положу с собой Банди, все веселей.

Я выпила кофе и позвонила Алене Решетниковой.

— Что за неприятность вышла у тебя с Валерой? — спросила я подругу в лоб.

Та рассмеялась.

— Уже донесли, вот сплетники! Разве можно назвать такое неприятностью? Так, мелкий скандал. Ты же знаешь моего мужика — Отелло!

Муж Алены — математик. Генка отличный специалист, тихий и покладистый человек. Звереет только в одном случае — если подозревает жену в неверности. Причем злость выплескивается не на обожаемую супругу, которая у него, как жена Цезаря, всегда вне подозрений, а на голову несчастного мужика, положившего глаз на Алену. Аленка от души потешается над мужем, ей и в голову не придет изменить ему на самом деле, но удовольствие при виде его ревности она получает огромное.

На беду, начальник ее отдела писал книгу в соавторстве с Аликом. Алена возила туда-сюда куски рукописи, без конца сидела дома у Павловских, и, естественно, Валерка положил на нее глаз. Сначала зять просто говорил комплименты, но в один из вечеров предложил довезти Алену до дому и в машине попытался поцеловать Решетникову.

Алена вытерпела поцелуй, утерла губы и, сообщив, что муж в командировке, предложила Казанове подняться к ней. Обрадованный Валерка тут же согласился.

— Брюки начал уже в лифте расстегивать, — хихикала Алена, смакуя воспоминания.

Они вошли в квартиру, Валерка решил возобновить сладкие объятия, и тут на шум, позевывая, вышел Генка. Пикантная деталь — рост у математика под два метра, вес около ста пятидесяти килограммов, в молодости он был мастером спорта по вольной борьбе. К сорока годам подрастерял немного физическую силу, но до сих пор запросто, на спор, завязывает узлом железный прут.

Увидев неожиданно возникшего перед собой человека-гору, Валера попытался бежать, но был остановлен карающей рукой. Генка поступил с ловеласом весьма оригинально. Сначала раздел мужика догола, потом дал ему газету в руки и со словами: «Сейчас тепло, не простудишься» — выставил его на лестницу. Кое-как прикрывшись «Неделей», Валерка выскочил на улицу, где его незамедлительно арестовал патруль и доставил в отделение. Мужик наврал ментам, что его ограбили. Но те, давясь от смеха, не очень поверили сказке. Конечно, встречаются разбойники, раздевающие жертвы, но они, как правило, оставляют несчастным трусы и носки и не нападают в семь часов вечера на людной улице. Страдальцу предложили шинель, чтобы прикрыл срам, и разрешили позвонить по телефону. Через час обозленная Светлана привезла в отделение костюм, белье и ботинки. Что она сказала мужу, оставшись с ним наедине, неизвестно, но всем знакомым сообщили об ограблении. Однако стройная версия продержалась ровно один день, потому что на следующее утро в лабораторию Павловского явился огромный мужик с пакетом. Он вручил ношу секретарше и велел передать Альберту Владимировичу. Девушка распаковала тючок, нашла там одежду Валерия, кошелек и паспорт. Сверху лежала записка: «Еще раз подойдешь к моей жене, оторву все, что отрывается». Естественно, новость тут же разлетелась по институту.

— А с Леной Ковриной что произошло?

Алена принялась радостно хихикать.

— Тут совершенно другая история. Ленка писала диплом у Альберта. Она из какого-то Тмутараканска. А у всех провинциалок ну просто комплекс: хотят жить в Москве. Валерка начал ей куры строить, она, дурочка, решила, что все прекрасно складывается, что пошлет наш «композитор» Светочку и на ней женится. Только Валерка больше трех месяцев не способен отношения поддерживать. Кстати, он очень милый. Ухаживает красиво: букеты, конфеты, театр, ресторан. Каждый день рассыпается в комплиментах, не пьет и искренне увлекается. Только вся эта «икебана» на три месяца. Потом у него в организме что-то щелкает, и мужик переключается на другую бабу. Сколько я этих глупых провинциалок с их дурацкими надеждами перевидала! Кое-кого даже предупреждала — не рассчитывайте, пустой номер. Нет, все равно думают, что вытянули козырную карту. Вот и Ленка тоже так считала, но зря. Через какое-то время Валерка ее бортанул. Она, правда, виду не подала, что злится, интеллигентненько так с ним расплевалась. Но через какое-то время у Виолетты в гостиной появился жуткий запах гнилья. Чего они только не делали, сколько ни мыли, амбре не исчезало. Несколько недель мучились, потом одна из аспиранток, очевидно очень аккуратная, стала квартиру убирать, а за батареей гнилая рыба лежит с записочкой: «Аромат Валерия». Алик хорошо знал Ленкин почерк, а девчонка, не будь дура, всем про рыбу рассказала.

— Что же они сделали с Ковриной?

— Ничего. Она к тому времени институт окончила и в свой Зажопинск уехала. То-то все веселились.

— А Таня Пискунова?

— О, — протянула Алена, — приятно вспомнить. Простенько и со вкусом поступила. Наснимала любовничка обнаженным в весьма недвусмысленных позах. А когда он ей атанде устроил, принялась слать Светке фото на дом. По одной в день. В «лейке» у нее было тридцать шесть кадров, представляешь, как толстушку от злости трясло? Небось боялась к почтовому ящику подойти.

— Как же узнали, что это Пискунова?

— Сама, глупенькая, не выдержала и Жанке растрепала. Страшный скандал вспыхнул. Пришлось Танюшке из лаборатории уходить, но у нее папуля — генерал, так что просто перевелась на другое место. Алик не захотел с влиятельным отцом ругаться. Это ведь как борьба тигра со слоном, еще вопрос, кто кого поборет!

Поблагодарив подругу за классные сплетни, я собралась спокойненько попить чайку, но тут заорал пейджер. Честно говоря, мне немного надоело изображать «казанскую простушку», следовало взять тайм-аут. Зажав нос пальцами, я заскулила в трубку:

— Здравствуйте, Виолетта Сергеевна, это Даша Васильева...

— Бог мой! — ужаснулась старушка. — Что у вас с голосом?

— Не знаю, — нудила я, — похоже, простудилась где-то. Когда приезжать к Альберту Владимировичу?

— Нет, нет, — испугалась профессорша бациллоносительницы, — спокойно болейте, надеюсь, к понедельнику поправится.

Так, сегодня пятница. Есть три абсолютно свободных дня, их следует провести творчески.

Выгнав из гаража довольно грязную «Вольво», я не стала тратить время на мытье машины, а поехала в магазин «Бауклотц». Потом, с набитым багажником, рванула к Роме в УУ2167.

Теперь я уже хорошо знала правила игры и табличку с надписью «Режимная зона» проехала с ветерком. У КПП лихо затормозила, высунулась в окошко и крикнула удивленному дежурному:

— Слышь, сынок, скажи начальнику Андрею Михайловичу, что приехала тетя Ромы Виноградова и привезла стройматериалы.

Через десять минут бравые мальчики в камуфляже принялись таскать мешки с побелкой, банки с краской и ящички с гвоздями. Увидев замечательную электродрель в чемоданчике, Андрей Михайлович затаил дыхание и с несвойственной его чинам робостью осведомился:

— Это нам насовсем дарите или только попользоваться?

— Насовсем, — гордо сообщила я, — и вот еще наборчик.

Начальник кинул быстрый взгляд на аккуратный сундучок с инструментами фирмы «Партнер» и быстро сказал:

— Сдайте передачку, потом идите в нашу комнату для краткосрочных свиданий. Велю, чтобы по первой форме пообщаться разрешили.

Услужливые милиционеры вытащили баул с продуктами, и я тихо села возле окошка. Веселая девушка Антонина ловко принимала кульки и пакеты. Впереди меня сидело трое. Две скромные, плохо одетые женщины и парень — весь в цепях, браслетах и наколках.

— Кормят тут неплохо, — вздохнула одна из женщин, — только однообразно. Мой пишет: все перловка да перловка, иногда ячневую дают.

Другая тетка фыркнула:

— А вы чего ждали? Бутербродов с севрюгой? Спасибо, что кашу дают, вон в Бутырке такое разносили, собаки и те жрать не хотели.

— И белья постельного нет, — опять начала сокрушаться первая.

— Да бросьте, мамаши, — сообщил «браток», — зона, она и есть зона, не санаторий. Я вот только одно место знаю, где сидеть приятно — Лефортово. Сам не бывал, но кореша рассказывали: камеры на двоих, белье чистое, подушки, одеяла, суп куриный дают, и конвой не дерется.

— Сыночек, — робко осведомилась одна из теток, — что же надо сделать, чтобы туда попасть?

— Родину продать! — емко резюмировал браток.

Тетки вздрогнули, я засмеялась, но тут Антонина высунула в окно кудлатую, сожженную химией голову и выкрикнула:

— Васильева, давай передачку!

Я принялась метать на прилавок продукты. Антонина только крякала, разглядывая содержимое пакетов: сливочное масло, колбаса, сахар, сыр, чай, кофе, вермишель, соленая рыба и сигареты.

— Да у вас тут все тридцать кэгэ! — вскрикнула она в возмущении, глядя на стрелку весов.

Вдруг внутри открылась дверь, и вошел дежурный.

— Бери, бери, Тоня, — велел он приемщице, — это тетя Ромы Виноградова, она знаешь сколько гуманитарной помощи нам привезла! Начальник свиданку по первой форме разрешил.

— Ну тогда другое дело, — пошла на попятный девушка, — вы к нам по-хорошему, и мы к вам по-человечески.

Коробочка шоколадных конфет окончательно растопила ее милицейское сердце, и она прошептала:

— В другой раз, как приедешь, с этими не сиди. Постучи мне в окошко, я тебя сразу вызову.

Свидания по первой форме проходили в комнате без перегородки. Маленькое, примерно десятиметровое помещение, окон нет, зато стоит пара обшарпанных, грязных кресел и колченогий журнальный столик, покрытый самовязаной салфеткой. На стене кнопками пришпилены репродукции — «Золотая осень» Левитана и «Иван Грозный убивает своего сына». Учитывая местную специфику, я бы заменила гениальную картину Репина чем-нибудь нейтральным, Шишкиным, например. Больше всего умилил потертый коврик, прикрывающий середину комнатенки. Кто-то явно постарался придать казенному помещению домашний уют. Залязгали замки, и конвойный ввел Рому. Парень сдернул с бритой головы черную кепку. Милиционер взглянул на меня и сказал:

— Свидание по первой форме проходит в помещении повышенной комфортности и длится час. Запрещается кормить контингент.

— А курить? — осведомилась я.

— Это пожалуйста, — разрешил стражник, — только бычки на пол не бросайте и пепел не стряхивайте.

Он вышел в коридор и запер дверь.

Ромка с тоской поглядел на меня.

— Ну, как ты тут, передачу получил? — слишком бодро осведомилась я.

— Получил, — тихо сказал парень, — не надо так тратиться, и вообще, что вам надо? Зачем помогаете?

Да, бедный мальчишка твердо усвоил, что бесплатный сыр лежит только в мышеловке. Как объяснить ему, что просто пожалела сироту? Не поймет, отучили нас от проявления человеческих чувств.

— Обещала Кате перед смертью, что не брошу тебя и помогу восстановить истину. А насчет денег не волнуйся, не голодаем, и передачи нас не разорят. Лучше скажи — знал ли секретаршу Славы Демьянова?

— Любочку? — удивился Рома. — Конечно.

— Помнишь ее домашний телефон?

— Нет, зачем он мне нужен.

— А адрес?

— Почтовый не знаю, как ехать помню. Если встать к моему подъезду спиной, то в первый переулок направо. Там такая башня семиэтажная. Люба на третьем жила, последняя квартира слева. У нее еще обивка на двери дикая — бешено зеленого цвета, просто вырви глаз. А зачем вам секретарша?

Игнорируя его вопрос, я задала свой:

— С кем дружил в конторе?

Слава хмыкнул:

— Какая у агентов дружба, каждый боится, что другой выгодный заказ перехватит.

— В квартире Павловских был прописан Андрей Федоров, как ухитрились продать апартаменты без его согласия?

Рома помялся, потом признался:

— У Славки все схвачено. Паспортистке денег дал, вот она и выписала его якобы для прописки по другому адресу. Светлана нас заверила, что Федоров никогда не будет возникать.

— Почему такая маленькая сумма за шикарную четырехкомнатную квартиру, всего сто тысяч долларов?

— Так это по документам, — улыбнулся Рома, — а на самом деле она сто восемьдесят тысяч получила.

— Что же на суде только сотню требовала?

— А как больше попросить? Признать, что обманывала налоговую полицию? Да вы со Славой поговорите. Если клиенткой прикинетесь, он быстро все растолкует.

— Слава умер, — коротко ответила я.

— Как? — изумился Рома. — Такой аккуратный, никогда за руль пьяным не садился!

— Его отравили в кабинете, кто-то подсыпал яд в кофе.

Ромка так и замер с открытым ртом.

Визит в колонию занял не так много времени, и в районе пяти часов я стояла перед дверью с обивкой цвета взбесившегося салата. Через пару минут дверь распахнулась, и в проеме появился мальчишка-подросток лет шестнадцати. Коротко стриженные ежиком волосы слегка примяты, глаза опухли, на щеках здоровый детский румянец. Паренек явно задавал храпака после обеда. Старенькие джинсы норовили сползти со щуплых бедер. Школьник подхватил их маленькими, изящными ручками с маникюром и спросил мелодичным голосом:

— Вам кого?

— Любочку, — ответила я, дивясь на его сверхаккуратные ногти.

— Это я, — сообщил мальчишка.

Ох уж эта мода унисекс! Я постаралась не выказать удивления и посмотрела на босые ноги подростка. Изящные ступни примерно 35-го размера украшали бордово-красные ногти. Ага, теперь понятно, что это девушка.

— Кто вы? — поинтересовалась Люба.

Молоденькие дурочки мечтают попасть на телевидение, надеюсь, эта не исключение. Я достала из сумочки бордовое удостоверение преподавателя Заочного института легкой промышленности и повертела им перед носом у Любочки.

— ОРТ, то есть первый канал, передача «Свидетели преступления».

Девчонка охнула и повела «журналиста» в комнату. Похоже, в крохотной двухкомнатной квартирке она жила одна. Простенький диван, кресло, ковер на стене, огромный дорогой телевизор и полное отсутствие книг. Замечательно, имидж выбрала правильно.

— Наша передача предоставляет эфир тем, кто стал свидетелем преступления. Насколько я поняла, почти на ваших глазах убили хозяина риэлторской конторы Вячеслава Демьянова.

— Ростислава, — поправила девчонка, — Слава был по паспорту Ростиславом. А откуда вы знаете?

Я подняла кверху одну бровь.

— Ой, ну и глупость спросила, — засмеялась Люба, — наверное, в милиции сообщили.

Я растолковала, что передача идет в прямом эфире, но сначала следует познакомиться с материалом, и она должна рассказать мне, что помнит. Завороженная надвигающейся славой телезвезды, секретарша добросовестно принялась вспоминать жуткий вечер.

Сначала явились два мужика. Люба не помнила их фамилии, но сказала, что это были отец и сын, разъезжавшиеся на разные квартиры. Хозяин высунулся из кабинета и велел подать кофе с коньяком.

— Демьянов любил выпить?

— Что вы, совсем нет. Спиртное только пригубливал.

Мужчины посидели с полчаса и ушли. Потом Слава начал собираться домой, но тут позвонил мобильный, и хозяин изменил планы. Через полчаса приехала странная женщина. Грузная, некрасивая, с дурацкой кудрявой прической. Любочке показалось, что на посетительнице был парик. Слишком неестественно блестели волосы. Да и макияж был вульгарным и утрированным — густые темно-синие тени, кирпично-красный румянец, оранжевая помада. Фигуру звероподобной бабы скрывал какой-то балахон. Наподобие тех, что служили концертными нарядами молодой Пугачевой. Голоса ее секретарша практически не слышала. Посетительница с необычайной для такой комплекции ловкостью прошмыгнула в кабинет. Слава опять потребовал коньяк и кофе. Минут через двадцать тетка вышла и свистящим шепотом, покашливая, будто у нее болит горло, просипела:

— Хозяин велел не беспокоить.

Любочка не удивилась. Если непонятная бабища заплатила сейчас деньги, то скорей всего Слава пересчитывает баксы. Хозяин терпеть не мог, когда кто-нибудь заставал его за этим занятием. Любочка вытащила «Космополитен» и принялась покорно ждать. Из кабинета не раздавалось ни звука. Пару раз протренькал сотовый, но Демьянов не брал трубку. Это тоже не насторожило девушку. Хозяин иногда не подходил к телефону. Короче, она ждала почти до половины одиннадцатого, потом все-таки аккуратно поскреблась в кабинет, ожидая, что работодатель пошлет ее куда подальше. Но внутри стояла тишина. Осмелев, Любаня приоткрыла дверь и увидела пустую комнату. Изумлению ее не было предела, но тут откуда-то из-под письменного стола запикал мобильный. Девчонка глянула вниз и обнаружила коченеющего Славу.

— Отчего он умер?

— Сказали, что принял большую дозу какого-то лекарства. Все спрашивали у нас, не больное ли у него сердце. А он на сердце никогда не жаловался. На моих глазах пил только анальгин да но-шпу, когда желудок прихватывало.

— Не помните, кто вел дело?

— Да из нашего районного отделения милиции приезжали. Они как раз напротив располагались, через дорогу. Такой здоровенный дядька, на кабана похож. Не старый, а седой и потный какой-то.

— У Демьянова большая клиентура была?

— Не жаловались, всем работы хватало.

— А картотека клиентов где?

Любочка помолчала, потом с осуждением в голосе сообщила:

— Сережка Комаров спер. Сначала милиция все опечатала, ну наши и ушли по домам. Как работать, когда документы под замком? А Сережка не растерялся, выкрал картотеку, потом свое агентство открыл — «Новый двор». Теперь процветает ворюга. А я без работы сижу. Ходила к нему, думала, возьмет к себе. Он губы надул и говорит: «Извини, Любаня, но это аксиома — не работать с секретаршей прежнего хозяина». Сволочь, всех Славиных клиентов прикарманил. Может, еще наше агентство и без Демьянова на ноги бы встало. Но без картотеки нам сразу конец пришел.

Застарелая обида засветилась в ее глазах, и девушка покраснела от злости.

Пообещав созвониться с ней за несколько дней до передачи, я пошла к машине. Пейджер молчал, зато звонил телефон.

— Зачем мобильник покупать, если с собой не носить, — выговорил капитан Евдокимов. — Завтра подъезжай к судебно-медицинскому моргу, забирай Виноградову, не нужна больше.

Глава 12

В десять утра я стояла на улице Обуха возле входа в грязноватый подвал. Вечером забрала на квартире у Катюши телефонную книжку и попыталась разыскать каких-нибудь ее знакомых, чтобы сообщить о похоронах. В дешевеньком клеенчатом блокнотике набралось от силы двадцать фамилий. Половина из них оказалась клиентами, шившими у Кати юбки и блузки, другие номера принадлежали врачам. Удалось отыскать только одну близкую подругу — Натэллу Саркисян, но та сидела с годовалым внуком на даче. Выданное тело совершенно не походило на милую, довольно молодую женщину. В гробу лежала иссохшая старушка с желтоватым лицом.

— Это не она, — запротестовала я.

Санитар деловито отогнул покрывало, глянул на клеенчатую бирку и уточнил:

— Виноградова Екатерина Максимовна, 1959 года?

— Да.

— Забирай, твой клиент.

— Как-то она не так выглядит.

Санитар хохотнул.

— А ты чего хотела, после всех экспертиз Мэрилин Монро получить? Давай бери, некогда лясы точить.

В Митинском крематории полная дама в черном костюме покосилась на меня и спросила:

— Последнее слово говорить будем?

— Не надо.

Дама согласно кивнула, нажала кнопку, и под звуки Моцарта гроб уплыл за плюшевую шторку. «Прости меня, Катюша, — подумала я, — не будет у тебя поминок, но точно обещаю, что найду твоего убийцу и освобожу Рому».

Неожиданно пошел довольно сильный дождь. И без того гадкое настроение стало еще гаже. Из трубы крематория вился прозрачный дымок, и неожиданно мне представилось, как легкая Катина душа поднимается на небо, оглядывая ясными глазами оставленную землю. И нет на ней никого, кто мог бы помочь Роману, никого, кроме меня.

В задумчивости я побрела к «Вольво». В машине разрывался мобильный.

— Дашута, — сказал Александр Михайлович, — ты куда пропала? Звоню домой — Ирка сообщает, что никого нет, а мобильный все время вещает: «Абонент временно недоступен». Что происходит? Хотел подъехать к обеду.

Я глянула на часы — половина первого.

— Давай к трем заруливай.

Полковник человек точный. Сказано к трем, значит, ровно к 15.00 машина с мигалкой влетела во двор.

— Ты на работе? — удивилась я. — Вроде суббота...

Приятель хмыкнул.

— Объясни преступникам, что мент тоже человек и отдохнуть хочет.

Мы сели к столу. Обрадованные собаки теснились возле Александра Михайловича, отталкивая друг друга гладкими боками. Каждой хотелось получить свою долю ласки. Полковник принялся запихивать в их пасти куски сыра и тут заметил, что Жюли гуляет по дому в своеобразном виде.

— Слушай! — изумился приятель. — Зачем надели на терьериху памперсы?

Я ухмыльнулась.

— Все Хучик, проказник. Хочешь опять мопсотерьерами торговать?

Было у нас недавно чудное занятие. Федор Иванович трепетно любит Жюли. Оказалось, что мопс способен на настоящие чувства. Если в его мисочку кладут обожаемую печенку, он не кидается пожирать ужин, а подзывает Жюли и ждет, пока подруга насытится. Спит он возле дамы сердца и трогательно бросается защищать женушку от парикмахера и ветеринара. Но, как всякий мужчина, Хучик нуждается в материальном подтверждении взаимности. Поэтому два раза в год он необычайно оживляется и от платонических ухаживаний переходит к плотским утехам. Сначала мы не поняли, чем грозит нам страсть Федора Ивановича, и оказались наказаны. Жюли родила восемь очаровательных щенят. Толстенькие тела мопсов, шерсть — йоркширов. Ни до, ни после никто из нас не встречал подобной смеси.

Сначала домашние умилялись, глядя, как крохотные комочки сосредоточенно сосут мать. Но через месяц радость поутихла. Восемь резвых щенят носились по двум этажам, оставляя всюду бесконечные лужи и кучки. В особенности доставалось питу и ротвейлеру. Малолетние бандиты плотной стайкой нападали на мальчишек и принимались кусать их за ноги и хвосты. Предусмотрительные кошки заняли позицию на книжных шкафах и поглядывали сверху на беснующуюся молодежь. Пудель окопался в чулане и не рисковал высунуться наружу, отец и мать просто не справлялись с оравой детей.

Кульминация наступила Восьмого марта. Аркадий купил гигантский торт, положил на блюдо и решил подать дамам к чаю. Зайка, я и Манюня торжественно сели за стол. Наш единственный мужчина что-то медлил, потом раздался жуткий звон, звук упавшего тела и три слова, которые сын обычно не произносит. Женская половина семьи выглянула в холл и обнаружила мужа, сына и брата на полу. Рядом валялось разбитое блюдо, перемазанные жирным сливочным кремом щенки яростно облизывались. Праздничный торт пришелся бандитам по душе.

— Они сделали самый классический хоккейный подкат, — жаловался Аркадий, прикладывая серебряную поварешку к вздувшейся на затылке шишке. — Просто толпой налетели и запинали.

Вечером этого же дня Маня обнаружила, что детки сожрали «Энциклопедию ветеринара», а Ольга не досчиталась сумочки с косметикой.

— Было решено раздать щенков. Сказать легко, сделать оказалось намного труднее. Сначала звонили по знакомым и сослуживцам, Маруся повесила в лицее объявление, а Ирка отпечатала на компьютере красивые открытки и заклеила ими весь район. Ноль эмоций, не позвонила ни одна живая душа.

Время шло, бандиты росли и разбойничали по-черному. В голову им приходили какие-то совершенно не собачьи забавы: кататься на занавесках и скатертях, воровать на кухне мясо и драть в клочья подушки.

— Господи, — сокрушалась Зайка, — как у флегматичного Хучика и интеллигентной Жюли могли получиться такие монстры? Просто малолетние собачьи преступники.

Выход, как всегда, нашла Маня.

— Надо положить их в корзиночку и встать у «Макдоналдса» на Тверской, живо разберут.

Воскресным днем мы запихнули мопсотерьеров в гигантскую корзину и отправили Александра Михайловича с Маней раздавать копошившуюся компанию. Полковник отбивался руками и ногами, но мы грозно напомнили, что Хуч принадлежит ему.

В течение первого часа родители с детьми выбрали трех щенков. Добросовестная Маня, тихо ликуя, требовала от каждого хозяина телефон, чтобы потом проверить, как устроились отпрыски. Люди улыбались и давали свои координаты. В общем, все шло мило, но около полудня стайка старушек, торговавших по соседству котятами, быстро разбежалась. Ничего не подозревающие Маня и Александр Михайлович продолжали предлагать щенят. И тут их повязал патруль и поволок в отделение.

В дежурной части сконфуженный приятель достал удостоверение сотрудника МВД. Испуганный лейтенант принялся извиняться перед полковником. Маня поставила корзину на пол и отвлеклась. Бандиты сбежали в мгновение ока. Ловили их всем отделением. Трое заскочили в паспортный отдел и были немедленно «усыновлены» посетителями. Оставшихся взяли себе ребята из уголовного розыска. Бедный Александр Михайлович утирал пот и краснел.

Через несколько дней по МВД пополз слушок о полковнике, который настолько бедствует, что вынужден подрабатывать разведением щенков. Машина слухов работала безотказно. Корзинка с бесплатными мопсотерьерами превратилась в «Жигули», набитые элитными собаками по три тысячи долларов штука.

Приятеля вызвали на ковер и потребовали объяснений. Воспоминания о неприятностях были так живы, что бедный полковник, увидав сегодня Жюли в памперсах, тут же осведомился:

— Хуч не сумеет расстегнуть штанишки?

— Думаю, ему слабо, — успокоила я приятеля, — во всяком случае, вчера вечером «Хаггис» устояли, а сегодня накал страсти меньше.

Мы мирно поели, выпили кофе и тут загудел пейджер. Я глянула на окошко. «Позвоните, когда сможете. Валерий».

Полковник удивился.

— Пейджер купила? А почему мне не сказала?

— Это не мой, знакомая попросила сообщения записывать.

Я дождалась, пока приятель поудобнее устроится в кресле, и решила узнать про Панову. Сначала следовало усыпить полковничью бдительность.

— Устал, наверное?

— Жуть, — пожаловался Александр Михайлович, — забыл про отдых. Народ словно взбесился — стреляют друг в друга. Чуть что не так — достал пистолет, и в лоб. Вон вчера на рынке два пацаненка передрались, чего-то не поделили. Один взял револьвер и уложил второго наповал. Угадай, сколько лет убийце?

Я пожала плечами.

— Ну шестнадцать!

— Если бы, — вздохнул приятель, — ровно в половину меньше — восемь.

— Сколько? — изумилась я.

— Во второй класс ходит, — подтвердил полковник, — а «макаров» у папеньки взял поносить. Папаша такой крутой, пальцы веером, три отсидки за плечами, сейчас честный коммерсант. Ну скажи, кто из такого мальчонки вырастет?

— Да уж, — вздохнула я. — А по пьяной лавочке сейчас много преступлений?

— Этих, слава богу, по районным отделениям отдают. Просто кошмар. Скажу тебе, как профессионал: некоторые преступники вызывают у меня охотничий азарт. Вот он все так ловко придумал, концы в воду, а я все равно ищу. Кто кого? Борешься с достойным противником, побеждаешь в схватке... А бытовуха?! Выпили два-три пузырька, сковородку схватили — и по башке, или ножик — и в живот. Приезжаешь, убийца тут же храпит, рядом, или от большого ума к себе домой пошел и там лег. Ну какой тут интерес! Ни повода достойного, ни работы творческой, ни преступника хитрого! Одна рвань да водка!

— Все равно жалко человека — помнишь Вику Панову, ну ту тетку, что я на кухне нашла? Совсем ведь спилась, а была кандидатом наук, хорошим специалистом, и такой конец: от чрезмерного употребления алкоголя!

— Это не совсем верно, — поделился информацией приятель. — На первый взгляд так и выглядело — перепила и скончалась. Но вскрытие обнаружило, что в организме женщины большая доза дигоксина, сердечно-сосудистого препарата. Причем предельная дневная доза составляет 1,5 мг, а Панова приняла почти 3 грамма, да еще влила раствор в водку.

— Может, с собой покончить решила, — подбросила я дров в костер, видя, что приятель размяк и потерял бдительность.

— Не похоже, — покачал головой Александр Михайлович. — Куда она дела две пустые ампулы от дигоксина? Ни на столе, ни в помойном ведре их нет, и записку не оставила. Скорей всего кто-то решил от алкоголички избавиться. Думаю, дело в квартире. Она публиковала несколько раз объявление о продаже и обращалась в агентство «Новый двор». Наверное, напоролась на бандитов. Понимаю, что хлипкая версия, но пока единственная.

После отъезда полковника я в задумчивости побрела в спальню. Риэлторская контора «Новый двор». Уж не та ли, где хозяином вороватый Сережа Комаров, утащивший картотеку у покойного Славы Демьянова? Сегодня суббота, самая работа! Я отыскала в «Желтых страницах» агентство и уточнила адрес.

К семи вечера вымытая, блестящая «Вольво» дотащила меня до Колпачного переулка. Для визита к нечистоплотному Комарову я оделась соответственно: пронзительно-лимонный брючный костюм от «Готье». Вещица принадлежала Зайке и из-за своей раздражающей богатой вульгарности никогда не надевалась. На ноги нацепила красные шпильки с таким узким носом, что они понравились бы самому старику Хоттабычу, красная сумка и небольшая панамка дополняли пейзаж. В уши воткнула бриллиантовые серьги, шею обмотала парой цепочек и украсила запястья тихо звенящими браслетами. Пара перстней и часики от «Картье». Макияж соответствовал. Пудра цвета загара, помада как вино бордо, и полное отсутствие румян. Этакая вамп. Излюбленные духи

«Коко» от «Шанель» ко всему этому совершенно не подходили, поэтому щедро окропила себя «Пуазонами» и, покашливая, двинулась к выходу. Встретившаяся в холле Ирка, разумеется, промолчала, но взгляд ее говорил без слов, что она думает про потерявшую разум хозяйку.

«Новый двор» занимал первый этаж жилого дома. И, судя по мебели в приемной и качеству недавно сделанного ремонта, дела у коммерсантов шли прекрасно.

Вихляющейся походкой манекенщицы я подковыляла к секретарше и заявила, бесцеремонно разглядывая фарфоровое личико:

— Вот что, подзови хозяина.

— По какому вопросу? — попробовала оказать достойное сопротивление девушка. — Может, лучше сразу к агенту обратиться?

Я изогнула бровь и прищурила левый глаз. Гримаса, украденная у моей второй свекрови, всегда действовала безотказно. Сработало и на сей раз. Девчонка засуетилась, оценила костюм, драгоценности и, очевидно, нажала какую-то кнопку, потому что в приемную вышел полный молодой мужчина.

— Вы Сергей Комаров? — капризно процедила я, звеня браслетами.

— К вашим услугам, — разулыбался хозяин. — Разве мы знакомы?

— Нет, милейший, но моя подруга Светлана Павловская продала у вас квартиру, и я хочу купить точно такую же, какая была у нее.

Сергей открыл дверь в кабинет, обставленный роскошной офисной мебелью. На огромном письменном столе, заваленном бумагами, высился компьютер.

— Что за квартира была у вашей подруги? — поинтересовался Комаров.

Я капризно надула измазюканные помадой губы.

— Трудно описать, найдите документы и посмотрите.

Привыкший, очевидно, иметь дело со взбалмошными клиентами, Сергей включил компьютер.

— В каком году продавалась?

— Не помню, знаю только, что ваша контора находилась в другом месте и занимался Светланиной проблемой какой-то Слава.

— Прекрасно, — оживился хозяин и защелкал мышью.

Очевидно, он и правда упер картотеку, потому что через пару минут дал полный отчет.

Апартаменты состояли из четырех комнат и двенадцатиметровой кухни. Обратилась Светлана в агентство в октябре, 13-го числа, и через два дня хоромы были благополучно проданы.

— Сколько стоила квартира? — небрежно осведомилась я.

— Сто восемьдесят четыре тысячи долларов, — сообщил Комаров, — риэлтор нашел покупателя, и тот дал наличные, очень повезло даме.

— Почему? — удивилась я.

— Павловская требовала продать жилье срочно, готова была снизить цену до ста пятидесяти тысяч, чтобы привлечь покупателя. Обычно мы занимаемся заказом в течение двух-трех недель.

Но здесь нас очень торопили, и, надо же, внезапно появился клиент. Павловской даже не понадобилось уступать.

— Значит, если я стану настаивать на срочной продаже своей квартиры, вы пойдете навстречу?

— Конечно, будем стараться изо всех сил.

— А деньги? Как отдаете деньги? Вот, например, Светлане кто вручал сумму?

— Какая разница кто, — хмыкнул Сергей, — важно сколько. Дама брала не всю сумму наличными. За шестьдесят тысяч агентство приобрело по ее просьбе двухкомнатную квартиру для сына клиентки. Оставшиеся сто двадцать четыре тысячи ей вручили Демьянов и Виноградов, служащие, занимавшиеся продажей.

— Где это видно, что они отдали деньги?

Сергей насторожился.

— Зачем вам? Какой-то странный интерес.

— Сейчас столько мошенничества в риэлторском бизнесе, что невольно ждешь обмана, вот и хочу узнать процедуру вручения денег.

Хозяин успокоился.

— Мы работаем честно, посмотрите, сколько клиентов! Вот лицензия. А передача денег — дело деликатное. Ну, во-первых, иногда занижаем в документах реальную стоимость, чтобы не платить больших налогов. Так что в договоре — одна сумма, а получите другую. Хотите, в моем кабинете, в присутствии свидетелей, хотите, приедем к вам домой, можем перевести на банковский счет.

— Не нужны никакие свидетели, — возмутилась я.

Сережа шутливо поднял руки вверх.

— Сдаюсь, сдаюсь, но, к сожалению, у нас происходили случаи, когда при передаче денег с глазу на глаз клиенты говорили потом, что агенты их обманули и дали меньшие суммы.

— Безобразие!

— Да уж, мошенники встречаются в нашем бизнесе с обеих сторон, поэтому приняли соответствующие меры.

— И Павловская тоже получала доллары при свидетелях?

Комаров закивал головой:

— У нас все четко. Смотрите.

Он ткнул пальцем в экран. Я глядела во все глаза. Из светившейся информации стало понятно, что к Светлане ездили трое — Слава, Рома и некий Алексей Пильщиков.

— Ваши люди надежные, — продолжала я капризничать, — не растреплют потом, сколько и кому денег дали? Вдруг воров наведут?

— Демьянов и Виноградов сейчас не работают, — сказал хозяин, явно не собираясь сообщать мне, что Слава умер, — а Пильщиков до сих пор занимается продажами, опытный агент и никогда никому ничего не растреплет. У нас все надежные, аккуратные, ответственные, других не держим.

Я поглядела в его прозрачно-честные глаза и принялась обсуждать покупку ненужной квартиры. Через полчаса, окончательно измотав Комарову нервы и убедившись, что к нему в кабинет вошли новые клиенты, я пошла искать Алексея Пильщикова.

Парень сидел в огромной комнате. Больше всего помещение напоминало полицейский участок где-нибудь в Нью-Йорке, во всяком случае, так их показывают в кино: многометровая кубатура, полно письменных столов и телефонов, все орут несусветными голосами. Здесь же еще и курили.

Пильщиков что-то писал в большой книге, сосредоточенно щелкая калькулятором.

— Леша, — сказал я вкрадчиво, — привет тебе от Ромы.

— Какого Ромы? — оторвался от бумаг парень.

— Виноградова.

Пильщиков нахмурился, потом улыбнулся.

— Ах, Ромка! Как он? Небось уж техникум кончил, а я вот здесь осел, торгую, учебу бросил.

— Ты Романа хорошо знаешь?

— Ну, не то чтобы очень, просто, когда в этой конторе Демьянов хозяйничал, мы с ним в одном кабинете сидели. Тогда комнатки маленькие были, не то что сейчас, в новом здании.

— Квартиру Павловской он при тебе продавал?

— Не помню, — засомневался Алексей, — а зачем вам?

— Видишь ли, Леша, Виноградов попал в беду. Светлана Павловская обвиняет его в присвоении ста тысяч долларов, то есть той суммы, которую она выручила за квартиру. Якобы Рома не отдал деньги. Но по документам выходит, что ты с ним ездил.

Алексей нахмурился.

— А вы кто такая и почему я должен перед вами отчитываться?

— Я адвокат Ромы, и ничего ты, конечно, не должен. Но если сейчас попробуешь вспомнить детали, запишу показания и оставлю в покое. Станешь вредничать — вызову повесткой как свидетеля. Наверное, хозяину не понравится, что его работник дает показания в суде. Разбирайся потом, что ты просто свидетель. Скорей всего — уволит. Вот и думай, стоит ли мне сейчас помогать.

Пильщиков стал совсем мрачным. Он побарабанил пальцами по столу. На узколобом личике возникла страдальческая гримаса. Может, он хороший агент, но роль мыслителя явно тяготила парня. Наконец он принял решение:

— Ладно, пойду документы поищу.

Минут через десять Леша вернулся с тоненькой папочкой и удовлетворенно произнес:

— Вспомнил Павловскую, только я, к счастью, ни при чем. Хорошо, Комаров велит все бумаги несколько лет хранить.

Оказывается, у Пильщикова в тот день мать упала на улице и сломала руку. Он отпросился у Демьянова и просидел сутки в Склифе, возле постели родительницы.

— Почему же тогда компьютер выдает, что вы поехали к Павловской?

— Так поехал же! А в машине на мобильный сообщение пришло. Я на Садовом кольце выскочил — и к матери, а они дальше отправились.

Я выхватила у него из рук папку и принялась листать листочки. Так, вот интересно! Заявление

Андрея Федорова о том, что он не возражает против продажи квартиры, и справка с его нового местожительства — Лазурная, дом 9...

— Леша, — попросила я, — а можно узнать, к кому обращалась с просьбой продать квартиру Виктория Панова?

— Когда договор заключили? — деловито осведомился парень.

— Она пока не продала квартиру, дело, так сказать, в процессе.

Леша изумленно посмотрел на меня.

— Кто же расскажет о несовершенной сделке? Такие сведения не разглашают, конкуренции побоятся. Панова, говорите?

Я кивнула. Пильщиков опять вышел, потом вернулся.

— Такая клиентка официально не регистрировалась, значит, разговоры пока в предварительной стадии.

— Вот что, Алексей, сними для меня ксерокопию заявления Андрея Федорова и расстанемся друзьями.

Агент помялся чуть-чуть и выполнил просьбу. Представляю, с каким облегчением он вздохнул, когда «адвокатесса» вымелась прочь.

В машине я разглядела добычу. Ехать на Лазурную и узнавать, куда выписали Федорова? Но сегодня воскресенье, скорей всего в домоуправлении никого нет. Позвоню лучше жадному капитану Евдокимову, думается, он сможет помочь прояснить кое-какую проблему. «Дружок» оказался на месте.

— Работаете в выходной, — фальшиво посочувствовала я, — небось не пообедали, как раз мимо вашего отделения еду, хотите бутербродик?

— Давай, — оживился мент, чуя добычу.

В его кабинете стоял ужасный запах перегара, чеснока и дешевого табака. Нос зачесался, глаза заслезились, и я принялась чихать, как больная кошка.

— Где только умудрилась при такой жаре простыть! — посочувствовал капитан и прикрыл окно. Стало еще хуже, я быстренько изложила просьбу. — Демьянов, Демьянов, — пробормотал милиционер, — что-то никогда не слышал.

И не удивительно, этим делом занималось другое отделение, и хозяин риэлторской конторы не какой-нибудь там Холодов, чтобы об убийстве кричали все газеты. Наконец Евдокимов снял трубку и начал собирать информацию. Через двадцать минут стало известно, что убийцу, правда безрезультатно, искал лейтенант Ковригин.

— Поезжай к нему, — милостиво разрешил Евдокимов, — и скажи, что от меня. А я пока переговорю с мальчонкой и представлю тебя как корреспондента журнала «Советская милиция», вроде материал для статьи набираешь. Кстати, где обещанный бутербродик?

Я порылась в кошельке и хотела вытащить сначала сто долларов, потом передумала. Нечего баловать, такому хватит и пятидесяти.

Евдокимов цепкой рукой ухватил банкноты и удовлетворенно протянул:

— Заглядывай, если надо, и потом, вдруг вашим

еще какая информация нужна, с дорогой душой поделюсь.

Я вышла на пыльную улицу, вдохнула бензиновый воздух. Вот из-за таких, как мерзопакостный капитан, милиционеров называют «ментами вонючими», а отделения — «легавками». Мать родную продаст и не вздрогнет. Хотя мою задачу облегчает, надеюсь, и Ковригин такой же неразборчивый.

Но лейтенант оказался другим. Маленький, худенький, сквозь оттопыренные ушки-лопушки просвечивал розовый свет. Тощенькая детская шейка болталась в воротничке форменной рубашки, как гвоздика в стакане. Белобрысые волосенки подстрижены неровной лесенкой, небось мама или жена постарались. Круглые голубые глаза смотрели слегка испуганно, и здоровый деревенский румянец освежал треугольное личико. Ну кто берет таких на службу? Пожалуй, даже я справлюсь с парнишкой одним щелчком. Интересно, как он будет принимать участие в задержаниях и засадах? И из пистолета ему как следует не выстрелить, вон руки какие, просто барышня.

— Вы лейтенант Ковригин? — грозно осведомилась я и, не дожидаясь ответа, выпалила: — Дарья Васильева, еженедельник «Советская милиция».

Мальчишка радостно улыбнулся и сказал:

— Садитесь, мне Владимир Павлович звонил. Чем могу, помогу.

Минут десять мы поболтали с ним о тяжелой доле сыщика, потом я тихонько стала подбираться к цели разговора.

— Хочется упомянуть о каких-нибудь ярких делах, убийства например.

Ковригин безнадежно махнул рукой:

— Это не ко мне, лучше обратитесь к Звонареву или Рощину, вот у них кое-что бывает. Я совсем недавно работаю, мне всякую мелочевку скидывают. Бытовуху или драки пьяные, ничего стоящего. Хотите, ребят позову?

И он потянулся к телефону. Я остановила дружелюбного лейтенанта.

— Евдокимов что-то говорил про Демьянова, вроде оригинальный случай...

— Висяк, — коротко сообщил лейтенант, — просто тупик по всем направлениям.

Он порылся в сейфе и вытащил папку с делом. Женщина, приходившая последней и велевшая Любочке не заходить в кабинет, назвалась Мориной Олимпиадой Александровной. Такая дама на самом деле проживала в Москве, на Зеленой улице в доме номер один. Но когда ее допросили, выяснилось, что ей 73 года и она ни при чем.

В организме Славы обнаружили большую концентрацию дигоксина. Причем эксперт настаивал, что препарат дали Демьянову в виде жидкости, а не в таблетках. Проверка родственников и знакомых ничего не высветила. С женой у убитого были прекрасные взаимоотношения, соседи в один голос твердили, что более дружной пары не встречали. Дела на работе тоже шли хорошо. Никаких долгов или споров с «братками», обширная клиентура, отличные заработки. Слава не пил, не кололся и никогда не жаловался на сердце. Самым подозрительным звеном в этой истории казалась Моторина, но бабуля существовала после инсульта в своем мире и плохо соображала. Все попытки оперативников заставить вспомнить, кто мог воспользоваться ее именем, не привели ни к чему. Дело буксовало на месте, потом плавно перешло в категорию безнадежных.

Побалакав еще немного с простодушным лейтенантом, я села в «Вольво» и с наслаждением закурила. Следовало подвести итог. Пока что складывалась такая картина. Виноградов приводит Павловскую в контору. Демьянов делает фальшивое заявление от лица Федорова, быстренько избавляется от квартиры, приобретает жилье для Игоря, остаток средств вручает Светлане. Та через несколько дней заявляет, что Рома никаких долларов не передавал, и парнишка оказывается за решеткой. Начинается следствие, которое ведется самым оригинальным образом.

Во-первых, следователь почему-то «не находит» Демьянова; во-вторых, не допрашивает никого в риэлторской конторе; в-третьих, проворачивает всю процедуру меньше чем за неделю. Потом этот абсолютно сырой и несъедобный пирожок отправляется в суд. И здесь та же картина: словно не существовало никогда на свете Славы Демьянова и Андрея Федорова. Основным аргументом стали свидетельские показания Пановой. Вика рассказывала, что видела, как Рома считает огромную кучу баксов, а парень утверждал на следствии, что денег в руках не держал. И все. Дали семь лет, закрыв глаза на несуразицы и нелепицы. Такое поведение следственных и судейских органов можно объяснить только одним —

кто-то основательно постарался «замазать» глаза заинтересованным лицам. И сейчас очень трудно начинать работу заново: Демьянов — покойник, Панова тоже. Кстати, всех их убрали одним способом, впрочем, как и несчастную Катюшу, — отравили дигоксином. Кому понадобилось топить Ромку? Неужели Павловские специально засадили парня за решетку? Похоже, что так. Непонятно, зачем? Или, если хотите, почему?

Я абсолютно уверена, что Светлана получила деньги, тогда в чем причина? Кто убил Катюшу? Чем и кому помешала несчастная, больная раком женщина? Кому было известно, что она пойдет в диспансер на последний укол? Кто был мужчина, переодевшийся медсестрой и воткнувший в Катю смертельную капельницу?

Голова распухла от бесчисленных вопросов, чем больше узнаю, тем меньше света в этом грязном деле. Ясно пока одно — все нити завязываются вокруг Павловских.

Тихий майский вечер слетел на Москву. Горожане пропадали на дачных участках, часа через два они массово начнут возвращаться, и на дорогах возникнут пробки, но пока проспекты столицы радовали глаз приятной пустотой, и я добралась до Зеленой улицы буквально за пятнадцать минут.

Хотя бабушка Олимпиада Александровна и находится, по утверждению милиции, в глубоком маразме, вкусному торту она наверняка обрадуется. Поэтому прикупила в супермаркете чай, сахар, баночку варенья и «Птичье молоко». Мягкое суфле, как раз для беззубой старушки.

Первая квартира оказалась почему-то на третьем этаже. Я принялась названивать, потом забарабанила в дверь. Ответом было молчание. Ну да, скорей всего родичи увезли бабульку на дачу, гуляет сейчас себе по травке, на цветочки любуется. Стукнув в последний раз кулаком в филенку, я повернулась, чтобы уйти, и тут услышала громыхание цепочки. Дверь распахнулась настежь. Маленькая, похожая на болонку старушка щурилась на пороге. Сходство с собачкой придавали тонкие белокурые волосы, мелкими кудельками обрамлявшие печеное яблочко, в которое превратилось лицо женщины. В молодости бабушка, очевидно, была жуткой кокеткой, потому что в свои семьдесят с хвостом красилась под блондинку, делала химическую завивку и пудрила обезьяноподобное личико.

— Верочка, — обрадовалась пожилая дама при виде гостьи, — входи, дорогая, решила не ночевать на даче?

Мы пошли по длинному темному коридору и оказались на душной кухне образца пятидесятых годов. Чугунная газовая плита с «крылышками», холодильник «ЗИС», алюминиевые кастрюльки, на столиках и подоконниках банки, тряпки, пустые пакеты от молока и кефира.

При виде торта старушка пришла в радостный ажиотаж и кинулась ставить чайник.

— Как здоровье, Олимпиада Александровна?

Бабуля принялась самозабвенно перечислять болячки. Я слушала вполуха, может, она и не в таком маразме? Вон как здорово помнит, где у нее болит! Но тут по кухне разнесся резкий запах гари. Я подскочила к плите и сняла с раскаленной горелки абсолютно пустой чайник. Да, хотя с кем не бывает! Сама пару раз кипятила чайник без воды, а вроде не страдаю болезнью Альцгеймера. Наполнив чугунный сосуд жидкостью, я поглядела на бабулю. Олимпиада самозабвенно ела приторное суфле, причмокивая от наслаждения. Так, пока бабуля находится в кайфе, попробуем ее потрясти.

— Олимпиада Александровна, вы паспорт потеряли?

— Что ты, Надюша, — испугалась бабка, — как же тогда пенсию получить. Здесь у меня все документы, в одном месте, чтобы не искали, когда помру.

Она выдвинула ящик и протянула конверт. Внутри и правда лежал довольно потрепанный паспорт. Еще там находилось пенсионное удостоверение и трудовая книжка.

Чайник закипел. Хозяйка заварила какую-то немыслимую бурду и предложила:

— Пей, Светочка, знаю, любишь с лимоном.

Я вздохнула. Сначала бабуля приняла меня за Верочку, потом за Надю, теперь, пожалуйста, Света. И кто только оставляет таких старух одних? Пустила в квартиру незнакомого человека, чаем поит, просто находка для грабителя.

Трудовая книжка пестрела записями. Моторина работала всю жизнь: кастеляншей в больнице, вахтершей на заводе, уборщицей в магазине. Последние пятнадцать лет — капельдинером в театре. Вот, наверное, почему до сих пор красится, напоминая офорт Гойи «До самой смерти».

— Из театра давно ушли? — завела я снова разговор.

— Ох, Наденька, старая я стала. Программы продаю и сдачу путаю, потом спектакль поздно заканчивается, домой боязно ехать.

— Пенсия небось маленькая...

— Маленькая, — согласилась старуха, — но спасибо Петру Григорьевичу, пристроил в хороший дом лифтершей. Лестницу мою, лифт, жильцы ключи оставляют. Еще собачку вожу на прогулку, мне за это приплачивают. Нет, я довольна, на все хватает. Ты-то как, Светочка, мама не болеет?

— Совершенно здорова, — успокоила я ее. — А что, до сих пор работаете?

Старушка засмеялась и погрозила пальцем:

— Думаешь, баба Липа совсем ума лишилась? Ты же меня вчера в подъезде видела.

— Ну надо же! А в каком подъезде?

— Да в своем, — удивилась бабка, — никак забыла? Ты, Надюша, еще сумку несла и оттуда пакет с гречкой выпал.

Вот и думай теперь, где старушонка трудится, то ли в доме у загадочной Светы, то ли у неизвестной Нади.

— Говорите, на память не жалуетесь? А по какому адресу я живу?

— Ну, Верочка, и глупости же спрашиваешь. Прямо около метро, налево и по дорожке, не сворачивая до детского садика, там и дом.

— А метро какое?

Дама отрезала еще кусок торта, поковыряла воздушную белую массу выщербленной ложкой и сообщила:

— Имени Паустовского.

Я вздохнула. Похоже, здесь ничего не светит.

— Чего же тортик не кушаешь, Светонька? — осведомился божий одуванчик. — Опять худеешь? Ты ешь, а то совсем на себя не похожа, кожа да кости остались.

И бабуля пододвинула коробку. Тут из комнаты раздалось мяуканье, и на кухню вплыл гигантский рыжий кот.

— Барсик, — позвала Олимпиада Александровна, — иди сюда тортик пробовать.

Котяра запрыгнул на стол и ткнулся усатой мордой в мою чашку.

— Уйди от Верочки, — оживилась бабуля — а ты, детка, шугани его.

Я не стала прогонять нахала, а попрощалась с Моториной. Следует признать, выбить из нее какие-то вразумительные сведения просто невозможно.

— Светочка, — напутствовала бабка, — спасибо, что заглянула, не думала, что мой адрес знаешь. Кланяйся мужу и сыночку, папе с мамой привет.

Она ласково помахала рукой и захлопнула дверь. Я пошла по грязной лестнице вниз. Да, старость не радость.

Глава 13

Утро понедельника началось со звонка Виолетты. Профессорша требовала прибыть к десяти утра. Кое-как разлепив глаза, я побрела в столовую и обнаружила за столом отчаянно зевающего Аркадия.

— Зачем так рано вскочил?

Сын потер переносицу и гордо заявил:

— Встречу с клиентом назначил.

Я хихикнула про себя. Всего лишь второй клиент в его жизни. Первый — мелкий жулик, попавшийся на пересортице. Выдавал бутербродное масло за «Вологодское», за что и оказался в СИЗО. Нынешний — неудачливый угонщик, дурак, каких свет не видывал. Сначала упер у собственного соседа «Жигули», а потом решил продать авто приятелю из другого подъезда. Слышали когда-нибудь подобное? Теперь сидит в Бутырке и косит под ненормального. Хотя я бы на месте психиатров не сомневалась: на такой поступок способен лишь умалишенный. Но Кеша все равно горд и к процессу готовится тщательно, пытаясь добиться для дебила оправдательного приговора.

У Павловских меня опять ждали пустые сумки и длинный список. На этот раз требовалось покупки сразу оттащить к Светлане.

Дверь открыл Валерий. Свежий, только что из душа, пахнет хорошим одеколоном. В квартире задернуты шторы, чтобы не попадало беспощадное солнце, тихо шуршит вентилятор. Я же после двухчасового шатания по магазинам выглядела не лучшим образом, больше всего походила на вспотевшую кошку. Зятек окинул меня взглядом и расцвел:

— Дашенька, выздоровели?

Потом легко подхватил баулы, я поплелась за ним на кухню. Он что, на работу не ходит?

— Светка на службе, — словно подслушав мои мысли, сообщил Валера. — Хотите кофе гляссе?

— Просто мечтаю.

Мужчина достал коробку с мороженым и стал накладывать пломбир в чашку.

— Вчера сбросил сообщение на пейджер, а вы не позвонили, — обиженным голосом сказал он.

— И не позвоню, — отрезала я, — не хочу, чтобы ваша жена меня избила. Вон Вере как досталось.

Валера улыбнулся.

— Верочка — наивное существо. Ну довез ее пару раз до дому, так уже решила, что у нас роман.

— Почему же она вам на «конспиративной квартире» глаза выцарапать хотела?

Зять пожал плечами:

— Сам удивляюсь! Никакого повода не давал, всего лишь на кофе пригласил! Так возомнила бог знает что. А Марго — настоящая дрянь. Ни за что бы не связался с такой. Маленькая, расчетливая потаскушка. Алик с Виолеттой просто голову сломали, как Диму пристроить. Ни одна знакомая не хотела за него замуж идти. Только Марго польстилась и, надо сказать, верно рассчитала. Все получила: квартиру, прописку, сейчас диплом защитит — в аспирантуру прямая дорога. Единственно, что ее бесит, — сам Дима. Вот и оттягивается на других, вечно скандалы устраивает, интриги разводит. Знает ведь, что Света ревнива, и нарочно ее с Веркой лбами столкнула. Вообще-то жена обычно держит себя в руках, но на поминках слегка выпила, и вот результат. Просто стыдно перед Жанной и вами. Еще подумаете, что у меня какие-то взаимоотношения с Верой.

— Разве не правда?

Валерий нежно улыбнулся.

— Дашенька, я интеллигентный человек и, если встречаю в коридоре даму, пропускаю ее впереди себя в дверь, подаю руку девушке, выходящей из автобуса, уступаю место, когда оказываюсь случайно в метро. Вера, к сожалению, приняла проявление воспитанности за ухаживание и стала предъявлять на меня права. Очень глупо. Мне никогда не нравились деревенские особы, всегда предпочитал таких женщин, как вы: умных, тонких, красивых, обаятельных...

Я вздохнула. Хорошо, что мой второй муж был самозабвенным бабником, теперь обладаю иммунитетом, а то не ровен час поверила бы «композитору» — вон как красиво излагает.

Валерий тем временем взял меня за руку, голос его стал совсем бархатным.

— Не скрою, у нас со Светой давно нет супружеских отношений, живем словно приятели, даже ругаться перестали, настолько друг другу неинтересны. Иногда завожу романы, но такую женщину, как вы, встречаю впервые. Хочется писать музыку, а вы лежите рядом на диване и слушаете. В вашем присутствии ко мне приходит вдохновение...

Пламенные речи профессионального ловеласа прервал звонок. Ромео тревожным взглядом окинул стол, схватил чашки с недопитым кофе, быстро сунул их в мойку и пошел в прихожую.

— А, Игорек, — донеслись оттуда сказанные с явным облегчением слова, — давай на кухню.

Через секунду в помещение молча вошел парень. Однако взгляда хватило, чтобы понять, чей он сын: тонкое, нервное лицо, каштановые волосы, узкие запястья аристократических рук. Передо мной стоял молодой Андрей Федоров, только глаза Светины — припухлые веки и блеклый взгляд.

— Папа, — вяло пробормотал Игорек, — можете нам с Ксюшей пораньше пособие выдать? Поистратились вчистую.

— Конечно, конечно, — засуетился отец и вышел в комнаты. Игорь меланхолично закурил «Парламент». Дорогие сигареты для парня, испытывающего денежные затруднения. И потом, какая странная особенность у матери и сына — не замечать посторонних людей. Просто царская привычка не обращать внимания на лакеев. Чтобы не обозлиться окончательно на нахала, я вышла на лоджию. Над Москвой плыло знойное марево, а ведь времени только час дня. Представляю, какая жара упадет на наши головы в пять. Зря, наверное, надела теннисные туфли, а не босоножки, и «Вольво» небось стоит на самом солнцепеке. Влезу внутрь и вздуюсь, как бисквит.

— Дашенька, воздухом дышите? — осведомился Валерий.

— Если подобное можно назвать воздухом, то да, а ваш гость ушел?

— Простите, забыл представить, это наш сын, Игорь. Вечно они с женой тратят больше, чем получают. Студент, вот и бегает за добавкой.

— Уже женат? Такой молодой! Супруга хорошенькая, наверное.

— Ничего, — равнодушно отметил тесть, — только характер гадкий, поругалась со всеми Павловскими и теперь Игоря в гости к родственникам не пускает. Мальчишка тайком бегает. Уж Виолетта ее уговаривала: «Не плюй в колодец — пригодится воды напиться». Ни в какую. «Сами проживем, без родителей». Глупая, вздорная девчонка. Другая на ее месте, наоборот, принялась бы подлизываться — ласковый теленок двух маток сосет. А эта гордячка, каких мало, принцесса помойки.

— Почему? — удивилась я такому художественному сравнению.

— Мой сват, — вздохнул Валерий, — водитель мусоровоза, представляете мезальянс?

— Как же Виолетта Сергеевна допустила подобный брак?

— Целая драма. Ксюшина мать работала уборщицей в школе, где учился Игорек. Заведение элитарное, всякую шваль не брали, только детей из обеспеченных семей, с хорошим положением. Правда, бывали исключения, у Игорька, например, в классе учился сын портнихи, обшивавшей директрису, и Ксюша. В десятом классе у них разгорелся роман. Сколько сил положили, чтобы разорвать неподходящую дружбу! Ничего не помогло. После выпускного вечера выяснилось, что девчонка беременна. Виолетта сама к ней на дом пришла и просила сделать аборт. Обещала хорошую сумму деньгами, в институт устроить. Так ее мусорщик с лестницы спустил: обматерил и выгнал. А наутро Игорек бенц учинил. Прибежал к бабке с дедом и давай кричать: «Ребенка убить хотите!». В общем, разругались вдрызг.

Мальчишка покидал в чемодан вещички и съехал к будущему тестю. Родители Игоря не пришли на свадьбу и не поздравили молодых, не явились они и на крестины внучки. Но примерно через полгода после рождения ребенка Игорь поскребся в дверь родительской квартиры. Выяснилось, что жизнь его похожа на ад. В маленькой двухкомнатной «хрущобе» проживали теща, крепко закладывающий за воротник тесть и престарелая мать хозяина, пятнадцатилетняя сестра Ксюши и новобрачные с ребенком. Спали молодые в одной комнате с бабкой. Та, заслышав ночью, скрип дивана, спрашивала спросонок: «Чего расшумелись, спите спокойно». Молодожены как ни пытались заниматься любовью молча, проклятая софа визжала на все голоса. Старуха просыпалась. Ксюша поменяла бабку на сестру, и первые ночи, радуясь, что зловредная бабулька лежит в другой комнате, они оттянулись по полной программе. Но в субботу Ксюша увидела, что за ее супружескими утехами наблюдает с замиранием сердца малолетняя сестрица. Тогда новобрачные устроились вместе с тещей. Женщина демонстративно втыкала беруши, отворачивалась к стенке и тут же засыпала. Но тут у молодого мужа начисто пропала эрекция. Днем в доме, похожем на ловушку для тараканов, тоже не было ни минуты покоя. То орал дурниной пьяный мусорщик, то бабка не успевала добежать до туалета, то малолетняя сестрица приводила толпу размалеванных подружек, и дикий магнитофонный вой будил заснувшего младенца.

Тихо ликуя, Света предложила Игорю возвращаться домой. Но тот только отрицательно качал головой, отказываясь бросить жену и ребенка. Короче, еще через полгода молодые оказались у Павловских. И тоже не вышло ничего хорошего. Свекровь постоянно нападала на невестку, та отлаивалась в ответ. Кухня напоминала зону Косовского конфликта. В ход шло все: упреки, слезы, сердечные приступы и обмороки. Наконец всем надоело, и Света решила менять квартиру.

Молодые съехали, все вздохнули спокойно. Игорь, однако, затаил обиду на мать и старался приходить под отчий кров, когда родительница отсутствовала. Впрочем, принципиальность не мешала студенту брать у отца деньги. Работать Игорь не устраивался, оправдываясь большой учебной нагрузкой. Ксюша сидела с младенцем. Супругов содержали родители. Мусорщик давал на питание, Светлана оплачивала коммунальные расходы, Валерий совал сыночку карманные тугрики. Скорей всего, что и Виолетта помогала внучку. Но Игорь упорно изображал из себя обиженного и не показывался ни на каких семейных сборищах. Короче, с невестками Павловским отчаянно не повезло: наглая, нахрапистая Марго и «принцесса помойки».

Тут опять прозвонил звонок. На этот раз пришла хозяйка. Я лишний раз удивилась, насколько они с Валерием не складывались в пару. Он — элегантный, обаятельный, стройный, с приветливой улыбкой на лице и мелодичным голосом диктора. Она — грузная, нелепо одетая в бесформенный балахон. Под мышками и на спине проступили пятна пота. На морде недовольно-сердитое выражение, и голосок как звук бензопилы.

— Возьми сумку, — проскрипела женушка и ткнула мужу в руки кулек.

Потом глянула на меня и сердито спросила:

— Дарья, зелень принесли? Кстати, где белье?

Я стала судорожно вспоминать, какое число стояло на квитанции.

— Простите, еще не готово.

— Ладно, — милостиво согласилась толстуха, — только не забудьте. Кстати, вы никуда не опаздываете?

Совершенно ошарашенная, я побрела к выходу. Никогда меня еще не выставляли на улицу таким образом. Валерий предпочел не появляться в прихожей. Мой обожатель трусливо бежал, оставив поле битвы за женой.

Раскаленная жара упала на голову, как сабля. Бензиновый аромат проник в ноздри. Спина моментально покрылась липким потом. «Вольво», конечно же, оказалась на самом солнцепеке. Стоило только открыть дверцу, как из автомобильного нутра ударила просто сахарская жара. Плюхнувшись на сиденье, напоминающее раскаленную сковородку, я быстренько погнала машину по направлению к дому. При выезде на шоссе путь перекрыл светофор. Разрешающей стрелки пришлось ждать долго, и от скуки я принялась разглядывать посетителей уличного кафе, вяло ковырявших ложками в пластмассовых вазочках. Под полосатым зонтиком сидел Игорь и какая-то женщина. Скорей всего не Ксюша. Незнакомой даме на вид лет тридцать. Ухоженное, породистое лицо, тщательно сделанный макияж, холеные руки. Собеседница, сильно жестикулируя, втолковывала что-то парню. Игорь односложно отвечал. Не обращая внимания на негодующие вопли, я из крайнего левого ряда повернула направо, потом нацепила на нос огромные темные очки, на голову — панамку и вплыла в кафе. По счастью, там оказалось полно свободных мест, и я уютно устроилась как раз за спиной Игоря. Вблизи стало понятно, что его спутнице хорошо за тридцать, даже ближе к сорока. Она явно нервничала, потому что говорила с какой-то яростной страстностью.

— Ну и что?

— Она мать моего ребенка, — отреагировал Игорь.

— Ну и что? — повторила дама. — Что она еще может тебе дать? А ребенка следует обеспечить, алименты платить, давать деньги на одежду и образование.

— Ты знаешь, Алина, что у меня очень мало собственных доходов, — вздохнул парень, — и потом, Ксюша из-за меня разругалась с родителями. Не могу же я выставить ее на улицу, потому что полюбил другую, как-то непорядочно.

Алина сердито закурила сигарету, ей явно стало очень жарко, так как на правой щеке блестели легкие капли пота.

— Кто велит прогонять Ксению? Пусть живет спокойно в твоей квартире. Дадим ей отступного, а ты переберешься ко мне.

— Так-то оно так, — занудил Игорь, — но...

— Ладно, ладно, — вздохнула дама, — не хочешь насовсем, давай хоть сейчас на несколько часов съездим. Смотри, что я тебе купила. — И она вытащила из сумочки небольшую коробочку.

— «Лонжин»! — воскликнул Игорь, разглядывая часы. — Ну спасибо, давно хотел такие.

Он влюбленно глянул на женщину. Та засмеялась и потянула его за руки. Через несколько минут, обнявшись, они подошли к большой серебристой машине, за рулем которой дремал шофер. Скорей всего мадам не замужем, иначе не рискнула бы катать любовника на собственном авто. И потом, где-то я уже видела это избавленное хирургическим образом от морщин лицо. Что-то очень знакомое проглядывало в мимике и изломанных жестах престарелой любовницы. Из раздумья вывела официантка, притащившая наконец мороженое. Плюхнув на стол вазочку, девушка завистливо сказала:

— Одним все, другим ничего!

— Вы про меня? — растерялась я от неожиданности.

— Да нет, узнали Алину Кармен? И машина шикарная, и шмотки первый класс, и любовничек молодой. Такая кого хочешь купит! А тут парься на жаре за копейки.

И расстроенная официантка ушла за стойку.

Алина Кармен! Так вот где я видела раскрашенное лицо — в телевизоре. Труженики голубого экрана без устали гоняют по всем программам ее бессмертные хиты «Смертельный поцелуй» и «Зов любви». Дня не проходит, чтобы бульварная

пресса не сообщила о новых скандальных выход-
ках стареющей дивы. То она вылила какому-то
политику за шиворот пепси-колу, то подралась со
своим гитаристом, то купила шубу ценой с госу-
дарственный бюджет России... А теперь закрути-
ла роман с парнишкой, который почти годится ей
во внуки, потому что госпоже Кармен не тридцать, а хорошо за сорок, даже просто пятьдесят.

Но выглядит Алина божественно — сидела
передо мной на ярком солнце, демонстрируя све-
жую кожу и почти полное отсутствие морщин. Да
и ноги у певицы выше всяких похвал, что коленки, что лодыжки. Небось целыми днями на тре-
нажерах упражняется. Интересно, где она подцепила Игорька? Да, такая, если вцепится, ни за
что не отпустит. Насколько помню, у мадам в
анамнезе то ли семь, то ли восемь супругов. Хотя
я, с моими четырьмя бывшими мужьями, не имею
права бросать в нее камни. Вот Светочка порадует-
ется на новую невестку! На такую не поорешь на
кухне. Съест с потрохами и не подавится.

Я села в «Вольво» и поехала на Озерную улицу. Насколько помню, в документах Демьянова
указывался этот адрес. Игорек сейчас в объятиях
Алины, быстро она его не отпустит, самое время
поворковать с милой Ксюшей, подержать ее за
мягкий животик.

Ксюша оказалась бледной рыхлой девицей с
талией ребенка, вскормленного картошкой и ма-
каронами. Жидковатые, не слишком чистые волосенки сосульками свисали вокруг круглощеко-
го личика. Белесые брови и ресницы, нос пупоч-
кой не добавляли девушке красоты. Да уж, куда

такой против Алины. Интересно, чем Ксюша обольстила Игоря? Скорей всего оказалась первой, согласившейся лечь с ним в кровать.

— Что надо? — весьма нелюбезно пролаяла девица, оглядывая мой сарафан от «Тиффани».

— Проводим вакцинацию детей от болезни Белкина, — заявила я, нагло влезая в просторный и светлый холл.

— Какой болезни? — удивилась Ксюша.

— Белкина. Очень тяжелое заболевание, которым в основном болеют дети школьного возраста. Но должна предупредить, прививка дает сильную аллергическую реакцию.

— Не надо нам прививок, — устало сказала мамаша, — девочка еще совсем маленькая, дома сидит.

— Тогда давайте официально напишем отказ, — бодро потребовала я и без приглашения прошла в большую комнату.

Бардак там царил жуткий. Большая незастеленная кровать с довольно плохоньким и грязноватым бельишком. На тумбочке красовалась тарелка с остатками яичницы. Экран телевизора кривлялся какими-то полуголыми парнями. На креслах и стульях висело в беспорядке нижнее белье, колготки и халат.

— Пойдемте лучше на кухню, — предложила хозяйка.

Но и там пейзаж был не лучше. Гора грязной посуды в мойке, залитая убежавшим кофе плита, липкая клеенка и занавески, когда-то бывшие белыми, а теперь приобретшие желтоватый оттенок. По полу мотались комки палевого пуха. Владелец потерянной шерсти, гигантский ангорский кот, мирно спал прямо посередине обеденного стола, засунув хвост в масленку. Судя по всему, Ксюша относилась к домашнему хозяйству самым удобным образом: просто ничего не замечала. На буфете стояла фотография: Игорь, Ксюша и младенец с головой гидроцефала.

Решив сразу брать быка за рога, я ткнула пальцем в снимок.

— Ваш муж?

Ксюша кивнула, расчищая место между котом и телефоном.

— У него брата-близнеца нет?

Женщина удивленно глянула из-под сальной челки.

— Нет, а что?

— Да вот недавно оказалась дома у певицы Алины Кармен, так ее муж страшно на вашего похож, просто одно лицо. Правда, странно: ей пятьдесят, а ему двадцать. Но, видно, он ее обожает, все время обнимал и в ушко целовал.

Ксюша швырнула об пол миску и зарыдала. Тут же из-за стены послышался детский плач.

— Заткнись, докука! — проорала ласковая мать, и плач тут же прекратился.

— Что с вами? — прикинулась я озабоченной. — Может, это так жара действует? Давление давно мерили?

— Это моему муженьку следует давление в одном месте уменьшить! — выкрикнула Ксюша.

Я налила воды и протянула стакан ревнивой девчонке.

— Выпейте и успокойтесь. Станете нервничать, вырастите из ребенка истеричку.

— Кем ей быть с такими родственниками, как мой муженек и его мамаша? Падлы!

— Не надо так выражаться, не унижайте отца собственного ребенка, все еще наладится, вы молоды...

— Да хоть бы они все сдохли! — завопила Ксюша, и снова за стенкой разнесся жалобный писк. На этот раз девушка кинулась на звук, до моих ушей донеслись шлепки, и злобный голос прокричал: «Заткнись!».

Я толкнула дверь детской. Ксюша яростно трясла маленькую, весьма уродливую девочку в синенькой пижамке. Несчастный ребенок всхлипывал и никак не хотел успокаиваться. Вместо того чтобы взять дочку на руки и утешить, добрая мамочка отвесила ей полновесную оплеуху. Та не удержалась на кривеньких ножках и с размаху приложилась узеньким лобиком о бортик кроватки. Раздался треск. Мне с перепугу показалось, что у несчастного ребенка лопнул череп. Но через секунду крошка села и стала тереть личико грязной ручкой. Кричать она волшебным образом перестала.

— Спи, дебилка, — пожелала мамуся и захлопнула дверь.

— Зачем вы так, — попробовала я усовестить девушку.

— Конечно, дебилка, — повторила Ксюша, — ни слова не говорит, только мычит. На улице всех боится. Другие дети вместе играют, а эта только ноет. Колочу ее, колочу, а все без толку. Послал господь на мою голову!

— Не надо было рожать, — возмутилась я, — аборты разрешены и не так уж дороги.

— Аборты! — передразнила Ксюша. — Хорошо вам говорить, небось квартира собственная, заработок приличный. А у меня...

Она зарыдала, уронив голову на руки. Я хотела погладить ее по волосам, но побрезговала касаться сальных кудрей. Бедная Ксюша дошла до такого состояния, что ей было все равно, кому изливать душу. Приди сегодня вместо меня водопроводчик или электрик, исповедь упала бы на их головы. Опустошив стакан с водой, истеричка принялась яростно вытаскивать из своей души весь накопившийся мусор. Я внимательно слушала.

Ксюшин папа — водитель мусоровоза, мама — уборщица. Отец работает по скользящему графику и знает только один вид отдыха — беспробудную пьянку. Когда обожрется водкой — дерется, а после спит мертвым сном. Мать сначала прячется от него, а когда он уснет, лупит разделочной доской. Семидесятилетняя бабуля не всегда успевает добежать до туалета и частенько делает лужу прямо в комнате. Еще есть сестрица. Той все по фигу, кроме посещений концертов группы «НА-НА», ну фанатеет она от них, кайф ловит. Была еще одна сестрица, старшая. Но та умерла. Жаль, красивая была, манекенщица. Именно старшая сестра Лика и «организовала» Ксюшино семейное счастье. Когда в десятом классе Ксюша влюбилась в Игоря, Лика сначала ухитрилась сделать так, что он заинтересовался дурнушкой, а потом сказала:

— Это твой шанс. Изволь вести себя хитро. Сразу в койку с ним не укладывайся, но и не отказывай долго. Как только трахнет тебя, реви, как ненормальная.

— Зачем? — изумилась Ксюша, уже успевшая летом в деревне поваляться с парнями на сеновале.

— Затем, что господь тебе ни ума, ни красоты не отсыпал, — вздохнула красавица Лика, которой все почему-то досталось по полной программе. — Какие шансы найти приличного мужика в нашем кругу? Будет пьянчуга, как папуля. А Игорь из другого мира, и попасть тебе туда можно только через постель, если легла в нее невинной девушкой. Ты у него, наверное, первая будешь, не разберется.

Все вышло так, как предсказывала умненькая Лика. Она же присоветовала не предохраняться, чтобы повязать глупого парнишку по рукам и ногам. Дурацкое дело не хитрое — вскоре Ксюша оказалась беременной. Разгорелся жуткий скандал. Павловские наотрез отказывались дать согласие на свадьбу. Дотянули чуть ли не до родов. И тут вдруг произошло необъяснимое. Сначала скоропостижно скончалась Лика. Уехала к подруге в гости на дачу и умерла... Еще через два дня Светлана неожиданно дала согласие на свадьбу и затеяла размен. Не прошло и двух недель, как Ксюша стала мужней женой и обладательницей двухкомнатной квартиры.

Жить бы да радоваться, но молодой супруг все чаще пытался задержаться у друзей и не слишком заботился о беременной жене. После рождения неспокойной, крикливой девочки стало еще хуже. Игорь возвращался домой к полуночи и страшно злился, если ребенок просыпался ночью. На глупую Ксюшину голову постоянно сыпались попреки: денег тратит много, плохо готовит, в квартире грязь. Светлана Павловская просто делала вид, что никакой невестки у нее нет. Виолетта Сергеевна, довольно мило разговаривавшая с Ксюшей, когда та, будучи школьницей, приходила к Игорю, не поздоровалась со снохой, встретив ту на улице. Добрая советчица Лика лежала на кладбище, и некому было подсказать, как правильно себя вести. Ксюша перестала мыться, одеваться и практически не выходила на улицу. Чем хуже становилось ей, тем лучше жили окружающие.

У родителей откуда-то взялись деньги, и они переехали из маломерной «хрущобы» в отличную трехкомнатную квартиру. Старая бабулька, страдавшая недержанием, не выдержала переезда и умерла. Папенька, маменька и младшая сестрица кайфовали каждый в своей комнате. Игорь стал совсем посторонним, даже перестал ругаться. А на днях он сказал Ксюше, что любит другую женщину — эстрадную певицу Алину Кармен. Жить теперь станет у нее, а Ксюше начнет просто давать деньги. Бедная девчонка робко осведомилась, означает ли это развод? Тут Игорь повел себя очень странно.

— Не могу развестись с тобой, пока родители живы, — заявил он. — Разрыв брака — слишком

сильный удар для мамы, поэтому официально
пока не будем ничего оформлять.

Ксюша оторопела, потом засмеялась.

— Да твоя мамуля умрет от счастья, узнав, что
ты меня бросил.

Игорь вздохнул.

— Увы, развестись не могу, если хочешь знать,
меня просто принесли в жертву.

Ксюша обозлилась, обозвала мужа последни-
ми словами и сообщила, что она сама ни за что
не даст ему развода.

— Да успокойся, — процедил муженек, —
будем еще много лет друг с другом мучиться.

Ночью Ксюша решила все-таки попробовать
помириться. Она вымылась в ванне, нацепила
черное кружевное бельишко и залезла к мужу под
одеяло. Тот спросонья сначала обнял жену, потом резко сел и гаркнул:

— Сказал же, разводиться не буду, но жить теперь стану как хочу!

Рыдающая Ксюша ушла в ванную, а когда
вернулась, мужа не было. Не пришел он ни утром, ни днем. Зато появилась «доктор» с расска-
зом о юном любовнике Алины Кармен.

Я молча выслушала сопливый рассказ и только в конце поинтересовалась:

— Значит, вы никогда не жили у твоих родителей?

— Что я, с дуба упала? — фыркнула девчонка. — Да с папашкой же ужиться невозможно.

— И у Светланы Павловской тоже не сели-
лись?

— Да вы чего? Она даже по телефону не разговаривает, если звонит. Услышит мой голос и трубку сразу бросает.

Странно, Валерий излагал другую версию: сначала жили у ее родителей, потом у его. Не смогли ужиться ни с теми, ни с другими, поэтому пришлось продавать квартиру. Зачем бы ему мне врать?

Жара не спадала, но, к счастью, на этот раз «Вольво» оказалась в тени. Я залезла на сиденье и предалась раздумьям, но тут зазвонил мобильный.

— Дарья Ивановна, — сказал укоризненный женский голос, — что же вы не интересуетесь результатами анализа?

Это беспокоилась милая докторша из диспансера. Аделаида Павловна попеняла немного на мою безответственность и велела немедленно явиться на прием. Я покорно поехала на улицу Мельниковой.

Мрачный и грязноватый диспансер разбудил самые неприятные воспоминания. Вот из этого кабинета выносили бездыханное тело Катюши. Что она пробормотала перед смертью: Виолетта, страшная?..

Аделаида Павловна высунулась в коридор:

— Васильева, заходите!

— Она позже пришла! — закричала тучная старуха, подскакивая к двери.

— Здесь врач решает, кто первым входит, — отрезала добрая докторша и втянула меня в кабинет.

С видом жертвы я примостилась на краю ободранного стула и приготовилась слушать приговор.

Онколог рассмеялась.

— Не дергайтесь, все в полном порядке, всего лишь маленькая симпатичная липома. Ничего опасного, ангиной заболеть и то хуже.

— Значит, можно больше не приходить?

— К сожалению, липому следует удалить.

— Ни за что!

Аделаида Павловна заглянула внутрь конверта, который положили к ней на стол, и приступила к уговорам. Через десять минут сопротивление было сломано, и доктор стала звонить по телефону.

— Завтра к десяти утра приедете в онкологическую больницу № 756.

— Онкологическую?! — испугалась я.

— Конечно, липома доброкачественная, но все-таки опухоль, и удаляют ее только в специализированных учреждениях.

— Сколько стоит операция?

— Больница бесплатная, поэтому туда довольно большая очередь, но я договорилась, и хирург Свистунов положит вас прямо завтра.

— Не хочется бесплатно, — испугалась я, вспомнив докторшу Шаранко. — Может, лучше в клинику 4-го управления попробовать?

Аделаида Павловна хитро прищурилась.

— Знаете поговорку: полы паркетные, врачи анкетные? А Семен Анатольевич опытнейший хирург, там каждый день по две-три операции делают. Вы же не на месяц укладываетесь! Несколько дней полежите — и домой. Липому вообще амбулаторно делают. А что бесплатно, так это не совсем верно. Дадите доктору Свистунову триста долларов, лады?

Я облегченно вздохнула. Чудесно, просто замечательно: ничего так не боюсь, как бесплатной медицины.

Наутро мы с Кешкой стояли перед кабинетом. Приятный молодой хирург довольно небрежно поглядел на шишку и сказал:

— Прелестно, оформляйтесь и идите в 215-ю палату.

Мы побрели по длинному, пахнущему хлоркой коридору. Навстречу все время попадались женщины со стеклянными банками. От банок отходили трубки и исчезали под одеждой. Боже, какой ужас!

215-я палата оказалась двухместной. На второй кровати лежал прехорошенький розовый халатик.

— Здорово, — обрадовался Кеша, — твоя сокамерница ходячая, и похоже, что не старая.

Я стала переодеваться, сын пошел за доктором. Хирург довольно потер руки и сообщил:

— Сегодня сдаем все анализы, завтра оперируемся.

— Завтра?!

— Зачем тянуть? Вмешательство ерундовое, под местным наркозом делаем.

— Ой, не хочу под местным, больно будет.

— Ладно, — покладисто отозвался врач, — дадим общий. А сейчас бегом кровь сдавать.

До обеда я носилась по разным кабинетам, проходя кучу анализов. В три часа пришла в палату и позвонила Павловским, подошла Жанна.

— Передайте, пожалуйста, Виолетте Сергеевне, что у меня заболел отец и я на неделю уехала домой.

— Хорошо, — равнодушно сказала Сокова и шмякнула трубку.

Я перевела дух и собралась попить кофейку, но тут явился анестезиолог и велел ничего не есть. Потом принеслась медсестра с клизмой, следом другая с кучей уколов. Короче, к половине восьмого вечера меня так накачали транквилизаторами, что я заснула без задних ног.

Пробуждение оказалось не из приятных.

— Васильева, вставайте на операцию.

Тряся головой, я села на кровати. Молоденькая сестричка протягивала грязноватую простынку в каких-то пятнах.

— Давайте, давайте, вас ждут.

Я потянулась за халатом.

— Нет, нет, — остановила девчонка, — раздевайтесь догола. Сейчас ляжете на каталку, мы вас простыней закроем.

Пришлось вылезать из пижамки и нагишом топать к двери. То ли оттого, что только покинула теплую постель, то ли от страху стало безумно холодно. Зубы заклацали, ноги затряслись. Медсестра глянула на жертву равнодушным взглядом.

— Не надо бояться, доктор Свистунов великолепный специалист. У нас по отделению смертность всего 3,5 процента.

Я задрожала еще пуще. Значит, из ста больных у них 3,5 отбрасывают тапки. Какая-то страшная цифра. Три с половиной картошки представляю, три с половиной больного нет. Но размышлять некогда.

Сестричка ругалась с кем-то в коридоре. Увидев меня в чем мать родила, девчонка раздраженно сказала:

— Пока копались, каталку увезли.

— Давайте так пойду!

— Не положено!

— Да ладно вам, — вздохнула я, — никто не узнает.

Девушка замотала меня в простыню, и, напоминая римского патриция в бане, я двинулась к операционному столу.

В коридоре с надписью: «Тихо. Идет операция» стоял жуткий гвалт. Гремели железки, вопило радио, и две тетки на повышенных тонах обсуждали какую-то Петровну.

Медсестра кивнула головой на кушетку, где в беспорядке валялись скомканные желтоватые простынки вроде той, что укутывала мое тело.

— Садитесь и подождите. Сейчас приготовят операционную.

Я тихо села в углу. По полу немилосердно дуло, через пару минут руки и ноги превратились в ледышки. Из операционной все время выходили какие-то женщины в голубых пижамах. Хотелось спать, и я тихо стала клевать носом, поджав под себя пятки.

Разбудил шум. Очевидно, что-то случилось, потому что все бегали, как тараканы, и кричали. До моего уха донеслись фразы «самовольно ушла», «предупредить охрану», «в палате не обнаружена». Суматоха нарастала. Интересно, когда вспомнят про меня?

Тут одна из кричавших, держа в руках ворох грязного белья, приблизилась к кушетке, увидела меня и заорала, как ненормальная:

— Васильева? Липома?

— Да, — робко пробормотала я.

— Так какого черта сидишь молча? Мы тебя полчаса ищем!

Интересное дело, я гудки, что ли, должна подавать? Подталкивая кулаком в спину, тетка впихнула меня в операционную.

— Давай залезай!

Кое-как я влезла на узкий и какой-то шаткий стол. Медсестры начали привязывать к столу мои руки и ноги.

— Слышь, Кать, — сказала одна, — ты как огурчики маринуешь?

Та, что откликалась на Катю, прилаживая страшного вида трубку, принялась самозабвенно делиться рецептом. Руки девчонок действовали автоматически, на меня как на личность никто не обращал внимания. Тут появился анестезиолог и бодро спросил:

— Как себя ощущаем?

— Словно жареная курица, поданная на стол.

— Люблю больных с чувством юмора, — хихикнул анестезиолог и воткнул в меня иголку.

Больше не помню ничего, полная тишина, провал. Затем откуда-то издалека донесся гул и негодующий крик Зайки:

— Сейчас же открой глаза, сволочь, слышишь, просыпайся немедленно.

Не понимая, что могло так обозлить мою интеллигентную невестку, я приоткрыла веки. Прямо перед носом возникло хорошенькое личико Ольги, почему-то без косметики.

— Ты меня видишь? — проорала она как ненормальная. — Слышишь?

Еще бы не услышать подобный вопль! И незачем орать, когда так спать хочется. Я попробовала закрыть глаза, но не тут-то было. Зайка ухватила за плечи и принялась яростно трясти и вопить:

— Не смей спать, не смей!

Господи, что с ней? И где я? Тут откуда-то сбоку вынырнули Маня и Аркадий с заплаканными лицами, потолок внезапно поехал вниз, стены сжались, свет пропал.

Я проснулась от того, что отлежала спину. Надо купить новую кровать — у этой просто железный матрац. Ноги почему-то не хотели повиноваться, зато глаза распахнулись. Так, я в больнице. Заснула на столе, теперь пришла в себя, причем не в палате, к ак обещали, а в удивительном месте — в большой комнате, набитой разнообразной аппаратурой. У изголовья помещалась гигантская стеклянная банка, в которой ритмично сжималась гофрированная резина, издавая жуткий звук: «Чавк, чавк». Вокруг ужасно неудобной кровати толпились штативы с бутылками. Я пересчитала палки — восемь штук. Часть трубочек воткнуты в руки, часть в ноги, и еще две в носу. На правом предплечье ритмично сжимается манжетка прибора для измерения давления. Тут раздался писк. Откуда-то с потолка медленно спустилась железная конструкция с иголкой и пребольно уколола в палец. Тихо ойкнув, я продолжала рассматривать окрестности. Слева — экран, где скачут зеленые и желтые линии, впереди — непонятная штука с проводочками. Может, зря захотела общий наркоз? Где врачи? Надоело лежать на спине, и хочется пить, да и есть тоже.

Открыв рот, я попыталась издать крик, но получился какой-то слабый сиплый звук, и почему-то отчаянно болело горло. Снова запищало, и иголка вонзилась в указательный палец. В другом конце комнаты стояла еще одна кровать, окруженная механизмами. Кто-то непонятный издавал жуткие хриплые звуки, изредка всхлипывая. Стало страшно. Писк повторился, вновь начала спускаться мерзкая иголка. Просто китайская пытка, лежишь и безнадежно ждешь, когда она в тебя воткнется! Ну уж нет, руками шевелить не могу, но пальцы подожму. Гадкая тыкалка зависла над тем местом, где ожидала найти несопротивляющиеся конечности, и внезапно завыла сиреной.

Тут же из-за стеклянной перегородки выскочила маленькая вертлявая женщина и радостно сказала:

— Какие мы хитренькие, ну-ка разожмем ручку. Молодец, Васильева, пришла в себя. Вот доктор обрадуется!

Совершенно непонятно, чего ему так радоваться, подумала я и вздохнула. Непонятная боль разлилась слева. На ребрах виднелась наклейка.

— Что тут приклеили? — робко осведомилась я, глядя, как медсестра ловко меняет бутылки.

— Шовик прикрыли, — ласково пропела женщина.

— Какой?

— Все вопросы к доктору, — сообщила сестра. Ну ничего себе! Липома-то на плече, а шов — на груди, и спина болит.

Вошедший доктор старательно отводил глаза в сторону.

— Васильева, как самочувствие?

— Почему шов на ребрах?

Хирург глянул на аппараты, зачем-то пощупал шланги и спросил:

— Боли не испытываете?

— Горло ноет, и спина отваливается.

— Это естественно, — вздохнул врач, — в горле трубка торчала, а спину я вам отбил, когда массаж делал.

— Какой массаж?

— Сердца.

Я почувствовала, что теряю сознание. Доктор помялся еще несколько минут и прояснил ситуацию.

В случае липомы общий наркоз не дают. Но Кеша очень просил, да и я производила впечатление психопатической дамы, поэтому решили пойти навстречу. Поначалу все шло чудесно, но потом я тихо умерла.

— Запомните, у вас аллергия на препарат... — и хирург буркнул какое-то непонятное слово, — еще спасибо, что сумели реанимировать.

Короче, напуганные эскулапы вскрыли грудную клетку, провели открытый массаж сердца и отправили несостоявшийся труп в реанимацию.

Но я не собиралась просыпаться. Через некоторое время доктора сообщили Кешке, что надежда умирает последней, но шансов получить мать обратно у него почти нет. Обезумевший сын спешно вызвал из Киева Зайку и Маню. Втроем они безнадежно поджидали конца. В какой-то момент Ольга, потерявшая от горя остатки ума, распихала Гиппократов в разные стороны и влетела в реанимацию. Невестка принялась изо всех сил трясти полутруп свекрови и ругаться на чем свет стоит. Изумленный медперсонал увидел, что я открыла глаза и сказала: «Не волнуйся, котик, сейчас встану». Зайка грохнулась в обморок. В общем, мало в тот день врачам не показалось. Теперь же все будет хорошо, просто чудесно, завтра отправят в палату.

Умерла! Ну и дела! До чего же врут книжки! Где узкий тоннель со светом в конце, почему душа не взлетала к потолку и ничего не видела?

— А липома?

Хирург замялся окончательно.

— Поймите правильно, в тот момент все забыли про опухоль. Поправитесь, уберем под местным наркозом.

От злости у меня снова пропал голос.

Глава 14

В палату меня привезли в среду. Спина болела, шов тоже. Ходить еще не пробовала, но надеялась, избавившись от капельниц, добраться самостоятельно до туалета. Вот уж не думала, что так противно зависеть от других людей.

На соседней кровати улыбалась милая молодая женщина.

— С возвращением.

— Спасибо.

Соседка вылезла из-под одеяла, включила чайничек и, показав на банку с кофе, спросила:

— Будете?

Еще бы, и кофе, и пирожные, и сыр, и масло, все буду, очень есть хочется.

К вечеру я уже все знала про свою однопалатницу. Зовут Таней. Работает женщина в киоске «Союзпечати», торгует газетами и журналами. До перестройки служила в НИИ водной промышленности, но институт развалился, и пришлось искать другое место. Родила двух мальчишек. Видно, хорошая мать, потому что один из сыновей ввалился в палату, таща неподъемную сумку с соками и фруктами, а потом долго скакал вокруг матери, заставляя ее съесть часть принесенного. Под стать и невестка, чем-то похожая на Зайку. Высокая стройная блондинка сурово выговаривала Тане:

— Ешь немедленно печенку, потом икру, прямо ложкой.

Вдвоем с соседкой мы остались только после ужина. Таня спросила:

— Хочешь персик?

Я покачала головой, у самой тумбочка ломится от снеди, дети приволокли почти весь ассортимент супермаркета, прихватили даже несъедобный авокадо.

В палату со шприцем на изготовку влетела медсестра.

— Давайте, девочки, готовьте попочки, сейчас снотворное кольну.

Таня улыбнулась:

— Катенька, возьми персиков для дочки. Смотри, сколько еды натащили, пропадет ведь.

Катенька обрадовалась.

— Ну спасибо, Виноградова, вечно балуешь. Знаешь, я тебе лучше сейчас реланиум уколю, а то от этого до обеда в себя приходить будешь.

Потом повернулась ко мне:

— Васильева, шов не болит?

Я решила последовать примеру опытной Тани:

— Катюша, возьмите для девочки конфет, компот и чайку прихватите. Столько принесли, мне не осилить.

Медсестра расцвела.

— 215-я палата всегда такая приятная, как хорошие люди, так здесь. Сейчас я вам все укольчики поставлю.

И девушка, подхватив кульки, убежала.

— Зарплата копеечная, — вздохнула Таня, — мужа нет, а дочка маленькая. Кстати, насчет палаты она права. В прошлый раз я здесь же лежала, а на твоей койке такая симпатичная тетка оказалась. Представляешь, тоже Виноградова, однофамилицы. То-то сестры злились, они всех по фамилии кличут, а нас пришлось по именам звать.

— Почему в больнице только фамилию называют?

Таня хихикнула.

— Чтобы к нам жалости не испытывать. Так — просто тела: Виноградова, Васильева... А если по имени, уже какое-то личное отношение получается. Но нас пришлось именовать Катя и Таня.

Я чуть не свалилась с кровати. Катюша Виноградова лежала на этой кровати! Ну да, она же рассказывала, что ей делали три операции. Таня, не замечая моего удивления, принялась сплетничать:

— Такая приятная женщина оказалась. К счастью, у нее ничего серьезного — рак молочной железы.

— Ничего себе, ерундовая болячка.

— Конечно, — серьезно сказала соседка, — просто чепуха. Сделали операцию, провели химиотерапию, и здорова. Девяносто пять процентов излечиваются, если вовремя пришли, вот если рак крови или моя меланома! Главное, чтобы было ради чего жить. Знаешь, тут одна тетка лежала, так ее кошки спасли!

— Кошки?

— Ну да. Она одинокая, инвалид первой группы, с раком легких. Лежала, не вставая. Ходила за ней ухаживать патронажная сестра из Красного Креста. Ну, больная целый день кисла, стонала и ждала смерти. Тут медсестра возьми и не приди. А у тетки две кошки. К вечеру киски есть стали просить. Та лежит, встать не может. Наутро кошки просто плакать начали: жратвы нет, лоток полный. В общем, на следующий день пришлось больной с койки сползать, мыть кошкам туалет и варить им яйца. Еще через день выползла на улицу, не подыхать же животным с голоду. Короче, когда про нее через месяц в Красном Кресте вспомнили, несчастная умирающая окна мыла.

Ее сюда на обследование направили, наш Свистунов только руками развел: здорова. Вот тебе и кошки. А Катюша, к сожалению, совсем одна жила.

— Детей не было?

— Сын. Только за границей работает, приехать не смог, все письма писал. Еще подружка приходила несколько раз, армянка, Натэлла, вкусные баклажаны приносила с грецкими орехами. А так никто. Ой, нет, впрочем, как-то раз мужчина заехал. Катюша его как увидела, побелела вся и как крикнет: «Зачем явились!» Потом они о чем-то в коридоре пошептались. Молодой парень совсем, лет тридцати, черненький. Но он ее здорово расстроил. Катюша в палату вернулась и давай тазепам глотать, наверное, поэтому и скандал такой в столовой устроила.

— Скандал?

— Ну да. У нас диета разная, и сидели поэтому в столовой не вместе. С Катюшей две женщины соседствовали — Аня Вельяминова и Танечка Костикова. Стали ужинать, только запеканку подали, как Катюша вдруг на ноги вскакивает, тарелка с пудингом об пол шмякнулась, варенье в разные стороны. Стоит, трясется, словно в лихорадке, и на одной ноте кричит:

«Хватит глупости рассказывать! Все поняла, страшная, страшная...» Просто истерический припадок. Больные испугались, за врачом побежали. Тут же укол всадили, и в палату. Свистунов потом объяснял, что у некоторых от химиотерапии крыша едет. Главное, девчонки, что вместе с ней за одним столом сидели, клялись, что ничего ужасного не говорили. Наоборот, смеялись и пересказывали друг другу недавно прочтенные любовные романы.

После этого недоразумения Катюша совсем замкнулась и практически перестала разговаривать с соседкой. Целую неделю пролежала лицом к стенке, даже обедать не ходила. Потом, правда, отошла. Однажды ночью Таня услышала, что Катя плачет. Женщина слезла с кровати и принялась утешать подругу. Та повсхлипывала немного, потом пробормотала: «Не могу тебе рассказать, зато знаю теперь, что все дело в страшной...»

Как Таня ни пыталась узнать, Катя так и не сказала, кто и что так напугало ее.

— Мужчина, который приходил к ней, был такой высокий, полноватый, блондин?

— Нет, скорее лицо кавказской национальности, имя еще такое странное — Ика, Мика, Миса, как-то так. Он только в палату сунулся, а Катюша крикнула: «Зачем явились, Ика Давидович?» — или Миса Байдович, в общем, не по-русски звучало.

— Может, Искандер Даудович?

— Точно, Искандер Даудович. И вид у парня соответственный — волосы черные, глаза карие, лицо смуглое.

Таня устала и принялась устраиваться поудобнее в кровати, засыпая. От меня улетели остатки сна. Искандер Даудович, так звали следователя, который занимался Романом. Интересно, зачем он приходил к Катюше? Дело давно закрыто, парнишка на зоне. Что побудило следователя поехать к женщине в больницу?

Меня выписали на седьмой день. Сняли швы и выгнали. Правда, в четверг торжественно привели в операционную и, заморозив руку, за десять минут убрали липому. Совсем не больно. Пока Свистунов трудился над опухолью, вокруг толпилось человек десять врачей, тревожно поглядывавших на больную. Здорово же я их напугала, если всем коллективом ждут, что опять тапки отброшу.

Дети привезли мать домой с такими предосторожностями, словно я превратилась в фигурку из яичной скорлупы. Несмотря на дикую жару, «Вольво» завалили пледами и подушками. Аркадий ехал со скоростью 50 километров в час, окна и люк на крыше закрыли. В холле стояла заплаканная Ирка и крестящаяся Серафима Ивановна.

— Где собаки? — удивилась я полной тишине.

— В кладовой заперли, а то еще толкнут, — всхлипнула Ирка.

На большой кровати лежала килограммовая коробка шоколадных конфет и несколько томов новехоньких детективов.

— Совершенно не хочу спать! Великолепно себя чувствую.

— Ладно, ладно, — прощебетала Зайка, подталкивая меня к одру, — ложись давай и не спорь. Кстати, Кешка сгонял в «Макдоналдс», хочешь «Ройал чизбургер»?

Чудеса, да и только. До сих пор моя любовь к гамбургерам вызывала у домашних здоровое отвращение. Сколько выслушала упреков и замечаний. А теперь, надо же, в кровать подают. Определенно, быть больной совсем неплохо. После обожаемого чизбургера захотелось курить. Я слезла с ложа и принялась искать халат. Тут же влетел Аркадий.

— Почему встала?

И как только услышал, под дверью, что ли, лежал?

— Пойду покурю.

— Ни в коем случае, — отрезал сыночек, — только в постели. Видишь, пепельницу на столик поставили.

Было отчего онеметь! До сих пор вся семья боролась с пагубной привычкой. В доме курю только я, поэтому домашние проводили политику откровенного геноцида. Стоило тайком зажечь в комнате сигаретку, как они слетались словно коршуны и начинали заклевывать. В конце концов для моего общения с «Голуазом» отвели чуланчик площадью примерно три квадратных метра, где Ирка хранит тряпки, швабры и веники. После того как сигарета превращалась в окурок, последний следовало незамедлительно выбросить в помойное ведро. Упаси бог спустить бычок в унитаз. Гадкие дети начинали на все голоса возмущаться, заметив кусочек плавающего в воде фильтра. А сейчас разрешают курить в кровати! Нет, определенно, в положении умирающей есть своя прелесть.

Я вдохнула ароматный дым, проглотила очередную шоколадку и принялась листать обожаемую Нейо Марш. За дверью раздалось тихое царапанье, собаки пытались пролезть в спальню.

— Входите, мальчики, Банди, Снапи...

— Это я, — раздался из коридора неуверенный голос, и Александр Михайлович робко вдвинулся в комнату.

В правой руке полковник сжимал букет роз, в левой — бутылку страстно любимого мной ликера «Айриш крим». Похоже, что бедняга истратил на подарки всю свою не слишком большую зарплату. В полном восторге я стала садиться в подушках.

— Ой, нет, — испугался приятель, — лежи, пожалуйста, не двигайся. Экий ужас с тобой приключился. Женька говорит, теперь главное — режим, хорошее питание и никаких волнений.

— Много Женька понимает!

— Все-таки врач по образованию.

— Его клиенты одни трупы, — захихикала я, — меня ему рановато лечить.

Александр Михайлович воткнул букет в вазу и ничего не сказал о горе окурков. Просто взял и вытряхнул их, потом вымыл пепельницу, вытер и поставил на столик. Потрясающе! Следовало использовать ситуацию на всю катушку.

Откинувшись в изнеможении на подушки, я сильно дрожащим голосом прочирикала:

— Расскажи, как подвигается дело Виноградовой.

— Кого?

— Ну той женщины, которую вынесли мертвой из онкодиспансера.

— Понятия не имею, — сообщил приятель, — у меня такого не было.

— Следствие ведет капитан Евдокимов из отделения на Товарной улице. Можешь узнать подробности?

— Это еще зачем?

Я схватилась за сердце и прошептала:

— Воды!

Приятель подскочил к кровати со стаканом.

— Бога ради, только не волнуйся, все узнаю, если хочешь. Ты такая бледная!

Конечно, глупый толстячок, я бледная. Раньше ты всегда видел меня с нарумяненными щеками, а сейчас лежу без макияжа. Утром в зеркало без слез не взглянешь! И ведь всегда такая: бледная, просто синяя, личико тощенькое, а никогда ничем не болела. И самочувствие сейчас просто прекрасное, такой прилив сил, хоть в пляс пускаться. Но никому не расскажу об этом. Пусть думают, что бедной бледненькой Даше два часа до смерти осталось.

— Скажи, — прошелестела я дрожащим шепотом, — а с Викой Пановой что?

— Ничего, — пожал плечами полковник. — Панова сильно пила, растеряла всех друзей, последнее время побиралась у ларьков. Когда бутылки сдавала, когда просто рубли выклянчивала. Водила к себе бомжей и сомнительных собутыльников. Сначала подумали: ее кто-то из алконавтов и убил. Да очень не похоже. Те действуют просто — ножом или табуреткой. И потом, в доме ничего не пропало. Кстати, нашли почти тысячу долларов. Огромная сумма для подобной дамы. Искали в риэлторской конторе, куда она обращалась для продажи квартиры. Но агент, милая женщина, никогда не замечалась ни в каких махинациях. Да и покойная договор не оформляла, просто выясняла ситуацию. Правда, дала объявление в «Из рук в руки», и к ней приходили четыре человека. Одну мы установили — Рогова Антонина Матвеевна, проживающая на Полярной улице. Остальные остались неизвестными. Старушки у подъезда рассказали, что видели даму в красивой иностранной машине и мужчину довольно крепкого телосложения. «Просто жирный колобок», — как сказала одна бабуля. Причем с дамой Панова куда-то ездила, но вернулась назад целой и невредимой. Мужик приходил вечером, и после его ухода живой Вику не видел никто. Но установить личность не удалось. Послушай, я тебя не утомил? Может, заснешь?

Я вяло махнула рукой. Александр Михайлович выбрался из кресла и пошел к двери. На пороге приятель внезапно обернулся. Я успела согнать с лица торжествующую улыбку и, прикрыв глаза, с усилием попробовала помахать ему рукой.

— Лежи, лежи, — испугался полковник, — не надо поворачиваться.

Он тихонько прикрыл дверь и на цыпочках пошел по коридору. Я засунула в рот край одеяла и принялась давиться беззвучным хохотом. Да, во мне, должно быть, пропала великая актриса!

Глава 15

Утро началось со звонка пейджера. Павловские хотели видеть бесплатную рабочую силу. Прежде чем позвонить Виолетте, я надела халат и высунулась в коридор. Стояла звенящая тишина, даже не было слышно цоканья собачьих когтей. Куда все подевались? Вызванная Ирка немедленно дала отчет о передвижениях домашних. Аркашка поехал в Бутырскую тюрьму на свидание с подследственным. Маруся в Ветеринарной академии, там сегодня рожает пони. Оля и Серафима Ивановна взяли близнецов, собак и двинулись на водохранилище. Жара стоит жуткая, вот и решили, пусть псы поплавают.

Так, значит, Кешки не будет до вечера. Он все время жаловался, что в Бутырке не хватает камер для встреч с подзащитными и приходится по полдня париться в очереди. Пони тоже не сразу родит, небось часов до пяти промается. Зайка и няня усядутся себе в тенечке с вязанием и торопиться домой не станут. Осталось избавиться от Ирки, и путь на свободу открыт.

Я отправила домработницу в аптеку, позвонила Павловским и стала собираться. Одевшись, спустилась в гараж и обнаружила, что ключей от «Вольво» нет. Мерзкие дети, хорошо зная свою мать, решили помешать ей уехать из дому. Даже искать не стоит, ясно, что отлично спрятали. Помнится, Джеймс Бонд выдирал какие-то проводки из мотора, соединял их, и машина великолепно ехала, но я так не умею. Ну не глупо ли прятать ключи? Неужели не понятно, что можно взять такси?

— Вы слышали, какая у нас приключилась неприятность? — спросила на пороге Виолетта.

— Нет, а что?

— Ужас, — всплеснула руками старушка. — Жена Игорька пыталась покончить с собой.

Оказалось, что позавчера вечером соседка принялась звонить в дверь Ксюши. Пожилую женщину раздражал несмолкавший детский крик. Сначала старушка пыталась связаться с нерадивой матерью по телефону, но трубку никто не брал. Дверь тоже не открывали. Плач ребенка нарастал. Тогда обозленная бабушка вызвала милицию. Приехавший патруль послушал отчаянный вопль и взломал дверь. Ксюшу нашли на кровати. Рядом лежала записка: «В моей смерти прошу никого не винить». Глупая девчонка приняла какое-то лекарство и потеряла сознание. «Скорая помощь» доставила ее в Склиф, и там реаниматоры вернули дурочку к жизни.

— Конечно, — сокрушалась Виолетта, — Ксения абсолютно не пара Игорьку. Ни по происхождению, ни по воспитанию. К сожалению, мальчишка совершил глупость, сделал дурочке ребенка, да потом еще и женился. Но здесь я виновата — всегда воспитывала в нем благородство, жалость к обездоленным — и вот результат. Глупый, ранний, абсолютно ненужный брак. Не скрою, хотела, чтобы они разошлись, но такой страшный конец! Просто ужасно. Игорек абсолютно лишился покоя, твердит, что виноват в попытке самоубийства Ксении.

— Она же не умерла! — вставила я.

— Бедный мальчик все равно изводится, — махнула рукой Виолетта, — у Светочки опять заболело сердце, Альберт Владимирович заработал гипертонический криз. Из-за одной маленькой дурочки столько неприятностей у семьи! Вы белье принесли?

Пришлось тащиться по ужасной жаре в прачечную, где мне было сказано, что белье еще не готово. К счастью, на этом поручения закончились, и меня благополучно отпустили домой. Я доковыляла до кафе, где видела в прошлый раз Игоря с Алиной Кармен, заказала огромную порцию мороженого и стала думать, куда податься. Вряд ли подруга Кати Натэлла приехала в такую жару с дачи! Но женщина оказалась дома, и мы договорились о встрече через час.

Квартира Натэллы выглядела запущенной. По полу мотались клоки пыли, занавески побурели, ковры, скатанные в рулоны, стояли в углу.

— Уехали в Подмосковье, от жары убежали, — пояснила Натэлла. — Вы меня случайно застали — помыться приехала. Откуда Катюшу знали?

— В больнице вместе лежали, звонила вам в день похорон, но не застала, пришлось хоронить Катюшу в одиночестве.

— Так это вы провожали бедняжку в последний путь! — заохала Натэлла. — Бедная моя подружка! Как узнала — дочь сказала, что вы звонили, — чуть разума не лишилась. А выехать с дачи не могла! Внука-то оставить не с кем! Дочь с зятем работают, как проклятые! Надо же, какое горе! Вот ведь болезнь какая въедливая. Вроде вылечилась, отлично себя чувствовала и, пожалуйста, умерла.

— Ее убили, — сказала я тихо.

Полное добродушное лицо Натэллы разом покинули краски.

— Как убили? — прошептала армянка.

— Отравили, подмешали в капельницу ядовитое вещество.

Натэлла схватилась за сердце и кинулась к холодильнику.

— Не может быть, — бормотала пораженная подруга, пытаясь накапать трясущимися руками валокордин, — как же так! Неужели врачу, который так страшно ошибся, ничего не будет?

Я внимательно поглядела на взволнованную армянку. Полная, уютная фигура, добродушное выражение круглого простоватого лица, крупные карие глаза, волосы, окрашенные хной. Скорей всего чудесная жена, мать и бабка. Наверное, великолепно готовит всякие национальные блюда, посыпанные орехами и кинзой. Вон какая толстенькая. Дочь и зять, должно быть, обожают бабушку, а муж Натэллы зарабатывает на всех деньги. Наверное, такой истинный армянский мужчина: высокий, смуглый, властный и женушку свою любит...

Плавные размышления прервал стук входной двери, и в маленькую кухоньку вполз, именно вполз, а не вошел «истинный армянский джентльмен». Никогда еще я так ужасно не ошибалась. Во-первых, супруг оказался русским, с абсолютно рязанской внешностью: голубые глаза, редкие светлые кудри и нос картошкой. Во-вторых, он был совершенно, как-то картинно пьян.

— Тусенька, — произнесло нетрезвое явление, плюхнулось на свободный стул и громко икнуло.

По кухоньке поплыл стойкий аромат водки, прошедшей через организм. Натэлла страшно покраснела. Лицо, шея и даже плечи женщины стали густо-бордового цвета.

— Ваня, — произнесла она суровым голосом, — как ты мог нажраться в такую жару!

Глупый вопрос, как будто алкоголику могут помешать высокие или низкие температуры! Мой третий муж, с которым я рассталась из-за его любви к бутылке, пил водку, проснувшись ночью, как другие — воду. Что там жара или холод! У пьяниц автономная от природы терморегуляция, и здоровый сон в ледяной луже, как правило, не приносит им вреда.

Не обращая внимания на сетования жены, Ваня уронил голову на стол и громко захрапел. Натэлла взглянула на меня.

— Видите, что с человеком можно сделать? Был отличный инженер, работал в КБ. Жили как люди, квартиру получили, машину купили, дачу построили. Потом перестройка, конструкторское бюро развалилось, сотрудники убежали кто куда. Ваня в разные места потыкался, да только инженеры нигде не нужны. Еле-еле пристроился вахтером в кооператив «Атомщик». Здесь рядом, через дорогу. Зарплата копеечная, и он ее целиком пропивает, как только получит; деньги начал из дома таскать, вещи воровать...

Она безнадежно махнула рукой. Ваня продолжал спать, Натэлла выпила еще порцию валокордина и спросила:

— Так что же будет врачу, который убил Катюшу?

Я пожала плечами:

— Его не нашли.

Армянка уставилась на меня карими глазами, слегка похожими на коровьи. Удивление ее казалось безграничным, пришлось рассказать правду. Уже договаривая, поняла, что совершила ошибку. Натэлла резко побледнела, даже посерела.

— Вам плохо? — испугалась я.

Женщина покачала головой:

— Сейчас пройдет, сердце схватило, стенокардия запущенная. Врачи велят шунтирование делать, да денег нет. Я, когда к Катюше в больницу ездила, узнала, сколько средств иметь нужно, чтобы в бесплатной клинике лечиться... Неужели не найдут убийцу? И кому могла помешать Катюша? Она абсолютно безвредная, как кузнечик.

— Натэлла, — торжественно сказала я, — милиция не очень станет заниматься делом Катеньки. Скорей всего просто отнесут в разряд нераскрытых. Сейчас уже точно знаю, что убили Виноградову не случайно, да еще в деле замешаны видные люди — семья академика Павловского. И очень, просто очень хочу помочь Роме.

— А что ему помогать? — изумилась собеседница. — Парнишка удачно устроился. Уехал по контракту работать в Америку и сейчас там где-то автослесарем на заводе.

От удивления у меня раскрылся рот. Значит, даже ближайшей подруге не рассказала Катюша про зону. Натэлла ничего не знает про суд и продажу квартиры. Скорей всего зря я приехала к женщине. Но, может, хоть что-то разведаю?

Армянка заварила превосходный кофе и стала рассказывать все, что знала про Катюшу.

Познакомились они на швейной фабрике лет

двадцать тому назад. Натэлла работала швеей-мо-
тористкой, Катя — закройщицей. Потом Виноградова ушла в декрет и на фабрику не вернулась,
пристроилась в небольшое ателье. Ни отца, ни
мать Катя не помнила; выросла в детдоме, куда ее
попросту подбросили. Даже точный день рождения неизвестен. Сотрудники приюта написали —
16 марта, дату, когда обнаружили под дверью коробку с пищащим младенцем.

В отличие от многих сирот, Катенька вспоминала годы, проведенные в казенном месте, с удовольствием. Девочке повезло. Когда в три года ее
из Дома малютки перевели в интернат, она попала в чудесное место, где директорствовала Евдокия Семеновна Рудых. Мама Дуня была не только чудесным педагогом, но и отличным хозяйст-
венником. Поэтому у воспитанников на столах
стояли конфеты, печенье и фрукты, жили дети в
отдельных спальнях, получали отличное образование. Когда Катеньке исполнилось семнадцать и
она по закону покинула дом, ставший ей родным,
Евдокия Семеновна пристроила воспитанницу на
фабрику. Затем познакомила ее с одинокой ста-
рушкой, нуждавшейся в уходе, помогла в офор-
млении опеки, и к двадцати годам Катенька оказалась прописанной у бабушки в маленькой двухкомнатной квартире. До самой смерти Катенька
раз в месяц ездила в интернат к Евдокии Семе-
новне. Старалась помогать своей названой матери: обшивала малышей и сотрудников.

Натэлла не знала, была ли Катюша замужем.
При всей своей приветливости Виноградова слыла замкнутым человеком, в душу не пускала и не

откровенничала. Подруг у нее, кроме Натэллы, не наблюдалось. О супруге Катя упомянула как-то вскользь. Мол, служил моряком и погиб. Натэлла не очень поверила. Сказочки о безвременно умерших мужьях-военных любят рассказывать матери-одиночки. Но подруга не захотела больше ничего сообщать, и они никогда не беседовали на эту щекотливую тему.

Катюша недурно зарабатывала. В ателье у нее сложилась клиентура — пожилые респектабельные женщины, учительницы, преподавательницы вузов... Словом, те, кому следовало прилично и слегка старомодно выглядеть. Катенька великолепно шила строгие костюмчики, английские блузы и прямые юбки. Но в середине девяностых ателье, не вписавшись в ситуацию, разорилось. Мастера разбежались кто куда. Безуспешно потыкавшись в разные места, Виноградова стала работать на дому. Шить модные вещи она так и не научилась, но ее добротные кофточки стоили недорого, и женщины шли к Катюше косяком. На хлеб и масло им с Ромой хватало.

Сын получился у Кати замечательный. Тихий, аккуратный Рома, правда, не хватал звезд с небес. Учился паренек плоховато. Зато изумительно вел себя, всегда улыбался и частенько помогал усталым учительницам дотащить до дома портфели, набитые тетрадями, и сумки с продуктами.

Школа его слыла элитарной. Рому приняли только потому, что Катя обшивала директрису. Школьники, в основном дети сановных родителей, вели себя безобразно, справедливо полагая, что педагоги не захотят ругаться с их папами и мамами. Рома выделялся безукоризненным поведением и воспитанностью. Именно поэтому в его дневнике пестрели незаслуженные четверки. Такому милому ребенку учительская рука не могла выставить «неуд». Подростковые пороки миновали мальчишку. Он не пил, не курил и не грубил матери.

— Даже моя Лена, — сокрушалась Натэлла, — корчила рожи, когда я просила ее помыть посуду или убрать квартиру. А Ромка никогда. Улыбнется только и все быстренько сделает. Вот муж кому-то достанется!

Без особых проблем после десятого класса Роман начал учиться в автодорожном техникуме и одновременно работать в риэлторской конторе. Первая же сделка принесла ему отличный заработок, и парнишка отправил мать на неделю отдыхать в Турцию. В общем, жизнь у Виноградовых стала сверкать яркими красками.

Потом, по словам Натэллы, Ромка подался в Америку. Спустя полгода заболела Катюша. А кончилось тем, что позвонила я с сообщением о смерти.

Армянка всхлипнула и опять потянулась за лекарством.

— Бедная, бедная Катенька, — повторяла она на все лады.

— Вовсе не бедная, — внезапно вступил в разговор мирно спавший до этого Иван.

Мы с удивлением уставились на пьяницу. Тот потряс всклокоченной головой, в два глотка опустошил кувшин кипяченой воды и заметил:

— Чегой-то вы все Катьку жалеете! У нее полный порядок, от таких деньжищ отказалась, дура!

— Иван, — сердито произнесла Натэлла, — Катя умерла, помнишь, я тебе рассказывала.

— Как умерла? — возмутился пьянчужка. — Да я ее совсем недавно видел, правда, еще холодно было, в пальто сидела. Такие деньги не взяла!

— Какие деньги? — медленно спросила я. — И где встретили Катеньку?

Выяснилось, что несколько недель назад, какого числа, Ваня не помнил, он забрел в закусочную «Олимпия». При этих словах Натэлла вздохнула. «Олимпия» — маленькое грязное заведение. «Рыгаловка» — так называет подобные места ласковый Аркадий. Тусуются там в основном алкоголики, бомжи и проститутки. Ассортимент еды соответственный — дешевый китайский суп в стаканах, несъедобные американские куриные сосиски с кислым кетчупом и богатый выбор неудобоваримых винно-водочных изделий. Иван взял, по его словам, яичницу и пристроился в уголке. Тут-то он и увидел Катюшу с незнакомой теткой. На фоне остальных посетителей женщины выделялись, как бриллианты в навозной куче. Скорей всего в такое непотребное место заглянули, чтобы не встретить знакомых.

Неизвестная дама что-то втолковывала Виноградовой. Та отрицательно покачивала головой. В забегаловке стоял гвалт, и Ваня не слышал, о чем шла речь. Зато увидел, как незнакомка вытащила из сумки пачку долларов, сантиметров эдак десять толщиной, и стала совать Кате.

— Столько деньжищ, — сокрушался пьяница, — небось все по сто баксов!

Но Катюша, в отличие от Ивана, не пришла в восторг. Оттолкнула соблазнительную пачку, сказала какие-то грубые слова и ушла. Богатая тетка запихнула баксы в кожаную торбочку, посидела пару минут и тоже отправилась восвояси.

— Как выглядела незнакомка, помните?

Иван напрягся.

— Черное пальто, беретка и сумка.

Какие славные, индивидуальные приметы! Просто уникальная дама! Да в черном пальто с береткой пол-Москвы ходит.

— Лет сколько?

Алкоголик мучительно задумался.

— Черт ее знает, тридцать два — сорок, пятьдесят, шестьдесят... Я не умею возраст отличать, и потом, голова сильно болела.

Все ясно, сидел пьяный, поэтому ничего и не разобрал, а деньги запомнил.

— О, — вскрикнул Ванька, — на торбочке у тетки золотая буква О болталась на цепочке!

Да, облегчил задачу! Как только следователи со свидетелями работают, не представляю.

Стрелка часов тихо подбиралась к четырем, следовало нестись домой, пока домашние не заметили исчезновения умирающей.

Остановив такси метров за двести до ворот, я, прижавшись к забору, словно вор, стала пробираться к дому. И поняла, что опоздала. Во дворе стояла милицейская «Волга» с мигалкой, а в открытом гараже виднелись машины: «Мерседес» Аркадия и «Фольксваген» Зайки.

Так, нечего и думать о том, чтобы войти через парадный вход. Скорее всего отсутствие любимой мамули замечено. Хотя, может, еще не все потеряно!

Я обогнула дом с задней стороны. Чудесно, окно спальни распахнуто, а у сарая стоит длиннющая садовая лестница. Приставив ее к окну, я с замиранием сердца принялась карабкаться вверх по шатким ступенькам.

Ужасно, просто панически боюсь высоты, да еще мокрые, потные руки скользят по перекладинам. Но ведь не признаваться же домашним, что я прекрасно себя чувствую!

Красная от натуги, потная и несчастная, ввалилась в спальню и услышала за дверью негодующий голос:

— Можете убедиться сами! Не прошло и двух недель, как выбралась из клинической смерти, а уже усвистела куда-то!

Тратить время на раздумья нельзя. Одним прыжком преодолев расстояние от подоконника до кровати, я рухнула под одеяло, не успев снять ни джинсы, ни теннисные туфли. Тут же дверь распахнулась, и в комнату ворвались разъяренные домашние: Кеша, Зайка и Маня. Сзади маячил полковник.

— Вот... — трагическим тоном завел сыночек и уставился на кровать.

Я приоткрыла глаза и дребезжащим голосом спросила:

— У нас пожар?

Кешка остался стоять с открытым ртом. Зайка в негодовании повернулась к супругу:

— Как ты мог не заметить Дашу в кровати?

Аркадий принялся оправдываться:

— Когда заходил, ее не было, честное слово!

Ольга посмотрела на меня.

— Признавайся, уходила?

Я с трудом повернула голову и прошептала:

— Заинька, ноги дрожат, только до туалета и то с трудом добредаю. Дайте отдохнуть умирающему человеку.

— Ничего не понимаю, — бормотал обескураженный Кешка, — приехал с работы, заглянул — ее нет. Потом поехал в «Макдоналдс» за уродскими котлетами, поднялся в спальню — снова нет. А теперь оказывается: лежала, не вставая.

— Если в стенах видишь руки, не волнуйся — это глюки, — встряла Маруся.

— Ладно, — отмахнулась Зайка, — Даша на месте, пошли обедать, а то не успела войти, как Аркашка наверх поволок.

Я закивала головой:

— Идите, поешьте, только пусть Александр Михайлович потом поднимется.

Приятель переспросил:

— Может, не надо? Что-то ты сегодня такая красная, давление, наверное, поднялось.

Ну как угодить такому! Вчера бледная, сегодня румяная — все плохо!

Домашние ушли, Манюня притормозила на пороге.

— Мамусечка, ты и правда как свекла, потная вся. Давай врача вызовем.

— Не волнуйся, детка, просто жарко.

— Зачем тогда укрылась? — удивилась дочь и

сдернула пуховое одеяло. — Так, — пробормотала она, узрев джинсы и туфли. — Так! Значит, Кешка не обознался, ты и впрямь удрала из дома.

Девчонка открыла рот, чтобы заорать, но я быстренько спросила:

— Мусенька, а Кешик уже знает, кто разбил багажник «Мерседеса»?

Дочь захлопнула рот и помотала головой. Любовь Аркадия к автомобилю — притча во языцех. «Мой глазастенький», — воркует сыночек, поглаживая полированный капот. Иногда, в злую минуту, Зайка сообщает, что «мерс» был бы Аркадию самой лучшей женой, потому что всегда молчит. А уж если он родит ему двух «мерсят», то хозяин всю жизнь станет поить его авиационным бензином. Царапины на боках автомобиля Кеша воспринимает как собственные раны. И надо же чтобы Маруся недели три тому назад, влетая на своем мотоцикле во двор, зазевалась и вломилась прямо в багажник священной тачки. По счастью, хозяин в этот скорбный момент мылся в ванной и не заметил происшествия.

Трясясь от ужаса, Манюня быстренько оседлала мопед и унеслась в гости к Саше Хейфиц. Преступница надеялась, что брат заподозрит кого-нибудь другого. Так и вышло. После обеда к детям наехали гости, забили двор машинами, и сын обнаружил вмятину только ночью, когда, проводив всех, решил загнать «Мерседес» в гараж.

Ругался он на чем свет стоит, костерил неаккуратных приятелей. Машка, с испугу возвратившаяся домой только около десяти, тихо ликовала.

Но когда совершаешь гадкие поступки, будь готова к тому, что найдутся свидетели твоих деяний.

Манюня робко села на кровать и тихонько спросила:

— Знаешь, да?

— Знаю, видела из окна.

— Не расскажешь Кешке? Он меня четвертует и отнимет мотоцикл!

Святая правда. Братец только и поджидает удобного момента, чтобы отнять у сестры дурацкую тарахтелку. Аркадий просто боится, что девочка попадет в аварию, и ей строго-настрого запрещено выезжать на шоссе. Носится Манюня только по проселочным дорожкам да во дворе.

— Ни за что не выдам, если...

— Хорошо, хорошо, — завопила понятливая Маруська, — можешь на меня рассчитывать. Хочешь, стану запирать после твоего ухода комнату? Станешь говорить, что спишь, а двери прикрыла от собак?

Заручившись поддержкой дочери, я побрела в ванную смыть грязь.

Глава 16

Утром пришлось пролежать в кровати до полудня. Домашние никак не хотели покидать дом. В конце концов, договорившись с Маней, вылезла во двор по садовой лестнице. Прокрадываясь почти ползком под окнами столовой, я услышала, как хитрая девчонка возвестила: «Мама легла спать, заперла дверь, чтобы собаки не лезли, и

просила не тревожить, пока она сама не позовет».
Уже на остановке такси я обнаружила, что забыла
дома включенный пейджер. Надеюсь, Кеша не
станет вслушиваться в звуки, несущиеся из
спальни!

Вчера Александр Михайлович изложил всю
скудную информацию о Катюше, известную правоохранительным органам. Ничего нового. Таин-
ственную медсестру не нашли, дело плавно про-
буксовывает. Интерес для меня представлял только
адрес детского дома, где воспитывалась Катюша,
потому что сегодня я намеревалась посетить директрису.

Евдокия Семеновна Рудых совершенно не походила на добренькую тетеньку. Скорей — на
бизнес-леди. Худощавая, подтянутая фигура, ве-
ликолепная стрижка, дорогой полотняный костюм, купленный отнюдь не на рынке, а, вероятно,
привезенный из-за границы. Легкий макияж, отличные духи и строго-надменное выражение лица.

— Чему обязана? — весьма нелюбезно осведомилась дама.

Я принялась излагать басню. Родителей не
помню, воспитывалась в Казани, в ужасном интернате, голодала. Теперь разбогатела, живу в
Москве и хочу оказать спонсорскую помощь дет-
скому дому. Подарить обделенным детям телевизор или музыкальный центр.

Глаза директрисы слегка подобрели, но она
все равно строго спросила:

— Почему именно нам? Есть более нуждаю-
щиеся.

— Хочу, чтобы деньги, которые дам, истратили на детей. В вас я уверена, в других нет.

— Приятно, конечно, когда тебя считают честным человеком, — усмехнулась Евдокия Семеновна, — но почему уверены именно в моей порядочности?

— В интернате провела детство моя хорошая знакомая — Катя Виноградова. От нее и информация.

Директриса сняла очки и улыбнулась. Парадоксальным образом улыбка прибавила ей лет. Возле глаз собрались морщинки-лучики, и стало понятно, что возраст у бабы Дуси солидный.

— Катенька! Светлый, чистый ребенок, никогда ни о ком плохого слова не сказала. Что-то давно не заглядывает. То раз в месяц прибегала, а теперь нет.

Ужасно, конечно, но последнее время приходится сообщать милым людям злые вести.

— Катя погибла.

Рудых охнула и переспросила:

— Умерла? Но вроде врачи обещали полное излечение.

Так же, как Натэлла, Евдокия Семеновна не могла и предположить, что Катюшу убили. Пришлось посвятить директрису в детали происшествия. Рудых не стала хвататься за капли, только побледнела слегка и спросила:

— Зачем пришли? Так понимаю, что гуманитарная помощь — просто предлог?

— Нет. С удовольствием подарю сиротам то, что вы скажете. А еще хотелось узнать о родителях Катюши, как она попала к вам?

Евдокия Семеновна потянулась за сигаретой.

— В наш интернат дети приезжают, когда им исполняется три года. Почти у всех воспитанников есть живые родители или какие-нибудь родственники. В основном это матери, лишенные родительских прав: алкоголички, уголовницы, несовершеннолетние. Поэтому мы не можем отдать бедных мальчишек и девчонок в приличные семьи для усыновления или удочерения. Получается: родителям дети не нужны, но и сиротами не считаются. С Катюшей другой случай.

16 марта 1959 года нянечка Дома малютки Екатерина Михайловна Краснова пришла на работу, как всегда, к восьми утра. На крыльце женщина обнаружила картонную коробку, из которой несся писк. Решив, что кто-то подбросил в приют новорожденных котят, няня открыла крышку и обнаружила внутри младенца. На крик Красновой прибежали сотрудники. Ящичек с находкой внесли внутрь, размотали тряпки и поняли, что подкидыш — девочка. Вызванная милиция завела уголовное дело, но преступную мать не нашли.

— Скорей всего, — вздохнула Евдокия Семеновна, — родила несовершеннолетняя девчонка. Там в двух шагах общежитие ткацкой фабрики, на ткачих и погрешили, но не сумели обнаружить родившую. Еще оказалась порядочной, замотала в тряпки и к Дому малютки подбросила. Другие придушат — и на помойку, а здесь рука убить не поднялась.

Девочку назвали в честь нашедшей ее няни —

Катей, а день рождения определили ей — 16 марта.

— Почему фамилию дали — Виноградова?

— Там завхоз работал — Максим Виноградов, вот у него и «одолжили», вместе с отчеством.

Когда Катеньке исполнилось десять лет, ее захотела удочерить бездетная пара. Но девочка неожиданно отказалась.

— Буду искать родную маму, — серьезно заявила она директрисе.

Евдокия Семеновна уговаривала ребенка согласиться, объясняя, что в новой семье будет лучше, сытнее. Однако Катюша стояла на своем. Рудых еще раз обратилась в милицию и затребовала копию когда-то заведенного дела. Но найти женщину, подарившую Кате жизнь, оказалось невозможно.

— Наверное, все бумаги уже уничтожили, — вздохнула я. — Сколько лет прошло!

Евдокия Семеновна включила компьютер.

— Я, как Плюшкин, сохраняю всякие ненужные вещи, никогда не знаешь, что пригодится.

На экране высветился листок.

«Я, сержант Горелов, в присутствии понятых...»

Рудых сказала довольным голосом:

— Пожалуйста, можете ознакомиться, только там совсем мало сведений.

Что верно, то верно. Оказалось, Катюше было от роду всего несколько часов. То есть неизвестная роженица произвела ее на свет ночью. Завернула девочку в кухонное полотенце, постелила на дно коробки газету «Вечерняя Москва». Сама коробка представляла большой интерес. Дело в том, что она являлась упаковкой магнитофона «Грюндиг», произведенного в ФРГ. Это сейчас коробки из-под импортной бытовой техники никого не удивляют! Но в 1959 году редкие люди могли позволить себе такую покупку. Либо женщина нашла картонный ящик на помойке, либо была из обеспеченной семьи, члены которой ездили за границу. Полотенце же самое простое — белый лен с красным орнаментом — и абсолютно новое. Ни пятен, ни меток прачечной. Любопытство вызывала газета. На полях кто-то небрежной рукой написал: ...упы, б. 7, ком. 3. Скорей всего почтальон пометил адрес, по которому отнес корреспонденцию. Но милиционеры установили, что в 1959 году ни одна из улиц столицы не называлась словом, заканчивающимся на «упы». Поиск заглох.

Я посмотрела на Евдокию Семеновну:

— Не густо!

— Да уж, — ответила та, — теперь понимаете, почему мать не нашли.

— Жаль, что нельзя поговорить с няней, обнаружившей подкидыша. Вдруг женщина что-то заметила?

— Почему нельзя? — удивилась директриса. — Екатерина Михайловна до сих пор работает в Доме малютки. Выучилась на медсестру и всю жизнь трудится на одном месте. Идите к ней, здесь рядом, буквально через дорогу.

Я двинулась на поиски Красновой. Интересно, почему мне пришло в голову, что смерть Катюши связана с квартирой Павловских? Вдруг корни истории надо искать в прошлом погибшей женщины? Во всяком случае, такую версию не следовало сбрасывать со счетов.

Екатерина Михайловна сидела в кабинете и самозабвенно читала газету «Криминальная хроника». Женщина выглядела моложаво: аккуратная фигура, короткие каштановые волосы, легкий макияж. Интересно, сколько ей лет? И, вероятно, любит детективные истории.

Медсестра приветливо закивала головой.

— Это вы хотите узнать о Катюше? Мне Евдокия Семеновна звонила. Неужели правда, что ее убили? Какая жалость!

В глазах женщины горел неподдельный интерес, но сожаления в ее взгляде я не увидела, только любопытство. Ее даже не пришлось спрашивать, сведения так и посыпались горохом.

В 1959 году Екатерине Михайловне только-только исполнилось двадцать. Девушка училась в медицинском училище и подрабатывала нянечкой. День 16 марта запомнился молоденькой техничке на всю жизнь. Коробку увидела сразу, как только открыла калитку. Сначала подумала, что кто-то подсунул котят.

— Чуть не умерла, сняв крышку, — делилась воспоминаниями Краснова, — только приподняла картонку, а младенец как заверещит! Ужас! Такая хорошенькая, здоровенькая, из богатой семьи.

— Почему решили, что мать состоятельная?

— Ну, — замялась медсестра, — коробка из-под магнитофона...

— Вы сразу поняли, что это упаковка от дорогостоящего прибора? Владеете немецким и прочитали надписи?

— Нет, — покраснела Краснова, — потом милиционеры сказали.

— Тогда что навело на мысль о благополучии роженицы? — вцепилась я мертвой хваткой в свидетельницу. Ох, чует мое сердце — тетка что-то скрывает!

— Полотенчико новое совсем, кто же такое выбросит! — вяло отбивалась медсестра, явно жалея о своей оговорке. Но я решила не отступать.

— Прямо так сразу и заметили качество полотенца? Не разворачивая?

Краснова замолчала, кусая губы. Видно было, что медсестра не хочет говорить дальше.

— Екатерина Михайловна, я всего лишь адвокат, который пытается установить истину. Разговор с вами ведем с глазу на глаз, никто ничего не узнает. Но мне кажется, что вы скрываете информацию. Не хотите рассказывать — не надо. Сейчас поеду на службу, свяжусь с коллегами из уголовного розыска, которые занимаются делом Виноградовой. Тогда придется давать показания официально, с оформлением протокола. Это неприятно, тем более если есть что скрывать. И еще — тем, кто помогает следствию, выдают денежную премию.

Я достала из кошелька сто долларов и положила на стол. В глазах собеседницы отразилось колебание. Она поглядела на приятную бумажку и решилась.

— Все так давно происходило, меня не должны наказывать!

— Конечно, за сорок лет истекли все сроки давности, наказания не будет.

— Ладно, — вздохнула Краснова и принялась каяться.

В восемь утра в Доме малютки работала только одна дежурная санитарка. Врачи и воспитатели приходили к половине девятого. Девушка втащила находку в кабинет и распеленала младенца. На шейке ребенка болталась красивая необычная золотая цепочка с крестиком. А в коробке лежал конверт с деньгами. Екатерина Михайловна пересчитала купюры — ровно тысяча. Огромная для 1959 года сумма. Зарплата санитарки в то время составляла 50 рублей в месяц. Девушка дрогнула и забрала конверт с цепочкой.

Я возмутилась:

— Оставили бы хоть крестик, по нему, возможно, могли бы отыскать мать!

Екатерина Михайловна вздохнула.

— А зачем ее искать? Сама решила от младенца избавиться. А на цепочке никаких знаков, смотрите.

Краснова сняла с шеи тоненькую золотую ниточку. Действительно, оригинальное плетение, крестик маленький, на оборотной стороне буква В и дата — 1934 год. Я сжала улику в кулаке, расстегнула у себя на шее красивую золотую цепочку с кулоном и предложила:

— Давайте поменяемся. Глядите — моя толще вашей и длинней, вот проба.

Медсестра ловко схватила украшение и сунула

в карман. Больше она не сообщила ничего интересного и страшно обрадовалась моему уходу.

Жара стояла немыслимая. Небо затянули серые облака, но дождь никак не начинался. Асфальт плавился под ногами, от шоссе поднимался бензиновый смрад. Хотелось пить. Я тихо побрела к ближайшим ларькам. Может, позвонить Павловским? Небось пейджер переполнился сообщениями!

— Деточка, — укоризненно сказала Виолетта, — вызываю, вызываю, и все без ответа! Куда подевались?

— Простите, сидела в библиотеке, а там велят пейджер выключать.

— В такую жару и работаете! — восхитилась профессорша. — Впрочем, Альберт Владимирович тоже за столом и ждет вас.

Шлепая пятками о скользкие босоножки, я поползла искать такси.

— Милочка, — заявила Виолетта, увидав мое красное и потное лицо, — сбегайте в магазинчик, купите минеральную воду. Предпочтительно «Веру», без газа. Ее такими упаковками продают, по восемь бутылок.

Когда я перла прозрачные бутылки, ноша казалась почти неподъемной. На крыльце столкнулась с Димой.

— Здравствуйте, — неожиданно приветливо сказал обжора и отобрал тяжеленную упаковку. Ощутив легкость в руках, я невольно прониклась к парню добрыми чувствами. Может, и не такой противный!

Дима легко внес эту самую «Веру» в холл, и я

смогла наконец перевести дух. В квартире Павловских стоял прохладный полумрак. У Виолетты Сергеевны голова обвязана полотняной повязкой.

— Ужасная мигрень, — сообщила старушка, — как только люди при такой погоде на улицу высовываются. Дашенька, поделитесь секретом жароустойчивости.

Я пошевелила лопатками и почувствовала, как тонкая маечка отлипает от потной спины. Ни за что бы не поехала к тебе, любезная бабуля, но ведь кто-то должен доставить академику минералку.

Тут в кухню вплыло само светило. По причине зноя профессор облачился в светлый костюм из легкого тика. Больше всего Павловский напоминал Винни-Пуха, собравшегося ко сну. Впрочем, это я зря! У плюшевого медвежонка такой добродушный взгляд и очаровательная морда. А Альберт Владимирович глянул на меня, как хозяйка на таракана, и довольно нелюбезно каркнул:

— Ждал почти целый день, пока соизволили отозваться, чуть от жажды не умер!

Он нетерпеливым движением скрутил пробку и с наслаждением глотнул. Тотчас на лице появилась гримаса:

— Минералка с газом!

И правда, со дна стакана бодро поднимались быстрые пузырьки воздуха. Наверное, продавщица перепутала упаковки.

— Совершенно ничего нельзя поручить! — возмущался академик. — Самому прикажете в такую погоду по магазинам шляться? Вот и в науке вы так: тяп, ляп, без внимательности и аккуратности, безобразие.

Он шлепнул стакан об стол. Прозрачная жидкость забурлила. Альберт Владимирович гневно фыркнул и выкатился из кухни.

Скажите, пожалуйста, какой нежный. «Вера» с газом ему не подходит!

Виолетта Сергеевна прижала пальцы к вискам.

— Только не подумайте, что академик капризничает. Врачи строго-настрого запретили ему употреблять газированные напитки — очень пучит. Ну ничего, сейчас быстренько еще разочек сбегаете, только теперь будьте внимательней.

Жаль, что плохо знакома с ненормативной лексикой. Три известных мне существительных и один глагол, произнесенные про себя, не принесли облегчения. Хотя ругаться, разумеется, следует вслух, только тогда успокаиваешься.

На крыльце я раскурила сигарету и поежилась. Опять топать через раскаленную рыночную площадь к супермаркету! Сзади хлопнула дверь, появился Дима.

— Хотите помогу? — спросил мужчина.

Я кивнула. Интересно, почему сегодня такое любезное поведение?

Мы потащились к магазину. Внезапно Дима замер у ларька.

— Даша, купите «Сникерс».

— Сами покупайте, — огрызнулась я. Обидится, и черт с ним.

Но Дима печально вздохнул.

— Деньги отняли, ни копейки нет.

— Почему?

— Марго постаралась, вот только это дала, — и он протянул проездной на метро.

— Чем прогневали супругу?

— Говорит, слишком потолстел, и посадила на диету. Салат, огурцы, помидоры без масла и соли. Сахар нельзя, хлеб тоже. Просто умираю, как сладенького хочется!

Я поглядела на необъятный живот и затравленные глазки кавалера. Черт с ним, куплю батончик. Дима моментально разодрал упаковку и впился в «толстый слой шоколада». На лице обжоры появилось почти молитвенное выражение. В два счета конфетка исчезла в безразмерном желудке.

— Хорошо, что сейчас везде еду продают, — вздохнул Гаргантюа, — раньше просто мучился.

До ноздрей донесся запах жареного мяса, и в голову пришло внезапное решение.

— Дима, хочешь, шашлычком угощу?

— Очень! — простодушно воскликнул спутник.

Мы сели под сине-белым тентом. Глядя, как Дима впивается в дымящееся мясо, я спросила:

— Давно так много ешь?

— С детства, — промычал мужчина, — всегда покушать любил. Бывало, родители отругают за двойки, я сразу к холодильнику бегу. Погрызу колбаски и успокоюсь.

— Тебе бы к психотерапевту сходить!

— Я не псих, — возмутился Дима, — просто обладаю здоровым аппетитом. Светка тоже много ест, а к ней не вяжутся, почему?

«Потому что сестрица хоть иногда останавливается, а ты, словно снегоуборочный комбайн, все лапами в рот загребаешь», — подумала я, глядя на исчезающий шашлычок из собачатины.

— Как же в школе на уроках высиживал?

— Одно мученье, только и ждал, когда будет большая перемена. Звонок прозвонит, я сюда бегу.

— Куда?

— Да вот сюда, где сейчас сидим. Здесь раньше базар работал. Назывался Колхозный рынок имени Цюрупы. Мы тут всю жизнь живем. Папа из Казани в Москву в начале пятидесятых приехал, поступать в институт. Потом с мамой познакомился, та как раз в медицинском училище училась. У мамы комната была в бараке. Они, когда поженились, там жить стали. Адрес так смешно звучал: Колхозный рынок имени Цюрупы, барак семь. Когда я родился, бараки расселили. Видите дома, — он указал на ряд белых трехэтажных кирпичных зданий. — Всех жильцов туда и отправили. «Хрущобы» еще не строили, не умели, вот и дали людям нормальные квартиры, правда, коммунальные. Бараков на рынке стояло восемь, и домиков построили восемь. Так и вселялись — первый барак в первый дом, второй во второй. У родителей три комнаты было, потому что дети разнополые, я и Светка. Только папа быстро начал хорошо зарабатывать, и в 1959 году мы въехали в кооператив. Я плохо помню, маленьким был.

Он замолчал, облизывая жирные губы.

Прихватив укладку с нужной «Верой», я добралась до лифта и села в темноватой кабине на корточки. Лифт несся ввысь, мысли улетели в другом направлении. Адрес на газете, подложенной под брошенного младенца: ...упы, б. 7. Улицы с таким названием не нашли, может — Рынок имени Цюрупы, барак семь?

Глава 17

Благополучно добравшись до спальни, я отперла дверь, потребовала ледяной лимонный сок и попробовала составить план работы на завтра. Дел накопилось много. Надо съездить в домоуправление по адресу, куда выписали Федорова, неплохо найти и клиентку, приходившую к Пановой. Хотя Александр Михайлович говорил, что их было четверо. Предположим, тетка, с которой Вика куда-то уезжала на красивой иностранной машине, мне известна. Это я. Ладно, хватит и Роговой Антонины Матвеевны с Полярной улицы. Хорошо, что обладаю абсолютной памятью, скажут один раз — помню всю жизнь. А еще интересно порасспрашивать тех теток, соседок Катюши по столовой. Что такого они ей сказали? Напоследок найду следователя Искандера Даудовича. Хлопот полон рот. К сожалению, придется ездить без машины, на чужих, воняющих бензином и дребезжащих тачках.

В дверь поскреблись. Я натянула одеяло и слабым голосом пропищала:

— Войдите.

На этот раз появился Женька.

С экспертом дружим давно. Сначала просто раскланивались, встречаясь на работе у полковника, потом подружились. С нашей легкой руки, Женька стал собачником. Приобрел чудесных йоркшириц — Лиззи и Карлотту, теперь требует совета по каждому поводу. Сейчас притворится, что озабочен моим здоровьем, а на самом деле волнует его какая-то собачья проблема.

Так и вышло.

— Шов не болит? — осведомился приятель, изображая из себя хирурга. Можно подумать, я не знаю, что сам он зашивает, да и то кое-как, только патологоанатомический разрез.

— Нет, чувствую себя не так уж и плохо. А у вас как дела?

— Понимаешь, — завел Женька, — Лиззи такая скучная, второй день пьет только воду, от еды отказывается. Сейчас сварил ей креветки, отвернула нос и сопит. Кошмар!

Да, вот бы пожить у Женьки собакой! Лежать на диване, есть креветки, никаких проблем! А тут только-только из гроба восстала и ношусь по городу.

— Подожди, сейчас спрошу у Маруси.

Вызванный ветеринарный подмастерье прописал клизму.

— Ужас, — заорал Женька, — не могу такое с Лиззи провернуть, руки трясутся, вдруг больно сделаю!

Скажите, какой нежный! Человека разрезать — ему раз плюнуть. Всякие отвратительные трупы утопленников и висельников не вызывают у Женьки никаких эмоций. Сама видела, как эксперт лопал суп, а рядом в лотке лежало что-то омерзительное.

— Дашка, — продолжал вопить приятель, — будь человеком, помоги!

— Предлагаешь вылезти из кровати и отправиться к тебе? — Женька умоляюще закивал головой. — Не разрешают выходить из дома, — вздохнула я. — Аркадий запретил.

— Сейчас договорюсь, — засуетился эксперт, — со мной можно.

Он сбежал вниз по лестнице, я принялась одеваться.

Примерно через час я сидела на лавочке перед Женькиным подъездом. Выведенная перед процедурой погулять Лиззи носилась по двору. Тосковавшая на той же скамейке старуха укоризненно покачала головой:

— Совсем Евгений Степанович с ума сошел. В стране кризис, а он двух собак завел. Цацкается с ними, как с младенцами. В дождик гулять выводит в комбинезонах, шапках и вроде как в калошах. Смотреть противно. У людей денег нет, а этот с жиру бесится. Ну да понятно, в милиции работает, небось каждый день пакет с долларами имеет. Чем он только сучонок этих кормит?

Я поглядела на злобную бабульку. Женька никогда не берет взяток, он кристально честный человек. Хотя несколько раз к нему подкатывались со сладкими предложениями. И просили-то всего ничего: констатировать другое время смерти. Но Женька бережет свою честь, именно поэтому и работает с Александром Михайловичем. Но как объяснить такое подъездной сплетнице, уверенной, что все милиционеры — «менты поганые» и взяточники. Следовало напугать бабульку.

— Ну как раз с едой у собачек проблем нет. Женя-то хирург.

— И что? — кинулась в бой старуха.

— Да ничего, то печенку с работы принесет, то почки, но больше всего они легкие уважают. Правда, с ними трудности. Народ курит повально, все внутренности черные! Ну не давать же сучкам отраву!

Бабка посерела, ойкнула и моментально убежала домой. Надеюсь, сейчас ее выворачивает наизнанку.

— Жень, позвони в отделение милиции на Зеленой улице и договорись, чтобы меня завтра принял следователь Искандер Даудович.

— Ни за что, — тут же сообщил приятель, — Александр Михайлович узнает, убьет.

— Ладно, — беззлобно согласилась я, — вези домой.

— А клизма? — оторопел приятель.

— А звонок в отделение?

Мучительные колебания отразились на лице мужчины. С одной стороны, боялся, что полковник прознает о звонке и открутит голову; с другой — хотел, чтобы обожаемая Лиззи опять трескала креветки. Угадайте, что победило?

Пока общалась с йоркширицей, приятель повис на телефоне.

— Ну, — спросила я, видя, что трубка ложится на рычаг, — примет?

— Нет, — покачал головой Евгений.

— Почему?

— Потому что Искандер Даудович Бекоев нарушил нормы ведения следствия, иными словами, взял взятку и сейчас отдыхает в СИЗО-2, больше известном в народе под названием Бутырская тюрьма.

— Иди ты!

Женька развел руками:

— Извини!

Дома я сразу двинулась в комнату к Аркадию. Сын дремал на диване, поглядывая одним глазом в экран телевизора. Занавески задернуты, тихо шуршит вентилятор. На столике красуется полная тарелка окрошки и кусок курицы, очищенной от кожи. Так, опять ничего не ел, и Ирка притащила любимому хозяину обед в спальню. Но зря понадеялась. Кешка ест меньше кошки. Остается загадкой, почему он не пухнет с голоду. В детстве мальчишка доводил нас до обморока полным нежеланием что-нибудь проглотить. Конфеты, мороженое, фрукты — все, что другие дети истребляют с восторгом, наш отодвигал подальше. Единственные продукты, вызывавшие небольшое оживление, — белый хлеб с маслом. Остальное преображалось до неузнаваемости. Рыба разминалась вилкой до пюреобразного состояния, мясо мы засовывали в тесто, а с курицы в обязательном порядке снимали кожу. Однажды Наташка, обрабатывая цыплячью ножку, обожглась и в сердцах произнесла:

— Вот женишься, посмотрю, как жена тебе бройлера будет «раздевать». Сунет тарелку под нос — и все.

Вышло по-другому. Ольга самоотверженно пытается возбудить у мужа аппетит и ободранные куриные части подсовывает Аркашке постоянно.

И всегда он бледный, просто синий, с огромными синяками под глазами. При этом, вот ведь странность, никогда не болеет. Даже основные детские инфекции миновали малоежку.

— Кешик! — выкрикнула я с порога.

Сын вздрогнул.

— Мать, чего надо?

— Хочу нанять тебя адвокатом.

Аркашка сел на диване, моргая заспанными глазами. Я принялась рассказывать про Искандера Даудовича. Кеша не проявил никакого энтузиазма, более того, принялся выискивать поводы для отказа. Понятное дело, кому захочется в жуткую жару сидеть три часа в очереди, а потом париться вместе с подзащитным в тесной каморке. Но я знала, чем купить его, и по дороге домой заехала в фирменный салон фирмы «Мерседес».

— Смотри, какие штучки!

— Что за прелесть! — закричал сынок, мгновенно соскакивая с дивана.

Он принялся самозабвенно разглядывать серебристую оплетку на руль из кожи антилопы и такого же цвета чехольчики на подголовники.

— Потрясающие штучки, — бормотал сдвинутый автолюбитель, — таких не видел, где взяла?

— В центре «Мерседес» только один комплект и был. Александр Михайлович будет в восторге.

Сынуля резко повернулся.

— Так это полковнику?

— Ну да.

— Мусечка, — заныл сынок, не отрывая жадных глаз от вожделенных прибамбасов, — ну зачем Александру Михайловичу такая красота? Да эти штукенции стоят больше, чем вся его «копейка». В «Жигули» требуется что-нибудь попроще, из кожи «молодого дерматина». А эта оплеточка и чехольчики только для «Мерседеса». Отдай мне!

— Ладно, — милостиво согласилась я, — только...

— Хорошо, хорошо, — закивал Аркашка кудлатой головой, — завтра поеду к этому жадному Бекоеву.

Настолько привыкла просыпаться теперь ни свет ни заря от звонка пейджера, что даже удивилась, когда на следущее утро вызов поступил только в одиннадцать. Дома никого не было. Отрабатывая восхитительные штучки, Кешка отправился в Бутырку. Маня занималась в лицее, Зайка унеслась в институт. Слышался только сердитый плач близнецов — это няня собирала безобразников на прогулку.

То ли жара доконала, то ли у Павловских что-то произошло, но Виолетта разговаривала непривычно сухо.

Дома у них оказался полный сбор — Светка, Валерий, Дима, Марго и Игорь. Меня тут же втолкнули в кабинет к Альберту. Профессор выглядел ужасно: желтое лицо, мешки под глазами. Может правда болен? Он протянул довольно толстую книжку на французском «Новое в экономической политике Франции», 1998 год издания. Надо же, совершенно свежий том.

— К среде переведете третью, седьмую и девятую главы, — буркнуло светило, не отрываясь от компьютера, на экране которого пластилиновый человечек безуспешно искал выход из лабиринта.

Смотрите-ка, играет в «Не верь в худо». Такой

диск есть у Маняши, и я знаю, как выйти из леса, но ни за что не подскажу. К тому же у старичка явно поехала крыша. Как можно перевести двести страниц за два дня?

— Боюсь, не успею, — промямлила я.

Альберт Владимирович злобно щелкнул мышкой, опять ткнулся в тупик и раздраженно пояснил:

— Вы сюда что приехали делать?

— Диссертацию.

— Значит, надо работать, а не по магазинам шляться за шмотками. Каждый день наряды меняете, скромней следует быть. Извольте перевести к среде.

И он отвернулся, всем своим видом давая понять, что аудиенция закончена.

Я побрела на кухню. Члены семьи, оживленно переговаривавшиеся, тут же замолкли. Повисла тягостная пауза. Виолетта казалась расстроенной, поэтому отреагировала не сразу.

— Идите, Даша, работайте, сегодня вы больше не нужны.

Они так и молчали, пока я надевала в прихожей босоножки. Интересно, что случилось, вон какие морды перевернутые.

Жара была такой невыносимой, что, оставив всякие мысли о расследованиях, я покатила домой. И очень вовремя. Буквально через пару минут подъехал Аркашка:

— Ира, налей ванну! — заорал адвокат с порога.

— Так быстро! — удивилась я. — Не попал к Бекоеву?

— Сегодня народу — никого, — сообщил, отдуваясь, сын, — умные люди по домам сидят, в ванне с холодной водой. Пойду охлажусь малость.

— Расскажи сначала!

— Ну уж нет.

Он зашлепал по коридору, и тут же раздался негодующий крик:

— Банди!

Все понятно. Водолюбивый пит залез в приготовленную ванну и блаженствует в водичке. Через пару минут мокрый, отряхивающийся Банди влетел в столовую.

— Ну что, помылся?

Довольный питбуль принялся кататься по ковру. Всем своим видом он демонстрировал полное удовольствие. Сердитый Кешка, вошедший следом, пробурчал:

— Сумасшедший дом, только ванну наполнили, как туда собака влезла, теперь по воде плавают мелкие черные волосы. Банди линяет.

— За чем дело стало? Налей новую.

— Не могу, воду отключили.

Дом наш стоит в пяти километрах от кольцевой магистрали. Выбирали в свое время место очень тщательно. Хотелось одновременно жить и в городе, и в деревне. В результате остановились на охраняемом поселке Ложкино. За глухим кирпичным забором расположено тридцать домов. Летом густая зелень надежно укрывает здание от любопытных глаз. Зимой нас видно очень хорошо, поэтому уже часа в четыре дня задергиваем плотные гардины.

В воротах дежурит охрана, и посторонних на территорию поселка не впускают. За четыре года житья в Ложкине познакомились только с одним соседом — банкиром Сыромятниковым. И то чисто случайно. Его кошка забрела к нам в дом и немедленно была принята в стаю. На шее беглянки болталась патронка с телефоном. Маня позвонила, и Лев Андреевич пришел за киской. С тех пор вежливо раскланиваемся, сталкиваясь в местном бассейне. Остальных даже не знаем, как зовут. Но нас такое положение вещей устраивает.

Недалеко от въезда на территорию возникло несколько ларьков с нехитрым ассортиментом. Однако местные жители предпочитают покупать продукты в городе. Утром мужское население, рассевшись по джипам, дружно разъезжается кто куда. Ближе к полудню отваливает женский состав. Летом Ложкино пустеет. Мы живем тут постоянно, за исключением тех месяцев, которые проводим в Париже.

Поселок всем хорош, кроме одного: территориально он относится к Московской области, поэтому тут частенько, особенно летом, отключают воду. Раньше, правда, вырубали и электричество, но мы обзавелись автономным генератором. Теперь поговаривают о своей водокачке, но пока ситуация, когда из крана вместо воды вырывается рычание, нам хорошо знакома.

Поняв, что освежающая ванна временно откладывается, Кешка принялся рассказывать о встрече с Бекоевым.

Молодому адвокату сегодня просто повезло. Более опытные коллеги решили, что здоровье дороже, и в Бутырской тюрьме отсутствовала очередь.

Искандер Даудович, высокий, темноволосый и темноглазый мужчина с хитрым восточным взором, страшно удивился, увидав Аркашку. Он долго пытал сына, желая узнать, кто оплатил адвоката, но «Перри Мейсон» сказал, что наниматель предпочел остаться инкогнито.

Дело Бекоева выглядело простым, как топор. Молодая женщина, дочь весьма обеспеченных родителей, убила любовника. Что-то они там не поделили, и девчонка всадила в незадачливого Ромео пулю. Потом попыталась убежать, но была поймана. Собственно, расследовать тут нечего. Искандер Даудович не растерялся и решил слизнуть пенки. Отцу девчонки он дал понять, что за кругленькую сумму сумеет повернуть дело в их пользу. Дескать, парень нападал на любовницу, размахивая «макаровым». Та, испугавшись, принялась обороняться, случайно задела за курок, а ствол оказался повернутым в сторону мужчины... Короче, трагическая случайность! Неосторожное обращение с оружием, превышение мер самообороны, но никак не убийство.

То ли отец оказался жадным, то ли слишком принципиальным, возможно, хотел избавиться от дочурки, но после разговора с Бекоевым он прямиком отправился в отдел по борьбе с коррупцией. Дальше совсем просто. Толстая пачка меченых долларов, и Искандера Даудовича схватили за жадные ручки. Очевидно, он не раз проделывал подобные штуки, потому что только за последние три года приобрел пятикомнатную квартиру, дачу, шикарный автомобиль. Правда, покупки оформлялись на жену. Но это никого не могло обмануть. Где вы видели учительницу математики, зарабатывающую, по самым скромным подсчетам, двести тысяч «зеленых» в год?

Сейчас Бекоев был страшно напуган. Министр МВД, которому надоели постоянные упреки в нечистоплотности сотрудников, решил бороться с жуликами и взяточниками. На свет появился указ. Отныне все милиционеры, уличенные в преступлениях, должны отбывать наказание не в специализированных местах заключения, а в общих зонах. Перспектива оказаться на одних нарах с уголовниками совершенно не радовала Искандера Даудовича.

При упоминании фамилии Виноградов Бекоев занервничал. Тогда Аркашка пустился во все тяжкие и сообщил, что к следователю, который ведет дело Искандера Даудовича, на днях поступит заявление от Екатерины Виноградовой. Женщина якобы имеет неоспоримые доказательства того, что Бекоев подтасовал дело ее сына.

Искандер Даудович занервничал еще сильней. Хватая Аркашку за руки, он стал утверждать, что никаких улик против него не может быть. Денег ни с кого не брал, просто вышестоящее начальство попросило побыстрей разобраться и отправить мальчишку в суд.

И тут Кешка вытащил из рукава козырную карту.

— Зря отрицаете, — спокойно сообщил он омерзительному подзащитному, — Виноградова записала ваш разговор в больнице на пленку, в кармане ее халата лежал диктофон. Конечно, магнитофонная запись не является доказательством, но когда ее прослушают в зале суда...

Бекоев стал белее кефира и принялся каяться.

— Слушай, — предложил он Аркашке, — скажу, где взять деньги. Отдай Виноградовой, выкупи кассету. Вот сволочная баба. Такой наивной казалась, а сама!..

Кеша стал осторожно выяснять, зачем бывший следователь приезжал в клинику, и правда вылезла на свет божий.

Светлана Павловская заплатила Искандеру Даудовичу кругленькую сумму за то, чтобы дело Ромы было расследовано крайне поверхностно. Мальчишку было необходимо засадить за решетку, что следователь и сделал. Через некоторое время дочка Бекоева решила поступать в экономический институт. Узнав, что председателем приемной комиссии является академик Павловский, Искандер Даудович решил, что дело в шляпе, и позвонил Светлане. Та сделала вид, будто незнакома со следователем. Бекоев принялся просить за дочь. Павловская велела больше никогда не звонить. Искандер Даудович, обладатель взрывного характера, обозлился, намекнул, что у дочери профессора рыло сильно в пуху и лучше помочь следователю, иначе... Тут Светочка прервала взяточника и тихо сообщила:

— Не понимаю, о чем толкуете. Кстати, представляете, что произойдет, если делом Виноградова вдруг заинтересуется прокуратура? Прощайте, любезный.

Дочка шельмеца провалилась на вступительных экзаменах. Причем завалил ее именно Павловский. Альберт Владимирович поставил девчонке отрицательный балл за собеседование, что моментально лишило ту малейших шансов на поступление.

Искандер Даудович затаил злобу. Подождав несколько месяцев, он отыскал Катюшу в больнице и явился к ней с разговором.

— В деле вашего сына, — втолковывал он, — слишком много белых пятен. Конечно, виноват, недоработал. Но готов исправить ошибки. Напишите жалобу, потребуйте доследования.

Но Катюша только отрицательно качала головой, боясь связываться с богатыми и влиятельными Павловскими.

— Хорошо, — согласился Бекоев, — не хотите действовать официально, не надо. Но попробуйте хоть напугать семейку академика. Позвоните, скажите, что знаете о том, что Светлана проявляла слишком большую активность в деле Романа, и потребуйте денег за молчание. Просите десять тысяч долларов, не обеднеют.

Катюша опять отказалась. Скорей всего Виноградова ни на секунду не поверила жуликоватому менту. Женщина терялась в догадках, не понимая, зачем к ней явился следователь. На ум шло только одно — Павловские посадили сына, а теперь хотят упрятать и мать. Ну позвонит она Светлане, потребует деньги, а ее раз, и в тюрьму.

Разговаривали они в холле. Катя то бледнела, то краснела. Искандер Даудович не отставал, он хорошо знал, что может сломить любого подследственного. Не учел следователь маленькой детали: они сидели не в его служебном кабинете, а в больнице. В какой-то момент Катюша схватила за полу пробегавшего мимо врача и сказала, что ей плохо и что посетитель ей крайне неприятен. Доктор немедленно повел больную в палату, а Искандера Даудовича буквально вытолкали из больницы.

Обозлившись еще больше, взяточник стал обдумывать другой план наказания зарвавшейся дочурки академика. Но тут приключилась дурацкая история с мечеными долларами, и мздоимец уселся на нары, где и отдыхает почти целый год в ожидании суда.

Искандер Даудович хватал Аркашку потными руками и без конца повторял:

— Заплати бабе за кассету, не хватало еще, чтобы и дело Виноградова раскопали. Хотя им будет трудно предъявить мне обвинение. Ну недосмотрел, недоработал, со всяким случается.

Под конец разговора Кешу затошнило. Омерзительный следователь с блестящими глазками-маслинками довел сына почти до обморока. Теперь понятно, почему он решил, вернувшись домой, сразу принять ванну. Ай да Светлана, не пожалела денег, чтобы запихнуть мальчонку в тюрьму, только вот почему? Чем вызвана такая немотивированная ненависть к парню?

На следующий день пейджер молчал. Ну да, думают, перевожу дурацкую книгу. Сижу в библиотеке со словарем, мучаюсь, боюсь опоздать... Но я поступлю проще: два звонка — и перевод готов. В моей телефонной книжке можно отыскать кого угодно, есть в ней и координаты девочек, подрабатывающих переводами. Настя и Галя радостно согласились выполнить работу к среде. Прекрасно, одна проблема решена. Вот бы в деле Виноградова все было так же просто! Ладно, как говаривала моя бабушка: «Глаза боятся, а руки делают». Поеду на Лазурную, в дом девять, узнаю, каким образом там оказался прописан Андрей Федоров.

Жара слегка спала, и город немного ожил. Парень, согласившийся отвезти в Южное Бутово, ныл всю дорогу, рассказывая о своей тяжелой доле. Нет, скоро просто сойду с ума, пользуясь наемными экипажами!

Дом девять ничем не отличался от своих собратьев, кроме одного — он стоял без крыши. Да и домом-то недостроенное здание можно было назвать с натяжкой. Интересно, седьмой давно заселен, одиннадцатый тоже, даже в тринадцатом висят занавески, а этот не готов. Как же прописали Федорова?

Над долгостроем трепетал на ветру плакат: «Продаются квартиры. «Стройпром», Полярная улица». Пришлось снова ловить тачку и ехать на Полярную.

Контора «Стройпром» сделала все, чтобы внушить клиентам доверие. У входа стояли бравые охранники. Лакированные полы застелены новенькими коврами. В приемной роскошная мебель. На самом видном месте висит лицензия.

Парнишка, оформлявший заказы, тосковал за компьютером. Несмотря на респектабельность, никто не ломился в «Стройпром», квартиры не расхватывали. Решив изобразить дуру, я плюхнулась в кресло и состроила юноше глазки. Вообще, не страдаю педофилией, предпочитаю кавалеров в возрасте, но мальчишка ведь этого не знает.

— Котик, — проворковала я голосом престарелой кокетки, — посоветуйте, какой район сейчас лучший? Хочу квартиру приобрести.

— Конечно, Южное Бутово, — безапелляционно заявил парнишка, — очень вовремя пришли. Сейчас распродаем последние апартаменты в доме девять. Чудесное место, лес, река, хорошая экология...

Да уж, всегда считала, что для жизни в городе необходимы магазины, школа, прачечная, поликлиника и прочая чепуха. А насчет экологии? Ну как она может быть хорошей в многомиллионном мегаполисе! Однако вслух произнесла:

— Речка! Чудесно! Только, наверное, комаров много.

Парнишка моментально заверил:

— Южное Бутово уникальный район, ни одного комара, там даже мухи передохли.

Ну не дурак ли! Сначала расхваливает экологию, а потом выясняется, что местный воздух не вынесли даже неприхотливые насекомые. Но я не собиралась там жить, поэтому стала рассматривать планы квартир. Мальчишка тарахтел, как заведенный. Судя по всему, дела у конторы шли плоховато, потому что каждая из квартир, в которую я тыкала пальцем, оказывалась свободной. Наконец решила, что достаточно напустила тумана, и спросила:

— Мой сосед, Андрей Федоров, вроде приобрел у вас жилье в девятом доме.

— Федоров, Федоров, — забормотал мальчишка и принялся листать бумажки. Потом захлопнул папку. — Нет такого, может, на другую фамилию покупал? Кстати, хотите смотровой ордер?

Я кивнула. Паренек вытащил листочек, спросил фамилию и заполнил бланк.

— Сходите, — напутствовал мальчонка, — посмотрите квартирки и быстренько оформляйте покупку. Торопитесь, а то не успеете.

Я вышла на улицу, села на лавочку и принялась рассматривать бумажонку. Так, «Стройпром», ордер на трехкомнатную квартиру, потом адрес.

На обороте мелкими буковками: «Без печати и счета об оплате недействителен». На моем не стояло даже штампа. Ну да понятно: денег не платила и на основании полученного документа могу только поглазеть. Наверное, ордер показывают сторожу, а тот дает ключ. Скорей всего Слава Демьянов взял такой листок и приложил к документам, когда оформлял их у нотариуса. С кем другим подобный номер мог не выгореть — человеку ведь нужно где-то жить, — но Андрей Федоров постоянно находится в интернате. Да, беспроигрышное мошенничество. Элементарно и красиво. А заявление Федорова о выписке просто подделали.

Я расслабленно сидела на лавочке и разглядывала окрестности. Полярная — интересно, почему улицу так назвали? Наверное, зимой здесь очень холодно и ветрено. Вдруг в голове зашевелились воспоминания. А ведь именно на этой улице живет Антонина Максимовна Рогова, желавшая купить квартиру у Вики Пановой. Более того, сижу прямо перед ее подъездом. Это судьба.

Антонина Максимовна распахнула дверь сразу, не спрашивая. За юбку пожилой женщины цеплялся мальчонка лет двух, на руках гулил примерно восьмимесячный младенец неопределенного пола, из коридора высовывались еще две чумазые детские мордашки. Тут даже не стоит и размышлять, кем назваться.

— Здравствуйте, я из детской поликлиники.

— Входите, — радушно пропела Антонина Максимовна.

Я вдвинулась в узкий коридорчик. Под ногами что-то зашевелилось. Приглядевшись, увидела пушистую кошку. Хозяйка позвала в гостиную, и мы очутились в небольшой каморке, битком набитой мебелью. Две стенки, стол, штук шесть стульев, диван, кресла и фикус в углу. Свободного пространства просто не оставалось. К тому же там и сям виднелись картонные коробки, перевязанные веревками, а под обеденным столом обнаружился мешок с сахаром.

— Врача не вызывали, — сказала женщина, — может, вы в девяносто третью квартиру шли, там тоже Роговы живут, часто путают.

— Я психолог, сейчас проводим тестирование детей на предмет готовности к школе.

— Скажите на милость! Только наши совсем малютки, ни читать, ни писать не умеют. Старшей только-только шесть исполнилось.

Я поглядела на копошащуюся кучу детей и довольно невежливо заметила:

— Сколько их?

— Пятеро.

— И что, все ваши?

— Дочкины, нарожала погодков, просто голова кругом идет!

— Зачем же столько? Наверное, тяжело воспитывать, да и материально трудно.

— И не говорите, — начала Антонина Максимовна. Но тут раздался легкий скрип, и в тесную гостиную вдвинулись две огромные московские сторожевые. На спине одной восседала сопливая девчонка лет трех. Другая собака держала в зубах, словно щенка, существо в памперсах. Я испугалась.

— Боже, она сейчас искусает ребенка!

— Никогда, — твердо сообщила бабушка, — Рекс абсолютно безобиден. Видите, держит за маечку.

В этот самый момент кобель разинул пасть, и младенец с громким стуком плюхнулся на пол, но не заревел.

Очевидно, подобный способ передвижения был ему не в новинку. Собаки, шумно вздохнув, легли на пол, полностью закрыв свободное пространство.

— Сегодня не так жарко, как вчера, — констатировала Антонина Максимовна, — пойдемте чайку глотнем. Знаете, любому гостю рада. Сижу целыми днями одна с детьми, поговорить не с кем.

Переступив через собак, мы двинулись в кухню. Там обнаружился мальчик, самозабвенно выковыривающий из кастрюльки куски холодной каши. На столе теснились грязные тарелки с недоеденной картошкой и чашки с недопитым чаем.

Хозяйка сгребла остатки на одно блюдо, поставила его у мойки и крикнула:

— Чанг, Рекс!

Собачищи пригалопировали на зов и, отталкивая друг друга задами, принялись жрать картошку. Откуда ни возьмись появилась беременная кошка и плюхнулась на стол прямо передо мной.

— Тяжело, наверное, с таким хозяйством в маленькой квартире, — посочувствовала я.

— Ой, — махнула рукой Рогова, — одуреть можно. Ведь две комнаты всего.

— Зачем же столько детей?

— И я так думаю, только зять верующий, аборты делать не разрешил.

Да, судя по количеству отпрысков, зятек не очень соблюдает посты.

— Вам бы площадь побольше...

— Конечно, знаете, даже начала обмен искать. И квартиру смотреть ходила чудесную. Целых четыре комнаты в тихом районе, а проживает в них только одна женщина. Да не сговорились.

— Что так?

— Денег у нас нет. Зато у зятя дом в деревне шикарный — два этажа. Правда, продать не можем, там бабка прописана. Думали найти приличных людей, оформить на них дарственную и поменяться квартирами. Бабка на ладан дышит, не сегодня-завтра помрет, выгодное дело. Только этой Пановой деньги требовались. Дача ей ни к чему. Вот уж странная женщина.

— Почему?

— Алкоголичка. Я сразу поняла, как вошла. Квартира хорошая, но запущенная. И потом, представляете, сидим с ней разговариваем. Вдруг Виктория хватает трубку, набирает номер и буквально орет: «Думали меня со свету сжить! Не вышло! Лучше вашего живу, не нуждаюсь и на работу сейчас устроилась. Взяли старшим экономистом, зарплата пять тысяч. Вот сейчас начальнику слово дам...»

Панова сунула ничего не понимающей Антонине Максимовне телефон и зашептала:

— Скажи, скажи, что ты директриса и берешь меня в отдел.

Растерявшаяся Рогова взяла трубку и промямлила:

— Я, это, начальница. Принимаю Панову.

— Чудесно, милочка, — ответил приятный женский голос, — только имейте в виду, что Вика законченная алкоголичка и доверять ей нельзя. Кстати, как называется ваша контора?

Антонина Максимовна не нашлась что ответить, но Вика выхватила аппарат и завопила:

— Не надейся, не скажут название. Пусть драгоценный Алик поднимет академическую жопу и поищет, где я работаю.

С этими словами Виктория шлепнула трубку и удовлетворенно сказала:

— Ну, все. Теперь спать перестанут, аппетит потеряют, начнут разыскивать, куда пристроилась. Вот умора!

Разыгранная сцена напугала Рогову. Панова выглядела абсолютно сумасшедшей. Красные, воспаленные глаза, бледные, до синевы опухшие щеки, речь бессвязная, торопливая. К тому же странная женщина опрокинула в себя стакан какого-то пойла и принялась дымить. Антонина Максимовна поспешила откланяться.

— Ну ее в баню, — пояснила она мне, — свяжешься с такой, поменяешься, а ей в голову моча ударит. Еще судиться начнет.

— Мама, — раздался из прихожей робкий голос, почти шелест.

— Петюша пришел, — обрадовалась собеседница.

В кухню вполз мелкий, рахитичный мужичонка с намечающейся лысиной. На нем гроздьями висели дети и кошки.

— У нас гости? — робко полуспросил вошедший.

— Да нет, — отмахнулась теща, — из поликлиники заглянули.

Поняв, что больше не интересую хозяйку, я, переступая через детей, собак и кошек, двинулась на выход.

По дороге домой, тихо подремывая в такси, размышляла. Живут же люди! Сама люблю детей и животных, но у Роговых явный перебор. И где они помещаются ночью? Скорей всего бабуля спит в ванной.

Остановив из конспирации такси на площади, я потопала к дому и налетела на Аркадия. Сын покупал в ларьке сигареты. Вот уж не повезло! Но вопреки ожиданиям, Кеша не начал ругаться.

— Ладно уж, — пробормотал «Перри Мейсон», — все равно дома тебя не удержать. Только машину не бери. Женька звонил и пугал, если руль крутить — шов разойдется.

Полная негодования, я внеслась в дом и позвонила приятелю.

— Ты зачем рассказываешь Кешке глупости?

— Мое дело предостеречь, — ответил эксперт.

— Ну погоди, будет еще на моей улице праздник, попросишь у меня совета, собачник фигов. Мне придется ездить на такси, ну какой противный у тебя язык.

— Чья бы корова мычала, — вздохнул Женюрка. — Зачем наговорила глупостей соседям?

Выяснилось, что Лиля, Женькина супруга, попросила муженька заехать на рынок. Тот покорно зарулил в мясные ряды и купил для собак печенку. Лилька не разрешает курить в квартире. Поэтому усталый Евгений сел на лавочку возле подъезда. Болтавшие о чем-то старушки разом замолчали и уставились на пакет. Потом одна довольно строго спросила:

— Что у вас там, Евгений Степанович?

— Печенку собачкам несу, — спокойно ответил приятель.

— Безобразие, — возмутилась бабулька, — просто противно рядом с вами сидеть!

Ничего не понимающий эксперт уставился на грозных соседок. Но тут на беду Лилька вывела йоркшириц на прогулку. Лиззи и Карлотта принялись носиться по двору. Внезапно одна из бабок заметила, что ее внучок гладит собачку.

— Отойди немедленно, — заорала старуха, — они их человечиной кормят!

Лилька с мужем онемели. Запихнув пакет под

скамейку, Женька приступил к допросу сплетниц. Минут через десять ситуация прояснилась. Бедный эксперт тряс перед обалдевшими бабами куском печени и взывал к благоразумию:

— Ну посмотрите сами, может у человека быть такой орган?

Старушки помялись, потом одна, самая бойкая, заявила:

— Ох, Евгений Степанович, никогда в мертвеца не заглядывали. С виду как коровья, а там, кто знает. Вы уж нас простите, но выводите собачек только тогда, когда детей нет. А то вдруг ваши людоедки на ребятишек кинутся!

Приятель вздохнул и пошел домой, аккуратно неся капающий пакет. Поэтому его звонок к нам с сообщением о подстерегающей меня опасности можно считать местью.

Тихо хихикая, я пошла в столовую попить чайку. Ну кто мог подумать, что глупая шутка даст такой эффект!

Глава 18

В среду утром, забрав готовый перевод, отправилась к Павловским. Альберт Владимирович полистал страницы и не слишком довольным тоном отметил:

— Почему через полтора интервала напечатали? И шрифт какой-то дурацкий выбрали, с наклоном. Я к такому не привык. Прежде чем печатать, следовало узнать, как это делать. А теперь придется мучиться.

Академик зудел и зудел. Меня слегка замути-

ло. Представляю, до чего профессор доводит под-
чиненных. А я еще считала, что наша заведующая
кафедрой сволочь. Да Анна Михайловна просто
милейшая дама! Максимум, что она себе позво-
ляла, — взвалить на какого-нибудь крепкого студента сумку с курсовыми работами.

— Ладно, — смилостивился Альберт, заметив,
что жертва потеряла рефлексы, — ступайте к Виолетте Сергеевне, да не волнуйте бедняжку, опять
давление двести.

Несчастная гипертоничка уютно устроилась за
столом и вкушала кофе с мороженым. В который
раз подивившись странной диете, я робко промямлила:

— Здравствуйте.

— Деточка, — запела Виолетта, — славненько,
что заглянули. Все продукты на исходе...

Знаю, знаю, Светочка больна, а у самой Виолетты кружится голова, и мне предстоит тащить
из магазина баулы, набитые продуктами, совершенно не подходящими для больных. Ну скажите, можно с повышенным давлением трескать икру, миноги, мясо и выпивать литры сока? Всегда
считала, что лучше овощи и геркулесовая каша.
Слава богу, хоть жара прекратилась. Набежали
тучки, подул свежий ветерок, и в секунду на улицу
обрушился совершенный потоп. Вода хлестала,
как из брандспойта. Постояв пару минут в подъезде, я поднялась к Павловским. Дверь открыла
Зоя, очевидно, печатавшая что-то для Алика.

— Уже вернулись? — удивилась она.

— Еще не ходила, ливень жуткий. А вы здесь
давно? Заходила в кабинет и не заметила вас!

— Окна в спальне мою, — пояснила Зоя, — Альберт Владимирович любит, когда стекла блестят.

Я пошла на кухню. Конечно, профессорша будет недовольна, но не бегать же под проливным дождем. Виолетта говорила по телефону:

— Как страшная?

Очевидно, абонент переспросил, потому что профессорша повторила слабым голосом:

— Меня интересует страшная...

Потом, выслушав ответ, повесила трубку и злобно глянула на меня.

— Быстренько смотались...

— Дождь идет, выйти невозможно.

— Ерунда, вода не огонь, сейчас дам зонтик. И, пожалуйста, не задерживайтесь. Скоро Жанночка придет обед готовить.

Мне сунули в руки весьма потасканный, допотопный зонтик и выставили на улицу. По счастью, проливной ливень прекратился, сверху падали отдельные капли. Но на тротуарах разлились необъятные лужи, настоящие моря. Стоило начать двигаться по направлению к рынку, как грязная вода тут же залилась в босоножки. Пальцы моментально заледенели, и правую ступню свело судорогой. Ну совершенно не переношу холод. Даже в жарком Тунисе июльское море казалось мне прохладным, а тут московская лужа!

Кое-как доковыляв до уличного кафе, плюхнулась на шатающийся стульчик и затребовала чашку кофе. Напиток подали сразу, и он оказался таким вкусным и крепким, что я с уважением посмотрела на барменшу. Та улыбнулась в ответ.

— Хороший кофе.

— Спасибо, приходите еще.

Тут занавеска, прикрывающая дверь на кухню, заколыхалась, вышла девчонка лет пятнадцати и прогнусила:

— Ма, дай денег.

— После обеда, сейчас нет, только вот дама зашла, больше никого с утра.

— Ма, ну дай, — продолжала ныть капризная девица, явно пропускавшая сегодня школу.

Хорошо, что Маруся никогда себя так не ведет. Жизнь в Париже сильно подействовала на дочку. Ее одноклассницы из престижного дорогого лицея, сплошь дочки более чем состоятельных французов, перед первым уроком всегда снимают в раздевалке колготы и надевают носочки или гольфы. Увидев в первый раз подобную процедуру, дочка изумилась и спросила у Мари — зачем она это проделывает.

— Колготки такие дорогие, — вздохнула подружка, — только на стул сядешь, раз — и порвались. Ну не покупать же каждый день новые?

Между прочим, папа Мари — совладелец заводов «Рено». Просто скопидомство у французов в крови.

Девица продолжала выклянчивать у матери деньги. Я вмешалась:

— Хочешь заработать?

— Ну?

— Сходи в универмаг, купи носки и туфли тридцать восьмого размера. Любые, только без каблука и не матерчатые, а кожаные. Сдачу оставишь себе.

Девочка схватила купюры и унеслась, как торнадо. Я стащила босоножки и пошевелила грязными пальцами. Придется натягивать носочки на черные лапы, помыть негде. Представляю, что сказал бы брезгливый Кеша, увидев, как мать засовывает измазанные лапы в баретки. Хотя, если вспомнить его визит к педикюрше! Я тихонько хихикнула.

Год тому назад сын начал хромать. На ступне образовалась довольно большая мозоль, мешающая при ходьбе. Мы с Зайкой велели ему сходить к педикюрше.

— Что я, гомик? — возмутился сынок. — С ума сошли, представляете меня с красными ногтями на ногах?

Ольга втолковала мужу, что педикюр — это не только и не обязательно крашеные ногти. В конце концов Аркадий согласился. Зайкина педикюрша Леночка — очаровательное существо лет двадцати. Кеша испытывал некоторые неудобства при мысли о том, что девушка станет хватать его за голые пятки. Поэтому он тщательнейшим образом вымыл ножки и чуть ли не надушил ступни сорок пятого размера. К тому же вытащил из шкафа совершенно новую, ненадеванную пару черных носков, напялил их и порулил на экзекуцию.

Дело было поздней осенью. Места для парковки вблизи парикмахерской сын не нашел. Ему пришлось пройти довольно далеко пешком. Ботинки промокли.

Сев перед педикюршей на стул, Кеша стащил туфли, носки и стал повествовать о приключившейся беде. Леночка брезгливо глянула на его лапы и процедила:

— Ноги следует мыть хотя бы два раза в год.

Изумленный Кеша перевел взгляд на свои ступни и увидел, что они абсолютно черные. Выглядели они жутко, и впрямь можно было решить, что их владелец никогда не видел душа. Парень сразу понял, что новые носки полиняли в намокших ботинках, но Леночка, недовольно сморщив хорошенький носик, налила в ванночку побольше жидкого мыла и ехидно осведомилась:

— Блох нет?

Такого унижения Аркашка никогда еще не испытывал.

Девочка притащила носки и туфли. Я со вздохом принялась разглядывать покупки. Может, ребенок — дальтоник? Туфли оказались не кожаными, а виниловыми, угнетал цвет — пожарнокрасный. Носочки же приятного, успокающего оттенка молодой зелени. Но делать нечего. Нацепила обновки и почувствовала себя гусем лапчатым. Ладно, не стоит расстраиваться, главное, что теперь смогу идти по мокрой дороге, не боясь промочить ноги.

Дорога к супермаркету вилась между совершенно одинаковыми трехэтажными домами. Помнится, Дима говорил, что в них переселили обитателей бараков. Седьмой номер стоял предпоследним. Интересно, сохранился в доме кто-нибудь из жильцов? Вдруг вспомнят молодую незамужнюю беременную женщину, у которой почему-то никто не родился? Это только виновнице преступления кажется, что хорошо упрятала концы в воду, а соседи все отлично видят.

Часы показывали ровно полдень. Я поглядела на пустые сумки. Ну и черт с ними, даже интересно, как поведет себя Виолетта, если приду с продуктами попозже.

Глава 19

Седьмой дом внутри ничем не отличался от барака. Длинный коридор, куда выходили двери всех комнат, в конце гигантская общая кухня, рядом ванная и два туалета. Ясненько, строить отдельные квартиры дорого, вот и возвели наспех опять барак, только не деревянный, а каменный.

На кухне стояло несколько газовых плит. Возле длинного стола две женщины разводили квас. Явно ничем не помогут — слишком молодые, но все же спросила:

— Девушки, из старых жильцов кто остался?

— Зачем вам?

— Я из муниципалитета, проверяем списки очередников.

Тетки призадумались.

— На втором этаже — баба Рая, а на третьем — дядя Семен, остальные кто поумирал, кто съехал.

По выщербленным ступенькам полезла выше. Убожество давило на нервы. Стены исписаны надписями «Спартак — чемпион», «ЦСКА — кони».

Стекло выбито, и пол перед подоконником усеян окурками. Очевидно, местные дамы выгоняют сюда супругов покурить.

Баба Рая оказалась тучной, неопрятной старухой, одетой, несмотря на жару, в теплый байковый халатик. Седая сальная косичка мышиным хвостиком спускалась по жирной спине.

На ногах бабка носила плотные чулки и высокие ботинки. Как только не расплавится!

Переступив порог ее комнаты, я словно оказалась в конце пятидесятых годов. Большая железная кровать с «шишечками» на спинке, круглый обеденный стол, покрытый красной плюшевой скатертью. В углу допотопный «Рубин» на паучьих ножках. Экран стыдливо прикрыт от света вязаной салфеточкой.

Тут же холодильник «Бирюса». Апофеоз благополучия — огромный ковер на стене.

— Чего тебе, — прошамкала бабуся, — сахару одолжить?

— Нет, нет, я из муниципалитета.

— А, — протянула бабка, — то-то не могу вспомнить, в какой квартире живешь. Зачем я властям понадобилась?

— Проверяем списки коренных жильцов. Вы давно тут прописаны?

— И не вспомнить, — махнула рукой старуха, — зажилась совсем, на тот свет пора. Сначала в бараке на рынке мыкалась, потом эту фатеру дали. Все говорили: временно, скоро переселим! Так обманули! Кто похитрей, давно уехали, а я сижу тут, словно таракан, ни помыться по-человечески, ни сготовить.

— У меня одна семья есть в списке — Павловские. Только что-то не найду никак.

— Какие такие Павловские? — удивилась бабулька. — Не помню.

— Вот написано — Альберт Владимирович и Виолетта Сергеевна.

— И, милая, — рассмеялась баба Рая, — какого года у тебя списочки? Небось при царе Горохе составляли. Нет их тут давно, сто лет как съехали. Только почему Павловские? Вилка Никитиной была.

Сообразив, что таким странным именем старуха обзывает Виолетту, я спросила:

— Как Никитина?

— Да просто. Вилкина мать, Клава, на чулочной фабрике работала, а отец, Ванька, — токарем на заводе. Клавка, право слово, ненормальная была. Придет с работы, на диван плюхнется и давай книжки читать. Где только брала такие — одна любовь, еще до революции напечатаны. Щи не варены, белье не стирано — на все плевать! Ванька, бедняга, и в магазин, и к плите. Другой бы плюнул да ушел. Клавке все завидовали. Не мужик, а золото. Не пьет, не курит, деньги все в семью. Только той все без разницы было. И девчонку-то не по-человечески назвала, в книжке вычитала. Ее имечко никто и выговорить не мог — Вилкой кликали.

Когда Виолетте Никитиной исполнилось пятнадцать, романтически настроенная мамаша выкинула фортель. Влюбилась в командированного из Ленинграда инженера и, бросив семью, укатила с ним в город на Неве. Несчастный, разом постаревший Иван остался с девочкой. Мужчина как-то сник и через год умер. «От тоски зачах», — резюмировала баба Рая. Клавка больше не появлялась и судьбой ребенка не интересовалась.

Виолетта выросла совершенно другой, непохожей на безалаберную мать. Девчонке страшно хотелось вылезти из нищеты, уехать из гадкого барака в собственную квартиру. Она усиленно искала жениха. И, очевидно, обладала прозорливостью, потому что отвергла нескольких перспективных ухажеров и вышла замуж за небогатого, но подающего надежды Алика.

— Такая расчетливая, — вспоминала бабка, — а красавица была! Мужики хвостом бегали, только ей наши заводские не подходили, рылом не вышли.

Однажды Виолетта явилась домой к полуночи. По меркам барака — почти ночью. Баба Рая, маявшаяся бессонницей, услышала шум на кухне и выглянула поглядеть. Виолетта жадно ела холодную гречку, видно было, что сильно проголодалась.

— Смотри, девка, аккуратней, — предостерегла женщина, — нагуляешь, потом всю жизнь воспитывать.

— Что я, дура нищету плодить? — отмахнулась девчонка. — Нет уж, выйду замуж за того, кто сумеет обеспечить, тогда и о детях подумаю.

— Чем тебе Антон плох? — удивилась старуха.

Последние месяцы за Виолеттой ухаживал выгодный жених. Сын генерала, студент, да еще и красавец. Любая из барачных невест кинулась бы за таким, роняя тапки. Любая, но не Вилка.

— Хорош-то, хорош, — пояснила она бабке, — только маменькин сынок. Что прикажут, то и делает. Ни самолюбия, ни упорства. Ничего нет. Одна радость, что папа генерал. Нет, мне такой не нужен.

— Ну, ну, — сказала баба Рая, — поглядим, что за сокровище отроешь.

Ждать пришлось недолго. Через полгода в бараке появился Алик. Молодой муж совершенно разочаровал соседей. Маленького роста, щупленький, к тому же не имел ни московской прописки, ни богатых родителей.

— Наша-то королева брильянт откопала, — хихикали сплетницы, — ни рожи, ни кожи, ни денег.

Но злорадствовали они недолго. Скоро всем стало понятно, что Алик далеко пойдет. Парень блестяще закончил институт и подался в ученые, сел писать диссертацию. Вилка бегала как ненормальная, зарабатывая деньги на пропитание уколами.

Однажды баба Рая не удержалась и поддела девчонку:

— Муженек-то не спешит на работу!

Та хмыкнула:

— Ничего, пусть учится. Время разбрасывать камни. Потом собирать станем.

И оказалась права. На глазах обитателей деревянного барака Алик превратился в кандидата наук. Первую выгоду от этого звания соседи поняли, когда их стали переселять в каменный дом. С бесплатными квадратными метрами в Москве всегда было плохо, а в конце пятидесятых — в особенности. Поэтому комнаты давали неохотно — мужа, жену и ребенка селили на восемнадцати метрах. Два жилых помещения светили только тем, у кого были разнополые дети. Вилка же, к общему изумлению, получила три комнаты. Алик, как кандидат наук, имел право на двадцать дополнительных метров. Соседи начали уважительно величать молодого мужчину Альбертом Владимировичем.

Вилке завидовали — слишком уж ее мужик отличался от других: не пил, не курил, не ругался матом. Летом никогда не садился с доминошниками или картежниками. Неожиданно Вилка устроилась на работу в ведомственную поликлинику Генерального штаба, ее иногда привозили с работы на черной «Волге». Местные бабки стали звать девушку Виолеттой Сергевной.

За детьми ходила нянька, молодая краснощекая девица, вывезенная откуда-то из деревни, что тоже казалось странным жителям подъезда.

— Говорить даже не умела как следует, — вздохнула баба Рая, — унитаз первый раз в жизни увидела, до этого по нужде в хлев ходила. И что с ней стало через год — пальто с чернобуркой, ботинки, беретка. Москвичка! Даже сопли перестала кулаком вытирать — платочком кружевным обзавелась. Только я все равно знаю, что она поблядушка.

— Почему вдруг так? — вяло поддержала я разговор, думая, что домработница Павловских мне ни к чему.

— Сама посуди, — усмехнулась бабка. — Аккурат весной, в 59-м году у нас поминки случились. Жуткий случай произошел, вот я и запомнила. Нинка из двенадцатой комнаты из магазина возвращалась. Ее мальчишки-погодки пяти и шести лет увидели мать и побежали через дорогу. А тут, откуда ни возьмись, — самосвал. Их на глазах у Нинки и убило. Тринадцатое марта было, чертово число. Пятнадцатого хоронили. Народу набежало, уйма! Все плакали, просто убивались, очень жаль было детишек. Пришла и нянька. Я еще обратила внимание, что девчонка то бледнела, то краснела и ушла рано. Виолетте в тот день не моглось, подцепила грипп, а Алика не было в Москве уже почти год. Он уехал по контракту на работу в Заполярье, зарабатывать деньги на ко-оператив.

Поминки отшумели к ночи. Баба Рая, в те годы еще молодая и крепкая женщина, хорошо поддала. Часа в четыре утра ее стала мучить жаж-да, и она тихонько пошла на кухню. Из-под две-ри ванной пробивалась полоска света, слышался осторожный плеск воды. Раиса поглядела в щелку и обнаружила няньку, которая что-то за-стирывала. Попив воды, полуночница пошла на-зад, и тут девчонка выскочила из ванной, побе-жала в комнату. Свет она не потушила, и баба Рая, страшно любопытная, засунула туда нос. Ока-залось, нянька застирывала окровавленную про-стыню. А на полу лежал газетный сверток.

— Знаешь, что в нем оказалось?
— Ну?
— Послед, детское место. Девчонка нагуляла и родила втихаря, а ребеночка небось придушила.
— Господи, почему аборт не сделала?
— Молодая ты, — вздохнула баба Рая, — абор-ты тогда запрещались, только по болезни делали, без наркоза, жуть!

В смятении баба Рая вернулась к себе. Расска-зывать о страшной находке она не стала. Дело подсудное, а лезть в свидетели не хотелось. К ут-ру газетный сверток и простыня исчезли из ван-ной. Нянька как ни в чем не бывало варила на кухне кашу для Димы и Светы.

— Точно помните, что все происходило в ночь

с пятнадцатого на шестнадцатое марта тысяча девятьсот пятьдесят девятого года?

— Конечно, Нинкины дети погибли тринадцатого марта, разве такой ужас забудешь?!

В том же тысяча девятьсот пятьдесят девятом году Павловские купили кооператив и съехали. Нянькины следы затерялись. Правда, уволилась она раньше, где-то весной.

— Семен женился, надежды лопнули, — сплетничала баба Рая, — вот и съехала, чтобы на молодых не любоваться.

— Кто это Семен?

— Хахаль няньки, вот пропасть, никак не вспомню, как ее звали. Шофером всю жизнь прослужил, генерала возил. Работа чистая, опять же паек, зарплата приятная. Вот деревенщина и решила партию составить. Только не вышло. В постели он с ней кувыркался, а замуж другую позвал, честную.

— Может, вспомните имя няни?

— Да никак на ум не идет. Сходи к Сеньке, он точно помнит.

— Он что, тоже здесь живет?

— А где же? Всю жизнь рядом прожили, все друг про друга знаем. На третьем квартирует, в двадцать восьмой комнате.

Я поблагодарила словоохотливую бабульку и полезла наверх.

Семен совершенно не походил на старого деда. Высокий, подтянутый, на голове копна черных как смоль волос, в глазах живой блеск.

— Вы ко мне? — спросил мужчина мягким голосом ловеласа. — Чему обязан?

— Я из муниципалитета, составляем списки старых жильцов.

— Зачем? — удивился мужик.

— Очередников проверяем.

— Ох, милая, — вздохнул Семен, — я уже с 1958 года очередник, и что? Так и помру тут, в бараке. Вон жена моя все мечтала о квартире, а толку? Правда, сейчас имеет отдельную жилплощадь.

— Где? — не поняла я. — И почему вы с ней не поехали?

— Обязательно поеду, — серьезно сказал мужчина, — только позднее. Митинское кладбище, двенадцатый ряд, сорок второе место!

Ну, шутник! Я сделала суровое лицо ответственной чиновницы и втиснулась в комнату. Если к бабе Рае благополучие пришло в конце пятидесятых, то сюда заглянуло году этак в 1972-м. У стены красовалась «Хельга» производства ГДР, с потолка свисала лжехрустальная люстра, сделанная в Чехословакии, по углам устроились кресла, созданные в Румынии. В общем, СЭВ в действии. Только телевизор оказался современным — «Panasonic» с экраном 52 см по диагонали.

На столе стыла тарелка гречневой каши с куском «Рамы» — нехитрый пенсионерский обед. Мужик отодвинул еду в сторону и важно представился:

— Семен Михайлович Буденный.

Я онемела. Он что, в маразм впал? Увидав оторопелое лицо, хозяин расхохотался.

— Папаша у меня шутник был! Служил конником у Буденного и взял себе фамилию легендарного маршала. А когда я родился, сделал из меня полного тезку. Да я не в обиде. Мне, можно сказать, из-за имени здорово подфартило.

В 1950 году Семена призвали на службу. Военком, хитроватый полковник, долго смеялся, узнав биографические данные парня. А потом сказал:

— Ну вот что. Возьму к себе шофером, нравится мне «маршалом» командовать.

Так Сеня и прослужил два года, раскатывая на новенькой «Победе». Полковник оказался не дурак, поступил в академию, быстро пошел в гору. В 1958 году он был уже генералом, служил в штабе войск ПВО. Семен продолжал возить хозяина, для пущего сходства с тезкой отпустил пышные усы и начал курить трубку.

— Наверное, женщины штабелями падали, — решила я подтолкнуть воспоминания в нужное русло.

— Да уж, — довольно ухмыльнулся Семен Михайлович, — было дело.

— Баба Рая говорила, что домработница Виолетты и Альберта из-за вас уехала!

— Райка — дура и сплетница, — рассмеялся «Казанова», — с молодости такая была и в старости не поумнела. Анфиса сама убралась. Ох, девка — огонь. Я от нее даже устал, просто заездила. Мы из-за чего поругались: узнал, что она любовь еще с одним парнем крутит. Вот пройда! Мне рога наставила, а я ее чуть замуж не позвал.

Давняя обида поднялась со дна души, и Семен Михайлович принялся выплескивать информацию.

У генерала, которого он возил, был сын Антон. Красивый, немного вяловатый парень. Как-то раз шофер вез его с дачи, и студенту стало дурно. Испуганный водитель притормозил около своего барака и позвал к занемогшему юноше местную «Скорую помощь» — медсестру Вилку. Девушка измерила страдальцу давление и велела дать кусок лимона. Сказала, что его просто укачало. Обрадованный Семен доставил генеральского отпрыска домой.

На следующий день Антон с коробкой шоколадных конфет топтался у дверей Виолетты. У них начался страстный роман. Обитатели барака, затаив дыхание, следили за развитием событий. Кое-кто даже заключал пари: женится генеральский наследник на голодранке или нет. Но вышло по-иному.

— Отказала она ему, — вздыхал Семен, — просто жаль парня. Сел в машину, газеткой прикрылся и плачет. Потом утерся и спрашивает: «Ну скажи, Сеня, чем я ей не хорош? Ведь люблю больше жизни, и родители согласны. Одену как принцессу, с работы заберу, пылинки сдую. Нет, прогнала».

Семен Михайлович думал, что после отказа Антон больше не покажется в бараке. Куда там! Чуть ли не каждый день, невзирая на погоду, отвергнутый жених усаживался на лавочке и поджидал Вилку. Местные невесты, прознавшие о разрыве, пытались понравиться генеральскому сынку, но тот словно ослеп и оглох.

В день свадьбы Виолетты и Алика Антон напился так, что Семен, боясь генеральского гнева, оставил парня у себя ночевать. Но даже замужество Вилки ничего не изменило. Она молча проходила мимо скамейки, на которой по-прежнему сидел Антон. Введенный в курс дела Алик старательно игнорировал обожателя. Потом у Вилки начал расти живот. Тут Семен не выдержал и попенял Антону:

— Ну мужик ты или нет? Чего к юбке присох, глянь, сколько вокруг соплюшек бегает, забудь ее.

— Не могу, — ответил парень, — люблю Виолетту, и мне безразлично, от кого она беременна.

Шофер только сплюнул, услышав подобные речи. Время шло, подрастали Светочка и Дима, появилась нянька. Рослая, румяная деваха, здоровье от нее исходило волнами, силы переливались через край. Молодой организм требовал своего, и скоро Анфиса оказалась в кровати Семена. Днем крутилась колесом по хозяйству, ночью не давала спать шоферу. Глядя на такую неутомимость, Семен подумал, что девка годится в жены. Скорей всего женился бы, но тут вмешалась местная сплетница баба Рая. Вернее, тогда не бабка, а вполне бодрая, языкастая тетка.

— Сенечка, — пропела она, встретив в коридоре парня, — гляди-ка, Антоша теперь на лавочке не сидит.

— Надоело небось, — буркнул шофер.

— Нет, — усмехнулась радостно Раиска, — другую нашел.

— Кого? — изумился Семен, на глазах которого генеральский сынок отверг всех соискательниц.

— Фиску, Вилкину поломойку, — хихикнула женщина, — чуть все спать лягут, он к ней в комнату шмыгает, а около шести утра убегает.

У Семена потемнело в глазах. Дело в том, что он от природы обладал спокойным темпераментом. Каждую ночь заниматься любовью с Анфисой просто не мог. К тому же ненасытная девица пыталась использовать мужика дважды: утром и вечером. Кому другому это могло бы понравиться, но Сеня просто уставал, и ему не хотелось просыпаться на час раньше, чтобы удовлетворять Фису. Значит, активная девчонка стала работать на два фронта. Брезгливый Семен моментально порвал с «Мессалиной» всяческие взаимоотношения. А через какое-то время домработница неожиданно уволилась, перестал появляться во дворе и Антон.

— Значит, это от вас родила она дочку, — огорошила я мужчину.

Тот вытаращил на меня глаза:

— Кто?

— Анфиса!

Семен расхохотался.

— С чего взяли такую глупость?

— Баба Рая сказала, что в ночь с пятнадцатого на шестнадцатое марта 1959 года Анфиса родила девочку.

— Вот дура, так дура! Да мы с Фиской как раз в марте расстались! Что я, беременную не отличу! Не было у нее никаких детей, плоская, как доска. Райке сослепу привиделось. Ну смех! Фиска потом сюда несколько раз приезжала, все хотела опять со мной жить. Думаете, смолчала бы про дочку? Я порядочный человек, увижу, что забеременела, обязательно женюсь. Только пусть сначала докажет, что дитя мое! Нет, наврала Райка.

— Куда Анфиса уехала, знаете?

— Как не знать. На «Трехгорную мануфактуру» пошла работать, ткачихой. Потом талант открылся, стала художницей, рисунки на ткани придумывала.

В 1968 году Анфиса приехала зимой к Семену. По счастью, жены не оказалось дома, и шофер впустил бабу. Бывшая любовница привезла хахалю большую бутылку дорогой водки и похвасталась:

— Вот не захотел на мне жениться и счастье упустил. Сгниешь в бараке, нищета помойная.

Выяснилось, что Фиска, теперь Анфиса Ивановна, получила за свои заслуги однокомнатную квартиру в Шмитовском проезде, недалеко от фабрики.

— Может, сойдемся? — предложила художница. — Хорошо ведь нам было вместе!

Но Семен не мог забыть старой обиды.

— Что ж Антон на тебе не женился? Знаю, как по ночам миловались.

— Дураком родился, дураком и помрешь. Не было у меня с ним никогда ничего.

— Сейчас-то чего врешь, — обозлился шофер. — Зачем мужик тогда по ночам к тебе в комнату шастал?

— Не ко мне, а к Виолетте, — сказала Фиса.

Семен решил, что любовница завралась, и предложил ей убираться.

Я слушала, затаив дыхание. Потом взяла адрес Анфисы и вышла на улицу. Вот, значит, как! Скорей всего мать Катюши — бывшая домработница Фиса. А что не располнела во время беременности, так это случается. Может, ребенок мелкий был или Анфиса слишком толстая. Вот у нас в институте, например, одна преподавательница ушла в декрет, так никто не верил. Завтра же поеду искать женщину. Катюша умерла, но остался Роман, все-таки родная кровь. Сейчас же нужно было быстро идти за продуктами, небось Виолетта от злости кухонный стол сгрызла.

Глава 20

Сумки с необходимыми припасами я доставила только к четырем часам. Нажимая на звонок, представила перекошенную морду профессорши. Но дверь открыла улыбающаяся Жанна.

На кухне опять приятно пахло мясом, чесноком и зеленью. Сокова принялась распаковывать сумки.

— Где Виолетта Сергеевна? — поинтересовалась я.

— К врачу поехала, а Альберт Владимирович работает.

— Да, — протянула я, — она не слишком хорошо выглядела, и, по-моему, ее что-то сильно напугало.

— Ну? — удивилась Жанна.

— Виолетта Сергеевна говорила по телефону и все время повторяла: страшная, страшная...

Жанна улыбнулась:

— Не стра́шная, а Страшна́я. Ударение следует в другом месте ставить. Хотя все ее Стра́шной зовут. Она обижалась, поправляла, но все без толку.

— Кто?

— Жена Игоря, Ксюшка. У нее фамилия такая, Страшна́я. Виолетта Сергеевна скорей всего звонила в больницу, узнавала, как там девчонка.

— Куда ее положили?

— В Боткинскую свезли.

Тут затрезвонил телефон, и я, пользуясь моментом, удрала от Павловских.

Интересное дело, может, Катюша, умирая, повторяла фамилию Ксюши? Но почему? И вообще, были ли они знакомы? Ноги сами понесли меня на проспект за попутной машиной.

Больница — не самое уютное место на свете, но Боткинская, пожалуй, гаже всех. Мрачные старые корпуса с длинными гулкими и грязными коридорами. Узнав в справочной, что самоубийц свозят в тридцать второй корпус, я пошла искать здание. Безнадежно побродив между тридцать первым и тридцать третьим домом, отловила аборигена и узнала, что вход в тридцать второй осуществляется через тридцатый. Еще полчаса лазила по каким-то подвалам и наконец набрела на нужную дверь. В нос ударил едкий запах хлорки, мочи и человеческих страданий. Ксюшина палата оказалась последней, в самом конце длинного коридора.

Она лежала, отвернувшись к стене. Я тихонько позвала:

— Ксюша...

Неожиданно девушка рывком села и злобно сказала:

— Отстань!

Потом присмотрелась и удивилась:

— Извините, думала, местный психолог. Совсем меня забодала. Вы-то как сюда попали?

— Пришла подругу проведать, вижу, фамилия редкая, но знакомая, дай, думаю, зайду. Зачем же ты так, а?

Ксюша почесала встрепанную голову. Осунувшееся личико в желтоватых пятнах выглядело не лучшим образом, и пахло от нее отвратительно.

— Сигаретки не будет? — спросила девчонка.

— А тебе можно?

— Мне только жить нельзя, — вяло сообщила Ксюша, нащупывая белой, опухшей ногой казенные ободранные тапки.

Я помогла ей натянуть жуткий темно-синий халат, и мы поползли на лестничную клетку.

— Тебе Катя Виноградова велела привет передавать, — сказала я, глядя, как девушка пытается примоститься на подоконнике.

— Это кто такая? — изумилась незадачливая самоубийца.

— Мама Ромы Виноградова, твоего одноклассника.

— Ах Ромки, — вздохнула девочка, — чего это она вдруг, я ее и не знаю совсем. Хотя нет, один раз она у нас в гостях была, правда, мы уже школу закончили. Совсем недавно, в конце апреля, о чем-то с мамашей моей шушукалась. Увидели меня и замолчали сразу. Ну да мне наплевать на их тайны, своих забот хватает.

— Зачем травилась?

Оказалось, что вскоре после моего ухода явился Игорь, покидал в чемоданы вещички и был таков. Жена кинулась за ним, но муж вскочил в лифт и ловко нажал кнопку. Брошенная супруга побежала по лестнице и перехватила парня, когда тот уже собирался сесть в роскошный автомобиль.

— Не покидай меня, — зарыдала дурочка, цепляясь за машину.

Игорь, не говоря ни слова, попытался захлопнуть дверцу, но Ксюша держалась за ручку мертвой хваткой. Тогда с переднего сиденья раздался хриплый, властный голосок:

— Детка, отстань от него, — и перед изумленной Ксенией во всем блеске предстала стареющая дива — Алина Кармен.

Рядом с распатланной, расплывшейся Ксюшей Алина гляделась настоящей красавицей — высокая, стройная, прекрасно одетая.

— Игорек, — небрежно бросила она, — подожди нас в машине, девочки должны поговорить без свидетелей.

Певица подхватила Ксюшу и поволокла ее в дом. В квартире Алина брезгливо оглядела беспорядок, демонстративно обмахнула надушенным платочком табуретку и уставилась на девушку чуть прищуренными глазами.

Ксюша ощутила себя кроликом, поданным на завтрак удаву.

— Деточка, — пропела Алина, раскуривая вонючую сигарету, — не следует так унижаться перед мужиком. Ты еще молода, другого найдешь.

— Я его люблю, — возразила Ксюша.

— Значит, тем более должна отпустить, — объяснила Алина. — Ну что ты ему можешь дать? Молодое тело? Эка невидаль, у меня между ногами то же, что и у тебя. Поверь, ни у кого не видела письку с колокольчиками. Зато со мной Игорек проживет, не думая о хлебе насущном. И потом, он просто меня любит. Понимаешь, меня, а не тебя. Так что ищи другого хахаля. Кстати, квартира останется за тобой, это я возьму на себя, договорюсь с кем следует. Здесь деньги на девочку.

Получать их станешь регулярно. Игорь от отцовства не отказывается. По непонятной причине он не хочет оформлять развод. Ну да бог с этим, меня штампы в паспорте не волнуют. Целых восемь стоит. Одним больше, одним меньше. И еще — не устраивай скандалов. Сегодня я тебя просто пожалела, завтра велю своей охране прогнать прочь.

С этими словами госпожа Кармен бросила на стол конверт и выплыла из квартиры, оставив после себя аромат дорогих французских духов «Бушерон» стоимостью тысячу рублей за унцию.

Одуревшая Ксюша, которой почему-то сразу захотелось спать, вяло открыла конверт и обнаружила там две тысячи стодолларовыми купюрами. Другая бы только обрадовалась, получив такую прорву денег. Но Ксюша почувствовала себя абсолютно несчастной. Унижала небрежность, с какой певица швырнула немалую сумму, словно подала нищенке рубль в метро. Ощущая бесконечную тоску и одиночество, девушка взяла стакан водки, растворила в нем упаковку реланиума и одним махом опустошила емкость. Приятный туман заволок мозги, стало хорошо и тепло.

Пробуждение в палате реанимации оказалось полной неожиданностью, к тому же неприятной. Игорь так ни разу и не появился у жены, зато прибыла Виолетта. Старушка источала любезность и внимание.

— Деточка, — сладко запела она. — Ну как только не стыдно! Из-за какой-то ерунды лишать себя жизни! А о ребеночке подумала? Как девочке без матери жить?

— Это ваш Игорь меня довел, — огрызнулась

Ксюша, которую ласковость профессорши мгновенно вывела из себя.

Виолетта всплеснула руками:

— Дорогая, он мужчина, значит — хам. Ты еще такая юная, неопытная! Знаешь, сколько жены от мужей терпят? Похитрей надо быть и за собой следить. Какая хорошенькая была, а сейчас — погляди в зеркало, просто бочка с жиром! Почему не пришла ко мне за советом?

— Как же, — отбивалась Ксюша, — к вам придешь. Светлана Альбертовна меня ненавидит, а вы в магазине встретили и мимо прошли, даже не поздоровались.

Виолетта взяла невестку за руку.

— Светочка очень больна, то, что ты принимаешь за ненависть, просто естественная раздражительность человека, который недомогает. Поменьше надо гордыню тешить. Ну прикрикнула на тебя свекровь разок, а ты не заметь, прости ее. Да я просто не увидела тебя, извини, подслеповата к старости стала. Подошла бы сама да сказала: «Здравствуйте, Виолетта Сергеевна, это я, Ксюша». Что ж ты так себя ведешь, словно у тебя спина стеклянная, не гнется. Проще следует быть. Ну да ладно, выздоравливай спокойно. Возвращайся домой. А Игорь вернется. Либо сам от этой Алины устанет, либо она его выгонит. Ты же пока сядь на диету, сходи в парикмахерскую, да разберись наконец в квартире, там такой срач! Хочешь, найму прислугу, все в порядок приведут, пока ты в больнице?

Ксюша огрызнулась по привычке:

— Зачем ко мне домой лазили?

Виолетта горестно вздохнула:

— Не веди себя как злобный волчонок! Дочка твоя там осталась, вот и забрали добрые люди.

— Она не у моей матери? — оторопела само-убийца.

— Нет, твоим родителям пока не сообщили, зачем волновать, — втолковывала профессор-ша, — и матери не звони, будут потом всю жизнь эту глупость тебе поминать. Слушайся меня, ху-дого не посоветую. Ты теперь от родителей ото-рвалась, носишь фамилию Павловских и будь ее достойна. Всем говорим, что просто отравилась, перепутала и приняла таблетки два раза перед сном. Так что поддерживай эту версию и больше не дури.

С этими словами жена академика встала и ушла. Обалдевшая Ксюша машинально отметила, что добрая бабушка не принесла никакого угоще-ния: ни соков, ни фруктов, ни минеральной во-ды. Непонятно, зачем Виолетта приходила ее на-вещать? Неужели только для того, чтобы предо-стеречь от звонка матери? Подумав немного, Ксюша решила послушаться. Мать у нее — страшная зануда, может часами зудеть по поводу невычищенных ботинок. Узнав о том, какую глу-пость совершила дочь, Лидия Сергеевна тут же принеслась бы в Боткинскую и, бесконечно ры-дая, начала бы пичкать Ксюшу ненавистным жирным бульоном. Нет, следовало послушаться Виолетту. Ксюша даже почувствовала к старушке что-то вроде благодарности.

Мы покурили еще немного и отправились в палату. Девчонка все-таки плоховато себя чувст-вовала, поэтому с явным облегчением влезла на допотопную койку и откинулась на плоскую подушку. Я собралась прощаться, как вдруг из коридора донесся гвалт. Двери распахнулись, и в палату ракетой влетела Алина Кармен.

Певица выглядела потрясающе. Длинные стройные ноги упрятаны в высоченные белые лакированные ботфорты. Огненно-красный пуловер спускался ниже бедер, и мне сначала показалось, что дива забыла натянуть юбку. Но потом я заметила узкую полоску материи, изредка выглядывавшую из-под пуловера. Волосы Алины лежали в беспорядке по плечам, тонкая талия была перетянута широким кожаным поясом. На груди позвякивали цепи, цепочки и цепочечки, под стать им и количество браслетов на обеих руках. Источая аромат супердорогих духов «Бушерон», дива затормозила посередине палаты. Надо отдать должное, ее не смутили ни переполненные судна, ни тетка, блевавшая в углу.

Следом за мадам Кармен в комнату влетело человек двадцать. Два крепких бритоголовых мужика с толстыми шеями тащили кульки, из которых вываливались фрукты, куски осетрины, банки с икрой и ананасы. Человек пять безостановочно щелкали фотоаппаратами, без конца мигали вспышки. Остальную свиту составляли восторженные медсестры и врачи. Откуда ни возьмись появилась корзина с цветами, и Алина ринулась к Ксюше.

— Душенька, — завопила певичка, обнимая девчонку, — о, как ты страдаешь!

Прижимаясь высокой и весьма аппетитной грудью к бледной Ксюше, Алина не забывала принять нужный ракурс, чтобы выглядеть на фото наилучшим образом.

— Нет, нет, — замахала посетительница наманикюренными ручками, увидав, как незадачливая самоубийца пытается что-то произнести, — умоляю, ни слова.

Потом Алина плюхнулась на кровать, положила ногу на ногу и картинно вздохнула. Журналисты почтительно замерли. Дива закатила глаза и начала давать интервью:

— Господь послал мне любовь. Избранник ответил взаимностью, казалось, что счастье оказалось близко. Но, увы, мой возлюбленный женат. Его бедная жена не выдержала разлуки и попыталась покончить с собой. Вот она, настоящая страсть! Но я понимаю Ксению — только любовь важна для женщины. Врачи сделали невозможное и спасли бедняжку. Надеюсь, что мы станем с ней подругами. Нам нечего делить, ведь мы любим одного мужчину и хотим, чтобы он был счастлив!

С этими словами Алина принялась вытряхивать на застиранное одеяльце фрукты, конфеты и деликатесы. Журналисты в ажиотаже скрипели перьями. Бабы в палате прекратили умирать, даже тетка, заблевавшая весь угол, оторвалась от восхитительного занятия и уставилась на госпожу Кармен. Алина дернула носиком и капризно осведомилась:

— Здесь всегда такая вонища? Не могу позволить, чтобы моя лучшая подруга страдала от ужасных условий.

Она бросила цепкий волчий взгляд в глубь сопровождавшей ее толпы и властным голосом приказала:

— Доктор!

Худенький мальчишка со стетоскопом на шее почтительно приблизился к даме.

— У вас есть приличные платные палаты?

Юный Гиппократ кивнул:

— Да, но, к сожалению, очень дорогие.

Алина всплеснула руками:

— Неужели думаете, что пожалею на Ксению денег! Валера, расплатись!

Бритоголовый вытащил из кармана толстенную пачку стодолларовых купюр и хрипло осведомился:

— Сколько?

— Не знаю, — растерялся врач, — надо внизу спросить, там же оплатите...

— Давай, Валера, — распорядилась Алина, — действуй. А вы, — бросила она медсестрам, — осторожно перенесите Ксению в достойную палату. Я никогда не оставляю друзей в беде!

Девочки со всех ног кинулись выполнять приказание. Тут же появилось кресло-каталка, куда с присюсюкиванием и причмокиванием поместили Ксюшу. Журналисты опять защелкали фотоаппаратами.

Алина окинула толпу сопровождающих царственным взором и заметила у двери ошарашенную санитарку. В мгновение ока певица выхватила у той швабру, ведро и со словами: «Здесь ужасная грязь» — принялась довольно неумело работать щеткой.

Вновь засверкали вспышки. Алина вернула швабру хозяйке и, уходя, сделала на прощание королевский жест.

— И правда, очень грязно, да и запах не из

лучших, — прочирикала прима и гаркнула: — Мишка, расплатись.

Второй бритоголовый мужик всунул санитарке сто долларов.

— Сделай милость, — очаровательно улыбнулась Алина, — убери блевотину.

С этими словами небесное явление улетело в коридор. Туда же побежали и спутники. В комнате остался только крепкий аромат парфюма, перемешанный с больничными запахами, да обалдевшая техничка.

Глава 21

Домой я добралась около девяти вечера и застала в гостиной катающуюся от хохота Машу. Дело в том, что Маруся частенько смотрит передачу «Спокойной ночи, малыши». Понимая, что программа предназначена для совсем маленьких детей, дочь каждый раз делает вид, что собирается посмотреть «Время», включает телевизор немного пораньше.

Вот и сегодня она самозабвенно уставилась на придурковатых кукол. Филя и Хрюша отправились в гости к молодой рыси в зоопарк. Сначала хищница терпеливо сносила раздражающее приставание и только тихо порыкивала. Потом, очевидно, свет софитов, тихо жужжащая камера и громкоголосый режиссер достали несчастное животное. Рысь подняла когтистую лапу и отвесила Хрюше полновесную оплеуху.

Поросенок свалился, как кегля. Филя не растерялся и решил исправить положение.

— Ах, как милая рысь ласково погладила Хрюшу, — заверещала собачка, — а сейчас я...

Но в этот момент дикая кошка открыла жуткую клыкастую пасть и откусила болтуну голову. Откусить-то откусила, но не съела, а просто выплюнула. За кадром раздалось тихое ойканье. Рысь с невинным видом поглядывала в сторону. Филина голова болталась на нитке.

— Ничего, ничего, детки, — заорал плюшевый щенок, — не волнуйтесь, просто киска шутит, проказница этакая.

Послышалось откровенное хихиканье, картинка пропала, возникла заставка и музыка.

Маня буквально взвыла от восторга.

— Какой прикол! Ну скажи, зачем делают эту передачу в прямом эфире?

И правда, зачем? Не найдя ответа на этот вопрос, я поднялась в спальню, вытянула усталые ноги и стала подводить итоги. Столько тружусь, а толку чуть. Туман только сгущается. Ни на йоту не приблизилась к разгадке Катюшиной смерти! Правда, походя нашла ее мать. Завтра же поеду на Шмитовский искать Анфису!

Утром пейджер молчал. Погода резко изменилась. Вчерашнюю удушливую жару сменила прохлада. По небу бежали довольно плотные облака, дул порывистый ветер. Я вышла на проспект и приготовилась ловить машину. Но тут мой взор упал на газетный ларек. В витрине красовалась сегодняшняя «Экспресс-газета». На обложке — огромная фотография Алины Кармен, скалящейся в объектив белоснежными коронками. «Алина утешает брошенную супругу», «Эстрадная певица у постели соперницы» — кричали заголовки.

Купив непотребное издание, я влезла в такси и принялась изучать газетенку. «Алина Кармен вновь собралась замуж», «Покинутая супруга покушается на самоубийство». Разворот занимали фотографии. Певица, прижимающая к груди встрепанную Ксюшу, кровать, засыпанная фруктами, Алина со шваброй, Алина в центре группы медсестер, Алина около кресла-каталки... Кстати, на этом снимке виднелась и моя физиономия с одурело раскрытым ртом. Материал на все лады расхваливал сердечность, мягкость, внимательность и бескорыстность певицы. В конце сообщалось, что концерты госпожи Кармен начнутся третьего июня и билеты следует покупать в кассах города.

Да, кажется, такое называется теперь мудреным словом «пиар акция». А попросту — реклама. Молодец, Алина! Живо сообразила, как привлечь к себе угасающее внимание.

Дом на Шмитовском выглядел уныло. Облупленное желтое трехэтажное здание. Но на двери неожиданно оказался щиток домофона. Однако никто не спешил ее открывать. Попробую поискать на фабрике.

Поеживаясь от прохладного колючего ветра, я дошла до «Трехгорной мануфактуры» и ткнулась носом в бабульку, бойца вневедомственной охраны. Примерно с полчаса названивала по разным телефонам и наконец обнаружила женщину, откликнувшуюся на имя Анфиса.

— Сейчас спущусь! — прокричала она в трубку молодым здоровым голосом.

Я прислонилась к стене около телефона, наверное, не та Анфиса. Вскоре зацокали каблуки, и в вестибюль спустилась то ли девушка, то ли молодая дама. Изящную фигурку плотно обтягивал дорогой костюм песочного цвета, элегантные лодочки подчеркивали высокий подъем маленькой ножки. Рыжеватые волосы явно побывали в руках классного парикмахера. Скромный макияж, тот самый, когда лицо кажется не накрашенным, а радует глаз здоровым цветом. Девушка взглянула на меня сквозь дымчатые очки и пропела:

— Вы от Ивана Николаевича? Пойдемте.

Я, не говоря ни слова, двинулась за провожатой. Значит, Анфиса прислала какую-то сотрудницу. Мы взлетели на третий этаж. Причем молодка на своих каблучищах неслась с такой скоростью, что я еле-еле успевала. На площадке попробовала перевести дух, но девчонка уже унеслась вперед, пришлось догонять беглянку. Наконец она затормозила у двери, впихнула меня в маленький, размером со спичечный коробок кабинетик, и приказала:

— Давайте эскизы.

— Мне бы Анфису Ивановну, — робко попросила я, ощущая, как от женщины волнами исходит животная энергия.

— Это я, — пояснила дама.

— Мне нужна Анфиса Ивановна Киселева, художница.

— Господи, — рассердилась собеседница, — паспорт показать?

— Сколько же вам лет? — невежливо выпалила я.

Киселева сняла очки и расхохоталась. Пока она веселилась, я принялась внимательно разглядывать лицо дамы. Под очками обнаружились довольно узкие глаза, практически без морщин, ровная натянутая кожа. Ну, предположим, сделала подтяжку, но фигура! Абсолютно прямая спина, и носится на каблуках. По лестнице летела как стрела. А ведь, по самым скромным подсчетам, тетке около шестидесяти! Теперь понимаю, что имел в виду Семен, когда говорил, что уставал от Фисы.

Художница выжидательно посмотрела в мою сторону.

— Простите, неудобно получилось, просто с языка сорвалось, — принялась я извиняться.

— Да что вы, — отмахнулась Анфиса, — только приятно. Мне никто моих лет не дает, место в транспорте не уступают, иногда даже парни привязываются. Знаете, в чем секрет?

— В чем?

— Главное, работать и не распускаться. Один раз сгорбишься, старухой станешь. А теперь показывайте эскизы.

— Видите ли, я журналистка и хочу написать о вас очерк.

Анфиса просияла.

— Что за издание?

— «Женский клуб».

— Чудесно. Спрашивайте, постараюсь детально ответить.

Она и правда постаралась, потому что выложила почти всю подноготную.

Фиса приехала в Москву в конце пятидесятых. Исполнилось девушке пятнадцать лет, и за спиной у нее была семилетка. Деревенька Черная Грязь, родина Анфисы, полностью оправдывала свое название. Семь месяцев в году ее жители месили сапогами и калошами жидкую глину. Фисе предстояло пойти либо на ферму дояркой, либо полоть свеклу на необъятных полях колхоза «Ленинский путь». Но ни того, ни другого ей делать не хотелось. К тому же в далекой Москве имелась тетка, звавшая к себе племянницу. Проблема заключалась в паспорте. В пятидесятых годах колхозники мало отличались от крепостных. Паспорта хранились в правлении, и получить их на руки было практически невозможно. Тем, кто ездил в город, давали справку. А с ней ни на работу не устроиться, ни в квартире прописаться. Помогла старшая сестра, хохотушка и певунья Поленька. Председатель колхоза, страстный бабник, не устоял перед прелестями первой черногрязской красавицы. Путь в ее кровать открыл паспорт, выданный Анфисе.

Ранним утром Фиса, обряженная в лучшее, обалдело крутила головой на площади перед Курским вокзалом. В потной ладошке девчонка сжимала заветную бумажку с адресом.

Тетка, столь радушно приглашавшая племянницу, совершенно не обрадовалась, когда девушка свалилась ей на голову. Проживала столичная родственница в десятиметровой комнате вместе с мужем и дочерью. Уже через два дня стало понятно, что Фиске следует искать другую жилплощадь. Тетка работала в экономическом институте гардеробщицей. Узнав, что молодой преподаватель Алик Павловский ищет няньку, она сосватала ему племянницу.

Так Анфиса оказалась у Виолетты. По ее словам, работу предложили непыльную и с молодой хозяйкой они отлично поладили, даже стали подружками. Но скоро жизнь в няньках надоела активной Анфисе. Она пошла работать на ткацкую фабрику, потом закончила ПТУ, стала художницей, уважаемым в коллективе человеком. Жизнь наладилась, дали квартиру.

— Надо же! — фальшиво удивилась я. — Очень хорошо знаю Альберта Владимировича и Виолетту Сергеевну.

— Мир тесен, — вздохнула Анфиса, — плюнь, в знакомого попадешь. А детки как? Выросли?

— Уже стариться начинают.

Анфиса Ивановна улыбнулась.

— Милые оказались малыши, никаких хлопот не доставляли.

— Любите детей?

Художница кивнула.

— Своих только господь не дал, замуж не вышла, все карьеру устраивала.

Я полезла в сумочку и достала крестик на необычной витой золотой цепочке.

— Узнаете?

Собеседница покусала губы и скорей утвердительно, чем вопросительно сообщила:

— Из милиции, да? А я-то дура, язык распустила.

— Нет, — поспешила я успокоить Анфису, — не имею никакого отношения к правоохранительным органам. Просто хочу, чтобы вы знали, что случилось с вашей дочерью.

Закурив «Голуаз», принялась вводить художницу в курс дела. К моему удивлению, слушала она спокойно и как-то отстраненно, словно наблюдала дурно поставленный спектакль. Честно говоря, такое равнодушие возмущало, и я ринулась в бой, размахивая шашкой наголо.

— Конечно, Катюша мертва. Дочь не вернуть. Но есть мальчик, Рома, внук, родная кровь. У него ни отца, ни матери. Вы еще достаточно действенны и можете помочь мальчишке.

— А если не хочу? — тихо возразила Анфиса.

Я оторопела. Такой поворот событий совершенно не предусмотрела. Думала, преступная мать сначала начнет рыдать, а потом, мучимая угрызениями совести, бросится на зону помогать обретенному внуку. Вышло иначе.

Анфиса преспокойно вытащила «Парламент», затянулась, нагло выпустила дым прямо мне в лицо и чеканным голосом произнесла:

— Итак, вы — шантажистка! Только здесь ничегошеньки не обломится, и не надейтесь. Чем можете испугать? Сорок лет тому назад родила девочку и подбросила в детский дом? А где доказательства?

— Баба Рая видела, как вы стирали в ванной простыню, а на полу лежал завернутый в газету послед.

Анфиса рассмеялась.

— Ну сорока любопытная! Да, в бараке ничего не скроешь! Только кто старой дуре поверит? К тому же срок давности давно истек, так что поищите другой объект, любительница чужих тайн. Убирайтесь по-быстрому, пока я добрая, а то позову охрану и скажу, что вы украли мой кошелек с зарплатой! У нас охранники — звери.

Я молча поднялась и двинулась к выходу. Ну

не сволочь ли! А как сладко только что пела о же-
лании иметь детей! Первый раз встречаю подобную лицемерку. Может, и хорошо, что «бабуля»
не признала внука, нечего ждать от такой любви
и ласки. Пиранья!

Прежде чем влезть в такси, я обследовала мол-
чащий пейджер и обнаружила, что забыла вы-
ключатель-«поводок». Не успела нажать на кнопки, как по экрану побежала гневная надпись:
«Немедленно позвоните».

— Ну, милая, — раздраженно вскрикнула Виолетта, — это же просто безобразие! Звоню, звоню, и все без ответа! Что там у вас случилось?

— Ничего, — промямлила я, судорожно по-
дыскивая объяснение, — не услышала зуммер.

— Ладно, — сменила профессорша гнев на
милость, — приезжайте срочно.

Сивка-бурка поспешила на зов. У Виолетты,
очевидно, опять была мигрень, потому что лоб
старухи стягивала повязка. В первую минуту мне
показалось, что дверь открывает Светлана — тот
же высокий рост, такая же оплывшая фигура. Хотя чему удивляться: дочь часто бывает похожа на
мать.

— Наконец-то, — пробормотала жена акаде-
мика, и мы пошли на кухню. Там сидела Зоя. —
Вы, конечно, знаете, какое несчастье случилось у
Игоря? — без обиняков спросила Виолетта.

Я кивнула.

— Ксения покушалась на самоубийство!

Профессорша возмущенно стукнула ладонью
по столу.

— С чего решили говорить о самоубийстве?

Сначала и правда так подумали, но теперь она пришла в себя и рассказала, что случайно выпила двойную дозу снотворного.

— Да вот в «Экспресс-газете» прочитала, что Игорь полюбил Алину Кармен, а его жена решила отравиться!

— Бог мой, — возмутилась Виолетта, — так и написано? И фамилии указаны?

— Да, — решила я порадовать собеседницу, — там еще сказано, что Игорь — внук академика Павловского!

От возмущения у старушки пропал голос, она секунду молчала, потом приказала:

— Давайте газету!

— Извините, выбросила.

— Ну хорошо, — вздохнула пожилая дама, — надеюсь, не верите желтой прессе? У Ксении началась бессонница. Она приняла две таблетки реланиума, потом забыла и, видя, что не засыпает, съела еще три. Потеряла сознание, а у медиков только версия самоубийства в голове! Нашли пузырек и решили — суицид! Такой удар по престижу семьи! Теперь понесется сплетня, как Павловские едва не довели невестку до могилы!

Она сокрушенно покачала головой и в задумчивости принялась вертеть в руках телефонную книжку.

— Да что вы, Виолетта Сергеевна, — подобострастно залепетала Зоя, — все знают про вашу доброту и внимательность. Я, например, завтра в институте расскажу правду! И Даша поможет, правда?

Я подергала головой, со стороны следовало посчитать судорожное движение за согласие.

— Трогательные девочки, — умилилась старуха, похлопывая Зою по руке, — только на чужой роток не накинешь платок. Если хотите помочь, уберите Ксюшину квартиру. Я люблю девочку, но надо признать, что хозяйка из нее никакая. Там такой беспорядок! В конце концов Игорьку надоест состоять при этой жуткой певичке, и мальчик вернется домой. А Ксения после больницы совсем слабая! Прямо сейчас и езжайте, вот ключи!

Мы с Зоей покорно пошли к выходу.

На улице я принялась ловить такси.

— Ну ты даешь, — протянула Зоя, плюхнувшись на заднее сиденье, — тут пешком чуть-чуть идти. Не жалко денег?

Я промолчала. Дом Игоря и правда рядом, только давно уже не хожу пешком, к тому же с неба посыпался мелкий дождик, погода окончательно испортилась.

Войдя в Ксюшину квартиру, Зоя присвистнула.

— Глянь, ну и свинарник! Эта грязнуля небось три года не убиралась. Да уж, за день не справиться.

Она вошла в спальню и опять выкрикнула:

— Белье как асфальт, а воняет!

Большая комната, в которой спала Ксюша, и впрямь выглядела отвратительно. Разложенный диван, на котором в беспорядке валялись постельные принадлежности. На столе кучей громоздились тарелки с объедками, полная пепельница окурков и полупустая бутылка виски. Пол покрывали комки пыли. На комоде, служившем, очевидно, одновременно ночной тумбочкой, красовался захватанный стакан и весьма поношенный черный лифчик. Одна из бретелек пришита кое-как желтой ниткой.

Зоя распахнула окно, стало легче дышать. Пока я обозревала поле битвы, она пробежалась по квартире и резюмировала:

— Унитаз придется напильником чистить, а в ванной Ксюша, наверное, грибы разводила. Давай уберу большую комнату, ты детскую, а кухню вместе, идет?

Не могу сказать, что перспектива выносить чужую грязь обрадовала меня до глубины души, но делать нечего.

В детской стоял жуткий запах. Я кинулась открывать окно. В комнате посвежело, но не слишком. Следовало найти источник аромата. Подергивая носом, как пойнтер, я моментально вычислила виновника и вытащила из-под детской кроватки переполненный горшок. Зажимая пальцами нос, вылила его в невероятно загаженный унитаз и принялась изучать помещение. Все-таки Зоя приятная женщина, себе взяла большую комнату, мне оставила поменьше. Но, правда, выглядит она еще хуже, чем спальня-гостиная.

Одна из стен представляла собой сплошное окно. На подоконниках торчат в керамических горшках сухие палки, даже отдаленно не напоминающие цветы.

В коридоре раздался грохот. Зоя сбрасывала в большой картонный ящик груды мусора, я сунула туда же трупы растений.

У стены расположился уродливый пузатый шкаф.

Я дернула дверцы и ахнула! Детское и женское белье, колготы, свитера, юбки, ботинки, тренировочные костюмы и пустые флаконы из-под духов! Все вперемешку, чистое и грязное. Вывалив хабар на пол, я брезгливо, двумя пальцами, стала отделять зерна от плевел. Похоже, несчастная Ксюшина дочка занашивала колготки до такой степени, что их можно было ставить в угол.

Время шло, куча грязи не уменьшалась. Из ванной послышался плеск, Зоя налаживала стиральную машину, кстати, дорогую и современную.

— Ты не будешь против, если я закурю? — окликнула я ее.

— И мне подкинь сигаретку, — отозвалась та.

Угощаясь «Голуазом», она внимательно глянула на пачку, но удержалась от замечаний.

Наконец полка шкафа обнажилась. Небольшое количество чистых вещей я сложила обратно, остальное требовало стирки. Отправить бы все в специальную прачечную, где при высокой температуре, избавляясь от вшей, «прожаривают» имущество бездомных.

А игрушки! Никогда не видела такого засаленного плюшевого мишку! А кровать! Просто катастрофа! Ребенок писал туда постоянно, хоть бы клеенку подстелила! Я сдернула простыни и стащила матрац. Надо вытащить его на лоджию и попытаться высушить. Под тюфяком обнаружился довольно толстый конверт. Присев на корточки, я разорвала бумагу, и на пол упала самая обычная толстая тетрадка в линейку. На первой странице какие-то невразумительные слова. Я пролистнула дальше: «кор овахн а». Явный шифр, только разгадать его мне не по силам, но, очевидно, в тетрадке что-то важное, раз сообщение сначала зашифровали, а потом спрятали. Запихнув тетрадку в сумку, я возобновила чистку авгиевых конюшен.

Глава 22

Домой смогла попасть только к полуночи. Мирно дремавший в холле Снап подскочил при виде хозяйки, понюхал одежду и оглушительно зачихал.

Да, дорогой, пахнет отвратительно. А еще есть люди, которые считают собак грязными животными! Да мои псы моются каждые две недели и от них всегда исходит приятный запах чего-то домашнего. Вспомнив сальные волосы Ксюши, я передернулась. Ну скажите, зачем вешать на двери магазина табличку «С животными вход запрещен»? Ксения, например, намного грязней Снапа.

Тщательно вымывшись, облившись для дезинфекции гигиеническим одеколоном без запаха, я легла на кровать и открыла тетрадку. Понять ничего невозможно. Никогда не была сильна в математике, и тайнопись мне ни за что не разгадать.

Утром, едва дождавшись девяти, позвонила Женьке:

— Миленький, скажи, у вас ведь есть люди, работающие с шифрами?

— Может быть, — по обыкновению, сообщил приятель.

— А я попала в такую дурацкую ситуацию...

— Это не должно тебя удивлять, — съехидничал Женюрка. — Что на этот раз? Нашла труп, державший в окоченевших руках послание?

Я старательно захихикала, надеясь привести его в хорошее расположение духа.

— Да нет, поспорила с Маней, что сумею разгадать шифр, который сделан на основе букв. Ну она и постаралась! Дала тетрадь, а там такая тарабарщина! Попроси своих помочь!

— Совсем с ума сошла! — возмутился Женя. — Прикажешь людей ради дурацкой шутки отвлекать от работы?

— Женюшка, ну пожалуйста, — заныла я, — придется ведь расплачиваться с Манькой.

— На сколько поспорила? — вздохнул эксперт.

— Если бы на деньги! Обещала в случае проигрыша разрешить ей ездить по Москве на мотоцикле. Меня Аркадий убьет!

— И правильно сделает, — отрезал Женька, отец двух детей. — Кирюшка мопед просил, я прямо сказал — через мой труп!

— Ладно, Женечка, — не хочешь помогать, не надо, как-нибудь сами, — сладко пропела я и бросила трубку. Сейчас он оценит обстановку, поймет, что его дочурка без меня ни одной зачетной контрольной не сдаст. И потом, где оставить собак, когда поедет с семьей отдыхать?

Через пару минут зазвенел телефон.

— Прекрати дуться, — заявил Евгений Степанович, — маешься дурью, делать тебе нечего! Привози шифровку, только домой и прямо сейчас, мне отгул дали.

Я надела легкие белые брюки, трикотажную маечку, прихватила зонтик и двинулась к Женьке.

Всю свою жизнь он прожил на Садовом кольце в огромной коммунальной квартире с гулкими коридорами. Когда мы познакомились, Женькины родители уже умерли и в гигантской пятидесятиметровой комнате они жили втроем: Женька, Лиля и их дочка. Кирюша тогда еще не родился. Комната была перегорожена шкафами. Лилька ухитрилась оформить что-то типа спальни, гостиной и детской. Высота потолка составляла почти шесть метров, подоконник находился на уровне глаз. Окна Лилька мыла раз в три года, выстраивая в комнате леса. Выехать из этого жуткого помещения не представлялось возможным. По количеству занимаемых квадратных метров они не годились в очередники, а на кооператив денег не хватало. Жить бы им до смерти в дворцовом зале, но Женьку вдруг подстрелили. Случай просто невероятный. Как правило, пули достаются группе захвата или оперативникам. Эксперт приезжает, когда разборки закончены. Так было и в тот раз.

На полу комнаты его поджидали два трупа, очерченных мелом. Женька натянул резиновые перчатки и начал разбираться. Больше он ничего не помнил, очнулся уже в больнице. Оказалось, пятнадцатилетняя дочка одного из убитых бандитов решила отомстить «ментам поганым» за папочку. Девочка выждала момент, вытащила припрятанный папулей «макаров» и выпустила пол-обоймы в ничего не подозревавшего Женьку. По счастью, в цель попала только одна пуля. Произошло это за неделю до Дня милиции. Двенадцатого ноября министр МВД навещал в госпитале раненых сотрудников. Добрался он и до Женькиной койки. Тут Лилька, просидевшая около мужа неотрывно семь ночей, накинулась на высокое начальство.

— Вместо дурацкой бумажки, — кричала Лиля, — лучше помогите сотруднику с квартирой!

Секретари и адъютанты попробовали оттеснить разбушевавшуюся супругу. Куда там! Голос у Лильки зычный, весит она почти сто двадцать кило. Легко справившись с окружением, Женькина супруга принялась за министра.

— Суворов, — кипятилась милицейская жена, — спать не ложился, пока последний солдат не устроен.

— Я не Суворов, — робко возразил министр.

— Оно и видно, — заорала Лилька, — иначе поинтересовались бы, как Евгений Степанович живет!

И она принялась живописать бытовые условия.

— Запишите, — буркнуло начальство, — разберитесь там. Правда безобразие, человек столько лет честно служит. Сами людей на махинации толкаем, не бережем «золотой фонд».

Наутро в госпиталь доставили ордер и ключи. Правда, квартирка оказалась в Митине, с видом на крематорий, но это детали.

Женюрка выглядел заспанным. Лиззи и Карлотта кинулись ко мне целоваться. Пообнимавшись с собачками, я вошла в кухню. Гора немытой посуды, пачка готовых пельменей, из ведра свисает мусор. Лилька что, заболела?

— В командировку укатила, — пояснил Женька, заваривая кофе.

Меня страшно раздражало мусорное ведро — слишком напоминало о Ксюшиной квартире. Сунув приятелю в руки тетрадь, я подхватила дурно пахнущий предмет и оттащила в прихожую.

В Женькиной квартире есть безумно идиотская вещь — мусоропровод. Строители решили, что жильцам будет необычайно удобно, если разместить его не на лестнице, а прямо в квартире. Идея не новая, так делали в пятидесятых годах. Но архитекторы прежних лет планировали мусороприемники на кухнях, что, в общем, логично. Нынешние поступили круче. В прихожей сделали дверку. Туда следовало опустошать помойное ведро. По мне уж лучше в таком случае на лестнице!

Подтащив ведро, я отвалила железный ящик и услышала из глубины слабый голос:

— Помогите!

От неожиданности мои руки разжались, и мусор раскатился по полу.

— Помогите! — донеслось из вонючих глубин.

Я понеслась на кухню.

— Воры!

Женька спокойным шагом приблизился к мусорнику и громко спросил, приоткрыв ковш:

— Тут есть кто?

— Слышь, мужик, — донеслось снизу, — будь другом, выручи.

Женька, сопя, отвернул ящик, поставил на пол,

и мы заглянули внутрь трубы. Там, на горе мусора, стоял парень. Нечего было и думать о том, чтобы вытащить его самостоятельно. Через полчаса в тесной прихожей толпились сотрудники службы спасения и милиция. Еще через час из мусорника вытащили абсолютно голого мужчину лет тридцати пяти, сжимавшего в кулаке носки. Он сразу сел на пол и тут же попросил;

— Прикройте чем-нибудь, замерз.

Сердобольный Женька притащил байковое одеяло, и милиционеры принялись допрашивать нашу находку. Вначале сотрудники сурово морщились, подозревая, что в их руки попал незадачливый воришка. Но уже через пять минут лица оперативников начали разглаживаться, и только профессионализм удерживал их от хохота.

Ситуация оказалась старой как мир. Леша пришел в гости к любовнице. В самый разгар приятного времяпрепровождения во входной двери заворочался ключ. Внезапно вернулся из командировки муж дамы сердца. По счастью, перед тем, как нырнуть в койку, Зинка закрыла щеколду. Пока она изображала беспробудно спящую, а супруг колотился в дверь, Леша в ужасе метался по квартире.

— Зинкин мужик — зверь, — бесхитростно каялся донжуан, — в органах служит, пистолет имеет. Мог застрелить, это как пить дать, и ее, и меня.

В крохотной квартирке спрятаться практически негде. Одиннадцатый этаж не позволял покинуть место любовных утех через окно. В полном отчаянии Леша влез в мусоропровод и ухнул вниз.

По счастью, шахта мусоропровода оказалась широкой, а сам любовник был довольно щуплый. Расставив руки и ноги, он пытался тормозить во время спуска, но скорость падения увеличивалась. В какой-то момент Леша потерял возможность контролировать ситуацию и камнем полетел вниз. Скорей всего мужик разбился бы насмерть. Но между седьмым и шестым этажами случился капитальный засор. Неудачливый любовник плюхнулся в кучу ароматных отбросов.

Бедный мужик кое-как простоял на горе банок и очистков всю ночь. Пару раз с верхних этажей сыпался мусор, но кричать было бесполезно — люки открывались слишком далеко от того места, где он находился, к тому же Леша боялся накликать мстительного супруга. Расположенные буквально над его головой ковши седьмого этажа, как назло, не шевелились. Спасение пришло, когда я решила опорожнить ведро.

Оперативники давились от хохота, служба спасения обрабатывала раны «Казановы», парни пытались сохранить серьезность. Наконец один из милиционеров захлопнул блокнот и произнес:

— Все-таки надо проверить.

— Мужики, — взмолился Леша, — только аккуратно, с каждым может случиться!

Дознаватели посовещались, и потом двое, прихватив Женьку, поднялись наверх. Остальные закурили, Леша завернулся поплотней в одеяло и на всякий случай подсел поближе ко мне. Он явно трусил. За дверью послышался раздраженный голос, и на пороге показалась героиня романа: полненькая женщина с простодушным лицом.

— Ну даете, Евгений Степанович, — возмущалась ничего не подозревавшая Зинка, — что за протечка такая! С одиннадцатого этажа до вас дотекла? Почему решили меня виноватить?

— Да поглядите, Зинаида Андреевна, — ласково сказал Женька и указал на дрожащего Лешку.

Баба ойкнула и прикрыла рот рукой. Потом заметила милиционеров и ринулась в атаку.

— Нету такого закона, чтобы за любовь арестовывать!

— Признаете, что данный гражданин пришел к вам вчера около двадцати двух часов с целью проведения времени, а потом покинул принадлежащую вам квартиру посредством спуска в мусоропровод? — сурово спросил участковый.

Я вздрогнула. Нет, все-таки они ужасно разговаривают. Неужели нельзя по-человечески? Но Зинка не обратила внимания на казенные обороты. Пухленькое личико съежилось, из маленьких глаз покатились горошинки слез.

— Ой, конечно, признаю! Думала, убился насмерть!

И женщина заревела басом.

— Ладненько, — обрадовались оперативники, — нас этот случай не касается, дело семейное, разберетесь между собой сами.

Мужчины вывалились всей толпой на лестничную клетку, откуда незамедлительно раздался дружный хохот. Мы с Женькой поглядели на Ромео с Джульеттой, потом уставились на беспорядок в прихожей.

— Сейчас, сейчас, — засуетилась Зинка, — быстренько все замету, полы помою. Евгений Степанович, не губите, не рассказывайте Володьке.

— Чего говорить-то, — буркнул Женька, — подумаешь, дело, чистил дворник мусоропровод да провалился внутрь!

Женщина кинулась на шею сговорчивому соседу, потом рьяно принялась ликвидировать беспорядок. Ленька помылся в ванной, надел старый Женькин тренировочный костюм и, клятвенно обещая вернуть одежду вечером, убежал. Наконец-то мы остались вдвоем.

— Да уж, — промямлил приятель, заваривая кофе, — все ты виновата!

От неожиданности я даже поперхнулась той бурдой, которую Женька выдавал за кофе.

— Почему?

— Стоит Дарье появиться, как тут же начинаются неприятности, таким, как ты, следует сидеть дома.

Я не нашлась сразу, что возразить, но тут запищал пейджер. «Дашенька, позвони мне. Зоя».

Набрав указанный на экране номер, услышала взволнованный голос. Оказывается, младшая сестра Зои заболела, и женщина теперь должна помогать родственнице. Короче говоря, заканчивать уборку в Ксюшиной квартире мне предстояло одной.

Сев в такси, поехала туда в самом мрачном настроении, но тут вдруг мне в голову пришла гениальная мысль. Велев затормозить у ларька с газетами, купила «Из рук в руки». Потом не удержалась и приобрела «Последние новости». «Невестка академика подает в суд на певицу Алину Кармен». «Молодая женщина возмущена клеветой в «Экспресс-газете». Я устроилась поудобней и принялась читать заметку. «Невестка академика Павловского Ксения до глубины души возмущена клеветнической статьей во вчерашней «Экспресс». Рано утром молодая женщина позвонила в нашу редакцию и рассказала правду. «Мой муж никогда не уходил от меня ни к какой другой женщине. Мы счастливы в браке и вместе воспитываем дочь. В больнице я оказалась случайно из-за аллергического шока, вызванного приемом неправильно прописанного снотворного. Никакая Алина Кармен ко мне в палату не приходила». — «А как же фотографии?» — «Явный монтаж». — «Кому же могла понадобиться подобная «утка»?» — «Думаю, что корни истории стоит искать в Академии экономических наук. Мой свекор — крупнейший экономист России, мировая величина — Альберт Владимирович Павловский баллотируется в президенты академии. Кое-кому это не нравится, вот и предпринята кампания в прессе, чтобы замазать грязью доброе имя профессора. Могу добавить, что все его сослуживцы и ученики просто возмущены беспардонной ложью. Конечно, выйдя из больницы, я подам в суд на «Экспресс». Впредь могу посоветовать журналистам более тщательно проверять информацию».

Читайте «Последние новости», только мы сообщаем подлинные факты. Ольга Круглова, специальный корреспондент».

Я отпирала квартиру Ксюши в глубокой задумчивости. Ай да Виолетта! Бережет семейную честь, как итальянка девятнадцатого века. Успела найти знакомых, связалась с газетой и выдала опровержение. Интересно, в какую сумму встала защита чести и достоинства семьи и какие действия предпримет Алина Кармен?

Отодвинув в сторону покрытые плесенью чашки, я разложила на кухонном столе «Из рук в руки» и буквально сразу наткнулась на нужное объявление: «Убираем квартиры быстро, чисто, дорого».

Не прошло и часа, как прибыли две здоровенные бабы. Определив поломойкам фронт работ и договорившись, что к восьми вечера квартирка будет блестеть, как пасхальное яйцо, я вышла на улицу.

Чудесный майский день — жаркий и безоблачный. Ласковое, но не палящее солнце так и манило отправиться куда-нибудь на пляж или в лес. Но, к сожалению, жизнь детектива требует отречения от мирских удовольствий.

Я порылась в сумочке. Где-то здесь валяется бумажка, на которой записала в больнице адреса соседок Катюши по столовой — Ани Вельяминовой и Тани Костиной. Самое время узнать, что так взволновало женщину в их разговоре.

Аня Вельяминова жила на улице Кати Мельниковой, рядом со зданием онкологического диспансера. Посмотрев на кирпичный дом, вызывавший самые неприятные воспоминания, я отправилась искать семьдесят вторую квартиру.

На просторной площадке четвертого этажа была всего лишь одна дверь. Подивившись на странный дизайн, я нажала на кнопку звонка. Пару минут спустя появилась девушка с замотанной полотенцем головой и сердито сказала:

— Зачем на час раньше являться? Указано точное время, и, между прочим, мы здесь еще и живем!

Она раздраженно ткнула рукой в глубь апартаментов и довольно злобно буркнула:

— Обувь снимите.

Обнаружив у двери довольно вместительный ящик, набитый тапками, я сначала решила нацепить сменную пару, но потом передумала и пошла искать хозяйку. Девушка сушила волосы феном.

— Ну чего еще, — заорала она, — раз пришли не вовремя, садитесь и ждите в зале, нечего по комнатам бегать!

— Не кричите, — резко оборвала я злючку, — майор Васильева, из МВД, придется ответить на некоторые вопросы.

— Так и знала, — продолжала бушевать девчонка, — сто раз говорила: «Брось дурака валять!» Пойдемте на кухню.

Усадив меня на узенький диванчик, травестюшка тряхнула мокроватыми разноцветными прядками мелированных волос и с чувством произнесла:

— Может, арестуете дурака суток на пятнадцать за незаконную деятельность? Надоели убогие и калеки.

— Кого? — удивилась я.

Выяснилось, что три года тому назад у четырнадцатилетней Ани погибла в катастрофе мать. Отец, весьма удачливый бизнесмен, владелец нескольких бензоколонок, слегка повредился умом после кончины супруги. В день похорон вдовцу приснился ангел, который велел ему заниматься исцелением страждущих. С неангельской злобностью небесный посланник пообещал умершей супруге адские муки, если муж проявит непослушание.

Отец, по словам Ани, словно взбесился. Скупил все квартиры на лестничной клетке и переделал их в огромный зал. Там три раза в неделю собирались больные. Бизнесмен проводил многочасовые «целительские сеансы». И самое интересное: кое-кто почему-то вылечился. После того как парализованный мальчик отбросил костыли и бодро пошагал к выходу, «бензинщик» окончательно уверовал в свое предназначение. Никакие рассказы дочери об истерическом параличе не действовали. Отец принял крещение, повесил в каждом углу по иконе, принялся истово соблюдать посты и требовать от дочери безоговорочного послушания. Денег за сеансы ангел брать не разрешил, поэтому квартиру «мессии» осаждали толпы инвалидов, наивно верящих в выздоровление.

Ане все это надоело до безумия. Магнитофон, видик и телевизор папа выкинул. Чай и кофе называл бесовской забавой. Когда она начинала злиться и кричать, отец только вздыхал, крестился и приговаривал: «Христос терпел и нам велел». Поэтому, увидав майора милиции, девушка обрадовалась, надеясь, что я пришла арестовать папеньку. Пришлось разочаровать дочурку.

— Занимаюсь совершенно иным делом, и мне нужны ваши свидетельские показания, — отчеканила я, вытаскивая блокнот.

Девица поскучнела.

— А чего я сделала? Ничего не знаю.

— Вы лежали не так давно в онкологической больнице?

— Да.

Я вздохнула: такая молодая — и рак! Вот уж не повезло, хотя выглядит совершенно здоровой: волосы блестят, глаза сверкают, щеки словно яблоки!

Как будто услышав эти мысли, девица хихикнула:

— Никакой онкологии нет. Родинку на шее удаляла, мешала очень, а врач велел делать операцию в специализированной больнице.

— Помните своих соседок по столовой?

Аня утвердительно кивнула. С Таней Костиной лежала в одной палате. У той тоже оказалась сущая ерунда — небольшая доброкачественная липома, и девочки восприняли пребывание в клинике как дополнительные каникулы. Но провели они там почти месяц. Две недели им проводили обследование, потом шло заживление швов. В отличие от основной массы оперируемых женщин, у них ничего не болело, и девушки бегали по коридорам, строя глазки врачам.

За столом их посадили с Екатериной Виноградовой. Та годилась подружкам в матери, и особого контакта у них не возникло. Катюша приходила вовремя, быстро и аккуратно съедала свою порцию и, вежливо пожелав соседкам приятного аппетита, уходила в палату. Никакие доверительные беседы они не вели. Ограничивались фразами типа «суп пересолен» или «передайте хлеб». Девчонки остались довольны такой соседкой.

— Там столько противных старух лежало, — простодушно сообщила Аня, — они все время ругались и лаялись. А уж ели как! Стошнит поглядеть: чавкают, на стол капают, сморкаются в салфетки. Нам же просто повезло — очень милая, воспитанная женщина, только пожилая! Ну о чем нам разговаривать?

Я усмехнулась, вспомнив, как когда-то тринадцатилетний Аркадий всерьез уверял нас с Наташкой, что застрелится в тридцать лет, чтобы не жить стариком.

Короче говоря, завтрак, обед и ужин протекали в полном согласии. Тем непонятней выглядела Катина истерика.

Аня хорошо запомнила подробности. В тот день они с Таней, весело хихикая, обсуждали за обедом молоденького палатного врача. Потом Таня принялась пересказывать содержание прочтенного накануне любовного романа, и подружки развеселились окончательно. В самый разгар приятной беседы их милая, молчаливая соседка вскочила вдруг на ноги и, опрокидывая тарелки с запеканкой, закричала, как безумная:

— Хватит, довольно, все поняла, все знаю!

Девочки перепугались. Таня побежала за врачом, а Аня попробовала успокоить Катюшу. Куда там! Та мотала головой, захлебывалась слезами, потом принялась судорожно хохотать.

Истерику остановил только укол. Виноградову увели в палату. Подружкам расхотелось есть, и они ушли к себе.

Ближе к вечеру к ним в комнату поскреблась Катюша. Соседка выглядела виноватой. Извинившись перед девушками, объяснила, что на фоне химиотерапии, наверное, временно помутилась умом. Девчонки великодушно заверили женщину, что все ерунда, с каждым бывает. Катя помялась немного и попросила посмотреть книжку, о которой шла речь в столовой.

— Как назывался роман, помните? — спросила я.

Аня потрясла головой:

— Я такую дрянь в руки не беру, это Танька от них тащится. Хотите спрошу?

Она схватила трубку и узнала заглавие — «Страсть и деньги». Таня никогда не выбрасывала купленные книги и готова была дать мне роман. Правда, ехать за ним пришлось в Орехово-Борисово.

Впустив меня в темный коридорчик, Костина жадно спросила:

— Чего случилось-то?

— Тайна следствия не подлежит разглашению, — ответила я гордо и вошла в скромно обставленную комнату. В глаза сразу бросился шкаф, доверху набитый любовными романами. Похоже, девочка скупает новинки сериями. Таня порылась на полке и вытащила книжку, на обложке которой черноусый офицер сжимал в страстных объятиях полуголую томную блондинку. Четыреста пятьдесят страниц!

Танин рассказ почти полностью совпадал с Аниным. Катя ей тоже понравилась: тихая, спокойная, тактичная.

— Чем я ее напугала? — недоумевала девушка.

— Почему напугала?

— Да она все трясла головой и кричала: «Знаю, страшная, страшная!..»

Глава 23

Поглядев на часы, я заторопилась назад, в Ксюшину квартиру. Поломойки уже закончили уборку и отдыхали на блестевшей кухне. Поработали бабы на совесть. Кафель сиял, шкафы приобрели первозданный розовый цвет, из унитаза можно было пить. Получив оговоренную плату с чаевыми, довольные бабищи отправились восвояси.

Я открыла полку. Интересно, где у Ксюши кофе? Выпью чашечку перед уходом.

— Что вы здесь делаете, никак квартиру обворовать хотите? — раздался за спиной злобный голос.

От неожиданности я выронила банку, коричневые гранулы разлетелись по отдраенному полу. От входа со шваброй наперевес шла довольно крупная тетка. Лицо вошедшей не обещало ничего хорошего. Она принялась размахивать палкой и кричать:

— Ты как сюда попала? Кто пустил?

— А вы кто? — бросилась я в атаку. — Вас кто пустил?

— Еще и огрызаться! — возмутилась женщина. — Сейчас милицию вызову, живо разберутся! У меня-то есть ключи от дочкиной квартиры!

— Так вы мама Ксюши! А меня послала Виолетта Сергеевна Павловская, прибраться велела!

Родительница плюхнулась на стул и зарыдала в голос:

— Бедная, бедная моя дочурка, кровиночка моя, ягодка сладкая!

Слезы потекли по щекам, женщина принялась судорожно всхлипывать и хвататься за сердце. Я спокойно наблюдала разворачивающийся спектакль. Истерическая, психопатическая личность, из тех, что любят демонстрировать горе и страдания прилюдно. Соболезнования и утешения только усилят вопли. Если не обращать внимания, скоро остановится.

— За что? — продолжала биться в рыданиях невротичка. — За что погубили душу? Доченька, любимая, не вернуть тебя, никогда, никогда. У всех матерей детки выросли да радуют, мне — одни могилки!

— Ксюша жива и здорова, — попыталась я вразумить бабу.

— Говорила ей, — завелась женщина на другую тему, — плюнь на него, найди другого. Так нет, твердила как оглашенная: люблю Игоря, люблю Игоря! И вот результат! Умирает во цвете лет. Нет, я это так не оставлю. В суд подам, пусть Павловским за все воздастся — и за Лику, и за Ксюшу. В церковь пойду, отпевание закажу, чтобы они сдохли!

Баба принялась колотиться лбом о пластиковую столешницу. Под равномерный стук я принялась заметать рассыпанный кофе. Тетка внезапно прекратила биться и абсолютно спокойным голосом сказала:

— На бумажку собери да в банку ссыпь. Его еще выпить можно. Пол-то вымыт, а «Пеле» — сто рублей банка.

Если ей охота пить грязный кофе, пожалуйста! Я послушно ссыпала коричневый порошок в жестянку и решила заварить себе чай, благо глаз наткнулся на пакетики «Липтона». Чайник начал свистеть, баба шмыгнула носом в последний раз.

— Налейте и мне кофейку, успокоиться надо!

Глядя, как в чашке всплывают наверх мельчайшие соринки и крошки, я сказала:

— Не следует так расстраиваться. Ксюша вполне хорошо себя чувствует, скоро домой придет.

Женщина отхлебнула жидкость, насыпала четыре ложки сахарного песка и агрессивно поинтересовалась:

— У самой-то дети есть?

— Двое.

— Неужели тогда не понимаешь? Доченька моя, ласточка сизокрылая!

Истеричка снова принялась распускать сопли. Странно, что при такой патологической чадолюбивости она совершенно не интересуется, где находится внучка. Женщина опять впала в полубезумное состояние. Она вцепилась пальцами в довольно аккуратно причесанные волосы и стала дергать пряди. Глаза начали стекленеть. Этак она себя до обморока доведет. Стало ясно, что сама по себе крикунья не остановится, следовало принять меры.

Налив стакан холодной воды, я подошла к бесноватой и опустошила емкость ей на темечко. Психопатка взвизгнула:

— С ума сошла? Я же простужусь!

— При такой жаре? Пойдите в ванную умойтесь, а мне пора.

— Погоди, погоди, — засуетилась женщина, — не уходи, у меня сердце разболелось, вдруг приступ случится!

Я понимающе вздохнула. Знаю, жила с такой рядом.

Мама моего второго мужа, Наталья Михайловна, первое время просто ставила в тупик частой сменой настроения. Вот она встала, попила кофе и в лучезарном расположении духа отправилась гулять. Через час возвращается чернее тучи, цедит слова сквозь зубы и сообщает: «Никто в доме меня не ценит, все вы неблагодарные»

Начинается крик, в голову невестке летят самые невероятные обвинения. Однажды поставили в вину, что украла дневник, который Наталья Михайловна самозабвенно вела на протяжении всей своей жизни. До вечера со мной не разговаривали, а орали, объясняя, что воры сидят в тюрьме. После ужина заповедная тетрадь нашлась, свекровь уронила ее за кровать. В следующий раз пропал кошелек, и сцена повторилась. Нечего и говорить, что портмоне благополучно обнаружилось в кармане пальто. Здесь бы извиниться! Не тут-то было.

— Это ты переложила его, — заявила свекровь, гордо удаляясь на улицу.

Каплей, переполнившей чашу терпения, стала отвратительная сцена, разыгравшаяся как раз под Новый год. Маленький Аркадий ухитрился, катаясь на горке, сломать руку. Мне позвонили на работу, и прямо из аудитории я помчалась в больницу, где просидела до отбоя. Домой соответственно явилась после десяти вечера. В темном коридоре на стуле восседала Наталья Михайловна.

— Где ты шляешься? — накинулась свекровь. — Я умираю с голоду!

— Почему? — непочтительно изумилась я. — В холодильнике готовый обед.

— По-твоему, старая и больная женщина-инвалид должна сама сумки таскать? — не к месту завопила любимая мама.

Меня она не слушала, выдавала давно подготовленный текст.

— Аркаша руку сломал, — робко попробовала я прервать поток обвинений.

— А хоть бы и шею, — заявила бабуля, — в первую очередь ты обязана думать обо мне, женщине, родившей и воспитавшей твоего мужа, а уж потом о ребенке, отец которого, кстати, не дает на его воспитание ни копейки. Между прочим, живете вы здесь, в этой чудесной квартире, бесплатно! Хотя у самих есть жилплощадь на выселках!

На следующее утро я съехала в свои двухкомнатные хоромы в Медведково. Свекровь звонила месяца три, устраивая разборки. Потом Максим снова женился. У Натальи Михайловны появился другой объект — Люська. Кстати, ей всегда ставилась в пример предыдущая жена. «Даша, — шипела свекровь, — чудно готовила, великолепно убирала, работала, уважала меня и никогда не делала долгов». Представляете, как Люська меня любила!..

Ну да бог с этим, интересно другое. Каждый раз, устроив истерику, свекровушка впадала в какое-то полутрансовое состояние. Становилась на непродолжительное время мила, ласкова и... патологически болтлива. На нее нападали припадки ненужной откровенности. Радостно улыбаясь,

Наталья Михайловна выкладывала такие факты, которые можно рассказать только в алкогольном бреду. Да и ее состояние после скандала больше всего походило именно на опьянение. Потом, спустя много лет, один хороший психотерапевт объяснил, что психопаты затевают истерики именно ради этого эйфорического состояния. Каждый добивается удовольствия по-своему. Один напивается, другой скандалит.

Скорей всего Ксюшина мать из этого легиона. Сейчас вернется умиротворенная из ванной и начнет откровенничать.

— Кто бы знал, — воскликнула женщина, появившись на пороге, — сколько мне пришлось пережить! Кстати, не представилась — Лидия Борисовна. Вам даже трудно вообразить, как много страданий выпало на мою долю.

Я сочувственно вздохнула и пододвинула ей остывший кофе с мусором. Ну, началось, сейчас все выложит. Изо всех сил постараюсь, чтобы источник не иссяк. Ведь узнала же Катюша что-то про эту семейку. Недаром в разных ситуациях припоминала их фамилию.

— Жизнь — жестокая штука, — философски продолжала Лидия Борисовна, — одним мясо, другим — кости.

Передо мной стала разворачиваться семейная история. Отец — Страшной Сергей Юрьевич всю жизнь проработал водителем мусоровоза. Платили шоферу всегда хорошо. К тому же на свалке регулярно обнаруживались замечательные вещи. Можно сказать, что их квартира была обставлена исключительно с помойки. И столы, и кухонные

336 Дарья Донцова

шкафы, и кровати — все притащил в дом рачительный шофер. Вещи, правда, не очень хорошо подходили друг к другу. В кухне, например, мирно соседствовали сушка, отделанная пластиком, и полки из натуральной сосновой доски. Но Сергею Юрьевичу было глубоко наплевать на красоту, мужик самозабвенно собирал деньги на собственную машину. Жадность его была просто патологической. Расходы на хозяйство учитывались до копейки, лишний пакет молока, купленный Лидой, доводил скопидома до бешенства.

Жили супруги в двухкомнатной тесной «распашонке» вместе с матерью Сергея, женщиной, очень рано, лет в пятьдесят, впавшей в совершенный маразм. Потом пошли дети.

Первой родилась Ангелина. Уже к трем годам стало ясно, что девочка растет необыкновенной красавицей. Прохожие оглядывались на улице, увидав огромные фиалковые глаза и ворох белокурых кудрей крошки. В первых классах школы выяснилось, что девочка к тому же и умница. За все годы учебы в дневнике ни разу не появились тройки. Как у жука и жабы могла родиться такая фея?!

Следующей на свет появилась Ксения. Природа сыграла жестокую шутку, и второй дочери не досталось ничего: ни ума, ни красоты. В престижной элитарной школе, куда принимали только детей благополучных и высокопоставленных родителей, Ксюшу держали только потому, что Лидия Борисовна пахала техничкой. Парадоксальным образом вся патологическая материнская любовь и внимание достались неудачной дочери. Ни Лика, ни самая младшая Инга не интересовали женщину. Лидия Борисовна была готова вытаскивать для своей кровиночки голыми руками горячие угли из костра. Она просиживала ночи напролет, расшивая бисером марлевые юбочки, чтобы Ксюша была самой красивой Снежинкой на празднике. Тайком от мужа покупались необходимые наряды. Фрукты, конфеты, мороженое — все это Ксюша ела за закрытой дверью родительской спальни, пока отец возил мусор. Лике не доставалось ничего, она и так была самой красивой и самой умной в школе. Когда в восьмом классе Ксюше предстояло сдавать экзамены, ненормальная Лидия Борисовна стала бесплатной домработницей для директрисы. Женщина ужасно боялась, что ее сокровище вышибут из школы за двойки. На Лику и Ингу она просто не обращала внимания. А потом даже отправила Ингу в деревню. Другие девчонки возненавидели бы в таких обстоятельствах сестрицу. Но только не Лика! Она была еще и благородна. Ангелина искренне считала, что виновата перед Ксюшей, «отняв» у той красоту. С десяти лет за Ликой табуном бегали мальчишки. За Ксюшей не ухаживал никто. Впрочем, уже к первому классу она была законченный эгоисткой, привыкшей, что старшая сестра и мать выполняют все ее пожелания.

Но тем не менее сестры тесно дружили, подолгу играли вместе и даже разработали свой собственный шифр, оставляя друг другу записки. В 1985 году им было семь и двенадцать лет.

Страна потихоньку разваливалась. Взлетели

на недосягаемую высоту цены. Отец, успевший купить «Жигули», теперь самозабвенно копил на дачу. Он вообще перестал давать деньги на хозяйство, предоставив жене выкручиваться самой. Перебивались кефиром, картошкой и маргарином. Но Ксюше все равно покупали масло, свежие фрукты и мясо. И она ела эти недоступные для других членов семьи продукты абсолютно спокойно, уверенная, что так и надо.

После девятого класса Ксению отправили в первый раз одну, без сопровождающих, к родственникам в деревню. Вечером москвичку позвали на тусовку местные молодые люди. Неизбалованная мужским вниманием дурнушка, не задумываясь, пошла на сеновал с первым поманившим ее парнем. К концу августа с Ксюшей не переспал только ленивый. Тетка настучала матери о разгульном поведении дочери, но Лидия неожиданно пришла в восторг. Оказывается, ее драгоценная дочурка пользуется успехом у лиц противоположного пола.

Первого сентября десятиклассница Ксюша, познавшая все тайное, влюбилась. И в кого! В первого школьного красавца и завидного жениха Игоря Павловского. Стоит ли говорить, что за мальчишкой бегали все девчонки школы. Дурнушка Ксюша не имела никаких шансов. Вот уж где судьба сыграла с ней плохую шутку.

Привыкнув получать все по первому требованию, девочка, видя, что объект мечтаний попросту не замечает ее, окончательно потеряла голову. С плачем ежедневно требовала от матери новых нарядов и дорогой косметики. Но все напрасно.

Игорь не видел ни фирменных кофточек, ни выкрашенных в цвет «баклажан» волос.

— Совсем с ума сошла, — вспоминала, — утром за два часа до уроков вскакивала и давай на голове кренделя укладывать.

Никакие доводы не действовали на Ксюшу. Первый раз в жизни она не могла получить желаемое и не могла с этим смириться. Лидия Борисовна только вздыхала тайком, слушая, как обожаемая дочурка названивает Павловским. Игорь же в семнадцать лет оставался инфантильным мальчишкой. Больше всего на свете парень любил возиться с коллекционными оловянными солдатиками. Девочки совершенно не волновали юношу, сердце первого красавца оставалось незанятым.

В апреле месяце ситуация буквально на глазах у изумленной Лидии Борисовны резко изменилась. Младший Павловский начал захаживать в гости. В июне Ксюша, рыдая, сообщила матери о беременности. Та в негодовании кинулась к Виолетте Сергеевне. Приветливая профессорша впустила обозленную родительницу и, выслушав справедливые обвинения, предложила... положить Ксюшу в хорошую клинику и дать денег на аборт. О свадьбе даже не заговаривали. Призванный к ответу Игорь твердил, что не любит Ксюшу, что она сама соблазнила его, пользуясь неопытностью парня, и что меньше всего он хочет видеть ее своей супругой.

Комсомольской и партийной организаций больше не было, жаловаться стало некуда. Лидия Борисовна пыталась заставить дочь сделать аборт, но та уперлась и твердила о неземной любви и страсти. И тут разом случились невероятные вещи.

Лика к тому времени ушла из дома. Девушка устроилась на работу в модельное агентство, стала отлично зарабатывать и сняла квартиру. Под родительский кров заглядывала редко. Правда, с младшей сестрой дружила по-прежнему, дарила красивые платья и туфли.

В октябре Лика взяла отпуск и вместе со своей лучшей подругой, тоже манекенщицей, уехала отдыхать на дачу. Вернулась она в гробу. Рыдающая Юля Малькова ничего не могла рассказать. Оказалось, что Лика обманула родных, сказала, что отправляется с подругой на дачу, а сама уехала куда-то с любовником. Ни имени, ни фамилии таинственного соблазнителя Юля не знала.

Родители забеспокоились о судьбе Лики после звонка из модельного агентства. Разозленный главный художник выяснял, когда же Страшная выйдет наконец на работу. Встревоженный отец позвонил Юле Мальковой, и та после недолгого запирательства призналась, что служила для подруги ширмой. Подождав еще несколько дней, отец обратился в милицию. Вечером того же дня Сергей Юрьевич и Лидия Борисовна опознали тело дочери. Серьезный бородатый судмедэксперт сказал, что девушка попала под машину. Тело нашли на Кольцевой автодороге, вблизи 23-го километра. Труп валялся на шоссе, документов при погибшей не обнаружили. Скорей всего перебегала дорогу в неположенном месте. Лидия Борисовна ломала голову, гадая, зачем старшая дочка бродила по Кольцевой дороге.

В середине октября неожиданно в доме Страшных снова появился Игорь с... предложением о женитьбе. Лидия Борисовна терялась в догадках, пытаясь понять, что подвигло паренька на этот поступок. Видно было, что он с трудом выносит присутствие невесты. Однако свадьбу все равно сыграли. Более того, Павловские подарили молодым квартиру. Правда, на бракосочетании с их стороны не было никого: ни Виолетты, ни Альберта, ни Светланы с Валерием...

Еще через неделю Сергей Юрьевич огорошил свою жену заявлением о том, что он купил трехкомнатную квартиру. Их двухкомнатная халупа была обменена на дачу. Лидия Борисовна поинтересовалась, откуда у супруга взялась такая прорва денег. «Накопил», — коротко ответил Сергей.

Новый год они встречали в сияющих свежими обоями просторных комнатах. У Сергея нашлись средства на мебель и занавески. Лидия Борисовна только вздрагивала, видя, как прижимистый муж швыряет направо и налево доллары. Вскоре после переезда благополучно умерла свекровь — маразматичка, и из деревни вернули младшую Ингу. Ксюшенька родила дочку, но бабку по материнской линии к ребенку не допустили.

— Все Игорь, — жаловалась Лидия Борисовна, — вот ведь паразит!

Спустя два дня после свадьбы женщина разбежалась в гости на новую квартиру Ксюши. Дверь открыл Игорь. Увидав тещу с тортом, зятек ловко выдвинул ее назад к лифту и категорически сообщил о нежелании видеть у себя никого из жениных родственников. Оторопевшая женщина вернулась домой и принялась звонить дочери. Трубку снял молодой муж и велел забыть их номер телефона.

Через несколько дней обескураженная Лидия Борисовна подстерегла Ксюшу около магазина. Любимая дочурка, брезгливо поморщившись, вытерпела жаркие объятия и, отодвинув расчувствовавшуюся мамашу в сторону, холодно сообщила:

— Нам следует на какое-то время прекратить отношения. Если вы с отцом будете навязываться, Игорь бросит меня. Он поставил условие: или я живу с ним, или с вами. Ты извини, но муж дороже.

Несчастная мать чуть не рухнула на колени. «Только без истерик», — хладнокровно заявило любовно выпестованное чадо.

С тех пор о жизни Ксюши Лидия Борисовна узнавала тайком. Выяснив, что зять ушел в институт, теща робко звонила дочери. Ксюша отделывалась общими фразами, часто, просто буркнув: «Все в порядке», — бросала трубку. Один раз она, правда, смилостивилась и встретилась с матерью в скверике около дома. Дело шло к родам, и выглядела молодая женщина неважно. Жестом царицы, оказывающей невероятную милость, она протянула матери дубликат ключей и сообщила:

— Игорек в командировке, как только увезут в родильный дом, приди и убери квартиру.

Осчастливленная Лидия Борисовна побоялась спросить, почему зятек уехал как раз накануне родов. Комнаты она выдраила до блеска. С тех пор Ксюша иногда разрешала матери прийти на помощь, строго приглядывая, чтобы зять и теща случайно не встретились. Лидии Борисовне вменялось в обязанность гулять два часа на морозе с внучкой, спавшей в коляске, покупать картошку и убирать грязь.

Шаткие взаимоотношения разрушила сама Лидия Борисовна. Почувствовав, что дочь нуждается в ее услугах, и возмущенная поведением Игоря, который вел абсолютно холостяцкий образ жизни, женщина покритиковала ненавистного зятя:

— Что-то он, доченька, не слишком о тебе заботится, с ребенком не занимается. А ты зря к бутылке прикладываешься, вредно это.

Ксюша оставила слова матери без ответа. Но когда та на следующее утро позвонила ей, резко заявила:

— Больше не приходи, не нуждаюсь ни в тебе, ни в твоих поучениях!

И сколько Лидия Борисовна ни извинялась, сколько ни пыталась вновь наладить отношения, все без толку. Ксюша прервала всяческое общение с родителями.

Бедной Лидии Борисовне оставалось только из-за угла подглядывать за дочуркой, чтобы убедиться, что та жива и здорова.

О том, что родная кровиночка попала в больницу, мать узнала из газеты «Экспресс». В Боткинскую, боясь вызвать гнев, она не решилась поехать, просто позвонила в справочное бюро и узнала, что состояние Страшной не внушает опасений. То же издание поведало Лидии Борисовне и о том, что Игорь ушел из семьи. Тихо ликуя, женщина отправилась на квартиру дочери, решив навести там порядок к ее возвращению. К ее изумлению, на кухне она обнаружила меня.

Глава 24

Утром пейджер молчал. Ладно, подожду до обеда, потом позвоню сама и скажу, что квартира убрана. А пока использую свободное время и поеду к подружке Лики — Юле Мальковой. Что-то слишком много трупов в этой истории.

Юлечка бдительно спросила из-за двери:

— Кто там?

— Откройте, пожалуйста, я тетя Лики Страшной.

Девушка приотворила дверь, но цепочку не сняла. Кстати, очень глупый поступок. Любой гопник объяснит, что перекусить плоскогубцами металлическую цепочку ничего не стоит. На всякий случай я всунула ногу в дверной проем и мило заулыбалась. Юля наметанным глазом окинула костюм от «Шанель» и подобрела.

— Входите.

Прихожей не было, сразу за дверью начиналась безукоризненно обставленная гостиная. Все выдержано в белом колере — стены, мебель, ковер на полу и занавески. Может, и модно, но навевает мысли о кабинете гинеколога. Единственное яркое пятно — картина, на которой изображены две запятые — красного и черного цвета. Юля села на диван и, выставив безупречные ноги, сказала:

— Первый раз слышу, что у Лики была тетя. Вы чья сестра, тети Лиды или дяди Сережи?

Я поглядела на спокойное девичье лицо. Раньше думала, что красота девушек, украшающих журналы, всего лишь полиграфические трюки. Там замазали, здесь подрисовали, тут подретушировали — и, пожалуйста, Кейт Мосс.

Но сейчас передо мной сидело само совершенство. Яркий утренний солнечный свет падал ей на лицо. И я могла поклясться чем угодно, что косметики на нем не было ни грамма. Гладкая, ровная, здоровая кожа без признаков морщин и пигментных пятен. Нежный цвет лица напоминал лепестки розы. Большие зеленые глаза оттеняли пушистые угольно-черные ресницы, брови разлетелись к вискам. Безупречной формы рот изгибался в улыбке, и как окончательный штрих, наверно, добивавший мужчин, прелестная небольшая родинка над верхней губой. Оторваться от такого лица просто невозможно.

Девушка тряхнула длинными каштановыми прядями, и я заметила, что у корней волосы более светлые. Надо же, натуральная блондинка, а красится в темный цвет, обычно делают наоборот.

Юля ослепительно улыбнулась, обнажив зубы, пригодные для рекламы фирмы «Блендамед».

— Сейчас блондинки не в моде, вот и пришлось подправить природу. Так кто вы?

Да уж, жизнь несправедлива, кому кости, кому мясо!

Юлечке хватило бы одной красоты, так господь еще и ума отсыпал. Наверное, в день ее рождения он был чем-то очень доволен.

— Я тетя Романа Виноградова, одноклассника Ксюши, и мне очень нужно, чтобы вы рассказали все, что знали про Лику.

— Зачем? — справедливо поинтересовалась Малькова.

Пришлось ввести ее немного в курс дела.

— Ну ладно, расскажу, — пробормотала Юля, — если считаете, что это поможет невинно осужденному! Хотя, откровенно говоря, не вижу, что могло бы связывать Лику с Романом.

— Где жила Ангелина?

— Здесь, — ответила подруга, — мы снимали квартиру вдвоем. Тут три комнаты. Одна общая, там принимали гостей. После Ликиной смерти все вещи забрала Ксюша.

— Ксюша?

— Младшая сестра, очень неприятная особа. Но давайте лучше по порядку.

Юля и Лика познакомились в модельном агентстве, когда пришли учиться на манекенщиц. До этого девушки безуспешно пытались поступить в вуз: Юля во ВГИК, а Лика на филологический.

Взяли их в «Вуменстар» сразу, и через три месяца девочки уже бегали по «языку», демонстрируя разнообразные прикиды.

Жизнь в модельном бизнесе не особо пришлась им по вкусу. Юлю утомляли бесконечные примерки и стояние столбом во время «подгонки» платьев. Стеснительной Лике не нравилось раздеваться в присутствии мужчин. Правда, почти все представители сильного пола, окружавшие подружек, оказались с голубым оттенком и рук не распускали. Другое дело зрители. Частенько после показа за кулисами появлялись молодые, спортивного вида парни с сотовыми телефонами. Часть «вешалок», хихикая, уезжала на «ночную смену».

Но только не Лика с Юлей. И та, и другая хотели выйти замуж по любви, один раз и навсегда. В общем, вполне понятная мечта в их юном возрасте.

Слава бежит впереди человека, и к Лике с Юлей мужики не приставали. В Доме моделей было полно других красивых и сговорчивых, поэтому девушек не трогали. Кое-кто, видя их постоянно вместе, пустил слух о лесбийских наклонностях подруг. Страшная и Малькова посмеивались, но не разубеждали сплетников. За все годы совместного житья у них не возникало ни скандалов, ни ссор. Свободное время в основном проводили дома, у телевизора. Единственно, что раздражало Юлечку до зубного скрежета, — бесконечные визиты Ксюши. В отличие от Лики, Юля видела наглость, эгоизм и глупость младшей сестрицы.

— Она с Ангелиной так разговаривала, как будто та у нее любимую вещь украла, а Лика, дурочка, только приговаривала: «Хорошо, Ксюнечка, возьми новое платьице, тебе будет к лицу», — возмущалась Юля.

Окончательно вывели Малькову из себя несчастная Ксюшина любовь и та готовность, с которой подруга принялась устраивать судьбу нахалки.

Был придуман великолепный план. Предлагалось сыграть на страсти Игоря к коллекционным солдатикам. Сначала Лика раздобыла где-то, кстати за немалые деньги, сногсшибательный набор.

На бархатной подушечке лежал целый артиллерийский расчет и крохотная пушечка. Гаубица заряжалась микроскопическими ядрышками и стреляла довольно бойко на расстоянии двух шагов.

Ксюша позвонила парню и рассказала, что сестра привезла из Парижа необыкновенную игрушечку. Заинтересованный коллекционер тут же примчался к ней домой. Артиллеристы привели мальчишку в восторг, и он забавлялся с орудием весь вечер. Уходя, умоляюще глянул на Ксюшу и спросил, не продаст ли Лика наборчик?

На следующий день Ксюша сообщила, что Ангелина с удовольствием отдаст солдатиков просто так, к тому же покажет еще и танкистов. Игорь опять понесся к Страшным. Однако на этот раз дома не оказалось никого из взрослых, а на Ксюше красовался полупрозрачный черный пеньюар.

Девчонка беспрерывно ходила по комнате, ее одежонка распахивалась, обнажая попеременно то голые коленки, то едва прикрытую лифчиком грудь. Конечно, Игорь был инфантилен, но с потенцией у него был полный порядок. Мальчишкам его возраста не надо слишком много для возбуждения. Все произошло так, как рассчитывала Лика, обучая Ксюху как бы невзначай приоткрывать свои прелести.

Сексуальное удовлетворение, полученное от женщины в первый раз, сильно подействовало на Игоря. Он хотел его повторить и, как только Лидия Борисовна и Сергей Юрьевич уходили из дома, бежал к Ксюше. К тому же у дамы частенько оказывались в руках заповедные солдатики для любимой коллекции. Наивный парень и не подумал о средствах предохранения. Известие о беременности любовницы ошарашило его.

Мальчишка сразу протрезвел и понесся к мамаше каяться. Светлана отправила сынулю в диспансер и велела сдать анализы. Потом к Виолетте Сергеевне явилась разозленная Лидия Борисовна.

Узнав о том, что Павловские совершенно не горят желанием видеть ее в невестках, Ксюша отправилась к Лике и устроила скандал.

— Она так орала на нее, так упрекала, будто Ангелина отбила у нее парня, — дивилась Юля, — по мне, так следовало надавать нахалке пощечин и выгнать.

Но Лика бросилась утешать сестрицу.

— Не плачь, — говорила она Ксюхе, — схожу к его родителям и объясню, что на языке Уголовного кодекса это называется совращением малолетних. Небось не захотят, чтобы Игорек угодил в тюрьму. Живо с предложением появятся.

Как прошел разговор у Павловских, Юля не знала. И вообще, они с подругой стали меньше общаться, потому что Лика наконец влюбилась. Героя ее романа Малькова никогда не видела. Ангелина даже не называла его по имени, употребляя только местоимение «он». Из ее рассказов явствовало, что ОН необыкновенно красив, умен и интеллигентен. ОН талантлив и потрясающ, ОН богат и известен. Есть только один маленький, крошечный изъян — ОН женат. Но супруга давно ведет автономный образ жизни, и скоро ОН женится на Лике.

У Ангелины теперь всегда было лучезарное настроение, по утрам она пела в ванной, по вечерам возвращалась поздно, часто с букетами и подарками. Юля даже слегка позавидовала подруге — на ее пути принц все никак не попадался.

Несмотря на страстную любовь, таинственный обожатель не появлялся в Доме моделей на показах, он явно избегал общества.

Только один раз Юлечка увидела из окна гардеробной, как раскрасневшаяся и абсолютно счастливая Лика усаживалась в сверкающую иномарку — то ли «Мерседес», то ли «Вольво». В машинах Малькова разбиралась плохо.

В любовном угаре Лика провела июнь, июль и август. В сентябре что-то случилось. Сначала страстный любовник отбыл в командировку, и Ангелина бросалась на каждый телефонный звонок. Через неделю совершенно приуныла, пала духом и принялась плакать. Юле стало жаль подругу, и она уговорила ее сходить в ресторан поужинать. Лика, обычно отказывавшаяся от таких предложений, неожиданно согласилась. И они вместе с большой компанией отправились в «Славянский базар» праздновать день рождения одного из «манекенов». В кабаке Лика сначала оживилась, потом внезапно побледнела и уставилась на соседний столик. Проследив за ее взглядом, Юля поняла, что подруга неотрывно глядит на мужчину, нежно ухаживавшего за совсем молоденькой девушкой.

— Такой староватый мужик, лет сорока, — говорила Юлечка, — в молодости, наверное, был ничего, а потом поистаскался. Морда в морщинах, волосы поредели. Правда, одет хорошо и дорого.

Мужчина заметил Лику и забеспокоился. Они явно были знакомы, потому что Ангелина внезапно встала и подсела к соседнему столику. О чем они говорили, Юля не слышала, но парочка поднялась и ушла. Лика вернулась назад бледная и расстроенная. На все вопросы лишь махнула рукой и отговорилась: «Знакомого встретила».

Но Юля поняла, что в «Славянском базаре» подруга случайно натолкнулась на своего таинственного любовника, развлекавшегося с другой. Малькова просто недоумевала, как такой далеко не молодой и не слишком красивый человек мог понравиться Лике. Возмущало, что он посмел променять красавицу подругу на какую-то швабру.

Но в начале октября ситуация изменилась. В одну из суббот Лика пошвыряла вещички в чемодан и сообщила, что едет с любимым на дачу, где проведет недельный отпуск. Юлю она попросила сообщать всем, что Лика уехала с ней.

Малькова попробовала вразумить подругу:

— Значит, позвонят и спросят, где ты, я отвечу: «Она отправилась со мной на дачу?» Тебе не смешно?

— Ой, — отмахнулась Лика, — ну придумаешь что-нибудь, вернулась на один день....

Она побежала к лифту и махала подруге до тех пор, пока створки кабины не закрылись. Такой ее Юля и запомнила — счастливой, смеющейся и удивительно красивой. Больше они не виделись.

Спустя недели две после известия о Ликиной смерти к Юле явилась Ксюша и забрала себе все вещи покойной сестры. Беременность была уже здорово заметна и не красила девчонку.

— Видели жабу на сносях? — поинтересовалась Малькова. — Вылитая Ксюха. Сгребла платья, туфли, косметику из ванной и все интересовалась, где Лика деньги держала. Падаль просто! Как только в одной семье такие разные дети родятся!

— Где Лика встречалась с любовником, если тот был женат?

— Так у него своя квартира, — поведала Юля, — где-то на проспекте Вернадского. Лика как-то раз обронила, что от метро в двух шагах.

Страшное подозрение закралось мне в голову, не зря Лидия Борисовна обмолвилась про Лику, понося Павловских.

Я спустилась на улицу. Теплый майский воздух приятно обволакивал тело. Чудесная погода: ни жарко и ни холодно, жаль, что редко такое в Москве бывает. Пейджер молчал. Вздохнув, я вытащила телефон и связалась с Виолеттой Сергеевной:

— Квартиру убрала, хочу отдать ключи.

Профессорша сказала неожиданно раздраженным тоном:

— Хорошо, приезжайте.

Кажется, чем-то прогневила первую даму российской экономики.

Дверь открыла сама академша.

— Ну! — довольно грубо обратилась она ко мне. — Давайте ключи.

Я протянула железное колечко. Виолетта пошла на кухню, я покорно двинулась за ней.

— Вы, однако, забывчивы и неаккуратны, — неожиданно сообщила жена академика.

— Что случилось? — старательно изобразила я испуг.

— А белье? Когда наконец принесете из прачечной белье? Просто безобразие! — возмутилась Павловская.

Да уж, совершенно забыла. И куда могла засунуть квитанцию? Скорей всего валяется в сумке. По счастью, чтобы соответствовать образу казанской нищенки, я постоянно таскала один и тот же ридикюль. Впрочем, сегодня слегка потеряла бдительность и явилась под «царские очи» в эксклюзивном летнем костюме от «Шанель». Но этот элегантный наряд не слишком бросался в глаза. К тому же юбка из чистого льна здорово помялась. Скорей всего Виолетта не догадается об истинной стоимости вещи.

Я раскрыла ужасную сумку и принялась перебирать содержимое. Блокнот, ключи, ручки, губная помада, зажигалка, сигареты, пара бумажек с адресами.... Где же квитанция?

— Потеряли, — злобно констатировала Виолетта, — теперь целая проблема выручить собственные простыни, а все из-за вас! Потрясающая беспечность! Разгильдяйство в быту — неаккуратность в научных работах. Вот Альберт Владимирович...

Она зудела, как жирная осенняя муха, без конца упрекая меня во всех грехах. От злости я схватила ридикюль и бесцеремонно вытряхнула его содержимое на кухонный стол. В груде нужных и ненужных вещей сверху оказалась квитанция.

— Вот, — радостно сообщила я, — сейчас принесу.

Но Виолетта Сергеевна не отвечала. Остановившимся взглядом старуха смотрела на вываленные из сумки вещи. Лицо ее слегка посерело, на лбу выступила бисерная испарина. С непонятно откуда взявшейся хрипотцой в голосе профессорша тихо спросила:

— Зачем носите золотую цепочку вместе с ключами, порвать можно.

С этими словами она вытащила из груды мелочей цепочку с крестиком, ту самую, что нянька сняла с шеи подброшенного младенца. Повертела вещицу в руках, оглядела крестик и уже спокойно произнесла:

— Оригинальное плетение, и крестик необычный, с гравировкой, ваш?

— Нет, вещь принадлежала подруге, мне досталась по наследству.

— Ах вот как! — протянула Виолетта и стала наливать воду в стакан.

— Катя умерла, я взяла цепочку на память.

Вода перелилась через край и побежала на стол. Профессорша отставила бутылку.

— Ваша подруга была пожилой?

— Нет, как раз недавно сорок исполнилось.

— Надо же, — продолжала проявлять непонятный интерес профессорша, — а что случилось? Несчастный случай?

— Ее убили, — коротко ответила я, — по непонятной причине. У нее вообще была несчастная судьба. В детстве мать подбросила ее к подъезду Дома малютки, потом жизнь плохо сложилась. Работала портнихой, родила сына, и вот нелепая смерть.

— Какие страсти творятся у вас в Казани, — вздохнула Виолетта, откладывая цепочку.

Я внимательно поглядела на старуху. Что-то не нравится мне ее чрезмерный интерес! Назову-ка фамилию и посмотрю, как отреагирует профессорша!

— Она жила в Москве, кстати, недалеко от вас, на Зеленой улице. Катя Виноградова, Екатерина Максимовна. Так что бедный Роман теперь сирота.

Ну-ка, бабуля, как воспримешь имя ответчика?

Виолетта Сергеевна вцепилась руками в стол. Костяшки пальцев побелели от напряжения.

— То есть вы хотите сказать, что крестик принадлежал Екатерине Виноградовой? Это ее мать подкинула?

— Ну да, — ответила я, недоумевая, что вызвало такой ужас.

Конечно, фамилия Ромы должна вывести старуху из себя, но ведь не до такой же степени.

Внезапно Виолетта уронила голову на стол и принялась хохотать. Я оторопела. Пожилая женщина просто закатывалась в приступах безудержного смеха. Лицо ее раскраснелось, краснота спустилась на шею. Из глаз потекли слезы. Павловская цеплялась руками за столешницу. Слезы бежали по щекам, тело сотрясали конвульсии, изо рта неслся хриплый хохот. Пары секунд хватило, чтобы понять, что с ней случился самый настоящий истерический припадок. Я подала воды. Виолетта Сергеевна попыталась трясущейся рукой ухватить стакан и пролаяла отрывистым голосом:

— В холодильнике, лекарство...

Я распахнула дверцу и обнаружила на полке коробочку со знакомым препаратом дигоксином.

— Одну таблетку, — сипела Виолетта, — быстрей.

Руки ее не слушались, и мне пришлось запихнуть таблетку прямо в рот припадочной. Профессорша слегка успокоилась, но серо-желтый цвет лица показывал, что ей плохо. Еще умрет тут у меня на глазах!

— Надо вызвать «Скорую помощь»!

— Нет, нет, — покачала головой старуха, — лучше доведите до спальни.

Я подхватила царственное тело под мышки и потянула в комнату. Виолетта выше меня ростом, грузная, в коридоре произошло неизбежное. Она как-то выскользнула у меня из рук и упала на пол. Испугавшись, я наклонилась и обнаружила, что дама в обмороке. Господи, что же делать? Нечего и думать поднять ее в одиночку, мои пятьдесят килограммов не справятся с центнером живого веса.

Оставив старуху лежать в коридоре, я кинулась к телефону и вызвала «неотложку». Потом подсунула несчастной под голову подушку и бросилась искать записную книжку. Та преспокойненько лежала на холодильнике. Так, кому позвонить? Жанне Соковой! Я принялась листать странички и под записью Страшной Сергей Юрьевич нашла Жанну.

Женщина ойкнула и пообещала прибежать. Я села возле Виолетты и взяла ее за руку. Старуха не вызывала никаких светлых чувств, но ведь не может же она умереть вот так внезапно, валяясь в коридоре, словно бездомная собака!

Нет, к такой даме смерть должна приходить на кровати с великолепным бельем и кружевной наволочкой. Вокруг должны почтительно стоять родственники и знакомые, сдерживающие рыдания. Внезапно умирающая приоткрыла глаза и уставилась на меня мутноватым взором.

— Где я?

— Все хорошо, дома, на полу, сейчас приедет врач.

— Не надо доктора, шума не хочется, — прошептала профессорша словно под наркозом, — унеси это, Фиса, куда-нибудь, быстренько...

И она снова закрыла глаза. Тут прозвенел звонок, пришли одновременно врач, фельдшер и Жанна. Через полчаса, напичканная лекарствами, Виолетта мирно почивала в спальне. Доктор устроился на кухне и принялся заполнять бумаги.

— Как все случилось?

— Не понимаю, почему ей стало плохо. Сначала разговаривали о прачечной, потом о какой-то ерунде...

— Похоже, что больная перенесла тяжелый стресс, который спровоцировал приступ, — вздохнул врач.

Мы с Жанной переглянулись. Доктор продолжал строчить какие-то листки. Потом, велев вызвать районного терапевта, ушел.

— Что ее взволновало? — спросила Жанна.

— Не знаю.

— Никто не звонил?

— Нет. Вы останетесь с ней? Тогда пойду, очень устала.

— Конечно, — сказала Жанна, — тоже небось перенервничали, легко ли такое увидеть!

Я вышла на лестничную клетку и сладострастно закурила. Извини, Жанна, ты очень милая женщина, но пришлось тебя обмануть. Я знаю, что так выбило из колеи старуху, и понимаю, как и о чем следует говорить с Анфисой!

Глава 25

На следующий день решила потребовать ключи от «Вольво». Ну сколько можно передвигаться по городу в наемных тачках! К тому же в большинстве из них грязно и плохо пахнет.

Аркадий только вздохнул, услышав аргументы, и, протягивая мне брелок, сказал:

— Дал же бог мамулю! У других матери как матери. Сидят дома, смотрят сериалы, вяжут внукам кофточки да пироги пекут. А ты? Нацепила джинсы, футболочку придурочную и бегаешь весь день, задрав хвост. Семья страдает!

Я онемела. Что это с ним? Никогда не сидела дома. Вяжу очень плохо — вечно путаю петли да еще ворочаю спицами крайне медленно. Внуки могут рассчитывать на небольшой шарфик года эдак через три после начала процесса его создания. А насчет пирогов! Пусть скажет спасибо, что я не пеку кулебяки, иначе им с Зайкой пришлось бы их есть, а моя стряпня не всегда хороша. Если быть честной, то в большинстве случаев ужасна. И о чьих страданиях идет речь? Маруси никогда нет дома, Ольга в институте...

— У тебя что, простой в работе, нет клиентов? Кеша поморщился.

— Ну не совсем. Сейчас дежурю в консультации на приеме посетителей.

Ой, бедолага. Что-то у него никак не получается заполучить настоящее дело. Значит, объясняет гражданам их права в консультации. То-то про мать вспомнил!

Оставив сына сердиться в столовой, я пошла в гараж. Все-таки приятно ездить самой за рулем. Вот и Зайке тоже нравится. Хотя первое время водила невестка ужасно. Права она получила в апреле, а третьего мая въехала на перекрестке в «Жигули». Слава богу, пострадали только машины, и мы отделались небольшой суммой. Но уже через две недели она попала в крайне неприятную ситуацию. Бабушка ее подруги, милейшая девяностодвухлетняя дама, собралась к врачу. Зайка предложила довезти старушку. Инну Макаровну благополучно усадили на заднее сиденье, и Ольга понеслась по Ленинградскому шоссе. На светофоре она весьма неловко влезла между новеньким джипом и «Окой». Правым крылом Зайка слегка задела джип — ерундовая царапина. Но из кожаных глубин тачки вышли два мужика весьма характерного вида.

— Слышь, бикса, — процедил один, — покраска моего крыла стоит десять тысяч баксов.

— Интересно, где у тебя крылья? — поинтересовалась Зайка. — Вроде не ангел.

Первый мужик ухмыльнулся, второй стукнул монтировкой по фарам Ольгиного «Фольксвагена».

— Завтра чтоб деньги принесла, а сейчас давай паспорт! — пролаял бандит.

Перепуганная Зайка полезла в машину.

— Деточка, — прошептала с заднего сиденья Инна Марковна, — дай им мой паспорт.

Братки взяли бордовую книжечку и отвалили. Неделю стояла тишина. Потом на квартиру к Инне Марковне приехали два парня.

— Слышь, бабка, — сказал один, — должок здесь за Петровой Инкой, где она?

— Я вас слушаю, — гордо сказала старушка, — только долгов не делала.

Братки во все глаза уставились на пожилую даму. Потом один неуверенно спросил:

— У тебя «Фольксваген» есть? Водить умеешь?

Инна Марковна хмыкнула:

— В войну, молодые люди, водила грузовик, больше за рулем не сидела. А вы хотели нанять меня шофером?

Парни почесали в затылке.

— Значит, не ты стукнула Кошелька?

— Я по кошельку не стучу, я в него кладу деньги, — продолжала артистически делать из себя идиотку бабуля.

— Может, внучка есть, Петрова Инна Марковна? Тезка тебе полная?

— А вы на год рождения поглядите, — пробормотала старуха, видя, что бандиты крутят в руках паспорт.

— 1907-й, — ахнули парни, — как он у Кошелька оказался? Говорил, девка молодая за рулем сидела.

— Так паспорт у меня еще в прошлом году стибрили, щипач пиской карман разрезал!

Уголовники непонимающе уставились на бабулю. Потом один не выдержал и поинтересовался:

— Чем разрезал?

— Эх, молодо-зелено, — протянула Инна Марковна, — сейчас вы грубо работаете. Револьвер в лицо, камнем по башке.... А раньше артисты по рынкам ходили. Брали пятикопеечную монету, затачивали, чтоб была острее ножа, и резали карманы. Назывался такой пятачок — писка.

— Ха, — хмыкнули «братки», — ножиком-то легче!

— Зато опасней, — возразила бабуля, — нож — холодное оружие, а пятачок что? Просто денежка. Спросит опер: «Почему наточил?» — «Не знаю, — отвечает урка, — такой на сдачу дали». Так что ваши дедушки были профессионалы, а вы — дворняжки. Паспорт у девки отняли, внутрь не поглядели. Да вашего Кошелька надо Лопухом кликать.

— Слышь, бабуль, — не вынесли «братки», — а ты откуда столько знаешь, сидела, что ль?

— Да нет, — отмахнулась Инна Марковна, — преступников ловила, всю жизнь следователем по особо опасным делам работала, да и сейчас иногда консультирую. Правда, нынешние криминальные люди уважения не вызывают, не тот профессионализм.

— Ну, мы пошли, — сообщили парни и бросились к двери.

— Эй, сявки, — крикнул им вслед божий одуванчик, — паспорт оставьте.

На этот раз я решила подкараулить Фису дома. Для начала позвонила на фабрику и поинтересовалась, до которого часа работает Анфиса Ивановна, дескать, хотим привезти ей кой-какие бумаги.

— Она заболела, — ответил приятный мужской голос, — грипп.

Надо же, как здорово! Сейчас поеду и возьму художницу тепленькой. И я бодро покатила на Шмитовский. Из домофона спросил хриплый голос:

— Кто?

— Врача вызывали?

Замок щелкнул, я взлетела на четвертый этаж. Дверь открыта, в коридоре никого.

— Идите сюда, — послышался голос.

В большой комнате на разобранном диване лежала Фиса. Похоже, и правда, грипп. Глаза красные, нос распух, на губе здоровенная лихорадка. К тому же несчастную просто душил кашель.

Я села на стул возле софы, поджидая, пока больная закончит сморкаться. Фиса утерлась последний раз полотенцем, глянула на «врача» и оторопела:

— Вы?

— Не надо удивляться, это действительно я.

— Ну, нахалка, — возмутилась Анфиса, — какого черта приперлись?

— Во-первых, не стоит нервничать, скоро уйду, во-вторых, скажите, Анфиса Ивановна, вы рисуете только орнаменты для ткани?

Художница вздохнула:

— Чего вам от меня надо?

— Ответа на вопрос.

— Рисовать васильки и ромашки на разном фоне надоедает. Я — творческий человек, пишу еще пейзажи.

— Выставлялись?

Анфиса кивнула:

— Да. В заводском Доме культуры и в кинотеатре «Ленинград».

— А в выставочном зале?

Женщина рассмеялась.

— Знаете, сколько это сейчас стоит? А раньше полагалось быть членом МОСХа. Так что в прежние времена рылом не вышла, а в нынешние — кошелек пуст. Да к чему разговор, не пойму что-то?

— Хотите принять участие в ежегодной экспозиции на Манежной площади?

От неожиданности Анфиса даже села. Халат распахнулся, и я опять позавидовала ей: не только лицо, но и грудь как у молодой, надо же так сохраниться!

— Кто меня туда пустит?

— Все устрою, даю честное слово.

— И что придется за это делать? Переспать с директором зала?

— Нет, просто ответить на мой вопрос.

— Ну?

— Почему Виолетта подкинула свою дочь в Дом малютки?

Анфиса откинулась на подушки, помолчала немного, потом поинтересовалась:

— Откуда узнали?

— Долго объяснять, но можете думать, что она сама мне рассказала.

— У нее бы и спросили! Откуда я знаю, зачем вам подобные сведения?

— Фиса, — сказала я проникновенно и нежно, — хотите выставку? Толпы народа, журналисты, статьи в прессе, телевидение? Даю шанс. Может, продадите часть пейзажей. К тому же на таких мероприятиях всегда тусуется много холостых мужчин.

Анфиса вздохнула и попросила:

— Ты это, вот что, сделай чай, в горле пересохло. Валяюсь тут третий день одна, как падаль, никто не приходит.

Я заглянула на кухню и обнаружила в шкафчиках полное отсутствие чая, сахара и молока. Пришлось идти в магазин. Минут через пятнадцать Анфиса оглядела бутерброды с сыром, йогурт, конфеты и ехидно протянула:

— Видно, очень узнать правду хочешь.

От выпитого чая она слегка порозовела и похорошела.

— Ладно уж, расскажу, время теперь такое — каждый за себя. А с выставкой не обманешь?

Я покачала головой, превращаясь в слух.

Фиса приехала из деревни в Москву в сентябре 1957 года и уже в середине месяца оказалась у Павловских. Ей тогда едва исполнилось пятнадцать. У Виолетты уже было двое детей — трехлетняя Света и годовалый Дима. Сначала все ютились в одной, правда, большой комнате. Посередине стоял шкаф, деливший помещение на две части. Ближе к двери располагалась кровать Вилки и Алика, у окна спала Фиса и дети. Днем супруги уносились на работу. Девушка оставалась хозяйкой. Работы хватало: убрать, постирать, сготовить, погулять с детьми.

В декабре пятьдесят седьмого, как раз под самый Новый год, жильцов переселили в каменный дом. Павловские получили целых три комнаты в коммуналке. В одной сделали спальню родителей, в другой гостиную, в третьей поселили няньку с детьми.

Хозяйка нравилась Фисе. Молодая, веселая, работящая. Виолетта никогда не ругала девушку, часто делала ей маленькие, но приятные подарки: косынку, чулки, шоколадку. На Новый, 1958 год Фисе под елку положили чудесное крепдешиновое платье. Не упрекала Виолетта девчонку и за аппетит. Бедная Анфиска, недоедавшая дома, накинулась попервости на хлеб, колбасу и конфеты, как голодный зверь. Вилка только сострадательно вздыхала и приговаривала: «Кушай, Фиса, поправляйся».

К тому же хозяйка велела записаться в школу рабочей молодежи и пойти в восьмой класс.

— Не век же тебе в няньках сидеть, — поучала она Анфису, — а с десятилеткой дорога откроется.

Виолетта следила за тем, чтобы девушка не пропускала занятий. Она сделала вид, что не знает, что нянька спит с шофером Семеном, и именно

Вилка просидела около Фисы целую ночь, делая уколы, когда та заболела воспалением легких. Короче говоря, Анфиса могла побежать за своей хозяйкой в огонь. К тому же и разница в возрасте оказалась у них не такой большой, и по вечерам женщины пили чай как добрые подруги.

Алика Фиса почти не видела. Мужчина целыми днями пропадал на работе. Правда, зарабатывал он отлично, и семья не нуждалась. В апреле 1958 года молодой преподаватель уехал по вербовке на Север. Павловским хотелось отдельную квартиру, а деньги на кооператив можно было отхватить только в Заполярье. Виолетта и дети остались в Москве.

Сначала жизнь шла по-прежнему. Молодая женщина ходила на работу, вечером исправно сидела дома. Но скоро Вилка стала скучать. Письма из Заполярья шли долго. А в Москве тем временем наступил май, распускалась первая сирень. Теплая погода манила на прогулку. Во дворе шушукались парочки, до часу ночи не смолкали хихиканье и страстный шепот. А на скамейке терпеливо выжидал верный поклонник Виолетты — генеральский сынок Антон.

То ли весна ударила Вилке в голову, то ли отсутствие мужа сделало ее сговорчивой, но однажды ночью Антона пустили к Павловским.

Фиса тут же узнала о падении хозяйки. Скрыть такой факт в общей квартире просто невозможно. Антон пробирался к любовнице ночью, дожидаясь, пока обитатели дома улягутся спать. Соседи ничего не слышали, но Фиса тут же поняла, в чем дело. Более того, предложила Виолетте принимать Антона в своей комнате. Дети маленькие, спят крепко, а если кто увидит парня, подумают, что он приходит к Анфисе. Ну а с няньки взятки гладки, не замужем, сама себе голова, отчитываться не перед кем.

— Что ее толкнуло на связь с Антоном? — удивилась я. — Ведь парень звал замуж, а Виолетта отказала...

Анфиса вздохнула:

— Виолетта — человек рассудка. Ей всегда хотелось богатства, положения. Любовь у нее на последнем месте. Мужа выбрала по расчету. У Антона родители при чинах, да сам жених так себе, мямля. Алик хоть и голодранец, зато с перспективой. И ведь верно рассчитала, на нужную лошадку поставила. Антон-то после смерти отца спился, затем вскоре умер, а Алик высоко взлетел. Только Виолетта Алика никогда не любила, изображала чувства. Антон ей нравился, но в кровать с ним она не ложилась, хотела мужу нетронутой достаться. Это сейчас все равно, сколько у невесты хахалей через постель прошло, а в конце пятидесятых еще стеснялись. Когда же Алик уехал, решила с Антоном пообниматься. Невинность все равно мужу досталась. Ну, наверное, организм молодой, здоровый своего потребовал. Антон безумно был счастлив, хоть ночью, впотьмах, но с Виолеттой. Любил ее сильно.

Идиллия продолжалась все лето и часть осени. Отрезвление наступило в октябре. Вилка стала неожиданно полнеть и погрешила на бесконечные каши и блины. Но в конце октября в животе начало происходить шевеление, и женщина с ужасом поняла, что беременна.

— Ничего себе, — сказала я, — двоих родила и не разобралась вовремя.

— Такое сплошь и рядом, — сообщила Анфиса, — месячные не пропали, вот Вилка и думала, раз менструация пришла, то порядок. Оказывается, не всегда.

— Почему аборт не сделала?

Анфиса помолчала, потом поинтересовалась:

— Ты какого года рождения?

— 1959-го.

— То-то и оно, ничего не знаешь. В пятидесятых аборты запрещались. Делали только по жизненным показателям, ну, например, мать заболела краснухой, и есть риск рождения идиота. А просто так пойти на аборт, потому что ребенок лишний, было невозможно. Да еще на таком сроке, как у Виолетты. Любому врачу, взявшемуся за подобное, грозила тюрьма. К тому же даже в больницах аборты делали без наркоза, вживую. Еще то удовольствие. Многие предпочитали родить, а не терпеть невероятную боль.

Виолетте было некуда деваться. Первым делом изгнали Антона. И как только парень не догадался, что любовница в положении! Скорей всего просто по неопытности. Еще женщине помогло холодное время года. Стояла осень, необычайно дождливая и промозглая. По улицам Вилка ходила в широком пальто, дома на кухню выходила в теплом байковом халате, надежно маскирующем растущий живот. Беременность протекала легко, и неверная жена не мучилась. К тому же после рождения двух детей Виолетта сильно пополнела, обабилась и потеряла былую стройность. Соседки, покачивая головами, перешептывались, сплетничая, как хорошо питается Вилка. Истины не узнал никто. Даже любопытная Рая, увидавшая заходившего в комнату Антона, решила, что парень наведывается к Фисе.

Пятнадцатого марта Виолетта почувствовала приближение родов. Притворившись больной гриппом, она не пошла на поминки. От Павловских за столом сидела только Анфиса. Бедная нянька буквально извелась, думая, как там хозяйка. Домой девушка смогла вернуться только после одиннадцати, когда все основательно перепились и, забыв, по какому поводу собрались, начали горланить песни.

Виолетта лежала на полу. Женщина сползла с кровати, боясь испортить матрац. Под ней комкалась окровавленная простыня, в ногах слабо попискивала новорожденная девочка.

Полная ужаса и жалости, нянька села возле хозяйки и взяла ту за руку. Виолетта приоткрыла затуманенные глаза.

— Сейчас позову доктора, — прошептала Анфиска, боясь, что роженица умрет.

— Не надо врача, — прошептала, как под наркозом, женщина, — шума не хочется. Унеси это куда-нибудь быстренько, Фиса.

По счастью, новорожденная оказалась слабенькой и тихой. Вместо крика младенец издавал только робкое покряхтывание. Перепившиеся соседи спали, как каменные. Вилке опять безумно повезло. Кое-как Фиса подняла хозяйку. Потом они завернули новорожденную в чистое кухонное полотенце. Вынести из дома решили в коробке. Алик как-то ездил на целый месяц за границу. Там он купил необыкновенную вещь — магнитофон. Аккуратная, красивая и очень прочная упаковка от «Грюндига» стояла на шкафу. Она и превратилась в первую колыбельку для девочки.

Когда Фиса принялась укладывать новорожденную внутрь, с Виолеттой случился припадок. Она кинулась целовать дочку и приговаривать:

— Не отдам, давай, Фиса, скажем, что ты родила, а я на воспитание взяла!

Но Анфиса испугалась такой ответственности. Приедет Алик и сообщит жене, что та с ума сошла. И куда денется тогда Анфиса с девчонкой!

— И не думайте, — твердо сказала девушка, — сейчас пойду и положу на крыльцо Дома малютки. Утром найдут.

Продолжая рыдать, Вилка сняла с шеи свою весьма необычную золотую цепочку с крестиком и надела на девочку. Атеистка Фиса только хмыкнула:

— Зачем это! Уж лучше денег положить, пусть девке хоть пеленок купят.

Виолетта метнулась к комоду, достала из заначки, отложенной на квартиру, гигантскую сумму — тысячу рублей. Никакие Анфискины слова о том, что хватило бы и сотни, не подействовали.

Нянька застирала простыню, вынесла на помойку послед и отправилась с коробкой к Дому малютки. И опять повезло: ни в коридоре, ни на лестнице, ни на улице она никого не встретила. Холодные мартовские переулки оказались пустыми. В пять утра крепко спали не только москвичи, но и милиция. Женщину, идущую столь рано утром с большой коробкой, никто не остановил.

Через месяц вернулся Алик с деньгами. Супруги купили кооперативную квартиру. Перед самым переездом Вилка сказала Фисе:

— Не надоело в няньках? Иди-ка лучше на «Трехгорную мануфактуру» работать, там и училище есть. Что ж тебе всю жизнь горшки таскать?

Анфиса поняла, что хозяйка хочет отделаться от ненужной свидетельницы. Но спорить не стала, собрала немудреные вещички и была такова. На дорогу Вилка втихаря сунула ей конверт. Фиса пересчитала деньги — ровно тысяча. Виолетта хорошо платила за молчание. Но женщина зря нервничала, нянька и не собиралась ее выдавать.

С тех пор жизнь развела их. Однако много лет подряд Анфиса звонила Павловским и поздравляла с праздниками. Виолетта благодарила, но в гости не звала. Последний раз женщина разговаривала с Вилкой лет пять тому назад. Бывшая хозяйка назвала няньку «милочкой» и всем разговором дала понять, что звонку она не рада. Связь прервалась.

Глава 26

Когда я вышла от художницы, майский день ослепил меня своим великолепием. Во дворе между двумя зеленеющими тополями виднелась лавочка. Пристроившись на ней, я закурила. Да, вот это преферанс, как говорила моя бабушка, страстная картежница. Бедная Виолетта! Увидеть у себя на кухонном столе цепочку, которую надела на шейку ненужной дочери. Да еще узнать, что ту убили, и понять, что она каким-то образом посодействовала посадке в тюрьму собственного внука!.. Врагу не пожелаешь. То-то ее так скрутило. И что теперь прикажете делать?

Я взглянула на пейджер. Молчит, ни звука. Но мне велели вчера привезти белье. И потом, профессорша не знает, что «казанской сироте» известна ее страшная тайна. Жизнь бывает причудлива.

В прачечной приемщица подтащила к окошку огромный пакет. Сгибаясь под тяжестью тюка, я засунула ношу в багажник и, наплевав на предосторожности, подрулила прямо к подъезду. Не могу носить подобные штуки в руках!

Дверь открыла Жанна.

— Белье принесли, — обрадовалась женщина, — хорошо, а то Виолетта Сергеевна уже вспоминала.

И притом, наверное, не добрым словом. Сама профессорша не показывалась. По словам Жанны, лежала в кровати, спала, набиралась сил после вчерашнего припадка.

— Дашенька, — мило улыбаясь, попросила Сокова, — Света, к сожалению...

— Заболела, — подхватила я, — и следует отнести ей обед, завтрак и ужин, сходить за продуктами, убрать квартиру, перестирать белье и вымыть ноги!

Жанна захихикала.

— Ну не все сразу. Пока только обед.

Подхватив огромную сумку, набитую судками,

банками и коробками, я потащилась в Светланин подъезд. За столиком дремала страшно знакомая старуха. Ну надо же, вот где, оказывается, работает Олимпиада Александровна Моторина, чьим именем назвалась таинственная последняя посетительница хозяина риэлторской конторы Славы Демьянова.

— Здравствуйте, — громко сказала я.

— Добрый день, Оленька, — радостно поприветствовала меня старуха, — с рынка идешь? Чего хорошего купила?

— Да так, ерунду.

— Ну, кланяйся маме, — проговорила лифтерша и снова задремала.

Да, от такой добьешься толку.

Света высилась на пороге. Все-таки они с Виолеттой очень похожи: крупные, грузные фигуры, большие руки. Катюша была другой — хрупкой, тонкокостной, наверное, в отца пошла.

— Сумку на кухню, — скомандовала Света, топая передо мной. Ей даже в голову не пришло помочь. — Ставьте на стол, — продолжала руководить дочурка.

Я плюхнула баул на пол.

— Сказала же — на стол! — возмутилась «умирающая». — Мне наклоняться тяжело.

— А мне поднимать, — огрызнулась я.

Не привыкшая к неповиновению дармовых домработниц, академическая дочка разинула рот, но тут из лоджии шагнул в комнату Валерий. Очевидно, мужчина слышал разговор, потому что моментально поставил торбу на столешницу и крякнул:

— И правда тяжело.

— Кто тебя просит вмешиваться? — заорала ласковая женушка.

— Светусик, — примирительно завел мужик, — Дашеньке не поднять такое, смотри, какая она худенькая, руки — веточки.

Света просто посерела от злобы. Жирные щеки налились краснотой.

— Ах, Дашенька! — завопила баба дурниной. — Руки-веточки! Уже спелись! Когда только успели!

Она двинулась ко мне, колыхая устрашающим бюстом. На всякий случай я отошла к двери, начнет драться — убегу. Но Светочка накинулась на мужа.

— Ненавижу, потаскун, сволочь! Трахаешь все, что двигается.

— Но Светонька, — попытался урезонить супругу мужик, — ты зря нервничаешь. Никакого повода нет...

— Ах никакого повода! — взвизгнула «умирающая». — И с Анькой никакого повода, и с Ликой, и с Веркой. Ты хоть помнишь, во что нам твои шалости обошлись! Теперь эту бабу употребляешь! Чего в ней нашел? Скелет ходячий, морда в прыщах, волосы — пакля. Но так и знай, больше помогать не стану, выкручивайся сам.

И, отвесив мужу полновесную оплеуху, Светочка вылетела из кухни. Повисло неловкое молчание. Щека Валерия горела огнем.

— Не обращайте внимания на Свету, — пробормотал ловелас. — К сожалению, жена патологически ревнива. Из-за нее у меня вечные неприятности на работе. Пришлось уйти и из модельного, и из шоу-бизнеса.

На моем лице отразилось полное непонимание.

— Пишу музыку, — пояснил Валерий, — несколько песен продал начинающим певцам, но Света приревновала, и пришлось бросить эстраду. Один из Домов моделей заказал сопровождение для дефиле. Вроде неплохо вышло. Но там манекенщицы, сами понимаете...

— Нет дыма без огня, — сухо сказала я.

— Глупости, — отмахнулся Валерий. — Просто я хорошо воспитан, а Света принимает элементарную вежливость за ухаживание. Ну разве нужно было заставлять вас саму эту сумищу поднимать?

— На полу бы разобрала, не барыня.

Валерий сел у мойки. Лицо его сразу осунулось, мне стало жалко мужика, и я села рядом.

— Семейный уют не всегда бывает приятен.

— Да уж, — пробормотал Валера.

— Воркуете? — раздался злобный голос, и в кухню вступила милая Светочка. Словно персонаж дурацких анекдотов, в руках она сжимала скалку. Валерий вскочил.

— Дорогая, прошу...

— Нет, — тихим тоном, вполне мирно, заявила супружница, — это я приказываю твоей любовнице покинуть мой дом! И не рассчитывайте, милочка, на диссертацию. Лучше убирайтесь назад подобру-поздорову в свою Рязань-Казань, или откуда вы там приехали! Сегодня же позвоню

Альберту Владимировичу и расскажу, чем вы занимаетесь вместо научных исследований!

С этими словами хулиганка изо всей силы треснула скалкой по столу. Банки с супом и судки с мясом жалобно тренькнули.

— Идите, Даша, — обреченно вздохнул мужчина.

— Да, убирайтесь побыстрей, — взвизгнула психопатка, — прямо на вокзал!

Она еще раз взмахнула скалкой, емкость с супом перевернулась, любовно сваренный Жанной борщ оказался на скатерти. Мне стало противно, и я пошла к выходу. Уже закрывая дверь, услышала Светкино рычанье и звон посуды. Истеричка громила кухню.

Заснула только около трех ночи. Наверное, в этом в первую очередь была виновата свежая клубника со взбитыми сливками. Ну грешна, обожаю ягоды. Ирка купила два килограмма, и я бесстыдно съела почти все. Результат не замедлил сказаться. Протоптав дорожку в туалет, я наконец успокоилась.

И что узнала, старательно работая домработницей у академика? Да почти ничего. Ну изменила Виолетта муженьку и избавилась от ненужного ребенка. Конечно, интересные сведения, но какой свет проливают они на смерть Катюши? Абсолютно уверена, что Павловские подкупили всех — следователя, прокурора, судью, чтобы засадить Романа, но зачем? Какой смысл в упрятывании парня за решетку? Ну изменяет Валера Свете, подумаешь, невидаль. Хотя, что там она кричала, когда бесновалась на кухне? «С Анькой никакого повода, и с Ликой, и с Веркой! Ты хоть помнишь, во что нам твои шалости обошлись?»

Я соскочила с кровати. Веру знаю, кто такая Аня, и думать не хочу, а вот Лика! Неужели Светка имела в виду Ксюшину сестру? Навряд ли, но проверить стоило.

Еле-еле дождалась утра и понеслась к Юле Мальковой. Взяла у девчонки журнал с Ликиными фотографиями и порулила на проспект Вернадского. Где-то в этих зданиях, около супермаркета, холостяцкое гнездышко Валерия. Помню, что дом украшали ярко-синие панели. Такой оказался один. В подъезде восседал за столом молодой парень в форме охранника.

Я раскрыла перед ним журнал и ткнула пальцем в фото.

— Видели здесь эту девушку?

Секьюрити внимательно поглядел на очаровательную Ликину улыбку и сообщил:

— Сведений о жильцах не даем.

Я глянула на него повнимательней. Молодое, но какое-то ожесточенное лицо, на правой кисти наколка — «Грозный». Так, понятно, участник боев в Чечне. Денег предлагать нельзя, скорей всего разорвет купюру и ничего не скажет, тут следует действовать по-другому.

Я ухватилась за сердце и жалобно простонала:

— Плохо мне, сыночек, дай водички.

Парень не дрогнул и даже не встал.

— Петя! — крикнул он, повернувшись к лифту.

Послышался легкий скрип, и в холл вбежал другой юноша, тоже в форме и с таким же отстраненным лицом.

— Что случилось? — спросил он.

— Вот гражданочка воды просит, вроде плохо ей.

— Сейчас «Скорую» вызовем, — пообещал сослуживец.

— Не надо врача, мальчики, — пролепетала я и принялась, всхлипывая, тереть абсолютно сухие глаза платком, — вот уж горе, так горе!

— Да что стряслось-то? — опять поинтересовался пришедший.

Я ткнула ему под нос раскрытый журнал.

— Дочка у меня пропала, говорят, в этот дом приходила, вот хочу узнать, к кому.

— В милицию обратитесь, — сказал дежурный.

— Да ходила, а толку-то! Сказали, небось твоя дочка с любовником загуляла. Да не было у нее никаких мужиков, всегда с работы прямо домой.

— Давно пропала? — поинтересовались парни.

— Два года примерно.

Охранники присвистнули. Я продолжала шмыгать носом. Один вгляделся в журнал и протянул:

— Красивая какая, просто картинка. Слышь, Кирюха, а не она это в восемьдесят третью ходила?

Кирилл сурово взглянул на напарника:

— Тебе, Петька, о жильцах разрешали сплетничать?

Но Петя оказался более жалостливым, потому что глянул на меня и произнес:

— Помнишь, Кирька, Ольга Петровна вспоминала, как по тебе убивалась, когда извещение пришло? Мать ведь все-таки.

Кирилл ничего не сказал, только нахмурился.

— Идите сюда, — попросил Петя, показывая рукой за лифт.

Я немедленно повиновалась.

— Только имей в виду, что я не участвую! — крикнул напарник. — Жалоба поступит, тебе отвечать.

Петя завел меня в довольно большое помещение. Посередине комнаты стоял стол с электрическим чайником, несколько весьма обшарпанных стульев и кушетка с армейским одеялом.

— Не обижайтесь на Кирку, — вздохнул парень, — нервный очень, боится место потерять. Сейчас знаете как устроиться трудно, кругом безработица. Людей с образованием выгоняют, а у нас с ним только десятилетка.

— Что ж учиться не пошел?

— Контузило в Чечне, головные боли замучили, да и мать кормить надо. Она, пока я служил, в инвалида превратилась. Дочку вашу видел и хорошо запомнил, уж очень хороша, просто картинка.

— Сыночек, — завела я истерическим контральто, — сделай милость, расскажи, успокой материнское сердце.

Лика приходила в дом к жильцу на седьмой этаж, в восемьдесят третью квартиру. Появлялась, как правило, вечером, а уходила утром, причем всегда довольно рано. Пару раз Петя даже отпирал для нее подъезд. Любовник никогда не показывался вместе с девушкой.

— Почему решили тогда, что она в восемьдесят третью ездит?

— Так спросил, — удивился парень, — работа такая — спрашивать, куда и к кому гости идут.

Ходила Ангелина к Валерию все лето. А в сентябре в восемьдесят третью квартиру зачастила другая девчонка. Петя подивился про себя: Лика была намного красивей и приятней «сменщицы».

— В восемьдесят третьей довольно приятный мужчина проживает, Валерий Георгиевич. Очень тихий человек, одинокий, — рассказывал Петя. — Единственно, что к нему все время женщины наведываются и постоянно меняются. Три месяца одна, потом, глядишь, уже другая. Да нам все равно, лишь бы скандалов не было, чтобы другие жильцы не жаловались. Но ваша дочка самая красивая из них была.

Девушка безумно нравилась Пете, парень хотел с ней познакомиться, но не знал, как лучше начать. Помог случай.

Десятого октября Лика после большого перерыва вдруг вновь приехала вечером, причем с довольно большим чемоданом. Петя увидел, как она неловко вытаскивает его из такси. Покидать пост категорически запрещалось, но юноша выскочил на улицу и подхватил ее ношу. Красавица глянула на помощника огромными чистыми глазами и мелодично сказала:

— Спасибо.

Мальчишка был сражен наповал. Он вволок чемодан в лифт, и здесь девушка достала из кармана десять рублей и вложила Пете в руку. Охраннику частенько перепадали чаевые в этом заселенном богатыми жильцами доме. Но на этот раз он расстроился. Девушка улыбнулась еще раз, и лифт уехал наверх.

Петя пошел на рабочее место. Одиннадцатого октября у него день рождения. Вот парень и решил, что изобрел отличный повод для знакомства. Купит шоколадку и завтра, когда гостья спустится вниз, подарит ей. Девушка, конечно, удивится, тогда он скажет про именины и пригласит в кафе. И тут юноша увидел у входной двери коричневый шарфик. «Да ведь это она потеряла его, когда входила в подъезд», — подумал он.

Петя подобрал вещицу, от которой исходил терпкий запах незнакомых духов. Этот повод был еще лучше! Если девушка сама не хватится пропажи, то утром он вернет ей потерю.

Но утром она не вышла. Зато примерно в пять появился Валерий Георгиевич с большой сумкой.

— В аэропорт тороплюсь, — сообщил он Пете, — уж пригляди, дружок, чтобы квартиру не обокрали.

Охранник изумился, но ничего не сказал. В конце концов, гостья Валерия могла преспокойно спать в столь ранний час. Петю даже обрадовал отъезд Валерия Георгиевича. Парню не верилось, что такая молодая и красивая девчонка может любить пожилого, сорокалетнего дядьку. Петя принялся мечтать: отдает шарфик, а она опять глянет на него невероятными глазами и скажет: «Как я раньше тебя не замечала?» И они...

Но тут в подъезд вошли двое мужчин. Один — Валерий Георгиевич, бледный, просто синий. Губы у жильца восемьдесят третьей квартиры тряслись, лоб покрывала мелкая испарина. Он буквально висел на своем спутнике, в котором Петя узнал водителя мусоровоза. Мусорщик поволок Валерия Георгиевича к лифту.

— Вот, — сказал помойных дел мастер, поворачиваясь к Пете, — плохо стало, вдруг инфаркт? Подниму мужика домой.

Охранник схватился за телефон. На такой случай им были даны четкие указания: посторонних в дом не пускать, вызвать «Скорую помощь», пост не покидать.

— Не надо врача, пусть до квартиры проводит, сам разберусь, — прошептал жилец.

Петя замялся. Водителя он знал — тот регулярно ездил в дом опустошать бачки, — да и Валерий имел право провести в свою квартиру кого угодно. Странная пара уехала наверх. Примерно через час водитель мусоровоза спустился и бодрым шагом вышел из подъезда.

— Как там Валерий Георгиевич? — поинтересовался Петя.

— Оклемался, — сообщил помойщик.

В девять вечера Петю сменил Кирилл. Красавица так и не показалась. Напрасно парень надеялся встретить ее во время других дежурств. Как в воду канула, а к Валерию Георгиевичу повадилась ходить другая пассия, дама лет тридцати.

Петя набрался смелости и однажды спросил у жильца:

— Такая красивая девушка к вам в гости заглядывала, блондинка, глаза-фиалки, что с ней?

Валера внимательно посмотрел на охранника, пожевал губами, потом закатил глаза:

— Блондинка, кто же это был?

Петя терпеливо ждал.

— Может, еще какие приметы припомнишь, — спросил жилец, — я, знаешь, композитор, ко мне певицы ходят, актрисы. Все как на подбор блондинки.

— Красивая очень, — вздохнул Петя, — как в кино.

— Красивая, красивая, — бормотал Валерий.

Потом он вдруг хлопнул себя по лбу:

— Красивая, говоришь, блондинка? Так это Таня Верещагина. Она, дружочек, не москвичка. Из Екатеринбурга приезжает за песнями. Сейчас, наверное, дома. Или на гастролях где.

Петя приуныл. Шансы встретить понравившуюся девушку свелись к нулю.

Потом в доме ограбили квартиру, и охранники стали дежурить по двое. Петя больше не расспрашивал Валерия, стеснялся напарника. Парень надеялся когда-нибудь все же встретить красавицу. Но та больше не появлялась.

— Скажи, а кто вывозит мусор из вашего дома? — спросила я.

— Трое их, — ответил охранник, — работают по очереди: Сергей, Владимир и Андрей.

— Фамилии знаешь?

— Откуда? Летом иногда курим вместе, вот и познакомились. Мне ночью спать нельзя, им тоже. Около пяти приезжают. Так, поболтаем. Володька молодой совсем, а Сергей с Андреем в возрасте.

— От какой конторы работают?

— Сейчас скажу.

Он полез в большую амбарную книгу и выдал адрес с телефоном главного помойного офиса.

— Шарфик Ликин куда дел?

— Чей шарфик?

— Красавицу твою звали не Таня, а Ангелина. Валерий Георгиевич перепутал. Так шарфик ты куда дел?

— Никуда, дома оставил.

— Это хорошо. Смотри не потеряй. Я сообщу в милицию, и его у тебя официально изымут. И еще, сделай доброе дело, не говори никому о нашем разговоре. В особенности Валерию Георгиевичу.

— Да я с ним особенно не общаюсь, — сообщил охранник, — он тут нечасто бывает, поживет неделю, другую и съедет месяца на три. Потом, глядишь, опять приехал. Все время по командировкам. А то днем дома сидит, а на ночь уберется. Вот летом все три месяца тут, безвылазно.

Поблагодарив парня, я пошла к двери. Он окликнул меня на пороге:

— Пожалуйста, если не жаль, журнал с фотографиями оставьте!

Я протянула ему «Настю». Петя замялся, потом все же решился и попросил:

— Найдется вдруг дочка, скажите мне, а?

Нет, Петенька, не найдется Лика, ее давным-давно похоронили, но говорить тебе этого я не стану. «Вольво» стояла на самом солнцепеке, и я чуть не обожгла задницу, плюхнувшись на сиденье. Жара нарастала, становилось душно. Но у меня пробегал по коже противный озноб. Неужели подобралась к разгадке истории?

Для полной картины не хватало некоторых деталей. Я потыкала пальцем в кнопки телефона, но в помойной фирме кто-то просто удавился на телефонном шнуре. Придется ехать в контору.

Глава 27

Ездить по Москве в обеденное время — большое испытание. По Садовому кольцу грохочут грузовики, распространяя облака удушливой гари. Прямо перед «Вольво» колыхалась машина «Хлеб», из выхлопной трубы которой вылетал абсолютно черный дым. Может, автомобиль работает на дровах? Гигантская пробка возле выезда на Тверскую растянулась почти на километр. Я вяло обмахивалась газетой, чувствуя, что медленно задыхаюсь. И еще жалуются, что московские дети поголовно больны! Кто же может родиться у женщины, дышащей таким воздухом? Только мутант или инвалид.

Затренькал телефон, и я услышала сердитый Женькин голос:

— Большей вруньи, чем ты, не встречал.

— Женечка, — вяло произнесла я, — не ругайся, мне тут и так плохо, а что случилось?

— Говоришь, с Машей поспорила на мотоцикл?

— Ну да, расшифрую тетрадь, не гонять Марусе по Москве.

— Значит, твоя девочка обладает необузданной фантазией сексуальной маньячки и ее следует положить в специальную клинику. Написать такое в тринадцать лет! Да у нас Мишка, пока читал, потом изошел!

Я заинтересовалась:

— И что там в тетрадочке?

— «В тетрадочке», — передразнил Женька, — самое настоящее пособие для озабоченных девиц. Подробные описания, куда, как и сколько раз. Надо отметить, фантазия у автора отменная. У нас тут мужики пришли к выводу, что дама, написавшая подобные откровения, просто новая Эммануэль.

— Когда приехать за тетрадкой?

— Сегодня вечером, домой, — бросил Женька и отключился.

Я в задумчивости уставилась в окно. Интересное дело, значит, Лика просто описывала любовные утехи?

В конторе, где работали водители мусоровозов, был потрясающий начальник. Просто молодой Ален Делон, даже глаза такие же пронзительно-голубые. На главном помойщике красовался отличный костюм от «Хьюго Босс». Аркашка недавно прикупил себе такой же. Семь тысяч, как одна копеечка, стоимость данного прикида. Цвет — жемчужно-серый, материал — чесуча с лавсаном. Даже в жаркую погоду в нем приятно. Да, помойка — выгодный бизнес.

Молодой человек поднял глаза от каких-то бумаг, побарабанил пальцами по столу и спросил:

— Чем могу служить?

Я отметила крупный золотой перстень с бриллиантовой крошкой и подавила желание сообщить, что хочу поступить в его фирму шофером. Все равно не поверит.

— Живу на проспекте Вернадского, дом тридцать шесть. Вчера во дворе мусоровоз задел мою машину. Хочу узнать, кто сидел за рулем.

Хозяин нахмурился.

— Мы предупреждаем, что возле бачков не следует парковаться. Мусоровоз — машина объемная, может повредить малолитражки.

— Хорошо, — сказала я, — не хотите говорить, не надо, подам в суд. Тем более что лифтер сообщил имя шофера — Сергей. Так что дело за малым, отнесу заявление, и подождем разрешения конфликта официальным путем. Но учтите, придется оплачивать ремонт, судебные издержки и моральный ущерб. Свидетелей полно — собачники, лифтер.

Парень нахмурился еще больше.

— Может, ликвидируем конфликт между собой?

— Конечно, о том и речь. Вы сообщаете координаты шофера, а я потребую оплатить кузовные работы.

— Когда случилось, вчера? Андрей Медведев обслуживал тот район.

— А вот и нет, — возразила я, — лифтер говорит, за рулем находился Сергей.

Хозяин еще раз посмотрел книжку и ткнул пальцем в «График выхода».

— Глядите, Медведев Андрей.

Я перевела глаза на другую строчку и сказала:

— Здесь и Сергей есть, Страшный Сергей Юрьевич.

— Его смена во вторник, — сообщил хозяин, — и потом, не поверю, что Сергей Юрьевич мог стукнуть чужую машину. Всю жизнь за рулем. Да он мусоровоз сквозь игольное ушко протащит.

— Дружка покрываете, небось напутали с графиком, — нагло заявила я, выпуская дым парню прямо в лицо, — не на такую напали. Лифтер точно видел: не Андрей, а Сергей.

Некурящий хозяин разогнал рукой дым и начал злиться.

— У нас в документах идеальный порядок, как в аптеке.

— А вчера перепутали.

— Невозможно, все по графику. Да спросите, кто десять лет тому назад к вам во двор въезжал, так через пять минут отвечу, — разгорячился верховный мусорщик.

Я шмякнула на стол стодолларовую бумажку.

— Спорим, что через пять минут не ответите, кто вывозил помойку два года тому назад, утром одиннадцатого октября!

Парень рассмеялся, вытащил из шкафа амбарную книгу, перелистал страницы и радостно возвестил:

— Тю-тю денюжкам! Одиннадцатого октября работал Страшный Сергей Юрьевич.

— А не врешь? — недоверчиво сказала я.

Хозяин протянул книгу:

— Глядите. Сергей Юрьевич тут всю жизнь трудится. Положительный, опытный водитель. На него ни одной жалобы за все годы не поступало. Так что советую получше расспросить лифтера. Может ваш свидетель был пьян? И притом, какие собачники могли видеть мусоровоз? Машина приходит около пяти утра. Они что, по ночам гуляют?

Я изобразила замешательство.

— Ну...

— Вот и ну, — довольно сообщил хозяин, пряча в кошелек хрусткую купюру, — наши сотрудники тут ни при чем. Советую хорошенько подумать, прежде чем идти в суд.

— Вам это не сойдет с рук, — грозно заявила я и ушла.

Удивительно, но пейджер молчал. Ничего, скоро понадобится купить продукты, пропылесосить квартиру, и про «аспирантку» вспомнят. Я же пока должна довести дело до конца. «Вольво» тихо катила к Пушкинской площади. Валентина Никаноровна из приемной ГУИНа, вот кто мне нужен в первую очередь.

Милая женщина внимательно выслушала рассказ.

— Интересные факты, в особенности об этом мерзавце, следователе Искандере Даудовиче. Вот что, изложите все на бумаге, потребуем пересмотра дела. А пока могу посоветовать прекратить частный розыск. Как правило, такие инициативы плохо заканчиваются.

— Значит, Рому можно освободить?

Валентина Никаноровна развела руками:

— Только по решению суда.

— Но он не виноват!

Начальница приемной ГУИНа вздохнула.

— Я не могу приказать, чтобы его отпустили. Да, ваши материалы кажутся мне интересными, но этого мало. Могу пообещать только одно: если суд оправдает парня, освободят его в тот же день.

Я выскочила из ГУИНа и понеслась к Женьке домой. Земля просто горела под ногами, азарт добавлял в кровь адреналин. Ну погоди, академик, любитель вкушать плоды чужого труда, скоро небо с овчинку покажется!

Женюрка впустил меня в тесную прихожую и довольно сердито процедил:

— Глаза б на тебя не смотрели.

— Ладно, кончай злиться, где дневник?

Приятель протянул вожделенную тетрадочку. Я схватила, раскрыла обложку и обомлела: «Образование простого прошедшего времени».

— Это что?

— Контрольная по французскому языку.

— Мне она зачем?

— Тебе, и впрямь, не нужна, а вот дочке моей очень пригодится. Садись, пиши.

— Ну, Женечка, котик, — заныла я, суча ногами от нетерпения, — дай сначала дневничок почитать.

— Нет, — спокойно возразил эксперт, — отрабатывай конфету. Могу кофе сварить.

— Лучше чай, — вздохнула я, помня, какую бурду выдает Женюрка за благородный напиток, — причем из пакетика, потому что готовишь отвратительно. Наверное, из жадности кладешь одну чайную ложку заварки на три литра воды.

Приятель довольно улыбнулся.

— Можешь злиться сколько угодно, но дневник получишь только в обмен на контрольную. Хочешь, домой забирай, завтра привезешь.

Ну уж дудки, я уселась за детский письменный стол и с тоской оглядела поле работы: двенадцать вопросов!

— Не забудь примеры написать! — крикнул

заботливый папаша. — По четыре штуки на каждое правило.

От души проклиная преподавателей, задающих студентам такие огромные задания, принялась за работу. Примерно через три часа поставила последнюю точку и утерла потный лоб.

— Все сделала? — недовольно осведомился Женька. — Больно быстро. Ты там ничего не напутала?

— Сам печень с почками не перепутай, — огрызнулась я, выхватывая у него из рук вожделенный дневник.

— Грубиянка, — вздохнул Женюрка. — Между прочим, оцени: не настучал Александру Михайловичу о твоей дурацкой просьбе.

Я сунула дневник под мышку и достойно ответила:

— Расскажи полковнику, что помог расшифровать записи, и посмотри, что он тебе ответит!

Женюрка не нашелся, чем парировать, и остался на пороге с раскрытым ртом. Я плюхнулась в «Вольво» и дрожащими от возбуждения руками принялась листать страницы. Хорошо, что поздней весной темнеет рано, потому что от увлекательного чтения оторвалась только к девяти вечера.

На первой странице неизвестный мне сотрудник дал объяснения. Шифр оказался детским: просто поменяли местами гласные и согласные буквы. Мягкий и твердый знак, ы, ц, э — заменили цифры. Очень просто, но эффективно. Любопытствующий не прочтет, профессионалу потребовалось десять минут, чтобы разобраться. Наверное, основную работу проделал компьютер, потому что расшифровка напечатана явно на лазерном принтере.

Это был дневник любви. Лика описывала первую встречу с Валерием в Доме моделей, куда тот принес музыку для дефиле. Затем день за днем рассказывала о походах в рестораны, кафе, театры. Детально сообщала меню и программу спектаклей. Дальше начались сообщения о сексуальных радостях. Ненормальная девчонка описывала все, что они проделывали в кровати, не опуская никаких деталей. Целая страница посвящалась восторженному рассказу о теле любовника. Лика перечисляла родинки, бородавки и шрамы, словно патологоанатом, описывающий труп. Три летних месяца они посвятили исключительно постели. Рестораны и театры пошли побоку. Просто медовое лето.

Разногласия начались в конце августа. Валерий стал реже встречаться с любовницей, отговариваясь работой и неотложными делами. Потом сказал, что уезжает в командировку. В дневнике оказался десятидневный перерыв. Лике не хотелось описывать дни, проведенные без любимого.

Затем отчаянная, сумбурная запись, закапанная слезами. Лика случайно встретила Валерия в «Славянском базаре». Он был с другой...

В голову ей приходят мысли о самоубийстве. «И когда В. увидит меня в гробу в белом платье невесты, он упадет на колени, зальется слезами, поймет, что потерял.

Но будет поздно, я уйду навсегда. Всю оставшуюся жизнь В. станет мучиться и переживать, он больше никогда не заведет любовницы. Я останусь для него вечно молодой, и остаток жизни В. проведет в воспоминаниях».

Снова перерыв в записях. И ликующие строки, датированные девятым октября: «Позвонила В. Сказала, что жду ребенка. Пришел в восторг. Велел приезжать вечером десятого, поедем на неделю к его друзьям на дачу. Он любит, любит меня!!!»

Все, дальше шли пустые страницы. Ни разу в зашифрованном дневнике муж Светланы Павловской не был назван по имени. Только одна буква — В. Но глупая девчонка так подробно описала тело любовника, столь тщательно перечислила малейшие приметы, что проблем с идентификацией таинственного В. не будет.

Утром первым делом позвонила Мальковой и узнала, что делом Лики занималось отделение милиции, расположенное в Андреевском переулке.

— Туда ехать целый час, — сетовала Юлечка, — и следователь такой нелюбезный, даже нелюдимый, с дурацкой фамилией.

— Какой?

— Собакевич, — хихикнула манекенщица, — просто как у Гоголя, Собакевич. И вид такой же: какой-то грязный, неопрятный. Все время зудел и замечания делал: не жуйте жвачку, не сидите нога на ногу, пишите разборчиво. Мрак!

Да, заставить такого что-либо показать трудно, хотя есть у меня личный, прикормленный информатор в милицейских рядах.

Капитан Евдокимов сидел на месте и не смог скрыть ликования, услышав мой голос. Почуял добычу.

— Приезжайте, — коротко бросил он.

Я поторопилась в милицию. Евдокимов тосковал перед абсолютно пустым столом, даже стаканчика с ручками нет. Увидев меня, он стрельнул глазами в сторону своего соседа, тоже капитана, роющегося в каких-то бумажках, и строго произнес:

— Что ж задерживаетесь?

Потом вздохнул и сказал коллеге:

— Дмитрий Сергеевич, я отъеду на пару часов со свидетельницей на место происшествия. Кто придет ко мне, пусть дожидается.

Мы вышли молча из отделения и сели в «Вольво». Евдокимов повертел головой и протянул:

— Ну, чего надо?

— Посмотреть дело, заведенное два года тому назад по факту убийства Лики Сергеевны Страшной.

— Лады, сделаем, — согласился капитан.

— Знаешь, кто занимался?

— Рули к коллегам.

У отделения Евдокимов вышел, велев ждать. Потянулись минуты, прошел почти час. Утонул он, что ли? Наконец жадный капитан вернулся и потребовал:

— Триста баксов.

Схватив бумажки, опять исчез в «легавке», но очень скоро выскочил назад с полиэтиленовым пакетом.

— Вот, — сообщил помощничек, — ксерокопию сняли, дома почитаете спокойненько. Правда, тут немного, типичный висяк. С тебя еще двести баксов.

Получив мзду, он сильно оживился и велел высадить его у Первомайского универмага. Отъезжая, я глянула в зеркало и увидела, как капитан торопливым шагом идет тратить «гонорар». Вот ведь вонючка! Хотя следует признать, что он сильно облегчил мою жизнь. Надо же, сняли копию, абсолютно противозаконное дело. Интересно, сколько в Москве честных милиционеров? Может, одна Валентина Никифоровна из ГУИНа осталась!

Занимаясь этими рассуждениями, я добралась до ближайшего кафе, выбрала столик в самом углу, заказала кофе и принялась изучать содержимое папки.

Так. Осмотр трупа на месте обнаружения, показания свидетелей, ага, вот оно: результаты судебно-медицинской экспертизы. Перелом нижних конечностей, перелом шейных позвонков, деформация грудной клетки... Дальше пошли непонятные слова — «лампасные разрезы», гипостаз, имбибиция, диффузия, пищевая масса в районе печеночного изгиба... Да, без пол-литра не разобраться. Погляжу дальше.

Но дальше шли жуткие фотографии. Может, при жизни Лика и была красавицей, но после смерти! Мне расхотелось пить кофе. Потом показания Мальковой, родителей, сестер — Ксюши и Инги. Ничего нового я не узнала. Основной интерес как раз представляли результаты экспертизы, но я их не понимала. Пришлось звонить Женьке.

— Миленький, — запела я сладким голосом в трубку, — что такое диффузия в трупе?

— Трупный стаз, — ответил, не задумываясь, Женюрка.

— А имбибиция? — решила не сдаваться я.

— Пропитывание, наступает через двадцать — двадцать четыре часа.

— Тогда расшифруй гипостаз?

— Трупный натек, ну, когда кровь опускается по сосудам и изменяет цвет в ниже расположенных частях трупа. А зачем тебе это?

— Кроссворд разгадываю, — сообщила я и отсоединилась. Видали умника? Объяснил одни непонятные слова другими, такими же дурацкими! Нет, Женька обязан прокомментировать результаты, но как заставить его это сделать?

Поразмышляв пару минут, стала звонить Женькиной супруге. Лилька колоритная женщина. Тот случай, когда рост совпадает с объемом талии. Только не подумайте, что она шестидесятисантиметровый карлик! Всю жизнь Лиля борется с весом, но это неравная борьба, потому что на стороне веса сражается и аппетит. А он у Лильки потрясающий! Того, что женщина съедает на завтрак, мне хватит на неделю. Как все грузинки, Лиля обожает готовить. В их доме кормят совершенно невероятными блюдами: сациви, лобио, чахохбили. Придя с работы, Лилечка приковывается к плите. Я только вздрагиваю, вспоминая энтузиазм и «простенькие» рецепты фаршированной курочки. Даже под страхом смертной казни не смогла бы снять кожу с курицы целиком. Не повредив ее! А пироги и пышки, блины и ватрушки, пельмени и вареники! Странно даже, что при такой диете Женька и дети тощие, как гвозди.

Под стать фигуре у Лильки и характер. Спорить с ней домашние побаиваются. У них в семье как в пехотном батальоне: шагом марш и с песней! Угадайте, кто в доме генерал? Правда, иногда Женька злится и кричит, что он хозяин, но Лиля с ним не спорит, только усмехается. К тому же, работая парикмахером, она частенько приносит домой больше денег, чем муж-бюджетник. Не подумайте, что супруга упрекает нищего милиционера. Нет, просто не берет из его кошелька на хозяйство.

Как у всех полных людей, у Лильки одна проблема: где купить купальник шестьдесят шестого размера, приобрести соответствующие фигуре джинсы и юбки. Толстому человеку хуже, чем худому. В конце концов, брюки пятидесятого размера легко обузить до сорок четвертого. Попробуйте сделать наоборот. Поэтому любую вещицу, подходящую к необъятной фигуре, Лиля воспринимает с восторгом. Так что я знала, чем порадовать женщину.

— Лилечка, ангел мой, представляешь какой казус вышел!

— Ну? — поинтересовалась подруга.

— Наташка прислала из Парижа кое-какие вещички, а они случайно оказались твоего размера. Забери, не побрезгуй!

— Вези немедленно ко мне домой, — скомандовала Лиля, — сейчас бабье брошу и приеду.

— Давай после шести, — коварно предложила я.

Теперь следовало приобрести гардеробчик. Поехала в ГУМ. Долго в задумчивости шаталась по бутикам и салонам. Ну как можно в стране, где основная масса женщин носит примерно пятьдесят второй размер, торговать платьицами чуть больше носового платка!

В результате трехчасовых поисков в сумке оказались две кофты, юбка и брюки, смахивающие на чехол для танка. Довольная, влезла в «Вольво». Смущал только молчавший пейджер. Павловские совершенно забыли про бедную казанскую аспирантку.

Лиля открыла дверь, и по лестничной клетке разлились восхитительные запахи.

— Будешь ачму? — поинтересовалась подруга, радостно поглядывая на сумку.

Я кивнула. Совершенно не знаю, что такое ачма, но, если Лиля приготовила, значит, вкусно.

Потом мы пили удивительно крепкий кофе, любовались брюками и кофтами. Тут заявился Женька. Подождав, пока приятель утолит голод, я вытащила папку и сунула ему под нос. Женюрка полистал бумаги и вполне мирно спросил:

— Где сперла?

— Женечка, — запела я соловьем, — пожалуйста, объясни по-человечески, что произошло с трупом бедной девушки.

— Зачем?

— Надо.

— Ладно, — неожиданно согласился эксперт, — только курну.

И он пошел на лестницу. Я осталась с раскрытым ртом. Вот так просто? Взял и согласился? Зачем же я тогда готовила тяжелую артиллерию в лице Лили?

Скоро узнала почти все. Труп Лики перемещали после смерти. То есть убили в одном месте, а потом бросили на шоссе. Причем положили на проезжую часть, где несчастную переехала машина. Все следы наезда — посмертные. Давили не живого человека, а труп. На ногах — на щиколотках — следы от веревок, на локтях и вокруг грудной клетки — тоже.

Вырисовывалась такая картина. Сначала Ангелину убили, причем внезапно. Скорей всего девушка упала и сломала шею. Потом труп через некоторое, весьма продолжительное время связали веревкой. Сколько-то тело оставалось в лежачем положении, затем его зачем-то поставили и, очевидно, при этом сломали ноги.

— Я бы сказал, — бормотал Женюрка, — что сбросили с высоты. Но это нонсенс, никогда не видел, чтобы связанный труп выкидывали из окошка. Живого — сколько угодно, но мертвого, да еще связанного? Зачем? И характер травм совсем не соответствует сбросу!

Но на этом приключения убитой Лики не закончились. Ее опять положили, а потом сунули под машину, предварительно развязав.

— Можешь сказать, когда девушку убили?

— Пища в районе печеночного сгиба, — оживился приятель, откусывая еще один кусок восхитительной ачмы, — значит, прошло примерно шесть часов после ее принятия, опять же полный мочевой пузырь... Думаю, где-то часа в четыре утра. Но точно сказать не могу.

Была еще одна странность — на теле обнаружили частички бытового мусора, в основном пищевые отходы.

Я уезжала от Жени в полном обалдении. Знаю теперь, почему посадили Рому! Знаю, кто убил Лику, осталось уточнить, на чьей совести жизнь Катюши и хозяина риэлторской конторы Славы Демьянова. Неожиданно все эти дела, включая смерть пьянчужки Вики Пановой, скрутились в один тугой клубок. А кончик ниточки я держала в руках. Осталось только осторожно потянуть и размотать его.

Глава 28

На следующий день я от возбуждения вскочила в семь утра. Поступок, на который никогда раньше не была способна. Ни Аркашка, ни Маруся, ни Зайка не просят меня будить их утром. Абсолютно бесцельная просьба — все равно проспю. Но сегодня какая-то сила смела меня с кровати, сон пропал окончательно.

Я налила себе чашечку кофе и задумчиво присела в столовой за огромным круглым столом. Что же теперь делать с накопленным материалом? Наверное, следует позвонить Александру Михайловичу, честно признаться во всем и попросить приятеля дать делу ход. Глянула на часы — только восемь. Из дома полковник уже ушел, на работу еще не приехал. И тут зачирикал пейджер. «Позвони срочно. Виолетта Сергеевна».

Непонятное беспокойство наполнило душу. На какой-то момент почему-то показалось, что лучше не звонить сейчас Павловским, и вообще, хватит разыгрывать «казанскую сироту»! «Иди к Александру Михайловичу, — настойчиво нашептывал тихий внутренний голос, — пусть полковник дальше сам ищет убийцу Катюши».

Я велела этому голосу заткнуться и позвонила профессорше. Та разговаривала таким сладким тоном, что сразу захотелось запить.

— Душенька, приезжайте скоренько.

Я понеслась одеваться. Попробую сегодня выяснить у бабули недостающие детали. На этом закончу, вот только кое-что уточню и отдамся в руки Александру Михайловичу. В конце концов, я это дело начинала, мне его и заканчивать!

В пустынной квартире мы с Виолеттой оказались вдвоем. Профессорша предложила мне присесть к кухонному столу.

— Альберт Владимирович пошел сдавать анализ крови, — разоткровенничалась старушка, — совсем бедного жара доконала. Да и мне тоже плоховато, голова каждый день болит, давление поднимается.

Я ожидала, что после подобной речи меня отправят в магазин, но Виолетта задушевно сообщила:

— Профессор просил подождать, скоро будет, так что я одна дома. А вы, деточка, в Казани где преподаете?

Черт, совершенно забыла, что отвечала в первый раз на этот вопрос, надеюсь, что старуха тоже не помнит.

— В Институте легкой промышленности.

— А живете где?

— Улица Ленина. — Кажется, выкрутилась, во всех городах России была подобная магистраль.

— Дом какой? — напирала профессорша.

— Один.

— Что же это, улицу у вас не переименовали, так и носит имя вождя революции?

— Руки у мэрии не дошли, да и дорого.

— Интересно, интересно, — процедила Виолетта Сергеевна, — кстати, какой курс читаете?

— Экономика Франции.

— Узкая специализация, — протянула профессорша. Она встала, подошла к холодильнику, достала бутылку газированной «Веры». Потом протянула руку и вынула из шкафчика красивый хрустальный стакан.

— Выпейте, милочка, — пропела жена академика, наполняя сверкающую емкость, — наверное, в горле пересохло.

Веселые пузырьки весело бежали со дна стакана. И правда, пить хочется.

Но в эту минуту из коридора донесся голос:

— Есть кто дома? — И в кухню влетела Марго. Димина жена выглядела очаровательно. Легонькое, почти прозрачное платьице не скрывало очертаний точеной фигурки. Красивое, но стервозное лицо умело накрашено.

— Маргоша? — удивилась Виолетта. — Ты же

на даче! Почему вдруг утром прикатила и без звонка?

— По делам, — отмахнулась невестка, — только десять, а парит, как в бане, вся вспотела и пить хочу, просто умираю.

Она быстро подсела к столу и схватила предложенный мне стакан воды. Виолетта, стоявшая в этот момент в другом углу огромной кухни, с криком: «Марго, не смей пить!» — бросилась к ней. Но было поздно. Девушка недоуменно глянула на старуху и одним глотком опустошила стакан. «Не пей, Гертруда! — Мне хочется; простите, сударь»[1] — пронеслось в моей голове. Марго поставила пустой сосуд на стол и блаженно сказала:

— Хорошо!

Виолетта Сергеевна схватилась за голову и рухнула на табуретку.

— Нет, — закричала она, — нет, я не хотела!

Я следила за происходившим во все глаза. Профессорша раскачивалась, как китайский болванчик, изредка всхлипывая. Марго неожиданно издала странный клокочущий звук и упала на пол.

— Нет, — завопила профессорша, — о господи, нет! Светочка, Светочка, сюда скорей!

Откуда ни возьмись появилась Светка и бросилась к лежащей невестке, за ней маячил Валерий. Я разинула рот. Значит, они были дома и си-

---

[1] Шекспир. «Гамлет». Король, видя, что королева хочет выпить чашу с отравленным вином, приготовленным для принца Датского, просит ее не пить, но она не слушает его.

дели в комнате молчком, пока Виолетта меня выспрашивала. Зачем же старуха сказала, что находится в квартире одна?

Светка перевела на меня тяжелый взгляд убийцы, поднялась с колен и медленно пошла в сторону окна.

— Все из-за тебя, гадина, — пробормотала профессорская дочка, — явилась разнюхивать, наврала с три короба про Казань, потаскуха. Но ничего, сейчас все закончится, получишь по заслугам, сучка ментовская.

Профессорша затравленно поглядела на дочурку:

— Светочка, успокойся. Надо вызвать врача для Маргоши. Видишь, бедняжке плохо с сердцем от жары стало.

— Да ладно, мама, — отмахнулась глыбоподобная баба, — поздно. Одной дурой меньше, теперь и от другой избавимся.

Глаза психопатки стали почти белыми, я поняла, что сейчас меня схватят, возможно, задушат и сбросят из лоджии на тротуар. Быстрым движением я сунула руку в сумку, выхватила пистолет и направила на убийцу.

— Пять шагов назад, повернись лицом к стене и расставь ноги на ширину плеч.

Светлана оттекла назад, но к стене не повернулась.

— Ну, — пригрозила я, — быстро. Ты права, я из милиции, и сейчас сюда ворвется группа «Альфа». Живо к стене.

Валерий ойкнул и убежал. Света с Виолеттой

повернулись омерзительными мордами к холодильнику. Стараясь не смотреть на труп Марго, я вытащила мобильник, соединилась с полковником и грозно отрапортовала:

— Майор Дарья Васильева сообщает о выполнении задания. Преступники взяты на мушку. Группа быстрого реагирования может начать штурм квартиры академика Альберта Павловского.

Александр Михайлович умный, сразу сообразит, только бы побыстрей установил адрес.

— Послушай, — заквакала Света.

— Молчать! — заорала я, усиленно изображая из себя сотрудника отдела по борьбе с организованной преступностью.

— Ну погоди, дай сказать, — загундосила баба, — давай договоримся. Сколько хочешь за то, чтобы сейчас отпустить нас с матерью?

— Молчи, сука, — ласково сообщила я.

— Двести тысяч долларов, — не успокаивалась привыкшая все покупать Света.

— Где такие бабки возьмешь?

— Хорошо, хорошо, — обрадовалась жаба, думая, что ментовка клюнула на соблазнительную сумму. — Давай так сделаем. Мы сейчас уйдем. А завтра на тебя квартиру перепишем.

— Обманешь, — стала я прикидываться.

— Да что, на мне креста нет? — удивилась Светка. — Честное благородное, квартира твоя.

— Какая?

— Да моя же, — заявила негодяйка, — не сомневайся.

— Ну, надо подумать.

Света стала медленно поворачиваться.

— Стой, как стояла! — заорала я. — Сейчас придумаю, как лучше дельце обстряпать!

Минуты текли томительно.

— Ну, — поторопила дочка академика, — докумекала?

И тут в кухню ворвались люди в камуфляже. Через пару секунд женщин заковали в наручники. Я устало опустила руку с пистолетом. Конечность мелко подрагивала и отказывалась сгибаться в локте. Ноги стали ватными, спину закололо иголками.

В кухню быстрым шагом влетел полковник.

— Жива?

Я кивнула головой и, разрыдавшись, плюхнулась на табуретку. «Браунинг» вырвался из руки и упал прямо к ногам врача, осматривавшего труп Марго.

— Где взяла игрушку? — поинтересовался приятель.

Размазывая по вспотевшему лицу слезы и сопли, я подобрала пистолет и нажала на курок. Прямо над дулом открылось отверстие, откуда полыхнуло пламя.

— Зажигалка! — ахнула Виолетта Сергеевна.

— Классная штучка, — сказал один из оперативников, — а сделана как! Не отличишь от настоящего.

— Ах ты, сука ментовская! — выплюнула Света.

— Фу, — возмутился полковник, — даме вашего положения не пристало так выражаться.

— Теперь она поменяет круг общения, — радостно сказала я, — а на зоне как раз за свою сойдет.

Светка плюхнулась на необъятный зад и завыла дурным голосом. Виолетта топталась рядом, пытаясь скованными руками погладить любимую дочурку по голове.

— Давайте, девочки, — ласково пригласили милиционеры, — топайте к лифту, карета подана, в лучшем виде в управление доставим.

— Погодите, — закричала я, — пусть ответят на один вопрос!

— Спрашивай, — разрешил полковник.

— Чья это сумка?

Мой палец уперся в лежащую на подоконнике кожаную торбу, на ручке которой болталась на цепочке большая золотистая буква О.

— Ну, — оживился Александр Михайлович, — отвечайте майору.

— Моя, — тихо буркнула Виолетта! — А что?

— А то, — не скрывая торжества, выкрикнула я, — что теперь знаю, кто убил Катюшу!

Виолетта вскинула блеклые голубые глаза, моргнула поросячьими ресницами и твердым шагом двинулась в прихожую.

Глава 29

На следующий день ближе к вечеру я сидела у Александра Михайловича на работе. Кабинет у полковника маленький, но набилась туда куча народа. Сотрудники отдела поглядывали на меня с нескрываемым интересом. Я же открыто ликовала. Вот вам! Сколько раз на этом самом месте на мою бедную голову сыпались упреки в глупости и категорические приказы прекратить мешать следствию. Сколько раз приятель ядовито оценивал мои умственные способности. Но зато сейчас настал день моего торжества!

Все собрались и ждут разъяснений, потому что они не разобрались, а я в одиночку распутала сложное дело.

— Ну, — повторил полковник, — доложи ход твоих рассуждений.

— В общем, все знаю, — гордо начала я, — только кое-какие детали не связываются.

— Давай, давай, — злым голосом проворчал Александр Михайлович, — мы тут кое-кого допросили, сейчас все свяжем.

— Ты должен признать, — сообщила я, — что была проделана огромная работа, целый месяц...

— Дарья! — вскипел приятель. — Говори только по делу.

Смотрите, какой нервный! Конечно, приятно ли сознавать, что целый отдел в лужу сел, а маленькая женщина до всего додумалась.

Я поглядела на напряженные, хмурые лица. Женька тихонько погрозил кулаком. Ну, так и быть, слушайте, мальчики, и учитесь, как надо работать.

— Корни этой истории уходят глубоко, в 1959 год.

Именно тогда, в ночь с пятнадцатого на шестнадцатое марта, Виолетта Павловская родила дочь. Событие безусловно радостное, но только не для этой роженицы. Альберт Владимирович Павловский, муж дамы, к тому времени уже почти год находился в Заполярье. Зарабатывал на кооперативную квартиру. Жена в его отсутствие загуляла, и плод измены не замедлил себя ждать. Виолетта велела своей няньке подбросить ребенка на крыльцо Дома малютки. Она надела на шею девочки золотую цепочку очень необычного плетения, с крестиком. На кресте, а это был крестильный крест Виолетты, стояла буква В и год рождения женщины — 1934-й. Новорожденную положили в картонную коробку и сунули внутрь конверт с тысячей рублей. Анфиса поставила «подарок» перед входной дверью приюта и ушла.

Нянька, обнаружившая подкидыша, оказалась жадной и нечистоплотной женщиной. Цепочка и деньги перекочевали в ее карман. Девочка, которую назвали Катей Виноградовой, выросла, стала швеей, родила сына Рому.

Судьба иногда любит выделывать фокусы. И Рома оказался в одном классе с Игорем Павловским — внуком Виолетты. Мальчики дружили, Рома часто бывал у Павловских дома, но профессорша и не предполагала, что к ней в дом ходил второй внук.

Всю жизнь Виолетту Сергеевну грызло чувство вины за содеянное. Она сама выросла почти без отца с матерью и хорошо понимала, как тяжело быть сиротой. Но что ей было делать? Признаваться мужу в измене? Скорей всего, что надменный и глуповатый Альберт Владимирович никогда бы не простил жену и не потерпел бы в своем доме приблудыша. Виолетте оставалось только молчать и мучиться.

Вся патологическая материнская любовь досталась старшей дочке Свете. Может быть, профессорше казалось, что, безумно балуя Светочку, она искупает свой грех перед другой дочерью? Во всяком случае, Света ни в чем не знала отказа. До восьмого класса мать носила за ней портфель в школу, одевала как принцессу, укладывала в кровать при легком насморке...

Жертвой этой невероятной любви пал даже сын Дима. На него никогда не обращали внимания, только ругали за непомерный аппетит. Ни Виолетта, ни Альберт не понимали, что своим обжорством мальчишка просто пытался компенсировать дефицит любви.

Шли годы, Света взрослела, становясь капризной, толстой, истеричной девицей. Виолетта с каждым днем любила свое чадо все больше.

На втором курсе института профессорская дочка познакомилась с Андреем Федоровым, сыном высокопоставленного дипломата. Непродолжительный, но бурный роман завершился беременностью. Андрей не очень-то хотел жениться, но Виолетта Сергеевна загнала парня в угол, и свадьбу сыграли.

Через неделю Андрей с родителями попал в автокатастрофу. Отец и мать умерли на месте, парень превратился в парализованного калеку.

Света сдала молодого мужа в интернат для хроников, и Павловские стали говорить всем, что Андрей умер. Светлане досталась огромная четырехкомнатная квартира. К Федорову она никогда не приезжала, просто вычеркнула парня из жизни, инвалид был не нужен Павловским.

Через две недели после катастрофы Виолетта

познакомила дочь с Валерием. Еще через пару недель сыграли свадьбу. Не знаю, чем мать соблазнила парня, но Валерий женился на девушке, которую никогда не любил и которой потом всю жизнь изменял.

Умная Виолетта понимала, что ее, мягко говоря, не такая уж красавица дочурка скорей всего не сумеет подыскать себе другого мужа. К тому же на свет должен был появиться ребенок, что тоже сильно уменьшало шансы Светланы на ярмарке невест. Аборт делать побоялись, врачи пугали тяжелыми последствиями. У Светки, как на грех, оказался отрицательный резус. Не исключено, что Светка влюбилась в Валерия. По молодым годам он был хорош чрезвычайно, походил на Есенина, играл на гитаре и слыл душой любой компании. Вот только неизвестно, знал ли Валерий, что Игорь-то был не его сыном, что его настоящим отцом является Андрей Федоров.

Дальше потекли ничем не замутненные годы. Альберт Владимирович стремительно взлетал ввысь — доктор наук, профессор, академик... Виолетта Сергеевна, конечно, не работала больше медсестрой. Не работала и Света, потому что все время находила у себя какие-то болячки.

В доме Павловских всегда толпились жаждущие «остепениться» аспирантки. Женщины становились дармовыми домработницами. В их кругу Валерий отыскивал себе любовниц.

Света с годами трансформировалась в злую, толстую, безумно ревнивую бабищу. Валерий, считавший себя композитором, был повязан по рукам и ногам. Музыку, написанную им, исполнять никто не собирался, денег у него не было. Кран от источника доходов находился в руках жены, и она могла в любой момент перекрыть его. Жили они довольно плохо, бесконечно ругались. Но выгонять Валерия Света не собиралась. Ей не хотелось иметь статус «разведенки».

Жить бы так Павловским долгие годы, но тут приключилось нечто, разом поломавшее привычный уклад семьи. Валерий познакомился с юной красавицей — манекенщицей Ангелиной. У мужчины было свое холостяцкое гнездышко, где он встречался с любовницами. Зимой, весной и осенью это происходило в дневное время. Летом, когда ненавистная супруга уезжала на три месяца отдыхать, ловелас переселялся на проспект Вернадского. Именно там он восхитительно провел время с Ликой. Но Валерий быстро влюблялся и быстро остывал. Больше трех месяцев он еще ни с кем не поддерживал взаимоотношений. Так произошло и с Ангелиной. Бедная девушка чуть не лишилась разума, увидав любовника с другой. Какое-то время Лика убивалась, но девятого октября позвонила Валерию и сообщила, что беременна. Скорей всего она это придумала, потому что при вскрытии трупа плода не нашли.

Девушка заявила любовнику, что не собирается делать аборт и что в мае он станет отцом. Валерий испугался и пригласил Лику к себе, велев взять вещи, якобы для поездки на дачу. Вот зачем он придумал поездку на природу, непонятно.

— Валерий думал уговорить женщину на аборт и увезти утром в больницу, — пояснил Александр

Михайлович, — он хотел, чтобы три-четыре дня ее не хватились.

— Ага, ясно. Лика рассказала Юле про дачу и, радостная, прибыла на проспект Вернадского. Там они, очевидно, крепко поругались, и Валерий убил женщину.

— Абсолютно случайно, — вздохнул полковник, — уверяет, что упрашивал Лику поехать на операцию, а та ни в какую. Довела его почти до обморока, плакала, кидалась на колени, потом пригрозила поехать к Светлане. Через секунду после гадких слов бросилась к мужчине на шею. Тот с силой оттолкнул любовницу — ну достала баба мужика. А на Лике были туфли на высочайших шпильках. Девчонка оступилась, упала с высоты своего роста прямиком на сувенирный железный сундучок, в котором хранилась всякая ерунда. Все закончилось разом переломом шейных позвонков. Валерий остался с холодеющим трупом. Сначала он чуть не грохнулся в обморок, потом понял, что нужно делать. Он был абсолютно уверен, что Лика никому не рассказывала, с кем проводит время. Следовало лишь избавиться от трупа, и дело казалось сделанным.

Но вынести тело на улицу он не мог. В подъезде безвылазно сидел дежурный, причем не убогая клюющая носом старушка, а молодой парень, боящийся потерять работу и смотревший за входной дверью во все глаза. Нечего было и думать о том, чтобы протащить мимо секьюрити труп. Представляю, как он себя чувствовал, сидя возле коченеющей Лики.

Потом ему в голову пришел простой и, как

показалось, гениальный план. Он вышел на лестницу, было около пяти утра, и соседи из противоположной квартиры спали спокойным сном.

Сначала Валерий отвернул железный ковш мусоропровода. Потом связал Лике ноги в щиколотках, примотал руки к телу, подтащил несчастную жертву к отверстию и спустил вниз.

— Ха, — воскликнул Женька, — вот почему у нее оказались переломаны ноги! Я же говорил, что она падала с высоты, но как-то странно. Теперь понятно, наверное, тормозила в трубе, и поэтому травмы такие нехарактерные.

— Ладно, — голосом, не предвещавшим ничего хорошего, сообщил Александр Михайлович, — продолжай, Дарья. И как только ты до мусоропровода додумалась!

Я рассмеялась.

— А пусть Женька расскажет, как мы у него дома незадачливого донжуана спасали! Вот и вспомнила в нужный момент.

В общем, Валерий спустил вниз то, что осталось от Лики, вернулся в квартиру, взял сумку и преспокойненько пошел вниз, якобы торопясь в командировку.

Но судьба приготовила ему сокрушительный удар. Вытаскивая труп из мусороприемника, он столкнулся с водителем мусоровоза — Страшным Сергеем Юрьевичем, отцом Лики. Увидав труп дочери, тот онемел, а Валерий чуть не умер от ужаса.

Минут через пять мужчины пришли в себя. Сергей Юрьевич помог запихнуть дочку в мусоровоз и повел почти невменяемого Валерия наверх. Страшный — патологически жадный человек. И он решил на всю катушку использовать подвернувшийся шанс. Рассудив, что дочь не вернешь, он потребовал с профессорского зятя крупную сумму денег. Но это было еще не все. Павловские должны были заставить Игоря жениться на средней дочери Страшного — беременной от него Ксюше. Молодым Павловские должны были купить двухкомнатную квартиру. На решение всех вопросов Сергей Юрьевич дал Валерию неделю.

— Он потребовал сто тысяч долларов наличными и квартиру для дочери, — сказал Александр Михайлович. — К тому же, пользуясь тем, что Валерий от страха впал почти в бессознательное состояние, заставил того написать признание в убийстве. Этим документом он мог до конца жизни шантажировать зятька. И договорились они полюбовно — деньги в обмен на документ.

— Бедняга Валерий кинулся к жене каяться. Но где взять такие огромные суммы? Рыдая, Света побежала к матери. Виолетта пришла в ужас. Воображение рисовало зятя на скамье подсудимых. Она представила, сколько жадных языков начнет полоскать имя академика, сколько сплетен понесется по Москве.

— Да еще сам зять оказался не промах, — ухмыльнулся полковник, — сообщил женщинам, что знает, где находится Андрей Федоров, и на суде расскажет всем о двоемужестве Светланы. Виолетта патологически боялась любого пятна на репутации Павловских. Именно поэтому Андрея Федорова объявили покойником. Свадьба-то игралась шикарная, гостей чуть ли не сто человек. Как объяснить скорый развод? А так все чудесно. Молодая безутешная вдова с прекрасной квартирой. Потом «потеряла» паспорт, в новом не поставила штамп о бракосочетании с Федоровым и расписалась с Валерием. Шито-крыто. Как любит повторять Виолетта Сергеевна: «Павловские никогда ни в чем не замешаны».

— Не знаю, кто придумал махинацию с квартирой, — сказала я, — но козла отпущения выбрали правильно — простоватого Романа Виноградова. Дело в том, что от Альберта Владимировича ситуацию скрыли. Виолетта боялась, что мужа хватит инфаркт. Света опасалась, что отец возмутится ее двоемужеством, ведь академику рассказывали, что Федоров умер. Валерий справедливо полагал, что тесть не захочет помогать зятю-убийце и не даст ни копейки.

Короче, Рому принесли в жертву. Ничего не подозревающий парень продал апартаменты, и они с Демьяновым вручили Павловской сто двадцать тысяч долларов и ключи от квартиры Игоря.

Валерий и Света принялись рассказывать всем, как Рома обманул доверчивых клиентов. Был затеян судебный процесс. Сто тысяч убийца отдал шантажисту, двадцать ушло на подкуп следователя, судьи и прокурора. Альберт Владимирович страшно жалел дочь и зятя, лично звонил Генеральному прокурору и просил примерно наказать мошенника. Именно поэтому приговор и оказался таким суровым — семь лет.

Роман отправился сначала в тюрьму, потом на зону, академик дал дочери денег на две жилплощади — для нее и для Игоря. Кстати, Света на всех углах рассказывала о том, что вынуждена была продать свою квартиру из-за ссор с невесткой Ксюшей. Все они продумали, все предусмотрели.

Однако кое-чего не заметили. Хозяин риэлторской конторы, Слава Демченко, страшно удивился, когда узнал, что Роман якобы не отдал деньги. Он поехал к Светлане и потребовал объяснений. Та предложила денег за молчание. Обманутый Альберт Владимирович щедрой рукой отсыпал дочурке долларов на две хаты. Но квартира Игорю была уже куплена, поэтому пятьдесят тысяч долларов досталось Светке «на булавки». Конечно, некрасиво обманывать отца, но ведь не сообщать же ему правду?

Слава получил тугую пачку долларов и заткнулся. Но через какое-то время жуликоватому хозяину конторы стало казаться, что он продешевил. Демьянов позвонил Светке и потребовал дополнительную сумму, чем и подписал себе смертный приговор. Милая профессорская дочка прихлопнула Славика как муху.

Пообещав привезти вечером в офис требуемую сумму, она нацепила парик, прихватила ампулы с дигоксином и двинула в контору. В книге посетителей записалась Моториной Олимпиадой Александровной. Так звали лифтершу в ее доме, старушку, почти полностью впавшую в маразм и путавшую все на свете.

— Виолетта уверяет, что это была она, — заметил полковник, — полностью берет вину на себя.

Я еще раз подивилась силе материнской любви и продолжала:

— Короче, Демьянова убрали за жадность. Но тут появилась Катюша. Женщина почти догадалась о том, что произошло. Бедная Катенька сама пыталась доказать невиновность сына. Кое-что ей удалось понять. Окончательную ясность внес визит следователя Искандера Даудовича и... любовный роман, который пересказывали соседки по столовой.

На протяжении четырехсот пятидесяти страниц там рассказывалась история графа, который убил любовницу. Чтобы спасти мужа от тюрьмы, графиня тайком продала свой замок барону. А потом обвинила простофилю-покупателя в разбойном нападении на ее жилплощадь и добилась того, что барона казнили. И мужа спасла, и замок сохранила — этакая криминально-романтическая история четырнадцатого века.

В голове у несчастной матери завертелись мысли. То, что Валерий жуткий бабник, знали все. Внезапно Катюша вспомнила, как встретила на улице мать одноклассницы Романа Лидию Борисовну Страшную. Женщина рассказала о смерти Лики и о замужестве Ксюши. Похвасталась выгодным зятем — внуком Павловских. Потом пригласила в гости, похвалилась новой квартирой.

Катюша вдруг словно прозрела, вскочила из-за стола, закричала... Потом, выйдя из больницы, она, наивная дурочка, пошла к судье, засудившей Рому, и стала выкладывать свои подозрения. Та не замедлила позвонить Павловским и сообщить о Катюшином визите.

Света опять решила устранить проблему привычным путем. Но здесь восстала Виолетта. Профессорша видела, что дочь превратилась в хладнокровную убийцу, и хотела избежать жертв. Привыкнув все решать при помощи денег, она встретилась с Катюшей в дешевой закусочной, подальше от дома, и стала предлагать той доллары. Но Виноградова швырнула старухе пачку баксов в лицо.

Тогда в бой вновь ринулась Света. Она позвонила Кате и прикинулась, что испытывает глубокое раскаяние. Пообещала ей сходить в прокуратуру и предложила встретиться у Катюши дома. Но Виноградова боялась Павловскую, не хотела пускать ее к себе и оставаться со Светой наедине. Вот и сказала, что ей предстоит завтра сделать капельницу в диспансере, а потом можно поехать к прокурору.

Света пришла в полный восторг. Смерть от аллергического шока, что может быть лучше. Приготовив бутылку со смертельным раствором, дочурка переоделась в туалете и двинула к процедурному кабинету. Она даже придумала повод, под каким удалить оттуда настоящую медсестру, но он не понадобился. Галя сама убежала в аптеку. Света вошла и поставила Кате роковую капельницу.

И опять ей показалось, что все ловко придумано. Женщина даже нацепила на ноги ботинки Валерия, чтобы окончательно запутать предполагаемых свидетелей. Надо сказать — удачная находка. Я долго думала, что убийца — мужчина.

Затем наступил черед Вики Пановой. Алкоголичка приобрела привычку звонить Павловским и костерить их на все лады. В тот день, когда я заставила ее записать у нотариуса показания о лжесвидетельстве, глупая пьянчужка позвонила Виолетте и сказала, что скоро правда вылезет наружу. Вика страшно радовалась в своем алкогольном угаре и обещала ненавистной профессорше вывести ее на чистую воду.

Естественно, что Света, прихватив дигоксин, поехала к Пановой.

— Во всех убийствах призналась Виолетта Сергеевна Павловская, — вздохнул полковник. — Она же сообщила, что, желая дочери счастья, обманула ту и сказала ей о смерти Андрея Федорова. Дескать, не хотела, чтобы дочка отдала лучшие годы инвалиду. Так что Светлана скорей всего избежит строгого наказания. Суд учтет ее участие в событиях, но мать берет все на себя. Тем более что Марго она отравила на твоих глазах.

— Ума не приложу, с чего бы это Виолетта решила отправить меня на тот свет?

— Ну и дура же ты, прости господи! — в сердцах воскликнул приятель. — Наваляла глупостей, хорошо хоть жива осталась.

Ну вот, сел на любимого конька!

— Когда ты, душа моя, — кипятился полковник, — обманом проникла в дом Павловских, те ничего не заподозрили и принялись использовать тебя на всю катушку. Но потом у Виолетты заро-

дились подозрения. В газете «Экспресс» она увидела твою физиономию возле Ксюшиной кровати. Подивившись, Виолетта отправилась к невестке и узнала, что та случайно встретила в коридоре... врача из детской поликлиники. Ксюша
рассказала, что эта милая женщина однажды
приходила из поликлиники делать прививку ее
дочери. Потом Зоя сказала, что ты ездишь на
такси и куришь дорогие сигареты.

А Валерий вышел на лоджию и увидел, как ты
садишься в «Вольво». Немного странный вид транс-
порта для бедной преподавательницы из провинции. Виолетта моментально позвонила в Казань,
в автодорожный техникум. Ты ведь в свой первый визит сообщила, что работаешь в этом учеб-
ном заведении. Ректор высказал здоровое удивление — никакой Дарьи Васильевой он в глаза не
видел.

И тут Павловские перепугались, решив, что
ими занялась милиция. Виолетта Сергеевна воз-
ненавидела тебя до такой степени, что решила
отравить. Она думала, что ты, часто бывая в доме,
слишком много узнала.

Сказано — сделано. Валерий со Светой пря-
чутся в спальне, там же лежит и приготовленный
брезентовый мешок. Они собирались вынести
тебя, набив мешок сверху старыми обоями, вроде
как ремонт затеяли. Альберта Владимировича отправили на дачу. Виолетта заранее налила в бутылку с «Верой» дигоксин. Зятек с дочкой, чтобы
не спугнуть добычу, тихо сидели в спальне. Все
трое превратились в самых настоящих киллеров.
Убив один раз, с легкостью пошли на преступле-

ние во второй и в третий. Их не волновало ничего, кроме собственного благополучия.

Ничего не подозревавшая птичка влетела в клетку. Виолетта приступила к допросу. И тут из тебя, мой ангел, посыпались глупости. Во-первых, огорошила, что работаешь в Институте легкой промышленности. Дальше — больше. Сообщила, что живешь на улице Ленина, дом один. Но по этому адресу расположен местный театр. Казань — родина Альберта Владимировича, и Виолетта там часто бывала. К тому же проспект Ленина давным-давно переименовали. У профессорши лопнуло терпение, и она предложила тебе «Веру». Спас случай — прибежала Марго и опустошила стакан. Вот уж этого никто не хотел. Тебе страшно, феерически повезло.

— Все равно не стала бы пить, — буркнула я, — сделала бы вид, что случайно пролила воду.

— Да? — изумился приятель. — Интересно знать, почему?

— Она налила газированную «Веру», а сами они пьют только минеральную воду без газа. Знаешь, какой скандал Альберт устроил, когда я случайно перепутала бутылки! И мне сразу, как только я увидела пузырьки, напиток показался подозрительным. Явно купили газировку, чтобы свои случайно не выпили. Все-таки хоть я и дура, но не совершенная. Лучше скажи, как вам удалось так быстро прислать группу захвата?

— Ты же записала Женьку в помощники, — усмехнулся полковник, — дневник Лики на расшифровку приволокла. Там на первой странице была написана ее фамилия, потом потребовала прокомментировать результат экспертизы... Вот Женька и сообразил, где ты носом роешь. Мы поинтересовались делом Ангелины Страшной, узнали, что вскоре после ее смерти отец купил новую квартиру. Стали разматывать клубок, вышли на Валерия. Мы собрались его арестовывать, и группа уже подъезжала к подъезду, когда позвонил «майор».

Я сникла, сюрприз не получился.

— Впрочем, о Роме Виноградове, о роли Вики Пановой в этой истории мы не знали, — продолжил приятель.

Я счастливо улыбнулась: все-таки молодец Дарья!

— Поделись секретом, как ты вышла на Сергея Юрьевича Страшного?

— Да просто. Как-то все одно к одному сложилось. Бедная Катюша перед смертью шептала: «Страшная, страшная». Сначала Лидия Борисовна оговаривается, что Павловские должны заплатить за смерть Лики, потом узнала, что Валерий писал музыку для дефиле. А еще полезла за телефоном Соковой, когда Виолетте стало плохо, и увидела телефон Страшного Сергея Юрьевича... Вроде все порознь ничего не значит, а вместе навевало подозрение. А что теперь ему будет?

Александр Михайлович развел руками.

— Я не работаю судьей. Хотя надеюсь, что учтут все: и шантаж, и вывоз трупа с места происшествия... Фактически он помогал убийце, но ведь, если вдуматься, кого убил Валерий!.. Ей-богу, иногда кажется, что у некоторых людей вместо сердца сберкнижка. Решил использовать смерть дочери для обогащения! Кстати, и Лидии Борисовне придется отвечать. Эта милая мать увидела в ситуации только один момент — возможность получения для своей драгоценной Ксюши желанного мужа и квартиры! Вообще мамочки в этой истории оказались как на подбор! Виолетта Сергеевна сначала балует Свету до изнеможения. А потом преспокойно смотрит, как та убивает людей, более того, сама превращается в отравительницу, поняв, что детенышу грозит беда. А Лидия Борисовна преспокойно покрывает убийцу, причем убийцу собственной дочери, чтобы обеспечить счастье драгоценной Ксюши!

Еще хорошо, что жадная девчонка вместе с платьями покойной Лики утянула и дневник, иначе было бы трудно прижать Валерия. Прочитать его ей не составило труда, ведь написана была тетрадочка шифром, который они с сестрой сами придумали. Жадная Ксюша знала, что любовник сестры женат, и думала, узнав имя, шантажировать его.

Я вздрогнула.

— Какие жуткие люди и Страшные, и Павловские. Бедная Катюша, несчастная Лика — жертвы «материнской любви».

— Когда освободят Рому?

— Скоро, — сообщил полковник, — мы с Валентиной Никаноровной проследим, чтоб без волокиты обошлось. А парень должен потом всю жизнь радоваться, что получил адвоката дьявола.

Я растерялась:

— Кого?

Александр Петрович усмехнулся.

— Неужели не знаешь? Ты что, латынь не учила? Advocatus diaboli, так называлось в средние века духовное лицо, которому поручалось выступать с возражениями на церемонии канонизации святого в Ватикане. А в судах «адвокатами дьявола» стали называть защитников безнадежного дела, когда никто не верит подсудимому. Все улики против него, хоть дьявола на помощь зови. И ты, моя дорогая, успешно справилась с ролью такого адвоката.

— Что же станет с Павловскими?

— Меру наказания определит суд. Но сначала предстоит психиатрическая экспертиза. И Валерий, и Света, и Виолетта Сергеевна, честно говоря, не похожи на нормальных, но здесь решать специалистам.

— А Альберт Владимирович?

— Академик ни при чем. Родные водили его за нос, устраивая за спиной грязные дела. Единственно, что можно поставить ему в вину, — эксплуатацию аспирантов и присвоение чужих научных работ, но за это не судят. Честно говоря, мне жаль мужика, с него слетело все высокомерие и барство. Просто растерянный, ничего не понимающий старик.

Я вздохнула. А мне не жаль. Пусть теперь потаскается в тюрьму да на зону с передачками. Жалею только о том, что хозяйственный Лужков построил для женщин комфортабельный изолятор и их перевели из Бутырки. Так что Светлана и Виолетта будут сидеть в приличных условиях, а не в камере на сто двадцать человек. Надеюсь, им отведут место у параши.

Эпилог

Теплым июньским днем мы с Аркашкой подкатили к УУ2167. На этот раз в багажнике «Мерседеса» не было ни гвоздей, ни краски.

Мы запарковали машину, вылезли и облокотились на капот. Минут десять стояли, поглядывая на КПП. Вдруг железные ворота медленно, со скрипом отворились, и отрядный вывел Рому. Парень щурился от яркого солнца, в руках он держал большую клетчатую сумку.

Увидев нас, Ромка растерялся и поставил баул на землю. Несколько секунд мы молча смотрели друг на друга. Потом Аркашка не выдержал:

— Мы тебя ждем!

Отрядный подтолкнул Ромку.

— Ну чего встал! Видишь, тетка приехала, и брательник зовет, давай — ты свободен!

Парнишка подхватил сумку и кинулся к нам, неловко вскидывая ноги.

Литературно-художественное издание

Донцова Дарья Аркадьевна

ЭТА ГОРЬКАЯ СЛАДКАЯ МЕСТЬ

Редактор *В. Юкалова*
Художественный редактор *В. Щербаков*
Художник *А. Яцкевич*
Технические редакторы *Н. Носова, Г. Павлова*
Корректоры *М. Мазалова, Е. Самолетова*

ООО «Издательство «Эксмо».
127299, Москва, ул. Клары Цеткин, д. 18, корп. 5. Тел.: 411-68-86, 956-39-21.
Интернет/Home page — www.eksmo.ru
Электронная почта (E-mail) — **info@ eksmo.ru**
По вопросам размещения рекламы в книгах издательства «Эксмо»
обращаться в рекламное агентство «Эксмо». Тел. 234-38-00.

Оптовая торговля:
109472, Москва, ул. Академика Скрябина, д. 21, этаж 2.
Тел./факс: (095) 378-84-74, 378-82-61, 745-89-16.
Многоканальный тел. 411-50-74. E-mail: reception@eksmo-sale.ru

Мелкооптовая торговля:
117192, Москва, Мичуринский пр-т, д. 12/1. Тел./факс: (095) 411-50-76.

Книжные магазины издательства «Эксмо»:
Супермаркет «Книжная страна». Страстной бульвар, д. 8а. Тел. 783-47-96.
Москва, ул. Маршала Бирюзова, 17 (рядом с м. «Октябрьское Поле»). Тел. 194-97-86.
Москва, Пролетарский пр-т, 20 (м. «Кантемировская»). Тел. 325-47-29.
Москва, Комсомольский пр-т, 28 (в здании МДМ, м. «Фрунзенская»). Тел. 782-88-26.
Москва, ул. Сходненская, д. 52 (м. «Сходненская»). Тел. 492-97-85.
Москва, ул. Митинская, д. 48 (м. «Тушинская»). Тел. 751-70-54.
Москва, Волгоградский пр-т, 78 (м. «Кузьминки»). Тел. 177-22-11.

Северо-Западная Компания представляет
весь ассортимент книг издательства «Эксмо».
Санкт-Петербург, пр-т Обуховской Обороны, д. 84Е.
Тел. отдела реализации (812) 265-44-80/81/82.

Сеть книжных магазинов «БУКВОЕД». Крупнейшие магазины сети:
Книжный супермаркет на Загородном, д. 35. Тел. (812) 312-67-34
и Магазин на Невском, д. 13. Тел. (812) 310-22-44.

Сеть магазинов «Книжный клуб «СНАРК» представляет самый широкий
ассортимент книг издательства «Эксмо».
Информация о магазинах и книгах в Санкт-Петербурге по тел. 050.

Всегда в ассортименте новинки издательства «Эксмо»:
ТД «Библио-Глобус», ТД «Москва», ТД «Молодая гвардия»,
«Московский дом книги», «Дом книги в Медведково», «Дом книги на Соколе».

Весь ассортимент продукции издательства «Эксмо»
в Нижнем Новгороде и Челябинске:
ООО «Пароль НН», г. Н. Новгород, ул. Деревообделочная, д. 8. Тел. (8312) 77-87-95.
ООО «ИКЦ «ДИС», г. Челябинск, ул. Братская, д. 2а. Тел. (8512) 62-22-18.
ООО «ИнтерСервис ЛТД», г. Челябинск, Свердловский тракт, д. 14. Тел. (3512) 21-35-16.
Книги «Эксмо» в Европе — фирма «Атлант». Тел. + 49 (0) 721-1831212.

Подписано в печать с оригинал-макета 23.06.2003.
Формат 84 × 108 $^1/_{32}$. Гарнитура «Таймс». Бумага газетная.
Печать офсетная. Усл. печ. л. 22,68. Уч.-изд. л. 15,83.
Тираж 10 000 экз. Заказ № 0306330.

Отпечатано на MBS в полном соответствии
с качеством предоставленного оригинал-макета
в ОАО «Ярославский полиграфкомбинат»
150049, Ярославль, ул. Свободы, 97.